Maestra

Maestra

L. S. Hilton

Traducción de Santiago del Rey

Rocaeditorial

Título original: *Maestra*

© L.S. Hilton, 2016

Publicado en lengua original inglesa como *Maestra* por Zaffre,
un sello de Bonnier Publishing, Londres.
Publicado en España en acuerdo con International Editors'Co.
y Bonnier Publishing Fiction.
El autor hace valer sus derechos morales.

Primera edición en este formato: marzo de 2016

© de la traducción: Santiago del Rey
© de esta edición: Roca Editorial de Libros, S.L.
Av. Marquès de l'Argentera, 17, pral.
08003 Barcelona
info@rocaeditorial.com
www.rocaeditorial.com

Impreso por Liberdúplex

ISBN: 978-84-16498-01-7
Código IBIC: FA, FH
Código producto: RE98017
Depósito legal: B-1496-2016

Al Dios Nórdico de todas las cosas,
con mi gratitud.

Prólogo

*E*ntre un repiqueteo de tacones sobre el parquet, amortiguado por el frufrú de los pesados dobladillos, cruzamos el corredor hasta unas puertas dobles. Un discreto murmullo indicaba que los hombres ya aguardaban dentro. En la habitación, iluminada con velas, habían dispuesto mesitas entre sofás y sillas bajas. Los camareros lucían uniformes de satén negro, con chaquetas de botonadura cruzada, cuya tela brillante contrarrestaba la rigidez almidonada de las camisas. Aquí y allá relucía un gemelo o un elegante reloj de oro a la luz de las velas, o se insinuaba un monograma bordado bajo un vistoso pañuelo de seda. El panorama habría resultado más bien ridículo y teatral si los detalles no hubieran sido tan perfectos; pero yo estaba hipnotizada, sentía que mi pulso se había vuelto lento y profundo. Advertí que Yvette se alejaba escoltada por un hombre con una pluma de pavo real prendida en la manga; alcé los ojos y vi que se acercaba hacia mí otro hombre, este con una gardenia como la mía en la solapa.

—¿Es así como funciona?

—Mientras comemos, sí. Luego puede elegir. *Bonsoir.*

—*Bonsoir.*

Era alto y delgado, aunque su cuerpo parecía más joven que su rostro, algo endurecido y arrugado; tenía el cabello entrecano peinado hacia atrás sobre la frente despejada, y unos ojos de párpados algo caídos, como un santo bizantino. Me guio hasta un sofá, aguardó a que tomara asiento y me ofreció una sencilla copa de cristal de vino blanco, un vino limpio y con un toque mineral. Toda la formalidad tenía un punto juguetón, pero a mí me gustaba esa coreografía. Obviamente, Julien valoraba el placer de la expectativa. Las camareras semidesnudas reaparecieron con platitos de diminutos pasteles de langosta, luego con lonchas de pato en salsa de miel y jengibre y, finalmente, con unas tejas llenas de fresas y frambuesas. Simples simulacros de comida, nada que pudiera saciarnos.

—Los frutos rojos le dan al sexo de una mujer un sabor delicioso —observó mi compañero de mesa.

—Lo sé.

Había algunas conversaciones en voz baja, pero la mayoría de la gente se limitaba a observar y beber, deslizando la mirada de uno a otro comensal, deteniéndose en los veloces movimientos de las camareras, que tenían cuerpos de bailarina: esbeltos pero musculosos, con pantorrillas poderosas por encima de sus botas ceñidas. ¿Un pluriempleo en sus horas libres del *corps de ballet*? Entreví a Yvette al otro lado del comedor comiendo los higos rellenos de almendras que le daba su compañero con un tenedor de plata de púas afiladas: su cuerpo desplegado perezosamente como una serpiente, un muslo oscuro asomando entre la seda roja.

Las camareras circularon solemnemente entre las mesas con unos apagavelas, atenuando las luces entre una nube de humo de cera. Entonces noté la mano de él en mi muslo, acariciándome en lentos círculos, con calma, y enseguida sentí una tensión de respuesta entre las piernas. Las chicas depositaron en las mesitas unas bandejas lacadas que contenían condones, frascos de aceite de monoï y lubricante decantado en cóncavos platillos para dulces. Algunos de los invitados se besaban, contentos con la pareja que les había tocado; otros se levantaban educadamente y cruzaban la habitación para buscar la presa que habían escogido con anterioridad. Yvette tenía la túnica totalmente abierta y la cabeza de su compañero entre las piernas. Capté su mirada; ella sonrió con complacencia y luego se dejó caer hacia atrás sobre los almohadones, con la expresión de éxtasis de un drogadicto en trance.

11

PRIMERA PARTE

Fuera

Capítulo 1

Si me preguntáis cómo empezó todo, podría decir sinceramente que la primera vez fue un accidente. Eran alrededor de las seis de la tarde, esa hora en que la ciudad vuelve a girar sobre su eje, y aunque las calles se veían azotadas por el viento helado de otro mes de mayo de mierda, el interior de la estación de metro resultaba bochornoso y húmedo: un sórdido panorama de periódicos y envoltorios tirados por el suelo, de turistas irritables con ropa estridente que se apretujaban entre los trabajadores de expresión vacía y resignada. Yo estaba esperando en el andén de la línea Piccadilly, en Green Park, tras el fantástico comienzo de otra fantástica semana de maltratos y paternalismos en mi fantástico empleo. Mientras el tren del lado opuesto se alejaba, sonó un ronco murmullo entre la multitud. La pantalla indicaba que el siguiente tren se había quedado atascado en Holborn. Alguien en la vía, seguramente. Típico, decían las caras de la gente. ¿Por qué siempre tenían que tirarse a la vía a la hora punta? Los pasajeros del otro andén empezaban a desfilar. Entre ellos había una chica con unos tacones matadores y un ajustado vestido azul eléctrico. «Un Alaïa de la temporada pasada comprado en Zara», pensé. Seguramente iba de camino a Leicester Square para reunirse con otras pringadas tan horteras como ella. Tenía una cabellera extraordinaria: una gran melena de color ciruela a base de extensiones, con una especie de hilo dorado trenzado entre las mechas, que relucía bajo la luz de los neones.

—¡Judyyyy! ¡Judy! ¿Eres tú?

Se había puesto a hacerme señas con entusiasmo, pero yo fingí que no la oía.

—¡Judy! ¡Aquí!

La gente empezaba a mirar. La chica se bamboleó peligrosamente junto a la línea amarilla de seguridad.

—¡Soy yo! ¡Leanne!

—Su amiga la está saludando —me dijo, servicial, la mujer que tenía al lado.

—¡Nos vemos arriba en un minuto!

Ahora ya no oía ese acento a menudo. Y jamás habría esperado volver a oír el suyo. Obviamente, ella no iba a desaparecer por arte de magia; y como el tren no daba señales de llegar, me eché al hombro mi pesado maletín de cuero y me abrí paso entre la multitud.

Estaba esperándome en el pasillo entre ambos andenes.

—Jo, tía. ¡Ya decía yo que eras tú!

—Hola, Leanne —dije con cautela.

Ella dio unos pasos vacilantes y me echó los brazos al cuello como si yo fuese una hermana desaparecida y añorada.

—Pero mírate, por favor. Tan súper profesional. No sabía que vivías en Londres.

Me abstuve de señalar que eso era porque hacía una década que no hablábamos. Mantener amistades por Facebook no era mi estilo, y no me gustaba que me recordasen mis orígenes.

Enseguida me sentí como una cerda.

—Estás fantástica, Leanne. Me encanta tu pelo.

—Ya no me llamo Leanne, en realidad. Ahora soy Mercedes.

—¿Mercedes? Es... bonito. Yo uso Judith casi siempre. Suena más adulto.

—Sí, bueno. Mira cómo estamos las dos. Tan adultas ya.

No creo que yo supiera, en aquel entonces, qué significaba ser adulta. Me pregunté si ella lo sabría.

—Escucha, tengo una hora libre antes del curro. —El «curro»—. ¿Te apetece una copa rápida para ponernos al día?

Habría podido decirle que estaba liada, que tenía prisa; haber anotado su número como si pensara llamarla. Pero ¿a dónde tenía que ir, en realidad? Además, había algo en esa manera de hablar que me resultaba curiosamente agradable por lo conocido; que me hacía sentir sola y reconfortada a la vez. Solo me quedaban dos billetes de veinte libras, y todavía faltaban tres días para cobrar. Pero bueno, ya saldría algo.

—Claro —dije—. Te invito a una copa. Vamos al Ritz.

Dos cócteles de champán en el bar Rivoli: 38 libras. Ahora solo me quedaban doce en la tarjeta Oyster y dos en metálico. No podría comer gran cosa hasta que terminara la semana. Tal vez fuera una estupidez alardear así, pero a veces hay que poner una cara desafiante frente al mundo. Leanne, o sea, Mercedes, pescó ávidamente la guinda con una extensión de uñas de color fucsia y dio un sorbo jovial.

—Qué detallazo, gracias. Aunque ahora prefiero el Roederer.

¡Champán Louis Roederer! Me estaba bien empleado por darme aires.

—Yo trabajo por aquí cerca —dije—. Temas de arte. En una casa de subastas. Me encargo de los Antiguos Maestros.

No era así, en realidad, pero tampoco era de temer que Leanne pudiera distinguir un Rubens de un Rembrandt.

—Qué sofisticado —respondió. Ahora parecía aburrida y jugueteaba con la pajita del cóctel. Me pregunté si estaría arrepintiéndose de haberme llamado en el metro; pero en vez de enfadarme, sentí el patético impulso de complacerla.

—Suena sofisticado —dije con tono confidencial, notando que el brandy y el azúcar se deslizaban suavemente por mis venas—. Pero pagan fatal. Siempre estoy sin blanca.

«Mercedes» me explicó que llevaba un año en Londres. Trabajaba en una champañería en St. James's.

17

—Tiene clase, supongo, pero siempre está lleno de los mismos viejos cretinos. Nada turbio ¿eh? —se apresuró a añadir—. Es solo un bar. Y las propinas son increíbles.

Dijo que estaba ganando dos mil libras a la semana.

—Pero con tantas copas te pones kilos encima —dijo tristemente, tocándose una barriga diminuta—. Aunque no he de pagarlas, claro. Vacíalas en las plantas, si quieres, me dice Olly.

—¿Olly?

—El dueño. Oye, Judy, deberías venir un día. Podrías hacer un poco de pluriempleo, si estás mal de pasta. Olly siempre anda buscando chicas. ¿Pedimos otra?

Una pareja mayor vestida de etiqueta, seguramente de camino a la ópera, ocupó la mesa de delante. La mujer examinó críticamente las piernas falsamente bronceadas de Mercedes, su rutilante escote.

Mercedes se giró en la silla y, lenta y deliberadamente, mirando a los ojos a la mujer, descruzó y volvió a cruzar las piernas, ofreciéndonos a mí y al viejo gilipollas que la acompañaba un atisbo de un tanga negro de encaje. No hizo falta preguntarle a nadie si había algún problema.

—Como te decía —continuó, cuando la vieja se concentró en la carta con la cara como la grana— es súper divertido. Las chicas son de todas partes. Tú podrías quedar despampanante si te emperifollases un poco. Venga, vamos.

Bajé la vista hacia mi traje negro Sandro de *tweed*. Chaqueta ceñida, faldita plisada ondeante. Pretendía ofrecer un aire coqueto y profesional a la vez, con un ligero toque Rive Gauche (eso, al menos, era lo que me había dicho a mí misma al remendar el dobladillo por enésima vez), pero al lado de Mercedes parecía un cuervo deprimido.

—¿Ahora?

—Sí, ¿por qué no? Tengo montones de ropa en el bolso.

—Ay, no sé, Leanne.

—Mercedes.

—Perdona.

—Vamos, puedes ponerte mi top de encaje. Con tus tetas, te quedará de fábula. A menos que tengas una cita...

—No —dije, echando la cabeza atrás para apurar las últimas gotas de angostura—. No tengo ninguna cita.

19

Capítulo 2

*L*eí en alguna parte que las causas y los efectos son formas de protegerse frente a la contingencia, frente a la terrorífica e imprecisa mutabilidad del azar. ¿Por qué me fui aquel día con Leanne? No había sido una jornada peor que cualquier otra. Pero las decisiones son anteriores a cualquier explicación, tanto si queremos enterarnos como si no. En el mundo del arte, solo hay dos casas de subastas que valga la pena conocer. Son las que hacen las ventas de cientos de millones de libras, las que manejan las colecciones de duques desesperados y oligarcas con fobia social, las que canalizan siglos de belleza y maestría artesanal por sus salas silenciosas como museos, para transformarlos en dinero contante y sonante, sexy. Cuando conseguí el puesto en British Pictures, tres años atrás, sentí que al fin lo había conseguido. Durante un día o dos, vamos. Enseguida me di cuenta de que los mozos, los tipos que cargaban y trasladaban las obras, eran los únicos que se preocupaban por los cuadros. Para el resto, bien podrían haber sido látigos de siete puntas o mantequilla a granel. A pesar de que me habían contratado por mis méritos, a pesar de mi duro trabajo, de mi diligencia y mis apabullantes conocimientos de arte, me vi obligada a reconocer que, al menos según los baremos de la Casa, yo no era nada del otro mundo. Tras un par de semanas en el departamento, comprendí que a todos les daba igual que supiera distinguir un Brueghel de un Bonnard, que había otros códigos más vitales que debía aprender a descifrar.

Ahora, al cabo de tres años, aún había unas cuantas cosas que me gustaban de mi trabajo en la Casa. Me gustaba pasar junto al portero uniformado y entrar en el vestíbulo perfumado de orquídeas. Me gustaban las reverentes miradas que te dedicaban los clientes mientras subías la imponente escalera de madera de roble —por supuesto, allí todo tenía un aire imponente, como de tres siglos de antigüedad—. Me gustaba espiar las conversaciones de las eurosecretarias robóticas, cuyas vocales francesas e italianas se recortaban en ondulaciones tan nítidas como sus peinados. Me gustaba sentir que, a diferencia de ellas, yo no pretendía pescar a algún bróker con los rizos de mi melena.

Estaba orgullosa de lo que había conseguido, del puesto de asistente que me había ganado tras un año de becaria en British Pictures. Tampoco quería quedarme en el departamento mucho tiempo. No iba a pasarme el resto de mi vida mirando cuadros de perros y caballos.

Ese día, el día que me tropecé con Leanne, había empezado con un e-mail de Laura Belvoir, la subdirectora del departamento. El encabezado decía: «¡Urgente!», pero no había texto en el cuerpo del mensaje.

Crucé la oficina para preguntarle qué quería decir exactamente. Los jefes habían asistido hacía poco a un curso de gestión, y Laura había asimilado el concepto de comunicación digital de escritorio a escritorio, pero, por desgracia, aún no había aprendido a redactar mensajes.

—Necesito que hagas las identificaciones de los Longhi.

Estábamos preparando una serie de retratos de grupo del pintor veneciano para la próxima venta de arte italiano.

—¿Quieres que revise los títulos en el almacén?

—No, Judith. Eso es cosa de Rupert. Tú ve al Heinz y mira a ver si puedes identificar los modelos.

Rupert era el jefe del departamento y raramente aparecía antes de las once.

21

El Archivo Heinz era un inmenso catálogo de retratos identificados y yo debía buscar qué petimetres ingleses del siglo XVIII podían haber posado en su año sabático para Pietro Longhi, pues la identificación de personajes concretos podía volver más interesantes los cuadros para los compradores.

—De acuerdo. ¿Tienes un juego de fotografías, por favor?

Laura suspiró.

—En la biblioteca. Están bajo el rótulo «Longhi/Primavera».

Como la Casa ocupaba la manzana entera, caminar desde el departamento hasta la biblioteca era un paseo de cuatro minutos, y lo hacía muchas veces cada día. Pese a los rumores de que en el exterior ya había llegado el siglo XXI, la Casa funcionaba todavía en buena parte como un banco victoriano. Muchos de los empleados se pasaban el día deambulando sin prisas por los pasillos para intercambiar volantes de papel. El archivo y la biblioteca apenas estaban informatizados como es debido. A menudo te tropezabas con pequeños fantasmas dickensianos atrapados en oscuros cuchitriles, entre montones de recibos y albaranes fotocopiados por triplicado. Recogí el sobre con las fotografías y volví a mi mesa a buscar el bolso. Sonó el teléfono.

—¿Hola? Soy Serena, de recepción. Tengo aquí los pantalones de Rupert.

Así que me arrastré hasta recepción, recogí la bolsa enorme del sastre de Rupert, enviada por mensajero desde Savile Row, que quedaba como a quinientos metros, y la llevé al departamento. Laura levantó la vista.

—¿Todavía no te has ido, Judith? ¿Qué demonios has estado haciendo? Bueno, ya que estás aquí, ¿puedes traerme un capuchino, por favor? No vayas a la cantina; ve a ese local tan mono de Crown Passage. Y pide el recibo.

Una vez que le hube llevado el café, me fui a pie al archivo. Tenía cinco fotografías en el bolso: escenas en el teatro de La Fenice, en el Zattere y en un café del Rialto, y tras dos horas trabajando en los archivadores, confeccioné una lista de doce identificaciones positivas de modelos que habían estado en Italia en la época de los retratos.

Anoté las referencias cruzadas entre el índice Heinz y los cuadros, para que pudieran revisarse las identificaciones para el catálogo, y se las llevé a Laura.

—¿Qué es esto?

—Los Longhi que me has pedido que identificara.

—Estos son los Longhi de la venta de hace seis años. De verdad, Judith. Las fotos estaban en mi e-mail de esta mañana.

Debía de referirse al e-mail sin contenido.

—Pero Laura, tú me has dicho que estaban en la biblioteca.

—Quería decir en la biblioteca electrónica.

No respondí. Accedí al catálogo *online* del departamento, localicé los cuadros correctos (archivados como «Lunghi»), me los descargué en el móvil y volví al Heinz bastante mosqueada por la manera que tenía Laura de hacerme perder el tiempo. Ya había terminado la segunda tanda de identificaciones cuando ella volvió de almorzar en el Caprice. Entonces me puse a hacer llamadas a quienes no habían respondido a la invitación para la exposición privada previa a la venta. Luego escribí las biografías, se las mandé a Laura y Rupert por e-mail, le enseñé a Laura cómo abrir el anexo, me fui en metro al depósito de Artes Aplicadas, cerca de Chelsea Harbour, para examinar una muestra de seda que Rupert pensaba que podía coincidir con una colgadura de uno de los Longhi, descubrí —sin la menor sorpresa— que no era así, hice a pie la mayor parte del camino de vuelta, porque la línea Circle estaba parada en Edgware Road, di un rodeo por Piccadilly y recogí en Lillywhite's un saco de dormir para el hijo de Laura, que tenía una excursión escolar, y, cuando reaparecí, exhausta y desaliñada, a las 17:30, recibí otra reprimenda por perderme el visionado dentro del departamento de los cuadros sobre los que me había pasado la mañana trabajando.

23

—La verdad, Judith —comentó Laura—, nunca llegarás a nada si te pasas el tiempo correteando por la ciudad en lugar de estar aquí examinando las obras.

Dejando aparte los hilos invisibles del destino, pues, quizá no sea tan sorprendente que cuando me tropecé con Leanne en el metro tuviera tantas ganas de tomarme una copa.

Capítulo 3

$\mathcal{M}$i entrevista en el Gstaad Club aquella noche fue muy sencilla. Olly, el gigantesco y taciturno finlandés que era al mismo tiempo propietario, *maître* y gorila del local, me echó un vistazo de arriba abajo, ahora ataviada con la blusa semitransparente de encaje que me había puesto a toda prisa en el baño del Ritz.

—¿Sabes beber? —preguntó.

—Es de Liverpool —dijo Mercedes con una risita.

Y con eso bastó.

Así pues, durante las siguientes ocho semanas trabajé en el club los jueves y los viernes por la noche. Un horario que no habría complacido a la mayoría de la gente de mi edad, pero la costumbre de tomarse unas copas con los compañeros después del trabajo no ocupaba un lugar muy destacado en mi carrera profesional. El nombre del local, como todo lo demás, era un intento más bien anticuado de fingir clase y distinción. Lo único real del club era el precio astronómico del champán; por lo demás, no se diferenciaba mucho del Annabel's, el anticuado *nightclub* de Berkeley Square, que quedaba a unas pocas calles: las mismas paredes de tono amarillo sofisticadillo, los mismos cuadros buenos-malos, la misma colección de patéticos barrigones maduros y la misma cuadrilla de chicas ociosas que no eran putas propiamente, pero siempre andaban necesitadas de una ayudita para pagar el alquiler. El trabajo era sencillo: unas diez chicas se reunían media hora antes de abrir y se tomaban, para ponerse a tono, una copa que les servía Carlo, el barman, ataviado con una chaquetilla blanca impecablemente planchada pero algo apestosa. La anciana que se encargaba de los abrigos y Olly constituían el resto del personal. A las nueve en punto, este abría la puerta de la calle y soltaba solemnemente el mismo chiste de siempre.

—Bueno, chicas, abajo las bragas.

Después de abrir, nos sentábamos a charlar y hojeábamos revistas de famosos o mandábamos mensajes de texto durante una hora hasta que empezaban a entrar clientes, casi siempre hombres solos. La idea era que ellos escogían a la chica que les gustaba y se la llevaban a uno de los reservados de terciopelo rosa, lo cual se conocía bastante brutalmente como «ocuparse». Cuando estabas «ocupada», tu objetivo era conseguir que el consumidor pidiera tantas botellas de champán de precio absurdamente inflado como fuera posible. Nosotras no cobrábamos un sueldo, solo el diez por ciento de cada botella y la propina que el cliente dejara. La primera noche me levanté tambaleante de la mesa hacia la mitad de la tercera botella y tuve que pedirle a la vieja del guardarropa que me sujetara el pelo mientras me provocaba el vómito.

—Qué tonta —me dijo con sombría satisfacción—. No es para que te lo bebas tú.

Así que aprendí. Carlo servía el champán en unas copas enormes como peceras, que nosotras vaciábamos en el cubo del hielo o en los jarrones de flores en cuanto el cliente abandonaba un momento la mesa.

Otra táctica consistía en engatusarlo para que invitara a una «amiga» tuya a tomar una copa. Todas las chicas llevábamos zapatos, nunca sandalias abiertas, ya que otro de los trucos era convencerlo en plan juguetón para que bebiera un poco de tu zapato. En unos Louboutin del 39 cabe una cantidad asombrosa de champán. Cuando todo lo demás fallaba, derramábamos la copa en el suelo.

Al principio me pareció prodigioso que el club siguiera abierto. Aquello resultaba tremendamente eduardiano: el torpe coqueteo, el precio exorbitante de nuestra compañía. ¿Por qué iba a molestarse ningún hombre en venir cuando podía encargar lo que quisiera con su app Putas a domicilio? Era todo penosamente anticuado. Pero poco a poco comprendí que era eso justamente lo que hacía que los tipos siguieran viniendo. No buscaban sexo, aunque muchos se ponían juguetones tras algunas de esas copas enormes. No eran mujeriegos aquellos hombres; vamos, ni en sueños. Eran tipos corrientes de mediana edad que querían fingir ante sí mismos durante unas horas que tenían una cita de verdad, con una chica de verdad, con una chica guapa, refinada y de buenos modales, dispuesta a hablar con ellos. Mercedes, con sus garras postizas y sus extensiones, era la chica mala oficial para los que querían algo un poco más picante, pero Olly prefería que las demás fuéramos con vestidos sencillos y elegantes, sin mucho maquillaje, con el pelo arreglado y joyas discretas. Los clientes no querían riesgos ni jaleos, ni tampoco que sus esposas se enterasen: probablemente ni siquiera querían enfrentarse a la cuestión embarazosa de que se les pusiera dura. Por increíble y patético que fuese, solo querían sentirse deseados.

Olly conocía bien a su clientela y atendía sus necesidades a la perfección. Había una diminuta pista de baile en el club, en la que Carlo hacía las veces de DJ, para dar la impresión de que nuestro hombre podía sacarnos a bailar en cualquier momento, aunque nosotras en modo alguno debíamos animarlos a hacerlo. Había una carta que incluía filetes y vieiras aceptables y grandes copas de helado: a los hombres de mediana edad les encanta ver a las chicas devorando postres de los que engordan. Naturalmente, los enormes helados solo permanecían en nuestro estómago hasta que podíamos hacer una discreta excursión al baño. Las chicas que tomaban drogas o eran demasiado golfas no duraban ni una noche: un aviso colgado junto al baño de

27

caballeros proclamaba que estaba Terminantemente Prohibido Ofrecerse a Acompañar a las Jóvenes Fuera del Club. Ellos solo debían desearnos.

Pronto me sorprendí a mí misma esperando que llegara el jueves y el viernes por la noche. Con la excepción de Leanne (todavía no conseguía llamarla Mercedes para mis adentros), las chicas no eran simpáticas ni antipáticas; eran amables, pero indiferentes. No parecían muy interesadas en mi vida, quizá porque ninguno de los datos que ellas daban de las suyas era real. La primera noche, mientras bajábamos con paso algo inestable por Albemarle Street, Leanne me dijo que escogiera un nombre para el club. Opté por mi segundo nombre, Lauren; un nombre neutro, sin connotaciones de ningún tipo.

Yo explicaba que estaba estudiando historia del arte a tiempo parcial. Todas las chicas parecían estar estudiando alguna cosa, la mayoría administración de empresas; es posible que fuera cierto en algunos casos. Ninguna de ellas era inglesa; la idea de que estuvieran trabajando en un bar para salir adelante tocaba la fibra de los clientes, que se sentían como Pigmalión ante la joven Eliza Doolittle. Leanne suavizaba su tremendo acento de Liverpool sin demasiado éxito. Yo modifiqué el mío, el que utilizaba en el trabajo, que ya se había convertido en mi propio acento hasta en sueños, con el objetivo de que no pareciera tan obviamente un inglés impostado; pero aun así, para satisfacción de Olly, sonaba bastante pija.

En mi trabajo de día, en Prince Street, había miles de códigos sutiles. La posición social de cualquiera podía calibrarse hasta el enésimo decimal de un simple vistazo, y aprender las normas correctas era muchísimo más difícil que identificar los cuadros, porque el propósito de esas normas era justamente que, si estabas en el ajo, no hacía falta que nadie te explicara nada. Todas aquellas horas empleadas en enseñarme a mí misma a hablar y a moverme me habían servido para pasar la prueba ante la mayoría de la gente: Leanne, por ejemplo, parecía

atónita e impresionada (a regañadientes) por mi transforma-
ción. Pero en mi trabajo no bastaba con eso, porque en algún
rincón secreto había un cofre oculto con unas llaves de Alicia
en el País de las Maravillas que yo jamás poseería: unas llaves
que daban paso a jardines cada vez más diminutos cuyos muros
eran tanto más impenetrables cuanto que eran invisibles. En el
Gstaad, en cambio, yo era la niña pija por excelencia, y las demás chicas, si se paraban a pensarlo siquiera, creían que no había diferencia entre las novias de los futbolistas y las anticuadas
niñas bien que ocupaban las páginas de la revista *OK!* con sus
puestas de largo. En un sentido más profundo, desde luego, tenían razón.

La conversación, en el club, era casi siempre sobre ropa, sobre la última adquisición de unos zapatos o un bolso de marca,
y sobre los hombres. Algunas chicas decían tener un novio
fijo, con mucha frecuencia casado, en cuyo caso lo obligado era
quejarse interminablemente del novio; otras salían con chicos,
en cuyo caso lo obligado era quejarse interminablemente de
los chicos. Para Natalia y Anastasia y Martina y Carolina parecía una verdad indiscutible que los hombres eran un mal necesario que había que soportar por los zapatos, los bolsos y las
salidas de los sábados por la noche a los restaurantes japoneses
de Knightsbridge. Se debatía mucho sobre los mensajes de texto, sobre su frecuencia y grado de afecto, pero las reacciones
emotivas se reservaban para el caso de que ellos estuvieran
viéndose con otra o de que no hicieran regalos suficientes. Se
tramaban estrategias y contraestrategias, con complejos ardi-
des de iPhone; se hablaba de hombres con yates, incluso con jet
privado, pero yo nunca tenía la sensación de que nada de todo
aquello implicara algún placer. El amor no era un lenguaje que
manejáramos ninguna de nosotras. Nuestra moneda de cambio era la piel tersa y los muslos prietos, y solo tenía valor para
los hombres demasiado mayores para darla por descontada.
Los viejos —en esto había acuerdo general— resultaban me-

29

nos engorrosos en conjunto, aunque recibían un chorreo de críticas por sus deficiencias físicas. La calvicie, la halitosis y las servidumbres del Viagra constituían la dura realidad, aunque nunca lo habrías dicho por el coqueteo a base de mensajitos que se llevaban las chicas con sus hombres. Así era como funcionaban las cosas en su mundo; el desprecio y las lágrimas ocasionales se los guardaban para cuando estaban con el resto de nosotras.

En el Gstaad tenía amigas, o lo que me parecían amigas, por primera vez en mi vida, y casi me daba vergüenza la felicidad que eso me procuraba. En el colegio no había tenido amigas. Lo que entonces tenía era una actitud agresiva y altanera (me habían dejado un ojo morado varias veces), así como una tendencia a hacer novillos y una saludable noción de los placeres del sexo; pero no me quedaba tiempo para amigas. Aparte de explicar que nos habíamos conocido en el norte de Inglaterra, Leanne y yo dábamos por sentado tácitamente que habíamos sido colegas de adolescentes (si es que no intervenir activamente en sujetarle a alguien la cabeza sobre la cisterna del baño significaba ser colega) y nunca hablábamos de ello.

Descontando a Frankie, la secretaria del departamento en la casa de subastas, la única presencia femenina estable en mi vida eran mis compañeras de apartamento, dos entusiastas coreanas que estudiaban medicina en el Imperial College. Teníamos una lista de tareas colgada en el baño que todas cumplíamos educadamente, pero por lo demás apenas necesitábamos charlar. Exceptuando a las mujeres que conocía en las peculiares fiestas a las que me gustaba asistir, lo único que había esperado siempre de la gente de mi propio sexo era hostilidad y desprecio. Nunca había aprendido a cotillear, a dar consejos, a escuchar las interminables especulaciones del deseo contrariado. Allí, en cambio, descubrí que podía integrarme. En el metro, cambié la sesuda lectura del *Burlington Magazine* y del *Economist* por revistas de famosos como *Heat* y *Closer*. Así, cuando el tema de los hombres decaía, yo también podía participar en la charla sobre los inacabables culebrones de las estrellas de cine. Fingí tener el corazón destrozado (insinuando un aborto) para justificar el hecho de que no saliera con nadie. Todavía no estaba «preparada», y me encantaba escuchar cómo me decían que ya iba siendo hora de «pasar página» y «seguir adelante». Mis raras incursiones nocturnas las mantenía estrictamente en secreto. Noté que me sentaba bien aquel extraño y concentrado universo en miniatura, donde el mundo exterior parecía quedar muy lejos, donde nada era del todo real. Hacía que me sintiera segura.

Leanne no había mentido sobre el dinero. Exagerado tal vez, pero aun así era algo fuera de serie. Descontando mi porcentaje sobre las botellas, con el que pagaba el taxi a casa, estaba sacándome seiscientas libras limpias a la semana en propinas —en billetes arrugados de veinte y cincuenta—, y a veces incluso más. En quince días saldé el patético descubierto de mi cuenta y, unas semanas después, me fui un domingo en tren a un *outlet* cerca de Oxford e hice algunas inversiones. Un traje chaqueta negro Moschino para reemplazar mi viejo y apaleado Sandro, un Balenciaga de fiesta blanco tremendamente sencillo, unos zapatos sin tacón Lanvin y un vestido estampado DVF. Y por fin, me permití una limpieza dental en Harley Street, pedí cita en Richard Ward y me hice un corte de pelo que parecía sutilmente el mismo, pero cinco veces más caro. Nada de todo aquello era para el club. Para eso me bastaba con algunos vestidos sencillos sin marca y con el toque provocativo de unos zapatos de charol Louboutin con mucho tacón. Despejé un estante de mi armario y coloqué cuidadosamente mis nuevas adquisiciones, envueltas en papel de seda. Me gustaba mirarlas, contarlas una a una como un avaro de cuento. De niña, había devorado los libros de Enyd Blyton que se desarrollaban en internados: en St. Clare's, Whyteleafe y Mallory Towers. Mis nuevas ropas

31

eran como mi falda con peto y mi palo de lacrosse: el uniforme de la persona que iba a ser.

Él empezó a venir cuando yo llevaba un mes en el club. La del jueves solía ser la noche más animada de la semana, la última antes de que los hombres que habían venido por negocios se volvieran a casa; pero ese jueves estaba lloviendo a cántaros y solo había dos hombres en la barra. Las revistas y los móviles estaban prohibidos una vez que aparecían clientes, así que las chicas languidecían, aburridas, y salían de vez en cuando a fumarse un cigarrillo bajo el toldo de la entrada, procurando evitar que se les encrespara el pelo con la humedad. Sonó la campanilla y entró Olly. «¡Sentaos erguidas, damiselas! ¡Esta va a ser vuestra noche de suerte!» Unos minutos más tarde, uno de los hombres más ordinarios que había visto en mi vida apareció en el local con su enorme barriga. Sin intentar siquiera ocupar un taburete de la barra, se desplomó de inmediato en el banco más cercano y ahuyentó con gesto irritado a Carlo hasta que se hubo quitado la corbata y secado la cara con un pañuelo. Tenía ese aspecto desastrado que solo un traje extraordinario puede disimular, y era evidente que su sastre se había visto desbordado ante semejante tarea. Su chaqueta abierta mostraba una camisa de color crema en tensión sobre la enorme panza, que tenía en parte apoyada sobre las rodillas. El botón del cuello parecía a punto de explotar entre pliegues adiposos. Incluso sus zapatos daban la impresión de estar a reventar.

Pidió un vaso de agua con hielo.

—No veía a Fatty desde hace tiempo —susurró alguien.

Las chicas debíamos charlar animadamente, agitando el pelo y lanzando miraditas con mucho movimiento de pestañas, aparentando que estábamos allí por casualidad, con nuestros elegantes modelitos, hasta que el cliente escogiera. El gordo fue rápido escogiendo. Me hizo una seña y sus fofas mejillas moteadas se distendieron en una sonrisa. Mientras me acercaba, reparé en la corbata a rayas tirada en el asiento y en el anillo de sello, incrustado entre los rollos de su meñique. Agh.

—Hola, me llamo Lauren —susurré, sonriendo—. ¿Quieres que me siente contigo?

—James —se limitó a decir.

Me senté pulcramente, cruzando las piernas a la altura de los tobillos, y lo miré con risueña expectación. Nada de charla hasta que pedían la bebida.

—Supongo que quieres que te invite a una copa —dijo a regañadientes, como si conociera la norma del club pero le pareciera de todos modos una imposición.

—Gracias. Me encantaría.

Él no miró la carta.

—¿Cuál es el más caro?

—Creo… —vacilé.

—Vamos, suéltalo.

—Bueno, James, pues el Cristal 2005. ¿Te apetece?

—Pídelo. Yo no bebo.

Le hice una seña a Carlo antes de que cambiase de opinión. El 2005 costaba la friolera de tres mil libras; ya me había sacado trescientas. Muy bien, Derrochador.

Carlo trajo la botella con infinito cuidado, como si fuese su hijo recién nacido, pero James se apresuró a ahuyentarlo, la descorchó él mismo y llenó las copas inmensas.

—¿Te gusta el champán, Lauren? —preguntó.

Me permití una sonrisita irónica.

—Bueno, puede llegar a ser un poquito monótono.

—¿Por qué no les das la botella a tus amigas y pides algo que te apetezca?

Me gustó por ese detalle. Era repulsivo físicamente, desde luego, pero el hecho de que no necesitara que yo fingiera entrañaba cierta valentía. Pedí un coñac Hennessey y, mientras lo bebía lentamente, me habló un poco de su profesión, el rollo del dinero, claro, y, al cabo de un rato, se puso de pie trabajosamen-

33

te y salió con andares de pato, dejando sobre la mesa quinientas libras en billetes nuevecitos de cincuenta. A la noche siguiente, volvió a aparecer e hizo exactamente lo mismo. Leanne me mandó un mensaje de texto el miércoles por la mañana para explicarme que había estado allí el martes y había preguntado por Lauren. Y el jueves, volvió a presentarse a los pocos minutos de abrir el local. Muchas chicas tenían «habituales», pero ninguno tan generoso, lo que me confería un nuevo estatus entre ellas. Aunque me sorprendió un poco, no mostraron celos. Al fin y al cabo, el negocio era el negocio.

Capítulo 4

Cuando empecé a trabajar en el club, las humillaciones diarias en el departamento se me hicieron más patentes que nunca. En el Gstaad tenía al menos la ilusión de controlar la situación. Yo procuraba convencerme de que me divertía que mi vida convencional, mi vida «real» —tan solo separada por unas calles de Olly y de las chicas— estuviera desprovista de valor y de poder. En el club me sentía apreciada cada vez que cruzaba las piernas, mientras que en mi verdadero trabajo, el que se suponía que constituía mi carrera, seguía siendo en gran parte un burro de carga. Pero, de hecho, el Gstaad y la casa de subastas más elitista del mundo tenían más cosas en común de lo que resultaba agradable reconocer.

Trabajar en la Casa podía ser decepcionante, pero todavía recordaba la primera vez que había visto un cuadro real, y ese recuerdo seguía conservando su brillo en mi interior. El cuadro era la alegoría *Venus, Cupido, la Locura y el Tiempo*, de Bronzino, que está en la National Gallery, en Trafalgar Square. Aún hoy me produce un efecto balsámico, no solo por la elegancia manierista y misteriosa de su composición —juguetona e inocentemente erótica, y oscuramente alusiva a la mortalidad y a la muerte—, sino también porque ningún erudito ha formulado una teoría aceptable sobre su significado. Su belleza radica en cierto modo en la frustración que provoca.

Había sido durante una excursión escolar a Londres: largas

horas sofocantes en un autocar que olía a salchichas y patatas fritas, con las chicas más populares cotorreando y peleándose en los asientos traseros, y nuestras profesoras aguantando el tipo con un aire extrañamente vulnerable provocado quizá por sus inusuales ropas informales. Habíamos contemplado boquiabiertas las puertas del palacio de Buckingham y luego caminado lentamente por el Mall hasta la National Gallery con nuestro uniforme azul marino (si te ponías encima una placa de identificación, ya estabas lista para trabajar en un centro de telemarketing). En el museo, los chicos patinaban por los suelos de parquet y las chicas soltaban comentarios obscenos a cada desnudo que pasábamos. Yo estaba intentando alejarme sola, con ganas de perderme por aquellas salas en apariencia inacabables, cuando me tropecé casualmente con el Bronzino.

Fue como si me hubiese dado de bruces y me hubiera caído por un agujero: una jadeante sensación de shock de la que te recuperas rápidamente, como si tu cerebro hubiera quedado rezagado unos instantes por detrás del cuerpo. Allí estaban la diosa, su hijo varón, el misterioso anciano alzándose tras ellos. Yo no sabía aún quiénes eran, pero instintivamente comprendí que no había sabido lo que era la falta, la falta esencial, hasta ese mismo momento, hasta que vi cómo brillaban y se entrelazaban aquellos delicados colores. Y entonces también descubrí lo que era el deseo: el primer indicio de que sabía lo que quería y lo que no tenía. Odié esa sensación: sentir que todo lo que había conocido hasta entonces me parecía feo repentinamente y que la fuente de esa sensación, su misteriosa fuerza y su atractivo, relucía ante mí desde aquel cuadro.

—¡Mira! ¡Rashers está comiéndose con los ojos a esa mujer desnuda!

Leanne y dos de sus secuaces me habían dado alcance.

—¡Maldita bollera!

—¡Bollera!

Sus voces chillonas estaban molestando a los demás visitantes, que volvían la cabeza hacia nosotras. A mí me ardía la cara de vergüenza. Leanne llevaba entonces el pelo de un rubio anaranjado, con una permanente y una cantidad brutal de gomina que le daba todo el aire de llevar una peluca en la coronilla. Igual que sus amigas, se ponía una gruesa capa de base de maquillaje y lápiz de ojos.

—No deberían dejar que entraran si no saben comportarse —oí que decía una mujer—. Ya sé que la entrada es libre, pero...

—Es verdad —la interrumpió otra—. Parecen salvajes.

Nos miraban como si oliéramos mal. Me pregunté si sería así: si para ellas tendríamos mal olor. No soportaba el desdén de aquellas voces refinadas. No soportaba que me asimilaran a las demás. Pero Leanne también las había oído.

—Váyanse a tomar por culo —dijo agresivamente—. ¿O es que también son putas bolleras?

Las dos mujeres que habían hablado parecían horrorizadas. No replicaron; se limitaron a alejarse con calma hacia las galerías del fondo. Las seguí anhelante con la mirada y me volví hacia las chicas.

—Quizá van a quejarse. Igual nos echan.

—¿Y qué? No vamos a volver aquí. ¿Qué te pasa, Rashers?

Yo ya era bastante buena peleando. Mi madre, cuando se molestaba en reparar en mí, se tomaba con calma mis morados y mis ojos a la funerala, aunque en general yo procuraba ocultar las secuelas de mis refriegas. Ya entonces, ella me miraba como si no fuera suya en realidad. Habría podido lanzarme contra Leanne allí mismo; pero tal vez por la presencia del cuadro, tal vez por las mujeres, que sabía que seguían a nuestra espalda, no quise hacerlo. No iba a rebajarme de esa manera; ya no. Así pues, no hice nada. Procuré envolverme en una densa capa de desprecio, como si fuera un abrigo de pieles, para mostrarles que estaban tan por debajo de mí que no merecían mi atención siquiera. Para cuando terminamos el colegio, me las había arreglado para convencerme a mí misma de ello. Durante dos años había ahorrado para mi primer viaje al norte de Italia, trabajando de cajera en una gasolinera, atando mechones de pelo teñido en un salón de belleza y, en fin, cortándome los dedos con los envases de un local de comida china para llevar y salpicando sangre en el cerdo agridulce de los borrachos de fin de semana. Así me costeé un año sabático en París y un curso preuniversitario de un mes en Roma.

Había creído que las cosas quizá serían distintas cuando entrara en la universidad. Por lo pronto, nunca había visto a una gente semejante, no digamos un lugar semejante. Parecían hechos para estar juntos, aquellos seres y aquellos edificios: generaciones dotadas de todos los privilegios cuya piel dorada se había fundido con la piedra dorada para producir una arquitectura perfecta en todos sus detalles pulidos por el tiempo. Tuve amantes en la universidad, claro, pero cuando tienes un físico como el mío y, por decirlo todo, cuando te gustan las cosas que a mí me gustan, es probable que hacer amigas nunca se te dé muy bien. Yo me decía que no las necesitaba; y además, entre la biblioteca y mis trabajos a tiempo parcial, no me quedaba demasiado tiempo para nada, salvo para leer.

No me ceñía a los libros del programa. Además de Gombrich y Bourdieu, leía cientos de novelas buscando siempre detalles instructivos sobre las costumbres de ese extraño país llamado «clase»: sobre la manera de hablar y el vocabulario que distingue a los que forman parte de ese club invisible. Me esforcé incansablemente con los idiomas: el francés y el italiano eran las lenguas del arte. Leía *Le Monde* y *Foreign Affairs*, *Country Life* y *Vogue*, *Opera Magazine* y *Tatler*, revistas de polo, *Architectural Digest* y el *Financial Times*. Me instruí sobre vinos, sobre encuadernación de libros antiguos y sobre la plata de ley. Asistí a todos los recitales gratuitos que pude, primero por deber y más tarde, por placer; aprendí a usar el tenedor de postre y a imitar el acento de las clases dominantes. Ya tenía para entonces el suficiente conocimiento para no pretender aparentar lo que no era, pero pensaba que si me convertía en un buen camaleón, a nadie se le ocurriría hacer indagaciones.

No era el esnobismo lo que me impulsaba. Sencillamente resultaba un alivio encontrarse en un ambiente donde confesar que te interesaba cualquier cosa aparte de los *reality shows* no constituía un motivo para que te partieran la cara. Ya en el colegio, si hacía novillos era solo para largarme en autobús a la ciudad y entrar en la sala de lectura Picton de la Biblioteca Central o en la galería de arte Walker, pues esos lugares silenciosos desprendían para mí algo que iba más allá de las bellezas que contenían. Eran lugares… civilizados. Y ser civilizado significaba saber sobre las cosas realmente valiosas. Por mucho que la gente finja que no importa, esa es la verdad. Negarlo es tan estúpido como creer que la belleza no importa. Y para rodearse de las cosas valiosas, debes rodearte de la gente que las posee. Ahora bien, si te gusta hacerlo todo a conciencia, como a mí, no está de más conocer la diferencia entre un marqués hereditario y un marqués honorario.

Cuando empecé en la casa de subastas, parecía que mis esfuerzos para pulirme habían dado bastante resultado. Congenié enseguida con Frankie, la secretaria del departamento, pese a que ella hablaba como una dama europea dando órdenes a sus porteadores hindús y pese a que tenía amigos a los que llamaba Totó y Mimí. Frankie encajaba en ese ambiente de un modo que yo nunca alcanzaría del todo, pero al mismo tiempo parecía un poco perdida en medio de la vulgaridad de la nueva oleada de dinero que iba infiltrándose en la Casa. El mundo del arte había despertado de su refinado sopor y se había convertido en un patio de recreo para millonarios, y allí las chicas como Frankie empezaban a constituir una especie en extinción. Una vez me había explicado en tono confidencial y más bien apenado que ella preferiría vivir en el campo, pero que su madre consideraba que tendría más posibilidades de «conocer a alguien» trabajando en la ciudad. Aunque Frankie era una lectora voraz de la revista de moda *Grazia*, nunca parecía seguir sus consejos de belleza: llevaba en el cabello una cinta de terciopelo sin ningún ánimo irónico y su trasero parecía un gigantesco champiñón de *tweed*. Una vez, en una escapada furtiva a los almacenes Peter Jones, tuve que quitarle de la cabeza la idea de comprarse un vestido de gala de tafetán turquesa auténticamente desastroso. No me parecía previsible que su madre fuera a tener que preocuparse de encargar las invitaciones estampadas en un futuro próximo, pero admiraba de verdad el estilo sin complejos de Frankie, su magnífico desdén por las dietas y el perenne optimismo que la inducía a creer que algún día encontraría al Hombre de su Vida. Esperaba de verdad que lo consiguiera: la veía en su rectoría georgiana, ante la cocina económica, sirviendo platos de pastel de pescado a una familia lozana y cariñosa.

A veces almorzábamos juntas y, si no me cansaba de oírla hablar de su infancia entre ponis y prados verdes, a ella parecían gustarle las historias (estrictamente censuradas) de mis travesuras infantiles. Frankie era sin duda una de las cosas que me gustaban de mi empleo; la otra era Dave, que trabajaba de mozo en el almacén. Dave era prácticamente la única otra persona de la Casa a la que sentía que le caía bien de verdad. Había perdido una pierna en Bagdad, en la primera guerra de Irak, y se había interesado por los documentales de arte durante la convalecencia. Tenía un ojo natural fantástico y una mente muy rápida; su gran pasión era el siglo XVIII. Una vez me había dicho que, después de lo que había visto en el Golfo, lo único que lo animaba a veces a seguir adelante era la oportunidad de estar cerca de los grandes cuadros. Notabas el amor que sentía en su delicada manera de manejarlos. Yo sentía auténtico respeto por la sinceridad de su interés, así como por sus conocimientos, y desde luego había aprendido sobre pintura más de él que de cualquiera de mis superiores en el departamento.

Coqueteábamos, claro (quizá nunca había practicado tanto lo que llaman la charla de máquina de café), pero Dave también me gustaba porque no entrañaba peligro. Más allá de sus ocasionales chistes picantes, se interesaba por mí de un modo anticuado y paternal; incluso me envió una tarjeta de felicitación cuando me ascendieron. Pero yo sabía que estaba felizmente casado —él se refería siempre a su esposa como «mi señora»— y, para decirlo crudamente, resultaba relajante estar con un tipo que no se me quería follar. Aparte del arte rococó, la otra gran pasión de Dave eran los libros baratos de «crímenes reales». El canibalismo marital estaba de moda, pues abundaban al parecer las esposas contrariadas que servían a su marido como paté, acompañado de un chardonnay bien fresquito; y Dave, cuyo encuentro con el mundo del armamento moderno había sido de una eficacia probada, disfrutaba con la ingenuidad shakesperiana de los instrumentos mortíferos que solían emplear esas mujeres. Era asombroso lo que podías hacer con unas tenacillas para el pelo y una navaja suiza, si ponías todo tu ingenio en ello. Las frecuentes y alegres pausas para fumar un pitillo en las profundidades del almacén las pasábamos analizando las últimas tendencias en el mundo de los asesinatos brutales, y yo me preguntaba a veces qué conexión había entre los dos intereses de Dave: si los dioses y diosas engalanados que retozaban exquisitamente en los lienzos que tanto admiraba constituían un consuelo frente a toda la violencia que había presenciado, o más bien un reconocimiento implícito, en su belleza a menudo erótica, de que el mundo clásico era tan brutal y tan cruel como todo lo que él había visto en el desierto. Por lo demás, si yo me sentía impresionada por la pericia que Dave había adquirido por sí solo, él mostraba a veces un respeto casi embarazoso ante mi estatus de especialista.

Una mañana —un viernes de principios de julio, justo después de mi última velada con James— vi que faltaban unos minutos para que abriera el departamento y me zambullí en el

41

almacén para buscar a Dave. La noche en el Gstaad había sido larga y tenía los ojos irritados por el humo y la falta de sueño. Dave lo dedujo al verme con gafas de sol a las nueve de la mañana.

—¿Una noche de juerga, cariño?

Sacó una taza de té, dos pastillas de Ibuprofeno y una barrita de Galaxy; nada como el chocolate para el dolor de cabeza. Dave sostenía gentilmente la fantasía de que, como muchas otras chicas que trabajaban allí, yo llevaba una deslumbrante vida social entre los ricachones de Chelsea. Yo no le contradecía. Cuando me sentí lo bastante humana como para quitarme las gafas, saqué un cuaderno y una cinta métrica de mi maletín y empecé a medir una pequeña serie de paisajes napolitanos para la próxima venta «Grand Tour».

—Chocante —comentó Dave—, ponerle a esto una reserva de 200 como a un Romney. Es solo una imitación «al estilo de».

—Chocante —repetí, asintiendo, con el lápiz entre los dientes. Una de las primeras cosas que había aprendido en la Casa era que la «reserva» era el precio mínimo que un vendedor exige por una pieza. Señalé con la barbilla su bolsillo trasero—. ¿Nuevo libro, Dave?

—Sí. Ya te lo prestaré si quieres. Es brutal.

—Recuérdame cuándo estuvo Romney en Italia…

—Entre 1773 y 1775. Roma y Venecia, sobre todo. Bueno, pues resulta que la mujer de ese tipo lo cocinó con la tostadora. En Ohio.

—Venga ya, Dave, no me lo trago.

—Ni yo me trago que esto sea un Romney.

Sonó el pitido de mi móvil: un mensaje de texto de Rupert, el jefe del departamento. Tenía que salir a hacer una tasación en cuanto hubiera tomado las notas.

En su escritorio, Rupert se estaba dando el gusto de desayunar quizá por tercera vez esa mañana: ahora un sándwich de salchicha que rezumaba mostaza y ya le había manchado uno de los puños dobles de su camisa. Me tocaría ir de nuevo a la tintorería después, pensé compungida. ¿Qué tenía yo con los hombres gordos? Me dio una dirección de St. John's Wood y los datos del cliente, ordenándome que me pusiera en marcha enseguida; pero cuando ya salía, volvió a llamarme.

—Hmm, Judith. —Una de las muchas cosas que no soportaba de Rupert era su afectación constante de que mi nombre de pila era «Hmm».

—¿Sí, Rupert?

—En cuanto a esos Whistler...

—Me documenté ayer sobre ellos, como me dijiste.

—Hmm, sí, pero recuerda por favor que el coronel Morris es un cliente relevante. Él espera una absoluta profesionalidad.

—Por supuesto, Rupert.

Después de todo, pensé, quizá no odiaba tanto a Rupert. Estaba confiándome una tasación de importancia. Ya me habían enviado en otras ocasiones a tasar algunas piezas menores, incluso fuera de Londres un par de veces, pero esta era la primera oportunidad que me habían dado de hablar con un cliente «relevante». Me tomé como una buena señal que la confianza que mi jefe depositaba en mí estuviera aumentando. Si estimaba el precio correctamente, de un modo preciso pero atractivo para el vendedor, podía conseguir la operación y adquirir las piezas con el fin de subastarlas. Whistler era un pintor de primera, uno de los que atraían a los grandes coleccionistas, y podía aportar serios beneficios a la Casa.

Para celebrarlo, cargué el taxi a la cuenta del departamento, aunque los subalternos no lo teníamos permitido. Ese presupuesto estaba reservado para desplazamientos cruciales, como recoger a Rupert en el restaurante Wolseley, al lado de Piccadilly. Me bajé unas cuantas calles antes para poder caminar tranquilamente junto al canal, bajo los frondosos árboles veraniegos. Ahora ya me había despejado, y de los jardines vallados me llegaba una fragancia de lilas húmedas. Sonreí al pensar que estas calles, con sus corrillos de niñeras filipinas y sus obreros po-

43

lacos dedicados a instalar enormes piscinas cubiertas, habían sido en tiempos poco más que un inmenso burdel de categoría, donde las mujeres aguardaban tras pesados y lujosos cortinajes, dispuestas como desnudos de William Etty, a que sus amantes les hicieran una visita en el camino de la City a su casa. Londres siempre había sido y siempre sería una ciudad de meretrices.

Un pequeño y reluciente ojo láser me escrutó cuando llamé al timbre de la planta baja. El cliente abrió él mismo la puerta de la casa simétrica de estuco crema. Yo más bien me esperaba un ama de llaves.

—¿Coronel Morris? Soy Judith Rashleigh —dije, tendiéndole la mano—, de British Pictures. Teníamos una cita para examinar los estudios de Whistler.

Él me saludó con una especie de bufido y yo seguí sus cuartos traseros forrados de tela cruzada hasta el vestíbulo. No es que me esperase un oficial deslumbrante, pero tuve que contenerme para no retroceder cuando su garra de uñas amarillas estrechó mi mano. Unos ojillos crueles bailaban nerviosamente por encima del bigotito hitleriano, que parecía aferrarse a su labio como una babosa adherida a un esquí en pleno eslalon. No me ofreció ni una taza de té. Me llevó directamente a una sala de estar mal ventilada, cuyos cortinajes recargados de color pastel contrastaban de forma extraña y provinciana con los extraordinarios cuadros colgados de las paredes. El coronel abrió las cortinas mientras yo contemplaba un Sargent, un Kneller y un exquisito boceto de Rembrandt.

—¡Qué cuadros tan maravillosos! —Al menos valían diez millones. Esta iba a ser una tasación de verdad.

Él asintió con suficiencia y me obsequió con otro resoplido de morsa.

—Los dibujos de Whistler los tengo en mi dormitorio —resolló, deslizándose con pasitos rápidos hacia una segunda puerta. Esa habitación, aún más oscura y cerrada, tenía un acre hedor a transpiración revenida, mezclado con la fragancia astringente de una colonia anticuada. Una cama enorme cubierta con mantas velludas de color verde musgo ocupaba la mayor parte del espacio. Tuve que rodearla para llegar a la cómoda donde se hallaban alineados cinco cuadritos. Saqué mi linterna y los examiné uno a uno minuciosamente, comprobando la autenticidad de la firma y retirando con delicadeza los marcos para verificar la filigrana del papel.

—Preciosos —dije—. Son los estudios previos para la serie de la *Sonata del Támesis*, como usted sugería.

Me sentía bastante complacida por la eficiente seguridad con la que había hecho la identificación.

—No necesitaba que me lo dijera usted.

—Desde luego. ¿Está pensando en ponerlos en venta? Serían muy adecuados para la subasta de arte italiano, pero también resultarían perfectos para el catálogo de primavera. Naturalmente, tendrá usted la procedencia.

La procedencia, un dato clave en este negocio, era el trayecto que había seguido el cuadro desde el caballete del pintor a través de los diversos propietarios y salas de venta, es decir, el rastro documental que demostraba su autenticidad.

—Por supuesto. Tal vez quiera echar un vistazo a estos grabados mientras busco los documentos. —Me pasó un pesado álbum—. Son de época victoriana tardía. De lo más insólitos.

Quizá fueron las dos manazas que me estaban sobando los glúteos, pero me hice una idea tan clara como deprimente del aspecto que tendrían los grabados del coronel. Bueno, no iba a arredrarme. Le aparté las manos y abrí el álbum. No estaba mal, para ser porno del siglo XIX. Pasé unas páginas como si estuviera interesada. Profesionalidad, eso era lo único que me hacía falta. Pero entonces noté que una de sus manazas se deslizaba sobre mi pecho, y, de repente, sentí sobre mí todo su peso, empujándome y tumbándome boca abajo sobre la cama.

—¡Coronel! ¡Suélteme ahora mismo! —Empleé mi mejor tono de chica decente escandalizada, pero aquello ya no era ninguna comedia. Me aplastó pesadamente los pulmones con su cuerpo mientras se revolvía y trataba de deslizarme sus dedos repulsivos por debajo de la blusa. La manta verde me ahogaba; no podía alzar la cabeza. Todos mis intentos de quitármelo de encima le estaban produciendo a todas luces un efecto excitante, porque me plantó un beso asquerosamente húmedo en el cuello mientras reptaba y se acomodaba sobre mí.

Yo respiraba con rápidos jadeos, pero no me llegaba el aire, con lo que me estaba entrando pánico. Eso es algo que no me gusta nada, nada. Intenté meter las palmas de las manos bajo mi cuerpo para apartarlo de golpe flexionando los brazos, pero él me inmovilizó la muñeca derecha sobre la cama. Logré volver la cabeza y aspiré una bocanada de aire fétido por debajo de su axila. El sudor empapaba la pechera de su camisa de franela; los pliegues crispados de su rostro palpitaban junto al mío. Vistos de cerca, sus dientes resultaban horriblemente diminutos, como parduscos muñones fetales.

—¿Qué te parecen? —jadeó, entornando seductoramente sus ojos saltones—. Tengo montones de grabados parecidos. Y vídeos también. Seguro que a una zorra como tú le encantan.

Su estómago temblaba sobre mi espalda. Le dejé tiempo para que se buscara a tientas la bragueta. Sabe Dios lo que pensaba encontrar allí. Luego le mordí la mano con todas mis fuerzas, sintiendo cómo cedía la carne bajo mi mandíbula. Él dio un chillido y se apartó un instante; yo aproveché para agarrar el bolso, sacar el móvil y apuntar con él a su entrepierna como si fuese una pistola.

—Maldita…

—¿Zorra? Sí, eso ya lo ha dicho. El problema es que las zorras muerden. Y ahora, apártese de mí de una puta vez.

Él se agarraba la mano. No había llegado a hacerle sangre, pero de todos modos escupí hacia él, por si acaso.

—¡Ahora mismo voy a llamar a Rupert! —graznó.

—No lo creo. Verá, coronel Morris, los vídeos ya están un poco anticuados. Ahora todo es digital. Como mi móvil. Que puede filmar esto y enviárselo por e-mail automáticamente a todos mis amigos. Aunque no tiene una lupa incorporada, si es que pensaba sacarse lo que tiene ahí escondido en los pantalones. ¿Ha oído hablar de YouTube?

Esperé, sin apartar los ojos de su rostro, sintiendo las vértebras tensas bajo mi blusa. Era imposible salir de aquel espacio tan angosto si él no estaba dispuesto a dejarme. Inspiré y espiré lentamente. Aquel era un cliente muy importante.

—Muchas gracias por su tiempo, coronel —dije por fin, cuando él se hizo a un lado—. No le entretengo más. Esta tarde enviaré a alguien del almacén a recoger los dibujos, ¿de acuerdo?

Tuve otro momento de pánico en la puerta principal, pero no estaba echada la llave; salí y se cerró a mi espalda con un pesado chasquido. Caminé con la espalda erguida hasta llegar a Abbey Road. Inspiraba durante cuatro segundos, mantenía el aire en los pulmones cuatro segundos y espiraba durante otros cuatro. Luego me limpié la cara con una toallita, me arreglé el pelo y llamé al departamento.

—¿Rupert? Soy Judith. Ya podemos enviar a alguien esta tarde a recoger los Whistler.

—Hmm, Judith. ¿Ha ido todo… bien?

—¿Por qué no debería haber ido bien?

—¿Ningún, hmm, problema con el coronel?

Él lo sabía. El cabrón de Rupert lo sabía. Yo mantuve mi tono melifluo.

—Ningún problema. Ha resultado bastante… manejable.

—Buena chica.

—Gracias, Rupert. Volveré enseguida a la oficina.

Claro que lo sabía. Por eso había enviado a una chica guapa en vez de encargarse él mismo de una tasación tan importante.

¿Por qué serás tan boba, Judith? ¿Por qué iba Rupert a enviar a una asistente insignificante a una cita de esta categoría, a menos que el cliente esperase un pequeño extra? En el fondo, él tenía muy claro para lo que servía yo.

Entonces, durante unos segundos, me apoyé contra un muro y me tapé la cara con los brazos, dejando que la oleada de adrenalina me recorriera de arriba abajo. Temblaba tan violentamente que me dolían los músculos del estómago. Me sentía envuelta en el hedor del puto coronel Morris y estaba tan furiosa que me faltaba el aliento, como si me fallase el corazón. Contraje los músculos de la cara con fuerza para mantener a raya los sollozos. Podía ponerme a llorar, pensé; podía pegar la cara a la pared de rasposo ladrillo y llorar por todo lo que no tenía, por tanta injusticia, por lo asquerosamente harta que estaba. Podía llorar como la pequeña golfa pringada que aún era en parte, lamentando tener que tragar tanta mierda. Pero si empezaba a llorar tal vez no pudiese parar. Y no me lo podía permitir. Todo esto no era nada, nada. Me sorprendí pensando que Rupert tal vez me estaría agradecido, porque yo no había reaccionado del modo más obvio, o sea, denunciando a gritos el acoso e insistiendo en que llamáramos a la policía, sino que me había tragado la rabia junto con mi trémula autocompasión. Sería perder el tiempo esperar elogios por mi conducta, como también lo sería amargarme. Quizá no tenía el apellido adecuado, ni tampoco había ido al colegio o salido de caza con la gente adecuada, pero no sentía rencor contra los Rupert de este mundo ni era tan insegura para despreciarlos. No: el odio es mucho mejor. El odio conserva fría tu sangre, te mantiene en movimiento, preserva tu soledad. Y si necesitas convertirte en otra persona, la soledad es un buen punto de partida.

Cuando me presenté a la primera entrevista en Prince Street, Rupert me mostró perezosamente algunas postales para que las identificase. Piezas elementales: un Velázquez, un Cranach. Yo me pregunté si se habría molestado en mirar mi currículum y, después, cuando mencioné de pasada mi máster, deduje por su expresión de incómoda sorpresa que no lo había leído. La última postal que me pasó con aire astuto por encima de la mesa mostraba una chica esbelta medio desnuda, envuelta en paños vaporosos.

—Artemisia Gentileschi, *Alegoría de la inclinación* —respondí sin vacilar.

Durante un breve instante, Rupert dejó entrever que se sentía impresionado. Yo había tenido esa postal colgada en casa desde el viaje que había hecho a Florencia a los dieciséis años. Artemisia era la hija de un pintor, la más brillante de sus aprendices, uno de los cuales la violó mientras trabajaban en un encargo en Roma. Ella lo llevó a los tribunales y, tras ser torturada con un aplastapulgares para averiguar si decía la verdad, ganó el juicio. Sus manos constituían todo su futuro, y aun así corrió el riesgo de que se las retorcieran irreversiblemente: tal fue el ardor con el que exigió justicia. Muchos de sus cuadros eran célebres por su violencia, hasta el punto de que algunos críticos tenían dificultades para creer que los hubiera pintado una mujer; pero yo había escogido aquel porque Artemisia había utilizado como modelo su propio rostro. 49

Cuando pintó el cuadro tenía veintiún años y la habían casado con un pintor de la corte de tercera fila que se dedicó a vivir de su talento; pero ella se había representado a sí misma, creía yo, tal como deseaba ser: desafiante, con su rostro más bien vulgar totalmente sereno y sujetando una brújula, que era el símbolo de su propia determinación. «Yo decidiré por mí misma», me decía a mí ese cuadro; yo decidiré por mí misma. Como cualquier adolescente cuando se enamora, me había llegado a convencer de que nadie comprendía a Artemisia como yo. El objeto de mi amor podía ser poco convencional, pero el sentimiento era el mismo. Éramos tan parecidas, ella y yo. Desde luego, si ella no hubiera muerto en el siglo xvii, podríamos haber sido Mejores Amigas para Siempre.

Fue Artemisia quien me consiguió el trabajo. Aquella entrevista constituyó la única ocasión en la que Rupert me vio realmente, me refiero a que me vio como una persona y no como una presencia insignificante. Pero incluso entonces, él solo vio a la chica de los recados ideal, a una joven avispada que haría el trabajo más pesado y rutinario sin quejarse nunca. Ahora, apoyada contra un muro de ladrillo, sin lágrimas en los ojos, sentí un ligero espasmo de amor hacia mi yo de dieciséis años, hacia aquella chica que deambulaba por la Casa Buonarroti con su mochila de alumna aplicada y sus ropas espantosas; habría deseado aparecerme ante ella como un fantasma del futuro y decirle que todo saldría bien. Porque todo iba a salir bien. No pensaba llamar a la policía; Rupert me despediría en cuanto me hubieran tomado declaración. No. Yo era capaz de asimilar esto y de poner las cosas en su sitio.

Capítulo 5

*A*l volver a casa esa noche, tenía los nervios crispados y me dije a mí misma que después del encontronazo con el coronel Morris bien me merecía una pequeña fiesta. Le mandé un mensaje a Lawrence para ver si había algo previsto en su casa aquella noche. Lawrence era un amigo de mi primera época en Londres: un tipo rico, turbio y plácidamente adicto a la heroína. Lo había conocido en ciertos locales nocturnos, que, como todos los ámbitos caracterizados por aficiones peculiares, constituyen un mundo muy pequeño. Ahora él organizaba fiestas privadas en su propia casa, en el barrio de Belgravia, y me sugirió que me pasara hacia las once.

Las fiestas de Lawrence costaban en teoría ciento cincuenta libras, pero yo sabía que a mí me dejaría pasar gratis. Abrí la puerta de mi habitación y apoyé la cabeza en el kimono de seda que tenía colgado por la parte de dentro. Aspiré la fragancia a ropa limpia y al aceite de geranio de mi pequeño quemador de cerámica. Miré mis libros, mi cama impecablemente hecha, el chal de estampados balineses colgado sobre las sucias persianas, y el panorama entero me resultó insoportable. Todo tan barato, tan patéticamente optimista. Ni siquiera la promesa de las prendas preciosas que aguardaban todavía dobladas en el desvencijado armario de melamina consiguió aplacarme. Hurgué entre mis cosas, tratando de averiguar qué me apetecía ponerme. Nada muy agresivo. Por debajo, tenía que resultar suave y femenina; por encima, sería la gata que se pasea a su aire. Escogí unas bragas tipo *short* de encaje brasileño color café y un sujetador a juego. Encima me puse unos pantalones holgados de combate, una camiseta negra y unas Converse. Me pondría zapatos de tacón cuando llegara allí. Habría podido permitirme un taxi, pero prefería caminar y limpiarme los pulmones de las últimas esporas de la manta del coronel. Me tomé un tiempo generoso en maquillarme de modo que pareciera que no me había puesto nada en la cara y me dirigí a pie a Belgravia.

Las casas de estuco blanco parecían envueltas en un profundo misterio. Siempre reinaba la calma en este barrio; los pecados ocultos tras esos pórticos plutocráticos, fueran cuales fuesen, estaban mullidamente envueltos en dinero. Al acercarme al 33 de Chester Square, vi a Lawrence fumando en el umbral. Seguramente quería darse un respiro y descansar de la escandalosa comuna de exiliados del Soho que ocupaban su desván viviendo de gorra, bebiendo como cosacos e imaginando que eran artistas. En teoría, la tarifa de las fiestas les permitía costearse el caballo. Yo había pensado a veces en pedir una habitación para mí y ahorrarme el alquiler, pero el ambiente era demasiado caótico; me habría distraído del futuro que necesitaba construirme.

—Hola, preciosa.

Lawrence llevaba unos pantalones de terciopelo azul con rayas gruesas y una antiquísima camisa blanca, por cuyas mangas raídas asomaban sus muñecas esqueléticas.

—Hola, Lawrence. ¿Quién hay por aquí? ¿Alguien atractivo?

—Bueno, cariño. Ahora tú.

—¿Tú no vienes? —Por su forma de estirar las vocales, pensé que iba a dar una cabezada allí mismo, apoyado en el umbral.

—No, cariño. Aún no. Ve tú. *Amuse-toi.*

La fiesta era en el sótano, pero antes me di una vuelta y me puse a imaginarme, como hacía siempre, cómo sería mi vida si una casa semejante fuera mía: cómo cambiaría las habitaciones, cómo las pintaría y amueblaría. No había nadie a la vista que pudiera observar cómo pasaba la mano por la curva voluptuosa de la barandilla del siglo XVIII, por la sólida certidumbre que transmitía su caoba pulida. Yo había aprendido en las revistas de interiorismo más elegantes que era un error que las casas parecieran demasiado «perfectas»: que el horrible sofá de pana verde de los años setenta que se agazapaba en la sala de estar de Lawrence, por ejemplo, constituía un signo tan inefable de su clase como su refinado acento o su manera de llevar esas camisas raídas. Aun así, me imaginé el aspecto que tendría la sala de estar pintada de gris Trianón, con unas cuantas piezas sobrias y exquisitas, y conmigo, perfectamente serena, en el centro. Chester Square era un antídoto mucho mejor para el incidente con el coronel Morris que el arrogante discursito que me había dirigido a mí misma para levantarme la moral. El deseo y la falta, me dije a mí misma, y el espacio entre ambos, era lo que debía gestionar. A veces veía mi propia vida como una red de cuerdas flojas que se extendían entre lo que yo podía dar, o hacer creer que daba, y lo que deseaba poseer. Me quité la mayor parte de la ropa y me puse unos zapatos de tacón Saint Laurent de ante negro; luego rodeé la sala, deslizando los dedos por las preciosas antigüedades de Lawrence, tocándolas como si fuesen talismanes. «Tú —pensé—, tú y tú y tú.» Bajé prácticamente a saltos las escaleras del sótano.

Al cruzar la cortina de shantung negro vi a una chica rubia chupándosela a un tipo de cuarenta y tantos; lo hacía apartándose con profesionalidad el pelo de la cara, para que él tuviera una buena perspectiva de su boca, y abarcando el miembro en toda su longitud con un movimiento terso y rápido. Ya la había visto en otras fiestas. Era rusa, pero se hacía llamar Ashley. Lawrence solía mezclar entre sus invitados a un par de profesionales para animar la fiesta. Pasé junto a ellos y me acerqué al barman cruzado de gorila que permanecía apoyado en una de

53

las lustrosas paredes negras, con una bandeja de copas de champán en las manos, tan imperturbable como si estuviera sirviendo canapés en el cóctel de un diplomático. Cogí una copa y di un sorbo, aunque no me hacía falta.

—¿Está Helene? —pregunté. Otra habitual de las fiestas de Lawrence.

—Por allí —dijo el barman, ladeando la cabeza.

Helene se hallaba tendida en una *chaise longue* de terciopelo negro, con los pechos derramándosele prácticamente fuera del corsé como turgentes helados de nata.

—Eh, Judith, cariño.

Alzó la cara hacia mí y yo me agaché para besarla, tomando su lengua —levemente ácida de champán— en mi boca.

—Lawrence me ha dicho que venías. Te estábamos esperando. ¿Verdad que sí?

Entonces levantó la vista un chico que permanecía de rodillas entre los muslos generosamente redondeados de Helene. A mí no me habría gustado tener un cuerpo como el suyo, pero no dejaba de sentir cierta debilidad por la piel suave y blanca de su vientre. Pasé voluptuosamente la mano por el pubis turgente, explorando su elasticidad y su pálido brillo.

—Este es Stanley.

—Hola, Stanley. —Él se levantó y bajó la cabeza para besarme tan rápidamente que no pude hacerme una idea clara de su rostro. Tenía la boca ancha y no demasiado babeante; por debajo de su colonia, percibí ese olor a heno mojado típico de los hombres jóvenes. Deslicé las manos por su espalda desnuda cuando él me atrajo hacia sí y palpé los músculos que se desplegaban por debajo de sus omoplatos. Magnífico.

Helene balanceó perezosamente unas esposas de acero reluciente: unas auténticas esposas policiales.

—Le he dicho a Stanley que a lo mejor te apetecía un sándwich doble.

—Claro, me encantaría. ¿Cómo quieres que me ponga?

—Debajo. ¿A que estaría bien, Stanley?

Él asintió. No parecía que la conversación fuera su fuerte. Me acomodé al lado de Helene en la *chaise longue* y empezamos a besarnos otra vez: yo acariciando las deliciosas turgencias y depresiones de su cuerpo; ella quitándome las bragas lentamente y recorriéndome con el dedo los labios del coño. Tomé su pezón con los labios y lo chupé ávidamente, paseando la lengua por la areola hasta que empezó a emitir un ronroneo; luego le metí dos dedos dentro. Siempre esa tensión exquisita, esa suavidad inefable. Ahora sentí una oleada de deseo. Me puse boca abajo y me deslicé por debajo de ella hasta que nuestros cuerpos quedaron alineados: mi rostro sobre el asiento de terciopelo, su vientre suculento en la parte inferior de mi espalda. Alcé el brazo derecho y ella hizo otro tanto. Stanley titubeó un poco mientras nos esposaba las muñecas juntas, pero al fin lo consiguió.

—Perfecto —murmuró—, ¿no es precioso?

Primero la tomó a ella, montándose sobre mis piernas y penetrándola por detrás, de tal manera que yo sentía sus testículos y también la calidez de los jugos de Helene en mi trasero. Me deslicé la mano izquierda bajo el clítoris, donde el peso la aplastaba contra mí, y empecé a acariciármelo. Ahora estaba ansiosa, deseando sentir su polla dentro de mí, y alzaba las caderas al mismo tiempo que Helene al recibir las embestidas de Stanley. La oí jadear cuando él se la sacó. Noté el glande de su polla, suave bajo el condón, pegado a mis propios labios. Enseguida la deslizó dentro con facilidad, apoyando las manos en el culo de Helene para darse impulso. Me llevó cerca del orgasmo y luego volvió a Helene, follándola con más fuerza hasta que su cuerpo se tensó y arqueó sobre el mío. Luego volvió a penetrarme a mí. Yo rezaba para que él aguantase hasta llevarme al orgasmo. Cuando lo consiguió, Helene se volvió de lado, con el coño todavía húmedo contra mi muslo, y lo acabó con la boca. Yo me quedé allí tendida, jadeando, con una pierna en el suelo, mientras mis propios jugos se enfriaban en los labios trémulos de mi sexo. Aquello era lo máximo para mí. No se trataba solo de la pureza del placer carnal, no. Era otra cosa: el hecho de que un desconocido me abriera las piernas y me follara hacía que me sintiera completamente libre, invulnerable.

Capítulo 6

*A*quella resultó ser la última fiesta a la que asistí en Londres. Ahora que estaba trabajando en el Gstaad Club debía cuidarme, dejarme tiempo para dormir y para correr, y también para mi verdadera carrera profesional.

Me dije a mí misma que debía olvidar el incidente con el coronel Morris. El viejo hijo de puta había fallado en su patético intento, y a mí lo único que me importaba era el desenlace de la historia. Había llevado a cabo con éxito la tasación; eso era lo único que contaba en la Casa. Así pues, debía estar fresca y mantenerme en forma, aunque eso implicara poner el despertador a las cinco para dar mis vueltas de rigor a Hyde Park antes de salir hacia la oficina.

Cuando James empezó a presentarse en el club con sus andares de pato y sus fajos de billetes de cincuenta, adquirí la costumbre de hacerme regularmente la manicura y tratamientos faciales, e incluso me costeé un par de carísimas sesiones de Pilates en el gimnasio. Gracias a mis nuevas lecturas, sabía que todo esto no era ninguna extravagancia, sino un «Tiempo para mí», una «Inversión en mí misma». James se había convertido en mi cliente habitual y Olly dijo que no hacía falta que me ocupara con nadie más los jueves y viernes por la noche. Aun así, a veces me sentaba con otro hombre si me lo pedían, y entonces James tenía que esperar solo, mirándome fijamente desde el otro lado del local, hasta que la botella obligada se terminaba y yo podía escabullirme y cruzar la pista de baile con una sonrisa de bienvenida en la cara.

No dejaba de fantasear en todo lo que podría hacer si conseguía mantener interesado a James. En British Pictures me pagaban muy por debajo del salario mínimo. Aunque mis estudios habían sido en buena parte gratuitos, al terminarlos me había sacado un crédito estudiantil de diez mil libras para cubrir el alquiler y los gastos. Pronto habría de empezar a devolverlo. Había pensado entonces que era lo bastante buena como para conseguir un puesto menos modesto antes de que venciera el plazo, así que me pareció que valía la pena correr el riesgo. Pero empezarían a reclamarme la deuda en cuanto llegara el otoño, o sea, en menos de dos meses, y la verdad era que hasta que había entrado en el club no había hecho otra cosa que subsistir.

Con las mil libras a la semana de James, pensaba, más lo que me sacara de otros clientes, podía albergar la esperanza de empezar a devolver el crédito y respirar un poco, e incluso de comprarme quizá un apartamento. Abrí una cuenta de ahorro y observé cómo iba creciendo la cifra.

Desde el principio estaba bien claro lo que James deseaba, pero su arrogancia encubría un fondo de inseguridad, como si no supiera exactamente por dónde empezar. Su tema favorito, como para la mayoría de los hombres, era él mismo, así que resultaba fácil sonsacarle. Tenía una esposa, Veronica, y una hija adolescente que vivían en Kensington, cerca de Holland Park. Aseguraba que le gustaba leer filosofía en su tiempo libre, aunque su idea del pensamiento serio estaba más cerca de *¿Quién se ha llevado mi queso?* que de la estética kantiana. No obstante, le sacamos mucho partido al tema. Yo le pedí que me recomendara algunos libros y busqué las reseñas en Google, de modo que pude fingir que los había leído. Veronica se ocupaba de la casa y formaba parte de varios comités de beneficencia. Yo me preguntaba a veces si ella sabía, o le importaba siquiera, dónde pasaba las veladas su marido. Dudaba que lo supiera. ¿Follaban? No creía que James fuera capaz: aun cuando los estrógenos producidos por toda aquella grasa no le hubieran atrofiado la polla, el tipo apenas podía subir las escaleras del club sin correr el riesgo de un accidente coronario. A medida que se sucedieron nuestras veladas, sin embargo, se empeñó en convencerme de que él había sido todo un golfo en su día. Ah, sí, él se lo había pasado en grande, de joven. Aquella casada madura en St. Moritz y las hermanas en Cap Ferrat... Tenía edad suficiente para poder decir que las «muchachas en flor» se lo disputaban entonces, y me tocó escuchar infinidad de anécdotas sobre chicas que se le habían entregado en cupés deportivos y plazas recónditas de Londres, así como historias inagotables sobre fiestas desternillantes y *nightclubs* del Soho. Al parecer, lo que quedaba de la sociedad londinense en los años setenta había sido un paraíso para los obesos.

—¿Una galleta, Judith? —me preguntó Frankie, la secretaria del departamento, trayéndome de vuelta a la reunión y pasándome un platito de galletas digestivas de chocolate por encima de la mesa de conferencias. Laura frunció el ceño. Estábamos celebrando lo que Rupert llamaba una Reunión de Alta Prioridad: yo, Frankie, Rupert, Laura y Oliver, el experto en retrato, que era algo más delgado y menos rubicundo que nuestro jefe.

—No, gracias —susurré.

Laura nos miró ceñuda y se arregló la pashmina con gesto arisco, cubriendo los estragos de su bronceado de Barbados. Cambié de idea y cogí una galleta. Frankie me ofrecía al menos un poco de solidaridad femenina, mientras que Laura me trataba casi siempre como a una criada negligente.

—Aquí están —dijo una voz femenina. Una rubia alta con el pelo esmeradamente cardado entró jadeante y dejó sobre la mesa un montón de catálogos nuevos.

—Esta es Angelica —dijo Laura—. Estará de prácticas con nosotros durante un mes. Acaba de terminar sus estudios en el Burghley de Florencia.

Si Dave hubiera estado presente, yo habría puesto los ojos en blanco. El Burghley ofrecía cursos de historia del arte a cretinos ricos demasiado perezosos para entrar siquiera en una universidad de tercera. Pasaban un año en la Disneylandia renacentista, creyendo que absorberían por ósmosis algo de cultura entre porro y porro, y recibían un bonito certificado.

—Bienvenida al departamento, Angelica —le dijo Rupert amablemente.

—Les agradezco mucho que me hayan admitido —dijo ella.

—Angelica es mi ahijada —añadió Laura, crispando su bótox en una gran sonrisa. Eso lo explicaba todo. Me erguí un poco en mi asiento.

—Bueno —dijo Rupert—, hoy es un gran día, chicos y chicas. Hemos recibido un Stubbs.

Repartió los catálogos. Parecían programas de una ópera del siglo XVIII. «George Stubbs —anunciaba la portada—, *El duque y la duquesa de Richmond en las carreras.*»

—¡Ooohh! —gritó Frankie, siempre tan servicial—. ¡Un Stubbs!

No era de extrañar su excitación. George Stubbs era un pintor extraordinariamente rentable, bien conocido por sus cotizaciones de más de veinte millones de libras. Yo misma sentía cierta debilidad por él: era de Liverpool, igual que yo, y a pesar de haberse molestado en estudiar anatomía, lo que implicaba que sus cuadros de caballos estaban entre los mejores que había producido el siglo XVIII, la Royal Academy lo había desdeñado en su día como un «pintor deportivo» y le había denegado la admisión como miembro de pleno derecho. Tenía curiosidad por ver cuál de sus obras habíamos recibido.

—Leed esto a conciencia —intervino Oliver—. He estado preparándolo durante mucho tiempo.

Hojeé rápidamente las páginas, pero al llegar a la ilustración principal, me entró un escalofrío. Yo había visto antes ese cuadro, no era posible que formara parte de un catálogo.

—Perdona, Rupert —dije—, pero no lo entiendo. ¿Este no es el cuadro que vi en enero, en aquella casa cerca de Warminster?

—No te preocupes, tú hiciste bien tu trabajo. Pero yo volví a echarle un vistazo por mí mismo. ¡No podía esperar que una becaria identificase un Stubbs!

Yo no lo había identificado porque no era un Stubbs. Y Rupert sabía de sobra que ya no era una becaria. Me había esforzado mucho para poder emitir ese tipo de juicios.

Volví a intentarlo.

—Pero tú no me dijiste...

Rupert me cortó con una risita incómoda.

—Quería que fuese una sorpresa. Bueno, como decía...

Lo interrumpí.

—Pero yo estaba segura. Saqué fotografías.

—El cuadro fue sometido a una limpieza, Judith, una vez que lo trajimos aquí. Los detalles que tú identificaste correctamente eran retoques posteriores. ¿Algún problema?

Tenía la sensatez suficiente para no volver a contradecirlo.

—No, claro que no. —Me obligué a adoptar una expresión entusiasta—. ¡Qué excitante!

Se había planeado una exposición de dos semanas en septiembre, previa a la venta. Rupert consideraba que el cuadro era lo bastante importante como para justificar por sí solo una subasta independiente. Oliver opinaba que era más conveniente integrarlo en una venta colectiva. Laura habló sobre los coleccionistas a los que había que avisar. Frankie tomaba notas. Yo estaba demasiado consternada para divertirme imaginando los pensamientos que debían de circular por las vastas extensiones desiertas del cerebro de Angelica. Al fin, acerté a formular algunas preguntas diligentes sobre los preparativos de la exposición privada, entre otras cosas para poder avisar a las azafatas

61

de eventos; luego pregunté si habría «desfile» esa tarde en el almacén.

—Podría bajar con Angelica para que eche un vistazo —sugerí en tono amigable.

El «desfile», tal como le expliqué a Angelica mientras avanzábamos por el polvoriento laberinto de corredores del sótano, era, en la jerga de la Casa, la maniobra de descarga de las obras, así llamada porque las hacían desfilar sobre ruedas por una rampa hasta el interior del almacén.

Era una buena ocasión para que los aprendices vieran las piezas de cerca, mientras las desembalaban en la sala de estudio, antes de que bajaran los expertos a examinarlas. Era una experiencia extraordinaria, le expliqué, ver esas obras maestras expuestas sobre un banco de madera, y no en las salas solemnes de una galería. Angelica estaba absorta en su teléfono móvil.

62

—Ya —acertó a decir, pasándose la mano por la melena rubia—. Vi miles de cuadros en los Uffizi. Por ejemplo, de, hmm, ¿Branzini?

—Querrás decir Bronzino, ¿no?

—Sí, eso.

Tal como esperaba, Dave estaba allí. Entre él y un colega estaban haciendo desfilar por la rampa diez Pompeo Batoni para la próxima venta «Grand Tour».

—Siempre tan guapa, Judith. ¿Tienes nuevo novio?

—Ya sabes que tú eres el único, Dave —dije, devolviéndole el flirteo. Había comprado en Amazon un lote de libros de crímenes reales y los había maltratado un poco previamente. Mientras le presentaba a Angelica, se los entregué y le dije que los había encontrado en el mercadillo Oxfam de Marylebone.

—¿Qué tenemos hoy? —pregunté para espabilar a Angelica, pues toda su capacidad de concentración, si alguna tenía, parecía volcada en el teléfono móvil.

—Batoni en Roma.

—¡Italia! —exclamé—. ¡Perfecto, Angelica! ¿Por qué no ayudas a medirlos?

Le hice a Dave una seña para que saliéramos a fumar y él me acompañó renqueando a la zona del almacén cubierta de colillas.

Rápidamente, le puse al corriente de mi viaje a Warminster. Rupert había recibido una llamada de un amigo, un anticuario de Salisbury, que había visto el cuadro en una cena y había pensado que podía tratarse del auténtico. Me habían enviado a mí inicialmente porque Rupert tenía una cacería. El dueño de la casa, un antiguo miembro de la Guardia Real que se presentó a sí mismo como Tiger (en serio, sin ironía), me explicó que su familia llevaba viviendo allí casi un siglo. Él creía que el cuadro lo había comprado su bisabuelo. Yo no hice demasiadas preguntas, porque Rupert me había conminado estrictamente a no dejar entrever siquiera que nosotros pensábamos que el cuadro podía ser auténtico.

Así pues, lo descolgué de la pared del comedor y lo coloqué en el asiento de la ventana para que quedara bien iluminado. Enseguida capté por qué el amigo de Rupert se había sentido tan excitado. La composición estaba ordenada rítmicamente. Había un grupo de damas y caballeros y mozos de cuadra en segundo plano, a la izquierda, observando tres caballos que parecían galopar colina abajo hacia el espectador. Los caballos —dos castaños y uno gris— estaban bellamente ejecutados. Sus patas se extendían simétricamente en plena carrera; los colores estaban amortiguados, como bajo una niebla matinal; solo las libreas rojas de los mozos competían para captar la luz con el brillo del pelaje de los caballos. Mirando más de cerca, sin embargo, me sentí menos impresionada por el grupo de espectadores, que parecían recargados y desprovistos de vida, y cuyo espacio se veía atestado por los avíos de un lujoso picnic del siglo XVIII. Esa parte rompía el equilibrio de la composición y distraía del airoso descenso de los animales. En conjunto, las figuras humanas dominaban el lienzo de un modo que no me había parecido característico de Stubbs.

Todavía indecisa, localicé una firma que parecía demasiado nítida; luego le di la vuelta al lienzo para examinar la parte trasera. Había una pequeña etiqueta pegada al bastidor, con el nombre «Ursford and Sweet», una galería de Londres desaparecida hacía mucho; debajo, figuraba el título, *El duque y la duquesa de Richmond en las carreras*, y una fecha, 1760. En el cuadro, detrás de las figuras, había un rótulo que decía «Newmarket». Stubbs había sido el mejor pintor ecuestre de su época, quizá de todos los tiempos, pero hasta donde yo sabía jamás había trabajado en una carrera de caballos en Newmarket. Me había llevado conmigo un *catalogue raisonné*, el último compendio de todas las obras conocidas de Stubbs, así que empecé a hojear las láminas hasta encontrar otra escena, datada en 1760, de los mismos duques mirando cómo se entrenaban los caballos en Goodwood. Había cierta semejanza entre las caras, pero se trataba de rasgos genéricos propios del período, no personales. Ese cuadro debía de ser, supuse ahora, mientras hablaba con Dave en el almacén, lo que había convencido a Rupert. No dejaba de ser posible que Stubbs hubiera pintado a sus mecenas en Newmarket, aunque el catálogo no hiciera mención de ello ni tampoco de la existencia del cuadro que había tenido ante mis ojos en Warminster. Ya entonces, era consciente de que un nuevo Stubbs habría constituido un acontecimiento y una operación extremadamente rentable. Con gran pesar, pues, había fotografiado el cuadro cuidadosamente y consignado los datos en mis notas, añadiendo al final mi propia opinión, a saber: que se trataba de una falsificación de época. Luego me había sobrado una hora antes de tomar el tren, y Tiger se había ofrecido a enseñarme los establos. Aunque de eso, de mi propio y alegre galope por el potrero, no me pareció necesario que Dave supiera nada.

—Es extraño, Dave. Yo lo describí en enero como un cuadro «al estilo de» y ahora, en verano, aparece como un Stubbs. Y el

rótulo de Newmarket ya no está. Rupert dice que era un retoque que desapareció al hacer la limpieza. Y la firma está en un
sitio distinto.

—¿De dónde has dicho que procedía?

—El dueño aseguraba que lo había comprado su bisabuelo.
Tenía la etiqueta de Ursford and Sweet, de Bond Street. Pero
esa galería no está allí desde la guerra.

—Bueno, pero dices que era del siglo xviii, ¿no?

—Sí...

—Entonces Ursford debió de conseguirlo en alguna parte.

—Aquí no. Rupert lo habría puesto en el catálogo si la procedencia fuera nuestra.

—¿Y en la otra casa?

Como en el caso de Oxford y Cambridge, para las dos grandes casas de subastas de Londres era tabú mencionar siquiera el
nombre de la otra.

—Podría haber sido una venta privada, desde luego, pero
hay muchas probabilidades de que fueran ellos. Claro que costaría una eternidad obtener permiso para consultar sus archivos.

—Bueno, yo tengo un colega allí, en el almacén de Antiguos Maestros. Él te dejaría entrar en el archivo sin problemas.
Podrías hacerlo hoy mismo, durante el almuerzo. Pero ¿por qué
estás tan interesada?

—No lo sé. No me gustaría que hubiese un error.

No podía explicarle a Dave que mi repentina transforma-
ción en detective privado se debía a que creía entrever al fin un
modo de ganar cierto reconocimiento en el departamento, sal-
vándoles la cara y evitando que cometieran públicamente un
grave error. Stubbs constituía una noticia para los medios; los
británicos siempre preferían que hubiese algún animal en sus
obras maestras. Sentí una gran excitación; ya me veía exponiendo mi brillante descubrimiento en la próxima reunión de-
partamental. Tal vez habría un almuerzo de felicitación en la

sala de juntas; incluso un ascenso de verdad. Sería una oportunidad para demostrar que servía para algo más que para calentar a tipos como el coronel Morris. Una oportunidad para triunfar por los motivos correctos —el talento y la aplicación— y para dejar claro que era capaz de trabajar con eficiencia.

Oficialmente tenía una hora para el almuerzo, pero no era difícil alargarlo un poco más, puesto que los demás miembros de British Pictures parecían creer que tenían un derecho ancestral a tomarse tres horas. Así pues, crucé Piccadilly y llegué a New Bond Street con cuarenta minutos por delante.

—¿Tú eres Mike, el amigo de Dave? Yo soy Judith Rashleigh. Muchas gracias por tu ayuda. Estamos un poco apurados ahora mismo en el departamento.

Sonreí al atisbar el libro que asomaba por el bolsillo trasero de sus vaqueros: *Destrozado: la verdadera historia del amor de una madre, de la infidelidad de un marido y de un asesinato a sangre fría en Texas.*

—Puedo colarte en el archivo, luego me voy a almorzar. Entiendo que tengas mucha prisa, pero si alguien te pregunta cómo es que no tienes un permiso del jefe del departamento, yo no sé nada, ¿de acuerdo?

—Claro. Te estamos muy agradecidos. Como te decía, vamos un poquito de cráneo. Gracias otra vez.

El archivo de nuestros rivales estaba alojado en una preciosa galería cubierta de paneles de madera desde la que se dominaba Savile Row. Tampoco ellos se habían digitalizado aún y, a decir verdad, al contemplar las largas hileras de pesados archivadores dobles que databan de principios de siglo XVIII, resultaba difícil creer que el más impresionante de los cerebros mecánicos no hubiera de acabar derritiéndose ante un caos semejante. Había varias personas más trabajando, la mayoría de mi edad: becarios y asistentes suspirando por que llegara la hora de su almuerzo y enviando furtivamente mensajes con el móvil. Ninguno de ellos se fijó en mí.

Si la datación original era correcta y la pintura era de 1760, había un período de 150 años entre su creación y el cierre de Ursford and Sweet. La galería había abierto hacia 1850, pero la etiqueta del cuadro estaba mecanografiada, lo que indicaba que no lo habían adquirido antes de 1880. Lo lógico, pues, era empezar por ahí y continuar hacia delante. Por suerte, las dos casas de subastas empleaban el mismo sistema, así que empecé con las tarjetas del índice, cada una de las cuales registraba un solo cuadro, a menudo con una fotografía y con datos sobre la fecha y el precio de venta. Poner el índice al día era una de las tareas soporíferas que llevaba a cabo regularmente. Había muchas ventas de Stubbs, pero ninguna correspondía al cuadro que yo había visto. También estaban clasificadas bastantes obras «al estilo de», pintadas según la escuela del artista y en el mismo período, pero que no necesariamente habían salido de su paleta. Cinco de esos cuadros se habían vendido entre 1870 y 1910; y uno de ellos correspondía al posible Stubbs. Tenía un código de identificación ICHP905/19, lo que significaba que se había tratado de una venta de «Pinturas Inglesas de Casas de Campo Importantes» realizada en 1905 y que el cuadro constituía el lote número diecinueve. Volví corriendo a las estanterías y sujeté con ambas manos las asas del archivador con la etiqueta 1900-1905, tirando hasta que se abrió un hueco suficiente. Los archivadores tenían ruedecillas y costaba mucho sacarlos lo bastante para examinar su contenido con comodidad. Me coloqué de lado, recorrí a toda prisa la hilera hasta llegar a 1905 y empecé a buscar «Pinturas de Casas de Campo Importantes». Ahí estaba. «Propiedad de un conde: *El duque y la duquesa de Richmond en las carreras*». Vendido a W. E. Sweet, Sr. D., adjudicado por 1.300 guineas. El conde de Halifax, deduje, uno de los mayores coleccionistas de Stubbs del país. Así que era auténtico. No pude evitar sentirme perversamente defraudada. Mi brillante plan para salvar a Rupert de un catastrófico error de identificación había resultado un fiasco. Era una obra del todo respetable; algún ex-

67

perto anterior debía de haber confundido el cuadro auténtico
con una imitación «al estilo de», sencillamente. Me había equivocado. Aun así, al menos podría aportar algunos datos útiles
sobre la procedencia. Lo cual habría de complacer a Rupert.

Volví a pie por Burlington Arcade, parándome a contemplar
los escaparates de las tiendas de cachemira y el encantador jo-
yero dorado de la tienda de *macarons* Ladurée. Pensé que quizá me comprara un buen suéter clásico con mi dinero del club.
No obstante, algo seguía reconcomiéndome por dentro. 1.300
guineas era una suma considerable en 1905; y sin embargo, en
medio de toda la excitación desatada por el Stubbs en el departamento, nadie había mencionado la reserva. Eché un vistazo al
catálogo; la cifra aparecía discretamente en la última página:
800.000. Absurdamente baja. No tenía sentido. Si el cuadro era
auténtico, como parecía, ¿por qué había accedido Rupert a fijar
un precio de salida tan reducido?

No había nadie cuando llegué, aparte de Frankie, que estaba
zampándose un enorme sándwich de queso del grasiento tugurio de Crown Passage. Hacía un tiempo lluvioso, como de costumbre, y no se me escapó que la chaqueta de Frankie, colgada
del respaldo de la silla, tenía un fuerte olor a perro labrador. Lo
cual me hizo sentir una oleada de afecto hacia ella.

—Oye —le pregunté—, ¿recuerdas dónde guardaste las
notas que traje de Warminster hace unos meses? ¿Para la tasación del Stubbs?

—Deberían estar con el material de la próxima venta. ¡Rupert está emocionadísimo!

—Sí, claro. Solo quería echar un vistazo rápido.

Buscó a su espalda y sacó una carpeta. Empezó a pasar páginas, meneando la cabeza.

—No, no están. Aquí solo veo las notas del propio Rupert y
las fotos después de la limpieza. ¿Sigo buscando?

—No, no te preocupes. Perdona por interrumpir tu almuerzo.

Algo seguía reconcomiéndome. Busqué un número en la agenda de la oficina y me metí en el lóbrego baño del departamento para hacer la llamada. Respondió la señora Tiger. Yo no la había conocido en mi visita, porque se había ido a Bath a ver a su hermana, lo que no había venido mal, teniendo en cuenta lo que era capaz de hacer Tiger con una fusta.

La mujer sonaba alegre y floral.

—Soy Judith Rashleigh. Estuve en Warminster hace algunos meses. Su marido tuvo la gentileza de permitirme echar un vistazo a su cuadro ecuestre.

—Ah, sí. Bueno, para nosotros fue un placer. Dígame en qué puedo ayudarla.

—Deben de estar muy satisfechos con la identificación.

—Sí, bueno. Nosotros en el fondo siempre supimos que no era realmente un Stubbs. Ese muchacho, aun así, nos ofreció un precio la mar de bueno.

—¿El comprador?

—El hombre que vino aquí.

—Claro —me apresuré a decir—. Rupert.

La señora Tiger vaciló.

—No. Creo que no era ese el nombre.

—Ah. —Procuré adoptar un tono despreocupado para ocultar mi confusión—. Sí, estoy equivocada. Bueno, solo quería asegurarme de que tenían nuestros datos por si poseen cualquier otra cosa que quieran que examinemos. Nos gusta hacer un seguimiento de nuestro trabajo.

—Han sido muy amables al proponer otra galería.

—Ah, hmm, no tiene importancia. No quiero entretenerla más, pero ¿por casualidad no recordará cómo se llamaba el hombre que fue a verles?

Su voz se volvió algo recelosa.

—No. ¿Por qué?

Mascullé una frase llena de términos técnicos, le di las gracias y colgué. Me senté un momento sobre el retrete para pensar. La señora Tiger había reconocido con pena que el cuadro no era un Stubbs auténtico. Lo había vendido, y había quedado satisfecha con el precio decente de una obra pintada «al estilo de». Y sin embargo, el cuadro que estábamos poniendo a la venta en el departamento era el mismo.

Eché otro vistazo al catálogo que estábamos preparando. El cuadro, según la fórmula convencional, figuraría como «Propiedad de un Caballero». Yo había dado por supuesto lógicamente que el «caballero» era el señor Tiger, pero por lo visto no era así. La historia de Rupert coincidía con mi investigación en el otro archivo: el cuadro había sido erróneamente atribuido a un imitador, de forma que quien había descubierto su autenticidad tenía que ser el «muchacho» misterioso que se lo había comprado a los Tiger y que ahora pretendía venderlo a través de nosotros. Mala suerte para los Tiger, aunque yo no iba a ser tan estúpida como para contárselo a ellos. Si ese «muchacho» los había engañado, no era asunto nuestro: él había pagado al parecer una buena suma siguiendo una corazonada y ahora iba a sacar su compensación. Aun así, no acababa de encajar. Me sentía inquieta, extrañamente agitada, un sentimiento que me acompañó hasta que Rupert se presentó a las tres tan fresco, después de otro de sus estupendos almuerzos, y masculló algo sobre una reunión en Brooks's (el famoso club de caballeros donde, de hecho, proporcionan almohadas a los socios para que den por la tarde una cabezada en la biblioteca).

No tardó en volver a salir.

—Bueno, Angelica, nos vemos esta noche —dijo cuando ya se marchaba.

Angelica ni se molestó en levantar la vista del texto que estaba tecleando en el móvil.

—Sí, claro, Rupes.

Yo me estaba preguntando que querría decir «esta noche», cuando él se detuvo junto a mi mesa y hurgó en su maletín.

—Hmm, Judith. He pensado que igual también te apetecería asistir —dijo, tendiéndome un sobre rígido—. Angelica vendrá. Un poco de relaciones sociales. ¡Ponte guapa!

—Haré todo lo posible, Rupert.

—Seguro. Tú siempre tienes, hmm, un aspecto estupendo. ¡Nos vemos luego!

Dejé el sobre donde él lo había puesto durante un rato, para que Angelica no creyera que ignoraba de qué iba la invitación. Cuando lo abrí, sin embargo, tuve que hacer un esfuerzo para reprimir una sonrisa. Rupert me había dejado una invitación para la fiesta Tentis en la Serpentine Gallery. Tentis & Tentis era una gran firma de arquitectos y acababa de terminar una reforma en la City que contenía algunos de los apartamentos más caros de Londres. Las revistas de cotilleo del Gstaad Club hablaban mucho del asunto. Rupert se las había ingeniado para endosarles un lote de piezas no vendidas que databan de la década de 1980 para adornar las paredes de los millonarios. A mí me había costado una semana reunir a toda prisa los datos de procedencia. La fiesta se había organizado para celebrar una próxima colaboración con la feria de arte Frieze Masters. Y Rupert finalmente me había invitado. Habría fotógrafos. Quizá las chicas del club lo vieran; y tal vez incluso las putillas con las que había ido al colegio.

La norma de vestuario, impresa en la base del grueso tarjetón de color crema, decía: «De etiqueta». Yo no tenía ningún vestido largo, pero no era momento de escatimar. Me quedé mirando el reloj hasta que dieron las cinco en punto, corrí al banco de Piccadilly y luego tomé un taxi. A las seis, después de pasar por Harvey Nicks, estaba de vuelta en casa con una bolsa para trajes que contenía un Ralph Lauren largo de seda negra que se sujetaba sobre un hombro con una cadena dorada casi invisible. Me había salido carísimo, pero ahora no quería pensarlo. Lo amortizaría en el club. No es que me importara demasiado lo que pensara Rupert sobre mi sentido de la elegancia, pero

71

esta era la primera oportunidad que tenía de relacionarme con gente importante. Quería estar perfecta.

No sabía qué joyas ponerme. Los diminutos pendientes de diamantes que mi madre me había regalado al cumplir veintiún años habían acabado empeñados en Hatton Garden hacía una eternidad; al final adopté la idea de que ir sin ninguna joya era más moderno que andar con joyas baratas, y decidí no ponerme nada. El vestido no requería nada debajo, solo unos zapatos de tacón. A base de súplicas conseguí que Pai, una de mis compañeras de apartamento, me dejara su bolsito Gucci negro de mano para redondear el conjunto. Casi nada de maquillaje; solo rímel y un toque de pintalabios morado. Pedí un taxi, más que nada para no tener la sensación de que llegaba con el vestido arrugado. La expresión que puso el taxista me dijo todo lo que necesitaba saber.

Una multitud de paparazzi aguardaba ante la alfombra roja que salía del pabellón de cristal de la Serpentine Gallery, en Hyde Park, que relucía con matices rosados y malva como una nave espacial retro. Un par de reporteros me sacaron unas fotos amablemente: solo por cortesía, supuse, pero me sentó bien. El fragor de la fiesta palpitaba hacia mí, unificado y orgánico, como el murmullo de una bestia descomunal. Le entregué la invitación a un asistente, que me indicó que pasara, y cerré los ojos durante un segundo de deliciosa anticipación, disponiéndome a absorberlo todo.

¿Cómo se habría sentido Cenicienta, cuando consiguió llegar por fin al baile, si se hubiera encontrado en medio de la fiesta de una agencia inmobiliaria? Las enormes velas Jo Malone no llegaban a disimular el olor de un eructo masivo de champán barato. Cientos de tipos paliduchos con trajes mal cortados se agolpaban en torno a la barra libre con la excitación de un grupo de mormones a los que hubieran soltado en Atlantic City. A saber de dónde había sacado Tentis & Tentis su agencia de extras para eventos, pero obviamente debía de haber sido en una zona libre de Moët Chandon. Atisbé la cabecita de una antigua supermodelo que sobresalía de la melé como un desconcertado tallo de apio. Pero aparte de ella, aquello parecía el All Bar One del barrio de Hammersmith un viernes por la noche. Sentí una punzada de pesar por el recibo de Harvey Nicks que tenía sobre la cómoda de mi habitación. La única otra persona que no se había saltado la norma de vestuario era Rupert, cuya panza le servía al menos para crear una minizona VIP a su alrededor. Estaba hablando con un tipo al que conocía vagamente, un galerista llamado Cameron Fitzpatrick. Capté la mirada de Rupert y él vino enseguida hacia mí. Son pocos los hombres que no quedan favorecidos con esmoquin, y Rupert era uno de esos pocos, pero por una vez me alegraba de verlo.

—Rupert —dije con animación, agitando el bolsito de mano—. Qué tal.

Él pareció confuso un instante.

—Ah, hmm, Judith. Eh. Yo ya me iba, en realidad. Tengo una cena.

—No quiero entretenerte, pero, bueno, he estado haciendo un poco de trabajo extra sobre la procedencia del Stubbs...

—¿Cómo?

—Hablo de la reunión de hoy del departamento. Del Stubbs.

—Judith, tengo mucha prisa, hablamos mañana —me dijo por encima del hombro mientras se alejaba.

Mi otra esperanza de encontrar un poco de conversación, el tal Fitzpatrick, se había desvanecido ya en la multitud. Me abrí paso hacia el bar entre una pandilla de chicas con microvestidos y zapatos de plataforma. Yo ni siquiera conseguía disfrutar de las miradas que me lanzaban. Obviamente habían oído decir que las mujeres sensuales eran poderosas, pero estaba claro que no habían pasado de ahí. Sacar a la diosa que llevabas dentro a base de embutirte el trasero en una falda que casi proclamaba la última vez que te habías depilado a la cera no era quizá la mejor manera de alcanzar la emancipación femenina. Supuse que acabarían la jornada haciendo un *lap-dance* desganado a las tres de la madrugada en un café de 24 horas para una multitud de niños ricos pasadísimos de vueltas. No como yo; oh, no. No como Judith, la exitosa experta-en-arte/chica-de-alterne. No me apetecía beber, pero, solo por hacer algo, cogí dos copas y volví a recorrer la sala lentamente, como si estuviera llevándoselas a alguien. Toda esa comedia sin demasiada convicción, a decir verdad.

Angelica no se había molestado en presentarse. Quizá no tenía ni idea de pintura, pero su educación había incluido sin duda una clase magistral sobre las fiestas que hay que evitar a toda cosa. Era obviamente otro de esos códigos secretos que yo no había conseguido descifrar. ¿Cómo era posible que me hubiera sentido tan patéticamente excitada? ¿Qué había creído que iba a suceder? En serio. ¿Una conversación refinada con una lujosa concurrencia? ¿Unos chistes compartidos con algún galerista súper enrollado antes de terminar cenando a la mesa de Lucien Freud en el Wolseley?

Eso a mí nunca me sucedería, porque yo no era más que una chica de los recados, una pringada. Una simple criada con ínfulas. Me sentía humillada. Hasta los paparazzi apostados fuera se habían largado a cubrir cosas más interesantes. La antigua supermodelo se había esfumado también, presumiblemente guardándose el cheque por asistir a la fiesta bajo el relleno del sujetador y dirigiéndose a alguno de los lugares a los que iba la gente elegante de verdad. Por Dios, me sentía patética. Pensé que debía castigarme haciendo a pie el trayecto a casa, pero estaba demasiado deprimida. ¿Qué importaba otro billete de veinte gastado en un taxi? Al menos, podría contarle a Dave que había estado en un sitio de moda; a él le gustaban este tipo de chismes. Pero ¿las cosas iban a ser siempre así? A veces me parecía que Londres estaba integrado por una serie de recintos cada vez más diminutos, igual que una muñeca rusa, de manera que cuando ya creías estar dentro te encontrabas con otro estuche hermético diseñado para dejarte fuera.

Ya estaba quitándome el estúpido vestido mientras pagaba al taxista. La delicada cadenita se partió, y yo estaba tan furiosa que agarré la raja de la pierna y desgarré el puto vestido por la mitad, para sorpresa de una pareja de ancianos que pasaban por allí con unos programas del Albert Hall en la mano.

El apartamento me aguardaba en completo silencio cuando entré hirviendo de rabia. Después de sortear el maldito embrollo de bicicletas, infladores y cascos que bloqueaba el vestíbulo, vi sobre la mesa de la cocina una caja con una nota para «Judy» pegada encima. La caja contenía una gruesa taza rosa de cerámica con orejas de conejito. La nota decía: «Lo siento mucho. He tomado prestada tu taza y la he roto sin querer. ¡Te he comprado esta para reemplazarla!». Mi compañera había dibujado una carita sonriente, la muy idiota. Miré el cubo de basura. Ahí estaban los trozos de la taza y el plato, un perfecto Villeroy glaseado de 1929, de color verde absenta, que me había tomado la molestia de ir hasta Camden Passage para comprarlo después de pensármelo dos semanas. Solo me había costado cuarenta libras, pero esa no era la cuestión. No, no era la cuestión. Pensé que quizá habría un tubo de súper pegamento en el cajón de la horrible vitrina falsamente victoriana, pero el tirador se había atascado y le di tal patada al puto mueble que la pata salió despedida, con lo cual la vitrina se volcó hacia un lado y toda la porcelana de mierda se rompió. Y entonces vinieron unos lamentables minutos que después, una vez calmada, me habrían de costar un largo rato de limpieza.

Capítulo 7

$\mathcal{M}$e desperté a las cinco con la cabeza zumbando. Permanecí desnuda sobre la cama, contemplando el techo. Había dejado que el trabajo en el club me confundiera. La camaradería con las chicas y el dinero fácil habían afectado a mi rendimiento. Pero esto iba a hacerlo bien: iba a llegar al fondo del asunto Stubbs. Una fiesta nefasta no importaba. Tenía que centrarme.

Llegué pronto a la oficina, ardiendo en deseos de ver a Dave, pero Laura me acorraló nada más verme y me hizo pasar una mañana exasperante revisando los precios mínimos de venta de los Stanley Spencer para ayudar a un inversor de fondos de alto riesgo a hacer trampas con los impuestos de sus ganancias. La cuestión del impuesto sobre las ganancias de capital era la única en la que el departamento ofrecía un cierto aire de seriedad. Bajé al almacén a la hora del almuerzo, pero Dave había salido. Lo llamé al móvil y le dije que le invitaba a una copa después del trabajo; luego me acerqué a N. Peal y compré un precioso suéter de cachemira azul claro y cuello redondo que casi me costó lo mismo que me había dejado en Harvey Nicks. De algún modo, gastar más dinero hacía que me sintiera mejor respecto al fiasco Tentis. Me cambié en el baño de la London Library, en St. James's Square, para llegar a tiempo a mi cita con Dave en el Bunch of Grapes de Duke Street. Cuando lo vi entrar renqueando —era demasiado orgulloso para usar bastón— pedí una pinta de London Pride para él y un agua tónica para mí.

—Gracias por la cerveza, Judith, aunque mi señora se estará preguntando dónde me he metido.

Le expliqué que mis notas sobre el cuadro parecían haberse extraviado y que el Stubbs no lo habían adquirido directamente a la pareja de Warminster, sino a través de un misterioso comprador. Sonaba un poco pobre, pero estaba segura de que algo no encajaba. Además, aunque no podía explicárselo, después de mi fracaso total de anoche me parecía aún más importante demostrar que tenía razón sobre el cuadro.

—Quiero echarle un vistazo, Dave. Está en el almacén, ¿no? Tú tienes mejor ojo que yo. No me creo toda esa historia de los retoques.

Dave bajó la voz.

—¿No estarás insinuando que Rupert va a vender una falsificación?

—Claro que no. Yo creo que tal vez ha cometido un error y no quiero que nadie quede en mal lugar, simplemente. Si por ayudarles a no quedar mal, al final yo acabo quedando bien, miel sobre hojuelas. Tampoco sería la primera vez que alguien comete un error de identificación, ¿no? Tú lo sabes bien. Por favor. Solo diez minutos. Luego puedes llamarme idiota, si quieres, y ya no volveré a hablar más del asunto.

—Para eso ya están los expertos, Judith. Y necesitaría, no sé, herramientas especiales.

—Dave. A ti te importa el arte auténtico, ¿no? Tú crees que lo que vendemos debería ser auténtico, ¿a que sí? El honor del regimiento y demás.

—Deberíamos pedir permiso.

—Yo trabajo allí, tú trabajas allí. Tenemos pases; yo podría estar simplemente examinando las «piezas», como dice siempre la idiota de Laura.

—¿Diez minutos, dices?

—Máximo. Venga. —Bajé más la voz—. Somos colegas ¿no?

—Está bien, de acuerdo.

77

La mayor parte del personal se había ido ya, así que Dave utilizó su código y entramos por la puerta trasera. En la sala del depósito tuvimos que usar linternas, porque se mantenía en la penumbra para proteger las obras de arte. Dave se acercó directamente al cajón correcto y sacó la pintura. Señalé el punto donde recordaba que estaba antes el rótulo de Newmarket y donde, según creía, se había situado ahora la firma.

—No sé, Judith. A mí realmente me parece todo normal.

—Pero aquí había un rótulo, justo aquí. ¿Ese barniz hasta qué punto es reciente?

Nuestras cabezas casi se tocaban mientras examinábamos el lienzo, moviendo ambos el dedo sobre el espacio vacío.

—Si le han hecho una limpieza —dijo Dave, ahora totalmente entregado—, tal vez quede algún resto del retoque. Hemos de ponerlo bajo una luz adecuada.

—Bueno. ¿Podemos moverlo?

—¿Dónde dices que estaba la firma?

—Sí, eso, ¿dónde estaba?

Era Rupert. Dicen que los gordos pueden moverse con un sigilo sorprendente. Solté una risita estúpida.

—Rupert. Hola, perdona, solo estábamos…

—Haz el favor de explicarme qué estás haciendo. Tú eres una asistente, no tienes permiso para bajar aquí.

La cosa no era tan grave, en realidad. Había bajado allí muchas veces fuera de horas. Normalmente porque el propio Rupert me lo había pedido.

Se dirigió a Dave con un tono más suave.

—¿Qué andáis tramando entre los dos, eh? ¿No va siendo hora de que te vayas a casa, Dave?

Dave parecía avergonzado y musitó un buenas noches. Yo detestaba su manía de llamar «señor» a Rupert. Este mantuvo una actitud afable, como quitándole dramatismo a la situación, hasta que Dave subió cojeando las escaleras. Luego me estudió sin decir nada durante un buen rato. Bajo la luz azulada, parecía un personaje de El Greco extrañamente hinchado. Yo sabía que no iba a montarme una escenita. El poder es mucho más efectivo cuando actúa silenciosamente.

—Judith, hace tiempo que quería hablar contigo. La verdad es que no creo que encajes aquí, ¿sabes? Quería darte una oportunidad, pero he recibido muchas quejas en el departamento sobre tu actitud. Tus comentarios en la reunión Stubbs fueron inapropiados y francamente impertinentes.

—Yo solo pensaba... estaba tratando... no estaba segura...

Me puse a farfullar como una colegiala pillada en falta. Me sentía furiosa conmigo misma, pero no podía parar.

—Creo que lo mejor sería que recogieras tus cosas y te marcharas ahora mismo, ¿no te parece? —añadió con calma.

—¿Me estás... despidiendo?

—Si quieres decirlo así, sí, en efecto.

Estaba desconcertada. En lugar de protestar y defenderme, rompí a llorar. Absurdo. Todas las lágrimas de frustración que había reprimido decidieron brotar entonces como un géiser, reduciéndome a mi pesar al papel de una mujer suplicante. Pero aun en ese momento, mientras sentía aquellas lágrimas cálidas y furiosas inundando mis ojos, yo sabía que Rupert ocultaba algo. E incluso que la invitación a aquella estúpida fiesta había pretendido ser una compensación para cerrarme la boca. Y sin embargo, no era así como tenían que haber salido las cosas. Yo solo pretendía hacer lo correcto.

—Por favor, Rupert. No estaba haciendo nada malo. Si me dejas explicarme...

—No tengo ningún interés en escuchar tus explicaciones.

Me ignoró por completo mientras volvíamos al departamento. Yo caminaba delante de él por los estrechos corredores, sintiéndome como una prisionera. Luego esperó de brazos cruzados mientras recogía los objetos de mi mesa y los metía en mi maletín. Mi vestido y mis zapatos para el club estaban apretujados al fondo. No podía soportar verlos en ese momento.

79

—¿Lista?

Asentí en silencio.

—Necesito tu pase, por favor. No creo que sea necesario pedir a seguridad que te acompañe a la salida.

Se lo entregué sin decir nada.

—Bueno, vete ya, Judith.

Pensé en el coronel Morris. Pensé en todos los recaditos que le había hecho a Rupert como una criada: recogiendo sus trajes del sastre y sus camisas de la tintorería, respondiendo con evasivas a las llamadas cuando él se escaqueaba o volvía borracho del almuerzo, haciendo horas extra en la biblioteca y los archivos, tratando de demostrar que era mejor que nadie, más inteligente y más rápida, que podía asumir más y más y hacerlo mejor. Había sido humilde, diligente. No había dejado entrever nunca que me sentía excluida y menospreciada. Tampoco había permitido jamás que ellos —Laura, Oliver, Rupert— percibieran siquiera que yo notaba la diferencia entre nosotros. Mi título de Oxbridge era mejor que el título universitario de cualquiera de ellos. Había creído que con el tiempo y con mucho esfuerzo lo conseguiría, que podría ascender y situarme entre ellos. No me había engañado imaginando siquiera que Rupert me respetaba o me valoraba. Pero sí había creído que era útil y que mi trabajo tenía un valor. Patético.

—Supongo que le darás mi puesto a Angelica, ¿no? —Detesté el tono de mi voz, quejica y amargo.

—Eso no es asunto tuyo. Vete, por favor.

Lo miré a la cara, consciente de que la mía estaba sucia de lágrimas. Me pregunté cómo sería despertar en el apartamento sin tener que levantarme para ir a Prince Street. El fresco vestíbulo, el tacto tranquilizador de la barandilla bajo mi mano. Esta había sido mi gran oportunidad. Tal vez no había llegado muy lejos aún, pero estaba dentro, formaba parte de un mundo que yo sentía que era el mío y estaba convencida de que cada día ascendía un poquito más. Pensé que tendría que volver a enviar mi currículum y me pregunté de qué serviría. La había cagado. Había perdido el control, me había permitido desear demasiado y había sido excesivamente entusiasta, irreflexiva, estúpida. «Estúpida.» Me había permitido el lujo de olvidar mi rabia y me había movido como la dulce Pollyanna, pensando que la buena voluntad lo era todo, que podías ser feliz ahí mismo, en el jodido establo.

La rabia había sido siempre mi fiel amiga, y yo la había dejado de lado. La rabia había mantenido mi espalda erguida, me había acompañado en las peleas y las humillaciones. Me había impulsado desde mi mediocre examen de acceso hasta la universidad; había sido mi fuerza y mi consuelo. Por un momento sentí su fuego incandescente en el fondo de mi cuerpo y tuve una visión fugaz del rostro ensangrentado de Rupert, aplastado sobre el ordenador. «Vamos —me susurró Rabia—, solo por una vez. Vamos.» Mi raído maletín tenía bisagras de latón en los lados; imaginé que le golpeaba con él en la sien. Pero ni siquiera me haría falta usarlo. Sentía la tensión en los tendones de los brazos, en mis dientes. Quería destrozarle la garganta como un perro salvaje. Él me miraba fijamente y, durante una fracción de segundo, capté en sus ojos un destello de alarma. Con eso me bastó.

—¿Sabes, Rupert? —le dije con aire despreocupado—. Eres un puto gilipollas, una bola de grasa mimada y sin talento. Un cabronazo corrupto.

—Sal de aquí.

No sabía a quién de los dos despreciaba más.

Para compensar, me llevé a Rabia al club. Buena compañía para beber. Seguía mi ritmo, una copa tras otra. Para cuando llegó James, ya iba por la segunda botella de Bollinger con otro cliente, y esta vez sí me bebía lo mío. No me molesté en despedirme; dejé al tipo plantado con cara de sorpresa y me desplo-

81

mé junto a James mientras Carlo se encargaba de servir la botella de Cristal.

—Creo que esta noche sí beberé un poco de esto, si no te importa.

—¿Un día duro?

Asentí. No iba ser una borrachera alegre. Me sentía fría y cruel, temeraria. Alcé la copa enorme, en un pequeño brindis. El tipo me parecía repulsivo, desde luego, pero ahora Rabia y yo estábamos bebiendo en el Bar de la Última Oportunidad.

—James, dejemos de marear la perdiz. ¿Cuánto estarías dispuesto a pagar por follarme?

Él pareció primero desconcertado y luego más bien indignado.

—Yo no necesito pagar por sexo.

—¿Por qué? ¿Te importa menos que el dinero?

—Lauren, ¿qué te ha pasado?

Si aquello hubiera sido una película, ahora habría llegado el momento de un montaje retrospectivo. Un torbellino de recuerdos: la pequeña y valerosa Judith sacándose su título, la aplicada Judith volviendo a casa tarde después del trabajo, estudiando sus catálogos hasta bien entrada la madrugada. Luego, en primer plano, una lágrima conmovedora deslizándose por su mejilla mientras Rupert la despedía. Y entonces un repentino acceso de lucidez al comprender, con los ojos muy abiertos, que estaba ahí, en un sórdido local de alterne, y que había llegado a convencerse de que aquel viejo y asqueroso cliente era su única esperanza. Esa Judith se habría levantado y se habría alejado educadamente hacia su fabuloso futuro, porque ella no necesitaba poner en peligro su integridad por nada del mundo. Sí, bueno. Yo ya estaba harta de nuevos comienzos de mierda. Esto me parecía mi única esperanza. Y si había nacido para esto, lo haría a conciencia. Rabia y yo llegaríamos lejos.

Dejé que las lágrimas que llevaba horas reprimiendo se agolparan bellamente en los bordes de mis párpados: ese efecto de jacinto húmedo, con un leve temblor y los dientes mordiendo el labio. Alcé la cara hacia él.

—Perdona, James. Ha sido una vulgaridad por mi parte. Es solo que este sitio... Me horroriza que vayas a creer que yo estaba... eso. Solo estaba poniéndote a prueba. Eres tan maravilloso, ¿sabes?, y yo... yo te...

Incluso su ego gargantuesco podía alarmarse quizá si decía «te quiero», así que opté por soltar un pequeño sollozo. Otro sollozo, por Dios. Él me tendió su pañuelo, un pañuelo grande y blanco que olía a Persil. Recordé a mi madre, en uno de sus días buenos, cuando me bañaba y me envolvía en una toalla limpia y blanca que olía exactamente igual; y ahora mis sollozos se volvieron reales. Después nos pusimos a charlar y yo le dije que estaba asustada, que había perdido mi empleo (recepcionista en una galería); y cuando él me preguntó si tal vez me apetecería salir un fin de semana, fingí que nunca había estado en el sur de Francia y, bueno, me encantaría, dije, sería una maravilla, pero mejor que lleváramos a mi amiga, añadí, como para demostrar que yo no era esa clase de chica. O no del todo. Entre susurros le insinué cómo podría persuadirme tal vez de lo contrario. A decir verdad, era la perspectiva de tener que compartir cama con él lo que me hacía desear que nos acompañara alguien. Además, si llegaba a apetecerle un trío, mejor ir preparada. No me costó darle a entender que la persuasión implicaría, digamos, tres mil libras, simplemente para ayudarme a seguir adelante hasta que encontrara trabajo. Así que, cuando James se fue, había mil libras sobre la mesa para pagar los pasajes a Niza. Me acerqué tambaleante a Mercedes y le dije que nos íbamos a la Riviera.

—Joder, Judith —dijo con admiración—. ¿Qué es lo que te has metido? ¿Crack?

83

Capítulo 8

*H*abía usado algunos de los billetes de cincuenta de James para agenciarme varios accesorios para el viaje. Una bolsa de fin de semana de cuero trenzado y un bolso a juego en una tiendecita de Marylebone que podía pasar por Bottega Veneta; un bikini negro Eres con lazos laterales, unas gafas de sol Tom Ford y un pañuelo Vuitton Sprouse de color beige y turquesa. Cuando aterrizamos en el aeropuerto de Niza, me complació ver que con esos accesorios tenía el aspecto de tantas otras mujeres que venían a pasar el fin de semana: súper arreglada, pero sin demasiado énfasis. Mercedes (habíamos dicho que intentaríamos usar los nombres del club para evitar deslices) iba inusualmente comedida, con unos simples vaqueros y una blusa blanca. James nos estaba esperando en un café situado justo al lado del vestíbulo de llegadas. Inspiré hondo al contemplar el desinhibido despliegue de su corpachón y las manchas de sudor de su camisa rosa. Estaba gordo, de acuerdo, pero ¿por qué tenía que ser tan dejado? Había en ello algo engreído, como si su dinero implicara que podía hacer caso omiso del efecto que producía en los demás; y efecto, desde luego, producía. Volví a inspirar hondo. Sentí un repentino y extraño deseo de volver a mi horrible apartamento. Había pasado allí infinidad de horas haciendo planes, soñando, envuelta en la fantasía tranquilizadora de que el futuro iba a llegar al fin. Pues aquí estaba: esto era el futuro. Al menos, a falta de un plan mejor, por unos meses. Pero yo podía hacerlo, me dije. Y ahora más que nunca, tenía que hacerlo. Era solo cuestión de controlar.

Un joven de aspecto marroquí con chaqueta oscura y una placa del «Hôtel du Cap» en la pechera cargó nuestras bolsas en un alargado coche negro. James se subió trabajosamente en el asiento delantero y el coche se inclinó en el acto hacia ese lado como una cama desvencijada. Yo no me atrevía a mirar siquiera a Mercedes.

—S'il vous plaît, mesdemoiselles.

Me deslicé por la puerta que el joven me sostenía y me recosté en los asientos de cuero de color marfil. El coche estaba refrigerado, las ventanillas eran ahumadas, el motor emitía un suave ronroneo. O sea que así era como te sentías. James estaba ocupado con su móvil, de manera que no me hacía falta tratar de darle conversación. Cuando llegamos al hotel, Mercedes me apretó la mano con excitación.

—Es precioso, James —dijo sin aliento, dándome un codazo.

—Muy bonito —añadí con entusiasmo.

Esperamos discretamente en el vestíbulo cubierto de mármol negro mientras James se registraba. Una de las recepcionistas nos pidió los pasaportes y yo me apresuré a responderle en francés, con una sonrisa tranquila, que se los habían llevado arriba con los bolsos y que los bajaríamos más tarde. No quería que James tuviera ocasión de ver nuestros nombres reales. Eso estropearía el ambiente.

—¡Hablas un francés perfecto! —dijo Mercedes, sorprendida.

Me encogí de hombros.

—Probablemente sea mejor que James no se entere.

Nos llevaron a una suite de la segunda planta. Tenía dos dormitorios que daban a un inmenso salón con sofás blancos y un enorme ramo de lirios de agua. Unas puertas dobles se abrían a un balcón sobre un amplio prado verde que descendía hacia la famosa piscina que había visto en tantas revistas. Más allá, hacia la derecha en dirección a Cannes, un montón de barcos gigantescos se balanceaban en el puerto viejo. Allí, por lo visto, todo era a lo grande.

Incluso entre aquellos yates gigantescos, destacaba uno en especial, cuyo enorme casco se alzaba por encima del agua como el mitológico Kraken. También lo había visto ya en fotografías. Su dueño, Mikhail Balensky, *el Hombre del Stan*, como lo llamaban los periódicos ingleses, era un industrial uzbeco cuya carrera, incluso según las informaciones más serias, parecía sacada de un cómic. Aunque había empezado en los campos petrolíferos, había ampliado después sus actividades al tráfico de armas. Al ver que no había guerras suficientes para sacar unos beneficios decentes, había decidido empezar algunas por su propia cuenta.

Era sencillo: financiaba a la facción rebelde de un país diminuto del que nosotros ni siquiera habíamos oído hablar, armaba a los dos bandos, dejaba que resolvieran sus diferencias a cañonazos y luego acaparaba los bienes tangibles que tenía en sus manos el gobierno que había contribuido a instalar. Un montaje muy eficiente. Eso había sido dos décadas atrás; ahora Balensky asistía a recepciones junto a jefes de Estado, acudía a la gala del Met y a la fiesta de verano del Serpentine, o salía fotografiado donando un par de millones en el guateque de algún repelente filántropo en favor de la causa benéfica de turno. Es alucinante la cantidad de cosas que aprendes siguiendo la *Hello!*

—*Mademoiselle?*

Era el botones, arrancándome discretamente de mi ensoñación. Yo ya tenía doblado en la mano un billete de diez euros. Le di la propina y le dije que dejara nuestras bolsas en el dormitorio de la izquierda, y las de *monsieur* en el de la derecha. Fueran cuales fuesen las intenciones de James, no pensaba compartir cama con él. Por si tenía algo que decir, salí al balcón y me puse a contemplar la vista resueltamente. Noté su presencia a mi espalda; luego su mano se posó sobre la mía.

—¿Contenta, querida?

Querida. Oh, Dios.

—Es precioso —dije, vacilante y algo perpleja.

—Y te he traído esto —añadió, dándome una bolsa de plástico arrugada con una sonrisita que él debía de considerar pícara—. Algo para ponerte. Más tarde.

Me pregunté qué clase de horror contendría, pero acerté a darle un besito de puntillas en la pegajosa loncha de su mejilla.

—Gracias, querido. Muy amable de tu parte.

—He pensado que podríamos almorzar en la piscina y luego irnos a Cannes de compras. Me ha parecido que os gustaría la idea.

—Fantástico. Me cambio enseguida.

Mercedes estaba recorriendo el baño y examinando los artículos de tocador Bulgari.

—¡Dios mío, este baño es más grande que mi apartamento!

—Busca el minibar —susurré—. Necesito un trago.

87

James se presentó al almuerzo en el Eden Roc, la piscina del hotel encaramada en el acantilado, con un enorme y estridente short de baño Vilebrequin debajo del albornoz blanco del hotel, que colgaba mansamente a ambos lados de su lechosa barriga. Protegida por mis gafas de sol, observé a dos niños rubios que empezaron a señalarlo desde el agua entre risitas hasta que su niñera los hizo callar. Pedimos todos ensalada de langosta y agua Perrier. James cogía porciones enteras de mantequilla del platito con lecho de hielo, las aplastaba en un panecillo y se lo metía todo en la boca.

Las migas descendían por los pliegues de su barbilla y acababan alojadas en la mata gris de pelo de su pecho. Era como contemplar un Lucien Freud animado, lo cual no hacía más agradable el espectáculo. Mientras Mercedes picaba desganadamente en su ensalada y jugaba con su móvil (pensé que tendría

que decirle que dejara de sujetar el cuchillo como un bolígrafo),
le pedí a James que volviera a hablarme de sus días —obviamente ficticios— de *playboy* en la Riviera. Fingí sentirme fascinada con sus exageradas historias: James bailando con Eliza-
beth Taylor en Jimmy'z, James saliendo de fiesta con Dionne
Warwick en Golfe-Juan. No es que él pretendiera convencerme
de que era un buen partido, advertí; no, es que realmente estaba convencido de serlo.

Después del almuerzo, nos llevaron en coche a la Croisette.
En la playa situada bajo el hotel Carlton un grupo de mujeres
con burka chapoteaba miserablemente entre la espuma. El cielo se había nublado, hacía una humedad increíble y James estaba muy irritable, primero repitiéndole al chófer que él conocía
el mejor sitio para aparcar y luego regañándole en un francés
macarrónico mientras teníamos que dar la vuelta a la manzana
tres veces. No creí que fuera a tener paciencia siquiera para una
compra rápida, así que propuse que parásemos delante de Chanel y que el coche esperara en doble fila. Entré por delante en la
boutique y le pregunté a la dependienta si le sería posible traer
una silla mientras Mercedes y yo examinábamos los bolsos. La
mujer pareció casi horrorizada ante la mera posibilidad de reba-
jarse a algo tan servil. Pero luego vislumbró a James en el umbral del establecimiento.

—*Tout de suite, madame.*

Yo ya sabía lo que quería: el clásico bolso negro acolchado
con asas de cuero y metal dorado. Mercedes no sabía qué hacer
y revolvía en un perchero de abrigos de *tweed* fuera de temporada. Eran preciosos; me habría encantado probarme uno, sentir el forro de seda en mis brazos desnudos, y el balanceo de la
cadenita de oro cosida en el dobladillo, pero era evidente que James ya estaba empezando a cansarse del papel de viejo forrado
de pasta.

—¿Qué bolso quieres, Mercedes?

—El grande.

A la dependienta pareció costarle una eternidad envolver los bolsos en papel de seda y luego en saquitos de algodón negro con la C de Chanel estampada, para meterlos por fin en bolsas de cartón recio atadas con un lazo. Yo ya había deducido para entonces que el mal genio de James procedía de su incapacidad para reconocer ante sí mismo que el hecho de que estuviera constantemente incómodo y exhausto era un problema suyo, y no del mundo, sencillamente porque estaba demasiado gordo para encajar en él. Con todo, entregó animosamente su American Express mientras Mercedes y yo fingíamos examinar los pañuelos, manteniendo la vista discretamente apartada de la caja registradora. ¡Bingo! Pero cuando James rechazó mi propuesta —más bien cruel, lo reconozco— de que diéramos un paseo por las empinadas calles de adoquines de la ciudad vieja y prefirió que volviéramos al hotel a echar una siesta, comprendí que iba a tener que ganármelo.

Cuando llegamos a la suite, empujé a Mercedes hacia nuestro dormitorio.

—¿Por qué no te das una ducha relajante, querido? —gorjeé por encima del hombro. Al menos no acabaría cubierta de ese sudor asqueroso—. Te odio —le dije a Mercedes mientras ella recogía sus cosas para volver a la piscina.

—No te preocupes, solo querrá unos arrumacos. De todos modos, mira lo que tengo.

Me enseñó un par de frascos de pastillas que llevaba en su bolsito de maquillaje.

—¿Qué es?

—Nada del otro mundo. Xanax. Unos cuantos Valium.

—Pásamelos.

—No son para ti. Son para él.

—No lo pillo.

—Serás boba. Lo dormiremos poniéndoselo en la bebida. No me apetece pasar la noche con ese gordo de mierda. ¡Estamos en el sur de Francia, Jude!

—Lauren.

—Vale. Escucha —dijo susurrando, aunque en el otro dormitorio se oía el ruido del grifo—. Saldremos a cenar; luego yo trituraré unas cuantas de estas y tú se las echas en el brandy.

—No bebe.

—Pues en el agua mineral. En media hora estará frito. Nosotras podemos salir por el pueblo y, cuando despierte mañana, habrá descansado de maravilla. Jamás se enterará.

—Está muy gordo, Mercedes. No creo que un pringado muerto nos convenga demasiado.

—No seas boba. Estas pastillas no son fuertes. Yo las tomo continuamente. Voy a prepararlas ahora en el baño de la piscina. ¿O preferirás otro revolcón más tarde?

—No seas bruja. Tú aquí no te juegas nada.

—Ya lo sé. Yo lo único que pregunto es por qué no podemos divertirnos un poco. Bajaremos a donde están los grandes yates. Venga, será súper divertido.

90

A lo mejor era el aire despreocupado de la Riviera, pero ahora me sentía mucho más animada. A la mierda. Lo único que podía pasar, si James llegaba a descubrirlo, era que se pusiera furioso y nos mandara a casa con un bolso de dos mil libras cada una. Nada mal para un solo día. Ya saldría otra cosa.

—Está bien, de acuerdo —dije—. Pero ten cuidado. Mira los prospectos.

—Será mejor que te vayas poniendo tus prendas sexy. ¡Abajo las bragas, chicas!

Cuando Mercedes se escabulló, examiné la bolsita que me había dado James. Contenía unas bragas de PVC sin entrepierna, una camisola de rejilla que se ataba como un corsé, abierta a la altura de los pezones, y un par de medias negras con portaligas y ribetes de PVC. Unos accesorios horribles, del tipo que vendían en las *sex shop* para turistas del Soho. Me lo puse todo, me lavé el coño y me restregué con un chorrito de aceite de monoï el triángulo de vello púbico y la zona entre los glúteos. Añadí al conjunto unas sandalias negras de tacón de aguja y me revolví un poco el pelo. Me contemplé en el espejo, con todo el opulento baño de mármol a mi espalda. Bueno, si lo que James quería era una puta barata... Habría podido resultar mucho peor, pensé. Si entornaba los ojos, casi podía imaginarme que estaba en *Cabaret* y no en un turbio callejón. «*Mama thinks I'm living in a convent, a secluded little convent, in the southern part of France*»,* tararéé por lo bajini ensayando una sonrisa lenta y voraz. Bien. Muy bien.

Crucé la sala de estar con paso sinuoso y llamé a la puerta de James.

—Ya estoy lista, cariño —ronroneé.

—Pasa.

La habitación estaba vacía. Me llegó desde el baño el chapoteo de una cagada explosiva, seguida de un petardeo de ventosidades burbujeantes. Me detuve en seco en el umbral. Ay, Dios. Al cabo de unos momentos, sonó la cisterna y emergió James, acompañado de una tufarada a mierda y a perfume de extracto de lima.

—Tengo un poquito de cagalera —me dijo en tono acusador. ¿Por qué no se guardaba sus asquerosidades para él? Ahora estaba desnudo bajo el albornoz entreabierto. Al verme, se dibujó en su rostro una lenta y lasciva sonrisa, pero aun así vaciló, sin decidirse a acercarse. Era la primera vez que hacía esto, deduje. Sintiéndome más segura, di un paso hacia él. Cerré los ojos, deslicé las yemas de los dedos por la línea (es un decir) de su mandíbula y luego descendí por su garganta y por los montículos de su pecho.

—Bueno —susurré—, ¿qué quieres hacer conmigo?

* Letra de *Don't Tell Mama*, de *Cabaret* («Mamá cree que vivo en un convento, en un pequeño y apartado convento del sur de Francia»). *(N. del T.)*

Silencio. Me preparé para darle un beso, atisbando entre las pestañas.

—James ha sido un niño malo.

Abrí los ojos de golpe. Estaba haciendo pucheros, y los pliegues adiposos de su rostro lo convertían de repente en un crío rollizo e inflado.

—James ha sido malo y quiere que su señorita lo castigue.

Poco me faltó para reírme de alegría.

—Pues túmbate en la cama. ¡Ahora mismo!

Contuve el aliento y me colé en el baño para coger el cinturón del otro albornoz. James se había estirado en la cama y su peso parecía desafiar incluso la capacidad del colchón hipersofisticado. Mientras le alzaba los brazos por encima de la cabeza y le ataba las muñecas, eché un vistazo rápido a la curva de su enorme barriga moteada. ¿Tendría que alzar una capa de carne para llegar a su polla? Joder. No sabía muy bien cómo improvisar, así que fui pensando el guion mientras sacaba el cinturón de las trabillas de sus pantalones, que colgaban de una silla. Sujeté la hebilla e hice un lazo de tres vueltas y luego, tragando saliva, me acerqué a la cama. Tres mil libras. Un respiro para unos meses. Debía reconocer que nunca me había acercado hasta tal punto a algo tan repugnante, pero me dije a mí misma que, de noche, todos los gatos son pardos.

—¡Date la vuelta!

Él se colocó de lado; no habría podido moverse más allá sin un buen agujero abierto en la cama. Sus nalgas parecían un par de pollos baratos de granja avícola. Tenía que concentrarme o acabaría echándome a reír y lo estropearía todo. Acaricié con mi improvisada fusta una nalga arrugada.

—James se merece una buena tunda. Lo he visto mirando a esas chicas de la piscina. Me he sentido muy celosa. ¡Malo, niño malo! —Con cada «malo» le daba un golpecito, tratando de calibrar con qué fuerza quería los azotes.

—Sí, señorita, he sido un niño malo.

—Y mereces que te castigue, ¿no es así?

—Sí.

Más fuerte esta vez.

—Sí, ¿qué?

—Sí, señorita.

Otra vez más fuerte: lo suficiente para dejar una marca roja. Él suspiró. Yo hice otro tanto.

Seguí así un rato, pero no había forma de saber si se estaba excitando, porque tenía la cara toda roja por el sol que le había dado durante el almuerzo. Al final, volví a ponerlo boca arriba, me desabroché la camisola para que atisbara mis tetas y, deslizándome a gatas por la cama, fui dando la vuelta hasta colocar la cara sobre su entrepierna, con el trasero bien levantado para que me viera el coño por la ranura de las bragas. Su polla era diminuta, un pitillo de cinco centímetros asomando alegremente entre una mullida capa de carne. Yo me había guardado un condón en la suela de mis sandalias, pero no veía cómo iba a ponérselo, no digamos ya cómo iba a metérmela luego dentro. Menos mal. Aunque de algún modo tendría que conseguir que acabara corriéndose.

—¿Te mereces correrte, niño malo?

—¡Sí, por favor!

Fustazo.

—¿Sí, qué?

—Por favor, señorita.

—¿Y qué es lo que quieres?

Él volvió a contraer la cara, ahora ceceando, cosa que lo volvía aún más repulsivo.

—Jamez quiere zu paztelito.

Yo había hecho un montón de cosas sexualmente. La mayoría me habían gustado; algunas no, pero me había obligado a hacerlas, unas veces por curiosidad y otras porque quería saber hasta dónde podía llegar. Chicas y chicos, tríos, orgías. En ocasiones había pasado miedo o me había dolido, pero ese era el único poder real que siempre había poseído y yo quería explorar sus límites. Cada uno de esos actos había aportado una nueva capa en la coraza de mi vigor; esto era solo una más. Nada del otro mundo. Me aparté el pelo, me la metí en la boca y él se corrió en unos veinte segundos: un gotitas de moco que me tragué como una medicina. Hora de cobrar. Ya en mi propio baño, me saqué a tirones la espantosa lencería y me di una ducha rápida. Me pregunté un momento cómo debería sentirme. Pero solo tenía ganas de bajar a nadar un rato. Y eso hice.

James se empeñó en que cenáramos en un sitio llamado Tétou. Decía que era el único restaurante donde se podía comer una buena bullabesa en el sur de Francia.

—Agh, sopa de pescado —masculló Mercedes—. No se te ocurra probar esa salsa de ajo, o acabaremos apestando.

En cuanto el conserje abrió la puerta, entré decididamente en el restaurante, que no parecía más que un chiringuito de playa con paredes de cristal, y eché un rápido vistazo a las sillas. Quería que James conservara el buen humor que exhibía desde nuestro pequeño encuentro.

—*Monsieur* necesitará una silla diferente —me apresuré a susurrarle en francés al camarero—. Es muy... robusto.

El camarero me miró con extrañeza, pero cuando James entró pesadamente en el interior del local ya había aparecido una butaca sin brazos. Mercedes estaba excitada. Habíamos pasado largo rato vistiéndonos; ella con uno de sus minivestidos Léger súper ceñidos; yo, con un sencillo modelo de seda en color limón, con el corte aniñado de una túnica ligera, que terminaba unos centímetros por debajo de mis bragas, y unos Zanotti de ante con plataforma de quince centímetros. Capté un gratificante segundo de silencio entre los clientes que nos rodeaban mientras tomábamos asiento, aunque dudaba mucho que nadie creyera que James estaba llevando a cenar a sus sobrinas para celebrar que habían terminado la secundaria. Con una sonrisa traviesa, James propuso que bebiéramos champán, y enseguida apareció una botella de Krug.

—Vamos, James —lo incitó Mercedes—. ¡Suéltate el pelo! ¡Toma un sorbo!

Los mofletes de James se dilataron como sonriendo para sí mismos mientras él alzaba su copa.

—¿Por qué no? Solo por esta vez.

La bullabesa llegó en dos fases: primero el intenso caldo de marisco con picatostes y salsa *rouille*, y después una gran sopera blanca llena de pescado. La salsa de azafrán tenía un aspecto delicioso, pero Mercedes no soportaba el ajo. Fue una cena bastante divertida, la verdad. Yo le había dicho a Mercedes que se guardara el maldito teléfono y ella escuchó atentamente la tercera entrega de las anécdotas de James, riendo en los momentos oportunos y encargándose discretamente (experta como era en esas lides) de que su copa contuviera siempre unos dedos de champán. Cuando retiraron los platos y nos trajeron la carta de postres, James se excusó.

—Tengo un poco flojos los intestinos —me confió.

Yo sentí que los míos se contraían de horror. ¿Qué demonios le ocurría? Las dos miramos para otro lado mientras él se alejaba pesadamente entre las mesas, preguntando en voz alta dónde estaba *la toilette*.

—Deprisa —dijo Mercedes—. Tápame con la servilleta. Lo tengo aquí.

Sacó un pequeño cucurucho confeccionado con un papel de carta del Hôtel du Cap. Vertió su contenido en la copa de James como un malvado de tragedia isabelina, mientras yo pedía *tarte tropézienne* para tres.

James rechazó mi propuesta de dar un paseo romántico por la playa, como yo había previsto, y el chófer, que nos aguardaba frente a la entrada, nos llevó de vuelta al hotel. Podíamos tomar una copa en la terraza, propuse como alternativa, y disfru-

95

tar de la vista maravillosa. El trayecto era muy corto, pero al cabo de cinco minutos la cabeza de James se ladeaba flácidamente sobre el hombro como una col pasada de cocción. Emitía unos ronquidos viscosos y sonoros. Capté la mirada del chófer en el espejo retrovisor.

—¿Quiere esperar mientras ayudamos a *monsieur* a subir a la habitación? Quizá ha bebido un poquito más de la cuenta...

El crujido —ese crujido como de billetes nuevos— de la gravilla del Hôtel du Cap despertó a James. Fingió, naturalmente, que no se había dormido, pero se apresuró a añadir con voz pastosa que quizá iba a acostarse. Lo seguí solícita hasta la suite y me preparé para un afectuoso beso de buenas noches, pero él ya se iba hacia la cama arrastrando los pies. Lo oí moverse ruidosamente durante unos minutos y luego la raya de luz de debajo de la puerta se desvaneció y ya no hubo más que silencio. Conté hasta sesenta, dos veces, y finalmente se reanudaron los ronquidos.

Mercedes quería ir a Jimmy'z, el famoso *nigthclub* del puerto de Cannes, pero era demasiado temprano; y además, yo sospechaba que sería un rollo. Le pedí al chófer que nos llevara a un sitio *décontracté* y él giró a la derecha, en dirección a Antibes, alejándose de la costa y subiendo por la montaña durante un cuarto de hora, hasta que llegamos a un edificio bajo de estilo ibicenco, pintado todo de color blanco y plateado, con una enorme terraza y una pandilla de conserjes de traje oscuro. Estaban aparcando dos Ferraris cuando nos detuvimos.

—Esto tiene buena pinta, ¿eh? —dijo Mercedes, y a mí me entró de repente una risita tonta. Nunca había tenido a nadie con quien hacer algo así, y sentía una especie de euforia, e incluso una oleada de afecto hacia ella. Le dije al chófer que podía irse, que ya le pediríamos al conserje que nos buscara un taxi.

—Venga, colega —dije con un acento que no había empleado durante una década—. Vamos a divertirnos de verdad.

El gorila de la entrada nos echó un vistazo rápido y retiró el redundante cordón de terciopelo.

—*Bonsoir, mesdames.*

Nos sentamos a una mesa de la terraza y pedimos Kir Royal. Había varios grupitos de viejos de aspecto europeo, todos con camisas blancas abiertas y relojes gigantescos; una pandilla de paliduchas putas rusas y algunas parejas más jóvenes. Mientras yo me preguntaba si el propio Balenský haría acto de presencia, aparecieron dos copas de champán.

—De parte de los dos caballeros —dijo el camarero con tono solemne.

Seguí su mirada y divisé a dos jóvenes árabes con unas absurdas gafas de sol que nos saludaban con la cabeza.

—Vamos a decir que se las lleven —le susurré a Mercedes—. Nosotras no somos prostitutas.

—Habla por ti, querida.

—Zorra.

Nos bebimos tres Kirs mientras el club se iba llenando y luego salimos a la pista de baile. Observé a los hombres que nos observaban. Creo que ese es el momento que más me gusta, el coqueteo, el momento de escoger. ¿Me quedo contigo, contigo, o contigo? Nos meneamos un poco sin demasiadas ganas mientras nos decidíamos.

—¿Y esos?

—Demasiado viejos.

—¿Aquellos?

—Demasiado gordos. Son dos putos obesos.

Nos partíamos de la risa. Parecía lo más divertido del mundo.

—¿Esos?

—Esos prometen.

Mercedes había empezado a mover frenéticamente sus pestañas postizas señalando un reservado más elevado; obviamente, la sección VIP. Había dos hombres sentados ante una mesa con una botella de vodka en una cubitera. Ambos tecleaban

97

mensajes mientras el camarero depositaba una bandeja de sushi. Eran jóvenes y de aspecto presentable, aunque estaban demasiado lejos para echar un vistazo a sus zapatos.

—Vale, está bien.

—Voy a decirles hola.

La sujeté.

—¡No hagas eso! ¡Me moriré de vergüenza! —¿Era así como se suponía que debía sentirse una chica, no?—. Nos sentaremos y esperaremos a que vengan ellos.

—¿Y si no vienen? ¿Y si se entromete alguien antes?

—Vendrán. Ya lo verás.

Y una hora más tarde, no sé bien cómo, estábamos en un Porsche descapotable dirigiéndonos a una velocidad absurda al puerto viejo de Antibes: yo con una mancha de Dom Pérignon secándose en mi vestido amarillo, y Mercedes morreándose salvajemente con uno de ellos en el asiento trasero. Todo el mundo fumaba, y un tipo bajito y mofletudo cuyo nombre nadie sabía estaba esnifando coca de una polvera Guerlain sobre la repisa del maletero.

—¡Quiero ir a Saint-Tropez! —gritó Mercedes, saliendo a la superficie un segundo.

—Yo quiero ver los Picasso —respondí a gritos.

Luego empezamos a virar a lo loco por las calles adoquinadas de la ciudad vieja, y a punto estuvimos de arrollar a un *paparazzo* agotado que se había acuclillado en el muelle. El tipo de los mofletes había desaparecido y ahora Mercedes se dejaba llevar en volandas a lo largo de una pasarela, sin parar de mover las patas como un escarabajo.

—¡Quítate los zapatos! —le grité.

—Joder, la hostia, Lauren —chilló ella—, sube aquí.

El conductor del Porsche y dueño del barco, que era tan nuevo y reluciente como su dinero, se llamaba Steve. Si hubiera sido una puta rusa me habría parecido el premio gordo. Había notado, aun así, que él no había tocado el vodka ni la coca, así que yo tampoco lo había hecho, y mientras Mercedes y el amigo emitían sonidos de porno barato desde un camarote, él me preparó una taza de chocolate caliente y luego me mostró sus tres Picassos, que eran bastante buenos, y me habló de su colección de arte contemporáneo, porque por supuesto él solo coleccionaba contemporáneo. Luego Mercedes y el otro reaparecieron, y nos desnudamos todos y nos metimos en el jacuzzi que había en la cubierta del enorme barco de Steve, y bebimos más Dom Pérignon y él trató de dar la impresión de que aquello era la felicidad. Quizá lo era. A lo mejor ser feliz consiste en no estar, al menos por una vez, esforzándose todo el rato en sacar partido.

Volvimos tambaleantes al Hôtel du Cap hacia las tres de la mañana, cruzamos el sendero entre muecas de dolor con los zapatos en la mano y pasamos junto a un guarda nocturno impávido. Una vez que abrimos la puerta de la suite con infinito cuidado, parecía obligado arrastrarse al estilo comando hasta nuestra habitación, pero Mercedes le dio un golpe a la mesa con el hombro al efectuar una media voltereta de lado, derribando el jarrón barroco de lirios con un estrépito que debió de oírse en Saint-Tropez. Nos quedamos paralizadas, aunque lo único que se oía era nuestra respiración agitada. Durante unos segundos, sentí un vacío enorme en el estómago, pero James no daba muestras de haber despertado detrás de su puerta. Ni siquiera se oían ronquidos. Así que cuando estuvimos a salvo en nuestra propia cama empezamos a soltar risitas sin poder parar. Yo no recordaba haberme dormido nunca riendo.

Me despertó hacia las nueve un intenso rayo de luz blanca que se colaba entre los pesados cortinajes. Me deslicé fuera de las sábanas y miré en la sala de estar. Los lirios habían sido repuestos mágicamente y el *Times* estaba desplegado sobre la mesa, pero no había ninguna otra señal de vida. James debía de estar durmiendo aún. Busqué en mi bolso un par de Ibuprofenos y me metí bajo la ducha, dejando que el chorro de agua se llevara el maquillaje de la noche anterior. Todavía teníamos que pasar el día de hoy. ¿Podría convencerlo para que visitáramos el museo Picasso de Antibes? A él le halagaría sentirse culto. Después de la noche pasada, casi me compadecía de él. Envuelta en una inmensa toalla, fui a despertar a Mercedes.

—Venga, todavía no se ha levantado. Le dejamos una nota y desayunamos en el jardín.

Nos pusimos albornoces sobre los bikinis y bajamos. Con gafas de sol y copas de cristal de zumo de naranja recién hecho, todo parecía fantástico. Me pareció más considerado pedir el desayuno para tres, pero aunque nos tomamos nuestro tiempo con los exquisitos *croissants* calientes y los diminutos tarros de mermelada de membrillo y de higo, James no apareció. Observando a los demás huéspedes desayunando, y a los jardineros del hotel con sus chaquetillas rojas rastrillando los senderos y prácticamente sacando brillo al césped, casi me olvidé de él, como si nosotras estuviéramos allí por nuestra propia cuenta. Lo cual también resultaba fantástico. Mercedes se bajó las gafas, encogiéndose un poco bajo la intensa luz del sol.

—¿Tú crees que estará bien?

—Claro. A lo mejor ha desayunado arriba. —Aunque le habíamos dejado una nota; y él más bien parecía decidido a exprimir mi compañía a fondo.

—Subo un momento a ver —dijo Mercedes.

Cuando volvió, traía dos toallas con el monograma del hotel.

—He llamado a la puerta, pero no ha respondido. ¡Vamos a bañarnos!

Capítulo 9

*Q*uizá suene raro, pero supe que algo iba mal cuando James no apareció a la hora del almuerzo. Mercedes había vuelto a quedarse dormida enseguida bajo el sol, con los cordones del top de su bikini desatados sobre la espalda, y yo había pasado el rato leyendo una biografía de Chagall que me había traído por si teníamos ocasión de ir a Saint-Paul de Vence. A las doce y media empecé a preocuparme y, aunque durante unos minutos más intenté concentrarme en el libro, comprendí que sucedía algo raro. ¿Y si se había puesto enfermo? No había parado de hablar de su horrible diarrea; tal vez necesitara un médico. Lo último que nos hacía falta eran problemas. Me até el albornoz y volví al hotel por la pendiente de césped. Al entrar, me sentí demasiado impaciente para esperar al ascensor y subí por la escalera. Una vez en la segunda planta, crucé corriendo el pasillo, musitando un «*désolée*» a una doncella que se inclinaba sobre una aspiradora. Fui directamente a la habitación de James. Nada más verlo, lo supe.

Nunca en mi vida había visto un cadáver; pero había una inmovilidad ausente en su carne, un extraño vacío en sus rasgos, que indicaban una falta absoluta de vitalidad. No parecía dormido. Solo parecía muerto. Su gran corpachón, tendido entre las sábanas blancas, estaba cubierto con una camisa de dormir de algodón; y con los pies asomando por debajo —unos pies correosos, de gruesas uñas— parecía un grotesco queru-

bín envejecido. Sabía lo que ocurría, pero aun así hice por inercia algo que había aprendido en las películas: fui a buscar la
polvera de mi estuche de maquillaje y sostuve el espejito con
cautela sobre su rostro. Nada. No me decidía a tratar de abrirle
los ojos, pero alcé con mucho cuidado su brazo ajamonado y le
busqué el pulso.

—¿James? —musité con ansiedad, tratando de reprimir un
grito gutural—. ¡James!

Nada.

Rodeé la cama para coger el teléfono y llamar a recepción,
pero me detuve. Me sentía mareada, como si fuese a vomitar,
pero no podía perder el control. James había estado bebiendo, y
normalmente no bebía, quizá no podía hacerlo. Inspiré hondo,
una temblorosa bocanada de aire. Ya me lo imaginaba todo: el
personal raudo y discreto del hotel, la ambulancia, la comisaría
de policía. Si le practicaban una autopsia hallarían el estúpido
cóctel de tranquilizantes que Mercedes le había administrado,
y sería homicidio involuntario. Ya veía los periódicos: nuestros
nombres, la expresión atónita de mi madre. La perspectiva ini-
maginable de la cárcel. De repente oí que el sonido de la aspiradora se aproximaba. La doncella venía a limpiar la habitación.
Corrí a la puerta de la suite, busqué torpemente entre los carte-
les de «Desayuno» y «Normas de seguridad», tirándolos al suelo. Hurgué hasta encontrar el de «No Molestar». En un hotel
semejante, eso nos daría unas horas. Me senté en uno de los sofás blancos. Respira, Judith. Piensa.

Yo no había dejado nuestros pasaportes en recepción; se me
había olvidado. En la mesa del desayuno había garabateado
«LJ», unas iniciales inventadas. Entre nosotras nos habíamos
llamado siempre por nuestros nombres del club, y la mayor
parte del tiempo llevábamos gafas de sol. Los empleados nos
habían visto entrar y salir, sí, pero esto era el sur de Francia:
debían de dar por supuesto que éramos putas contratadas para
un número doble durante el fin de semana. Si lográbamos esca-

bullirnos, no tenían ningún modo de rastrearnos, salvo por nuestra descripción física. Y esto era un gran hotel, con un personal adiestrado, suponía yo, para no husmear demasiado. ¿Y las huellas dactilares? No tenía ni idea de cómo funcionaba eso, la verdad, pero yo desde luego no tenía antecedentes penales; y Leanne tampoco, al menos que yo supiera. ¿Acaso no disponían de un archivo con todas las huellas dactilares, o de una base internacional de datos de ADN megatecnológica?

Mejor no pensarlo. Con frecuencia había hojeado los manuales de medicina de mis compañeras de apartamento, pero no estaba segura de si había signos visibles de una parada cardíaca repentina. James era un hombre obeso, hacía calor y había mantenido relaciones sexuales... ¿No sería esa la conclusión más obvia? Di gracias a Dios por el hecho de que las buenas chicas siempre se lo traguen todo: en las sábanas no habría mucho rastro de mi paso por allí. Para cuando alguien dedujera que la cosa era más complicada, nosotras ya habríamos vuelto a nuestras vidas. Y si alguien se ponía a indagar...

El vigilante nocturno nos había visto anoche entrando en el hotel. Podíamos decir que nosotras habíamos venido con James por diversión, pero que no habíamos sido capaces de llegar hasta el final. Dos chicas idiotas dándole gato por liebre a un viejo. Podíamos decir que James se había enfadado cuando nos habíamos negado a la prometida sesión de sexo, que nos había dicho que teníamos que irnos hoy y que habíamos salido sin él por la ciudad. Por la mañana, no nos habíamos despedido porque pensábamos que estaría durmiendo, todavía furioso. Perfectamente plausible. Saqué el móvil del bolsillo del albornoz y le mandé un mensaje a Leanne, diciéndole que subiera inmediatamente. El pulgar me resbalaba grasiento por la pantalla. James tenía una esposa: Veronica. La localizarían a través de su pasaporte; quizá ella preferiría llevar el asunto con discreción y evitar el escándalo. De todos modos, seguro que ya se temía que su marido sufriera un ataque cardíaco en un futuro no muy lejano.

103

Mi móvil vibró. Leanne estaba en la puerta. Abrí y la arrastré de un tirón al interior de la suite.

—Siéntate. No digas nada. Y por el amor de Dios, no grites. Está muerto. No es broma, no es un error. Lo que le diste resultó demasiado para él. Está ahí dentro.

Nunca había visto a una persona ponerse blanca. Una parte de mí observó con interés que la sangre, en efecto, se retiraba de su cara, dejándola de un color verdoso bajo el bronceado. Fui al baño, cogí una de las magníficas toallas que había colgadas junto al bidet para envolverme la mano y le llevé un botellín de coñac del minibar; sin vaso.

—Bébete esto.

Ella se lo bebió obedientemente de un trago y empezó a sollozar, tapándose la cara con las mangas del albornoz. Cogí el botellín y entré de puntillas en la habitación de James; sin mirar hacia la cama, lo dejé en la mesita de noche. Ya tenía alcohol en su organismo, así que no importaba.

Volví a la sala y adopté un tono lo más delicado posible.

—Leanne, esto es grave. Muy grave. No podemos decírselo a nadie, ¿comprendes? Si lo contamos, es un delito, aunque nosotras no lo pretendiéramos. Acabaríamos en la cárcel. Dime que lo has entendido.

Ella asintió. Ahora parecía increíblemente joven.

—Yo puedo manejar esto. ¿Quieres que lo haga?

Asintió de nuevo, agradecida, desesperada. Apenas me lo creía yo misma, pero mi instinto era lo único que teníamos. Solo debía actuar con la misma celeridad con la que pensaba. Leanne empezó a jadear; los hipidos de su garganta se acercaban al ataque de histeria.

La sujeté con fuerza de los brazos.

—Mírame, Leanne. ¡Mírame! Deja de jadear. Respira. Vamos, inspira hondo. Así. Otra vez. Eso es, venga. ¿Mejor?

Volvió a asentir.

—Muy bien. Ahora has de hacer exactamente lo que yo te

diga. Ellos no saben quiénes somos, todo saldrá bien. ¡Escucha! Todo saldrá bien. Vístete; ponte algo sencillo y elegante. Méte- lo todo en tu bolsa. Revisa el baño cuidadosamente. No dejes ni maquillaje, ni frascos ni nada.

En realidad, no creía que esto importara demasiado, pero el hecho de tener que concentrarse la mantendría calmada. Cami- nó hacia nuestra habitación arrastrando los pies como un pa- ciente de hospital.

Yo volví a la habitación de James. Si mantenía la vista aleja- da de la cama, no había problema; pero no dejaba de sentir un temor aprensivo a que una de sus gruesas manazas muertas fuera a agarrarme de repente. Eché un vistazo en derredor y vi su chaqueta azul marino colgada de una silla. Usando de nuevo la toalla, metí la mano en el bolsillo y encontré su móvil. Esta- ba apagado. Mejor. Había una cartera con tarjetas de crédito, permiso de conducir, unos cuantos billetes sueltos de cincuenta euros y un fajo sujeto con un clip de plata de Tiffany. Un rega- lo de Veronica, seguramente. Cogí todo el fajo. La mayor parte eran billetes rosados de 500, pero también había algunos ama- rillos de 200. Lo conté sin acabar de creerlo; volví a contarlo. Entonces caí en la cuenta. Esto era el Eden Roc. El hotel (había leído a un vulgar crítico de restaurantes alardeando de ello) era famoso por aceptar solo efectivo. A saber cuánto costaría una suite, pero James obviamente había sacado todo el dinero nece- sario para pagar la cuenta, además de lo que me había prometi- do a mí. Había algo más de diez mil euros. Separé dos billetes de cincuenta de la cartera, añadí uno de 200 y los volví a meter con el clip en el bolsillo de la chaqueta. Durante un segundo de locura pensé en quitarle su enorme Rolex de oro, pero eso ha- bría sido rematadamente estúpido. El resto del dinero lo enro- llé bien y me lo metí en el bolsillo del albornoz.

Leanne esperaba sentada sobre la cama con unos vaqueros y una camiseta, mirándose fijamente los pies calzados con sus sandalias de plataforma. Le lancé mi chaqueta Alaïa beige de lona. No dejaba de ser un sacrificio, pero pensé que ahora podría comprarme otra.

—Ponte eso, y las gafas de sol. No tardaré.

Intentó ponérsela, pero empezó a temblar y yo no lograba meterle los brazos porque las mangas eran muy ceñidas.

—Si te entra un ataque de histeria, te pegaré. Para de una puta vez. Y da gracias de que haya tenido la sensatez de no llamar a la policía.

Guardé rápidamente mis cosas en la bolsa de viaje, incluida la lencería barata que me había puesto el día anterior. Zapatos de tacón, maquillaje, cargador del teléfono, libros, cepillo del pelo, portátil. Luego saqué los Chanel de las bolsas de cartón y metí nuestras bolsas de viaje dentro, tapándolo todo con los saquitos con el logo estampado. Así no parecería que nos íbamos, sino solo que aprovechábamos el sábado para salir un rato de compras. Me pregunté cuándo estaría previsto que dejáramos la suite. Si era mañana a mediodía, o incluso a las once, el cartel de «No molestar» nos daba un montón de margen. Corrí a la sala de estar. La nota que había escrito por la mañana, un alegre: «¡Hemos ido a bañarnos! Nos vemos abajo, querido, un beso» estaba en el bloc del Eden Roc. Arranqué la hoja, y también la siguiente, por si el bolígrafo la había dejado marcada. Las estrujé y me las metí en el bolsillo.

—Vale, nos vamos. Saca el móvil. Cuando lleguemos al vestíbulo, empieza a teclear y baja la cabeza. Pero no corras.

La doncella seguía rondando por el pasillo. Pensé que iba a vomitar cuando se dirigió a mí.

—*Voulez-vous que je fasse la chambre, madame?*

Acerté a sonreír despreocupadamente. No era mucho mayor que yo, pero tenía la cara amarillenta y picada de viruela. Ella no debía de ver demasiado el sol de la Riviera, supuse.

—*Pas pour l'instant, non merci.*

Seguimos adelante, bajamos en ascensor al vestíbulo y salimos al sendero de acceso.

—*Vous avez besoin d'une voiture, mesdames?*

Maldita sea. Era el mismo botones al que le había dado propina ayer.

—*Non merci. Nous avons besoin de marcher!*

Unas golfas inglesas borrachas que querían quitarse la resaca caminando, esperaba que él estuviera pensando.

Empezamos a descender por el sendero, Leanne dando tumbos por la pendiente. El hotel estaba bastante lejos de Cannes, y durante un rato caminamos por una carretera desierta, flanqueada a ambos lados por muros blancos y verjas de seguridad. Pasamos junto a varios contenedores verdes de basura; alcé la pesada tapa de uno y tiré dentro los trozos estrujados de papel. Era la hora más calurosa del día y el cordón de la bolsa de cartón me estaba dejando verdugones en los dedos. Me dolía la cabeza y notaba una mancha húmeda de sudor en la espalda. Leanne se arrastraba en silencio a mi lado.

—Tranquila, Leanne. Todo saldrá bien. Tú sigue caminando.

Finalmente, la carretera doblaba hacia el paseo marítimo. Arriba, a la izquierda, veíamos las ventanas del hotel emergiendo serenamente entre las ramas de las palmeras, que parecían las pestañas de una corista. La bahía estaba llena de veleros y motos acuáticas; más lejos, se divisaba el ferry de la isla de Santa Margarita. Nos detuvimos en el primer bar. Pedí dos naranjadas y le pregunté al camarero —educada pero no demasiado correctamente— si podía ayudarnos a encargar un taxi para el aeropuerto de Niza. Él refunfuñó un poco al estilo francés, pero cuando ya estaba pagando las bebidas apareció un Mercedes blanco.

Leanne permaneció ensimismada, mirando por la ventanilla del taxi. Yo pensé en su descarada actitud de aquel día en la National Gallery y sentí una punzada de satisfacción malsana. ¿Quién necesitaba ahora a la pringada de Rashers? Quizá fuese su forma sumisa de inclinar la cabeza, pero de repente me vino el recuerdo de un viernes lejano y siniestro, cuando vinieron a casa los cobradores de deudas.

107

Mi madre no era una borracha. Casi siempre procuraba conservar el empleo que tuviera ese mes; casi siempre se levantaba por la mañana. A veces, sin embargo, la situación la superaba y entonces se ponía a beber. No alegre o alocadamente, sino de modo sombrío y regular, para alcanzar la bendición del olvido. Lo cual tal vez fuese una reacción perfectamente razonable en sus circunstancias. Recordé que acababa de llevarla a la cama cuando sonó el timbre; la arropé con su colcha de felpilla rosa, dejándole en la mesilla una taza de té y un cubo de plástico, por si la habitación empezaba a darle vueltas cuando cerrase los ojos. Yo debía de tener unos once años.

—¿Quién es, mamá?

Ella estaba casi sin habla, pero al fin dedujo que debían de venir por los plazos de la tele. Llevaba meses sin pagar, y la compañía obviamente había vendido aquella deuda incobrable.

—¿Quieres que me encargue yo, mamá? Yo me encargo.

—Gracias, cariño —fue lo único que acertó a decir.

Abrí la puerta, todavía con el uniforme del colegio. Traté de decir que no había nadie en casa aparte de mí y que no podía dejarles pasar. No eran malos tipos, pese a su atuendo de gorilas. Simplemente intentaban ganarse la vida, igual que todos los demás. Ni siquiera dijeron que lo sentían mientras se llevaban el televisor de la cocina (nosotros no usábamos el cuarto de estar; era solo un espacio helado que costaba dinero). Con lo cual ya solo nos quedaba la nevera, la cocina, la mesa y el sofá. Entonces creía que las cocinas amuebladas eran elegantes; nosotros, al menos, no teníamos una. Los tipos volvieron a entrar para llevarse también la nevera, aunque primero sacaron la comida. Tuvieron incluso la delicadeza de dejar el pan, el jamón y el vodka encima del sofá. Uno de ellos volvió para devolver un paquete de maíz que había quedado en el congelador. No sabría explicar lo desolada que se veía la cocina. Los vecinos habían salido a mirar; mañana lo sabría todo el mundo. Yo les devolvía la mirada, temblando bajo mi camisa escolar de poliéster, con una expresión que pretendía ser orgullosa. Me alegraba de que mamá estuviera demasiado grogui para presenciar la escena; habría armado un escándalo, dándoles aún más que hablar. Aquello no volvería a suceder, había pensado entonces. Nunca más me volvería a suceder.

Pero este no era momento para ponerse nostálgica.

—Cuéntame —le dije a Leanne—. Cuéntame lo de anoche.

Conseguí que se pusiera a hablar, incluso a reír de vez en cuando, como si estuviéramos repasando nuestras andanzas. Si el taxista se acordaba de nosotras, yo prefería que pensara que éramos unas chicas alegres, normales. Él ni siquiera se esforzó en disimular que nos había timado cuando llegamos al aeropuerto, y yo lo traté con una actitud glacial mientras le pagaba lo que pedía.

—Muy bien —le dije a Leanne una vez que estuvimos en el vestíbulo refrigerado de facturación, poniéndole en la mano uno de los billetes de 500 enrollados—. Toma esto, ve al mostrador de British y compra un billete de ida a Londres. Es sábado, seguro que habrá plazas. Cuando llegues, no me envíes mensajes ni me llames; yo te mandaré un mensaje para que sepas que va todo bien. No volveré al club. Si alguien pregunta, dile que te parece que he conocido a alguien y que me he ido de vacaciones. A Ibiza. Que te parece que estoy en Ibiza. ¿Lo has entendido?

—Judith, no puedo asimilar todo esto.

—Ni lo intentes. —Le di un abrazo, como si fuéramos dos amigas despidiéndose—. Todo te irá bien.

—Pero ¿y tú qué?

—No te preocupes por mí. —Como si ella fuera a preocuparse. Sus ojos ávidos, ahora sin las gafas de sol, ya estaban escaneando los mostradores de facturación, buscando el de British—. Cuando llegues a casa, actúa normalmente. Con total normalidad, ¿entiendes? Y olvida que todo esto ha sucedido, ¿de acuerdo?

Dicho lo cual, me apresuré a alejarme antes de que ella tuviera tiempo de decir nada.

Tomé otro taxi hasta el centro de Cannes, hice que me dejara en el puerto, encontré un plano para turistas y deduje el camino hasta la estación. La bolsa de Chanel me estorbaba y me obligaba a alzarla, como un crío recalcitrante. Había un tren a Ventimiglia que salía en cuarenta minutos. Me asaltaron ideas locas: guardias fronterizos que me interceptaban el paso y hasta la posibilidad de buscar el consulado británico y ponerme en manos de algún joven agradable del cuerpo diplomático. Pero enseguida me obligué a recordar el cadáver de James, todavía en aquella habitación cerrada, con su fúnebre aroma a lirios. Tenía tiempo de sobra. Compré un ejemplar de *Gala*, una botella de Evian y un paquete de Marlboro Light, y me senté con la revista abierta en el regazo, fumando un cigarrillo tras otro y ocultándome tras las gafas de sol. No tenía ningún plan, pero llevaba nueve mil euros encima y me dirigía a Italia.

Capítulo 10

*H*asta que el tren cruzó la frontera no me permití el lujo de pensar. Tomaba lentos tragos de agua y trataba de parecer interesada en estrellas de la televisión francesa que no conocía. Luego cogí la biografía de Chagall y fingí leer, recordándome a mí misma que debía pasar la página de vez en cuando. Por la ventanilla desfilaban lo que en tiempos debían de haber sido pueblecitos encantadores de montaña, ahora estropeados por la autopista y por residencias de vacaciones recién construidas entre enormes y achaparrados viveros. En Ventimiglia me subí al tren de Génova. De repente, ya estaba en Italia propiamente hablando. La última vez que había estado allí había sido durante aquella beca de estudios de un mes en Roma, al terminar la secundaria, y todavía recordaba la sensación: el cambio sutil en la luz, la cantinela envolvente de la lengua italiana. Ahora en el vagón había hombres jóvenes con relojes enormes y gafas de sol aún más enormes (que habrían parecido gays de no haber sido por esa inefable seguridad italiana) y mujeres impecablemente arregladas, con zapatos de piel legítima y excesivas joyas de oro. También había una pareja americana con mochilas, guías de viaje y unas sandalias espantosas. En Génova volví a cambiar de tren. Siempre había deseado ir a Portofino, pero al parecer el tren no llegaba allí, me explicó en italiano un empleado de la estación, sino solo hasta un lugar llamado Santa Margherita. Luego había que tomar un autobús, o un taxi. Nadie me había pedido aún el pasaporte, pero yo sabía que debería mostrarlo si quería alojarme en un hotel. Repasé mi propio rastro mentalmente: Judith Rashleigh aterriza en el aeropuerto de Niza —no habíamos llegado con James— y aparece unos días después en Portofino. ¿Qué indicios había que pudieran relacionarla con el hombre muerto que, por lo que yo sabía, todavía estaba esperando en la fragante penumbra del Eden Roc? Ninguno, no tenía por qué haber ninguno. Habría de arriesgarme. O bien dormir en la playa.

Santa Margherita parecía un sitio idílico, el típico pueblecito donde podía imaginarme a Audrey Hepburn de vacaciones. Las altas y viejas casas de tonos ocres y amarillos enmarcaban una doble bahía, interrumpida por un promontorio, con un puerto deportivo donde los yates de lujo cabeceaban junto a las barcas de pesca. El aire olía a gardenias y ozono; hasta los niños que correteaban por la playa parecían *chic*, con sus batas y sus pantalones cortos. Ni una sola espantosa camiseta con lentejuelas a la vista. Cuando hube bajado renqueando los peldaños de pizarra gris que iban de la estación al paseo marítimo, ya estaba completamente harta de la bolsa medio rota de Chanel. Portofino podía esperar. Necesitaba una ducha y ropa limpia. Había muchos hoteles en la primera curva de la bahía, frente a la playa pública y a una zona privada de baño con sombrillas de rayas rojas y blancas y tumbonas alineadas en pulcras hileras. Sin pensármelo, me metí en el más cercano y pedí una habitación. Hablé en inglés, porque me pareció que llamaría menos la atención. Cuando la recepcionista me pidió mi tarjeta de crédito, le solté una parrafada rápida y complicada que no esperaba que comprendiera, y blandí alegremente un par de billetes de 200 euros. La mujer me dejó pagar dos noches por anticipado y me pidió el pasaporte. Mientras ella introducía laboriosamente los datos en el ordenador, a mí me entró la misma sensación que solía tener a final de mes frente al cajero automático, y procuré mantener una sonrisa amable. De repente, levantó el teléfono. Por Dios, ¿estaría llamando a los *carabinieri?* Calma, no te dejes llevar por el pánico. Podía soltar las bolsas y salir disparada de allí (con el rollo de billetes en el bolsillo) en cuestión de segundos. Había una parada de taxis afuera con un solo vehículo: un Audi al ralentí cuyo conductor fumaba acodado en la ventanilla. Tuve que hacer un esfuerzo para respirar normalmente, para resistir el impulso acuciante de mis músculos de echar a correr.

Falsa alarma: llamaba al servicio de limpieza. Quería comprobar que la habitación estaba hecha. Me dio una llave anticuada con una pesada placa de latón y me deseó una agradable estancia. Le indiqué por gestos que yo misma me subiría las bolsas. Ya en la habitación, lo tiré todo sobre la cama, abrí la ventana y encendí un cigarrillo sin hacer caso del cartel de «No Fumar». Me sorprendió comprobar que el sol ya se había ocultado tras el promontorio, convirtiendo las olas en cintas de color morado. Llevaba todo el día viajando. No: escapando. Dándome a la fuga como una fugitiva.

La brisa marina inflaba las cortinas rosadas. De pronto, me sobresalté y di un grito. Por un segundo, la tela formó dos brazos hinchados tendidos hacia mí. Me quedé paralizada, con el corazón palpitándome de tal modo que oía los latidos por encima del rumor del mar. Enseguida me eché a reír. James tal vez se pareciera al hombre del saco, pero estaba muerto. En cuanto a mí, tenía 8.470 euros en metálico, ningún empleo y un muerto a mi espalda en otro país. Pensé en enviarle a Leanne un mensaje de texto, pero descarté la idea. Mañana me compraría un móvil nuevo, volcaría los números de la agenda y tiraría el viejo en el puerto. Di una calada al cigarrillo, aguardando a ver si volvía el pánico. No, ya no. Estaba en Italia, en pleno verano, y por primera vez en toda mi vida, era libre. No tenía que preocuparme por el dinero durante una buena temporada. Sopesé la posibilidad de una pequeña celebración, pero me dije a mí misma que me calmara. Aun así, no

113

podía borrarme de la cara una estúpida sonrisita de satisfacción. Por una vez, no me hacía falta echar un polvo para sentirme invulnerable.

Me duché y me cambié de ropa, paseé por el puerto, me bebí una discreta copa de vino blanco en la terraza de un bar; fumé, leí mi libro, miré alrededor. Había olvidado el efecto que ejerce Italia en los ingleses: esa impresión de que todo el mundo parece tan guapo, los camareros tan encantadores, la comida tan deliciosa. La vida realmente parece *bella*. Después de comer *trofie* con un pesto auténtico de un verde luminoso, y patatas cortadas muy finas y judías verdes, me volví al hotel. Ningún mensaje en el móvil. Me desnudé, me deslicé entre las sábanas almidonadas de color rosa y dormí de maravilla.

A la mañana siguiente fui paseando a la plaza principal, un espacio irregular en torno a la fachada blanca de una iglesia barroca. Habían montado unos cuantos puestos donde se vendían ramilletes de albahaca y unos tomates bulbosos. Algunas viejas con bata de nailon, obviamente del pueblo, hurgaban entre los puestos con bolsas de ganchillo, mientras que los veraneantes, gente adinerada y discreta, se saludaban con un *ciao* impecable entre los dos cafés de la plaza. Compré *Nice Matin* y *La Repubblica* en el quiosco; no valía la pena molestarse con los diarios ingleses de un día antes. Pedí un *cappuccio* y un brioche con *marmellata* y examiné minuciosamente los dos periódicos, buscando en las columnas laterales alguna alusión al Eden Roc o al cadáver de un inglés. Nada. La mermelada untada entre las delicadas capas de *brioche* era de albaricoque y aún estaba tibia; y el camarero había dibujado un corazón de chocolate sobre la espuma de mi capuchino: «*Per la bellissima signorina*».

Me pasé la mañana deambulando lentamente por las diminutas y numerosas boutiques de Santa Margherita. El pueblo era un destino para gente rica, tal como mostraban las caras medio aturdidas de los pasajeros de los cruceros desembarcados para pasar allí el día; podía parecer un sitio pintoresco y anticuado, pero los precios eran del Milán del siglo XXI. Con todo, el día era tan maravilloso que habría sido un insulto al universo empezar a escatimar. Compré un par de bikinis, un sombrero de paja de ala ancha con una gruesa cinta negra de seda que me hacía sonreír solo de mirarlo, unas zapatillas de color caramelo (en un zapatero remendón que encontró mi número entre un montón de cajas en su oscuro cubículo impregnado de olor a cuero) y, finalmente, me permití hacer un derroche en un encantador e irresistible vestido veraniego Miu Miu, con flores anaranjadas sobre fondo blanco, cuello recto y falda acampanada estilo años cincuenta, que me estilizaba la cintura. La Judith italiana, al parecer, era más recatada que su prima inglesa. No quería pensar demasiado en lo que tenía que hacer. Tras una noche de descanso, el horror del viaje desde Francia parecía como un sueño. Yo no había pensado en nada, aparte de escapar, pero ahora necesitaba un plan. Solo que el pueblo era tan bonito, como una pintura al pastel de sol y jazmines, que las ideas sensatas habían perdido su atractivo.

Aunque quizá Italia, durante un tiempo al menos, fuese una decisión sensata. Podía pasar allí un par de semanas, si me trasladaba a un sitio más barato, y aún me quedaría lo suficiente para arreglármelas un par de meses cuando volviera. Algunos de los billetes de cincuenta del pobre James seguían acumulados en mi cuenta corriente. Titubeé un momento y luego compré una tarjeta de prepago en una *tabaccheria* y dejé un mensaje de voz a una de mis compañeras de apartamento. No me había molestado en decirles que me iba a ninguna parte, ni me imaginaba que a ellas les importara lo más mínimo, pero quizá advertirían mi ausencia tras unos días. El alquiler se pagaba trimestralmente, así que no había problema por ese lado. En el mensaje, decía que había ido a ver a unos amigos al extranjero y que quizá me quedara con ellos unas semanas; y me acordé de añadir que esperaba que los exámenes de verano fueran bien. En una callecita alejada del puerto, donde los restaurantes elegantes daban paso a las agencias inmobiliarias y las tiendas de electrodomésticos, encontré una tienda de teléfonos y reemplacé mi móvil. En el hotel, pedí la clave de wifi y usé el teléfono nuevo para echar un vistazo rápido a los periódicos ingleses en la web. Todavía nada. Por la tarde fui a la playa pública, llena sobre todo de adolescentes que me miraban fijamente pero no me molestaban. Luego me duché para quitarme la sal del pelo, me puse mi nuevo vestido y me maquillé un poco: rímel, brillo de labios y un toque de colorete. Arreglada, pero no estridente.

Me entraron ganas de decirle al taxista si estaba riéndose de mí cuando me dijo que me cobraba cincuenta euros por el trayecto de cinco kilómetros a Portofino, pero él parecía aburrido y dijo «così». Tenían el monopolio, pensé; y la gente que podía alojarse en el Splendido no subiría ni muerta a un autobús público. La carretera se extendía en una estrecha cinta entre el mar y los acantilados: tan estrecha que solo se podía circular en un sentido cada vez. Nos quedamos atascados en la hora punta ligur: todoterrenos Porsche y BMW conducidos por *mammas* de aspecto irritable, con las ubicuas gafas gigantescas y con el asiento trasero lleno de niños cubiertos de arena y de rollizas filipinas de aire lúgubre. El conductor despotricaba y tamborileaba con las manos en el volante, pero a mí no me importaba. Por la ventanilla me llegaba el aroma de las higueras encaramadas por encima de las aguas de color esmeralda de las pequeñas calas rocosas; y a través de los árboles vislumbraba casas de campo del siglo xix de aspecto absurdamente suntuoso. Me había documentado sobre Portofino; me complació saber que la gente que pensaba que estas cosas importaban decía que los mejores bellinis del mundo se preparaban aquí, no en el Harry's Bar de Venecia. Patéticos, a decir verdad, mis intentos de darme aires.

La plaza del diminuto pueblo de pesca había aparecido infinidad de veces en las revistas de famoseo del Gstaad Club: Beyoncé bajando tambaleante por una plancha de desembarco, Leonardo DiCaprio con el ceño fruncido bajo una gorra de béisbol. Pero las fotografías de los paparazzi no daban idea de lo diminuto que era el lugar. Solo una única calle que descendía hasta un espacio no mucho más grande que una pista de tenis; aunque, eso sí, una pista de tenis rodeada de tiendas de Dior y de prendas de cachemira. Crucé la plaza hasta el café del lado izquierdo y le pedí un bellini a un camarero de pelo plateado que parecía sacado directamente de un casting de Los Ángeles. Eso era un cliché, desde luego; pero es que todo Portofino parecía un cliché, la fantasía que cualquiera podía hacerse del *bel paese*. El camarero volvió con un vaso de vidrio grueso lleno de un granizado rosado de melocotón, abrió ceremoniosamente una botella pequeña de Veuve Clicquot y removió con todo cuidado la mezcla del champán con la fruta. El cóctel venía acompañado de unos platitos de jamón ahumado, alcaparras, *crostini* y trocitos de parmesano. Di un sorbo. Era delicioso, el tipo de bebida que podrías beber y beber hasta caer redonda, pero yo procuré hacerlo durar mientras miraba cómo se alejaba del puerto el último ferry turístico entre un revuelo de teléfonos japoneses sacando fotos. El sol, todavía intenso, pero ya más dulce, suavizaba el cielo que quedaba detrás del promontorio, al oeste del pueblo, coronado con su iglesia de pastel nupcial. Me lamí la sal y el zumo de melocotón de los labios, una imagen sensual de Instagram. Era consciente de que debería sentirme apenada por lo que le había pasado a James, pero aunque solo fuese por haberme proporcionado de un modo tan extraño este momento, no podía.

En el muelle estaba amarrando un elegante barco de madera, una de esas tradicionales embarcaciones de pesca genovesas llamadas *gozzi*, con elegantes almohadones azul marino y un toldo blanco. Empezó a bajar un grupo de gente joven, más o menos de mi edad, dando las gracias al piloto, que iba casi desnudo salvo por unos *shorts* vaqueros y la gorra náutica, bajo la cual asomaba un pelo rubio de un brillo increíble. Recordé que los vikingos habían navegado por estas costas hacía mucho tiempo, y que no eran infrecuentes, aquí y en Sicilia, los italianos rubios de ojos azules. Me quedé fascinada por aquel grupo de gente: cuatro hombres y dos mujeres. Había un aire tremendamente relajado en su forma de moverse por este espacio, como si de algún modo les perteneciera y no tuviera nada de particular encontrarse en Portofino: como si no supieran siquiera que este era el centro neurálgico de muchos sueños suburbanos. Se arrellanaron cómodamente en torno a una mesa cercana, encendieron cigarrillos, pidieron bebidas y empezaron a hacer llamadas cuyo tema principal, por lo que pude escuchar, era en casa de quién iban a quedar para cenar más tarde con otros amigos. Seguí observando. Las chicas no eran guapas estrictamente hablando, pero tenían ese brillo que solo confieren el pedigrí y las generaciones de riqueza asegurada: piernas largas y tobillos estrechos, cabello lustroso, dientes perfectos y nada de maquillaje. Una de las chicas llevaba encima del bikini una camisa que era obviamente la de su novio, con un monograma discretamente visible entre los pliegues de la tela; la otra iba con una túnica blanca bordada y con unas sandalias Manolo de ante verde, sencillas y más bien gastadas, que yo sabía que debían de haber costado al menos quinientos euros. Me avergonzó el hecho mismo de reparar en ello, porque, por supuesto, una chica como ella jamás se habría parado a pensarlo. Los hombres parecían cortados por el mismo patrón: el pelo oscuro y algo largo, los hombros anchos y esbeltos, como si no hubieran hecho otra cosa en la vida que nadar y esquiar y jugar al tenis (y seguramente así era). Actuaban… sin esfuerzo, con naturalidad, pensé. No había más que compararlos con Leanne y conmigo misma, engalanadas con nuestros recargados accesorios de la Riviera; no: ellos tenían un aire de estar en su propia casa que no podía obtenerse comprando en las boutiques más caras del mundo. Esa era la impresión que causaba la gente realmente rica: que ellos jamás tendrían que mover un dedo para tenerlo todo.

Alargué mi bebida, observándolos atentamente, hasta que se alejaron paseando. La chica de la camisa entró en una casa, al otro lado de la plaza, y apareció al cabo de unos minutos en una terraza situada por encima de la boutique Dior, hablando con una criada de uniforme rosado. Quizá la cena se celebraba en su casa, pero eso no significaba que tuviera que ir a comprar, o cocinar, o limpiar después. No me gustaban estos pensamientos: eran amargos. Estaba demasiado acostumbrada a quedarme fuera, atisbando el interior desde la reja. Ahora el bar empezaba a llenarse. Habían aparecido unas cuantas parejas americanas demasiado arregladas —tal vez huéspedes del Splendido, encaramado en la cima de la colina— que bajaban a pie a tomar un *aperitivo*. Pensé en pedir otra bebida, pero el ticket del platito ya indicaba cuarenta euros. Tal vez podía volver a Santa Margherita por el sendero para peatones de planchas de madera. Dejé dos billetes y un par de monedas sobre la mesa y me levanté para irme.

Había tres barcos grandiosos amarrados en la parte derecha del puerto; resultaban absurdos, como ballenas en una pecera. Dos tripulantes con *shorts* blancos hasta las rodillas y lustrosos cinturones de cuero estaban colocando una rampa de desembarco en uno de ellos, el más grandioso de todos. Las líneas contundentes del casco y el brillo negro de los acabados, con un aspecto de carbón recauchutado, le daban un aire casi militar, como si fuera a sumergirse bajo las olas para transportar a un malvado de película de James Bond a su guarida submarina. Era feo, pero sin duda impresionaba. Al cabo de un minuto, aparecieron dos pares de Nike rechonchas, seguidos de sendos vaqueros Levi's y de unos polos con un enorme logo. Sus dos propietarios llevaban los móviles pegados a la oreja, totalmen-

119

te indiferentes al panorama que los rodeaba. Me pregunté si sabrían siquiera dónde estaban. Volví a mirar al cabo de un momento y entonces advertí que era Steve: el Steve en cuyo barco había estado en Antibes dos noches atrás.

Algo cambió en ese momento. El ambiente soñador y adormilado en el que me mecía se cargó de golpe con una oleada de adrenalina tan violenta que pensé que todo el mundo debía de percibirla. Los suaves colores de la plaza cobraron una intensidad tropical mientras yo observaba cómo se aproximaban los dos hombres. Mi cerebro salió de su sopor y entró en efervescencia, porque ahora, bruscamente, había vislumbrado lo que podía hacer. Inspiré hondo, me levanté muy despacio. Esto era lo que pasaba con los ricos, ¿no? Que se tropezaban unos con otros continuamente: en St. Moritz, en Megève, en Elba o Pantelleria. Debía actuar como uno de ellos, con actitud despreocupada e informal. Guardé las gafas de sol en mi bolso. Ellos se dirigían al restaurante del toldo verde que había frente al muelle. Puny, otro sitio famoso sobre el que había leído en las revistas. Calibré mis pasos para cruzarme con ellos en diagonal, dejando que mi falda revoloteara y casi le rozara las piernas a Steve. Él seguía entretenido con el móvil. Me volví, busqué su mirada.

—¡Steve!

Alzó la vista, noté que estaba tratando de recordar. Me adelanté con desenvoltura y lo besé en ambas mejillas.

—Lauren. ¡Nos vimos en Antibes!

—Ah, sí. Lauren. ¿Cómo estás?

Al menos pareció reconocerme de verdad. Saludé al otro, el amante de Leanne en el jacuzzi, que resultó llamarse Tristan, un nombre que jamás se me habría ocurrido atribuirle.

Hubo unos instantes embarazosos. La cháchara informal no se le daba demasiado bien a Steve, pero yo no podía dejar escapar la ocasión. Steve no lo sabía aún, pero estaba a punto de asumir el papel de Sir Lancelot.

—Una noche fantástica, ¿no?

—Sí, increíble.

Uf, podíamos pasarnos así la vida.

—Mi amiga, bueno, es más bien una conocida, en realidad, ya ha vuelto a casa. Yo he pasado unos días con unos amigos... por allá. —Agité el brazo vagamente, hacia las colinas salpicadas de mansiones—. Pero ahora ya se han ido a Córcega. Yo misma me vuelvo mañana.

—Nosotros acabamos de llegar. Estamos pensando en seguir bordeando la costa. Hasta Cerdeña —dijo Steve.

Reaccioné como si ya me lo hubiera contado aquella noche, mientras tomábamos chocolate caliente.

—¿Algún plan para esta noche?

Intentaba actuar con coquetería, pero sin demasiada desesperación, aunque la verdad era que me los habría cepillado a los dos a la vez, incluso con la impoluta tripulación jaleándonos, si así conseguía subirme a aquel barco. Los barcos tienen una capacidad para saltar fronteras de la que carecen, en cambio, los cadáveres.

—Solo saludar a alguna gente, nada más. ¿Por qué no cenas con nosotros?

No te apresures, Judith.

—Es que tengo mis cosas en Santa.

—Puedes pasar a recogerlas luego.

Bingo.

—Claro, gracias. Me encantaría.

Así que Steve pidió una mágnum de Dom Pérignon del 95, cosa que en otra vida me habría impresionado, y luego vinieron dos tipos más viejos de escote bronceado, acompañados de unas ceñudas amantes estonias, y pedimos de aperitivo unos pulpitos, que nadie tocó, excepto yo, y luego Steve pidió dos botellas de color lima de Vermentino, y entonces apareció un grupo de

121

banqueros milaneses que venían de Forte dei Marmi, y uno de
ellos, además de adular con gran deferencia a Steve, se tomó la
molestia de llevarme a Santa a toda velocidad en su Alfa Romeo
vintage para recoger mis bolsas, y luego tuvimos que ir a un
bar flotante en Paraggi donde las estonias hicieron un poco de
pole dancing desganadamente y todos pedimos sushi, aunque
nadie lo comió, y acto seguido volvimos al barco a fumar Cohibas y esnifar coca en el jacuzzi, y Steve empezó a alardear de su
sistema estéreo bajo el agua, que te permitía escuchar a Rihanna mientras nadabas en la piscina de la cubierta superior, si te
apetecía. Yo acepté cada copa que me ofrecían y no bebí ni gota
—gracias, Olly, por tus enseñanzas— y me mantuve cerca de
Steve cuando uno de los viejos con pinta de morsa deslizó una
mano hacia mí entre las burbujas, y, al final, acabé tendida su-
misamente en la cama inmensa de Steve, dispuesta a ganarme
la cena si era necesario. Pero él lo único que hizo fue coger-
me la mano y darse la vuelta, dejando que me durmiera meci-
da por el suave movimiento de las olas.

Por la mañana, había desaparecido. Me incorporé, contenta
de tener la cabeza despejada, y me asomé a un ojo de buey.
Agua y cielo. Joder. Lo había conseguido. Sobre la cama había
una bandeja con zumo de naranja, una cafetera de plata, tosta-
das y huevos revueltos bajo una campana de plata, fruta, yogur,
croissants. Un jarroncito de cristal con una rosa blanca. El *Financial Times*, el *Times* y el *Daily Mail* (este último porque es
el que lee todo el mundo) de la fecha. Al parecer, los millonarios
gozaban de una conexión especial con la prensa: nada de periódicos atrasados para ellos. Los revisé a toda prisa; nada. Habían
desempaquetado mis cosas. Los zapatos estaban alineados y
pulcramente rellenos de papel de seda; mis escasos vestidos colgaban melancólicos de perchas acolchadas de seda negra, cada
una con una bolsita a rayas de pétalos de rosa. Me duché en el
baño, en el cual la ducha doble y la sauna personal hacían que
el Eden Roc pareciese en comparación un poquito elemental;

me recogí el pelo y me puse una sencilla camiseta gris encima del más reducido de los bikinis que había comprado en Santa.

Steve estaba en el camarote principal, en *shorts* y con el torso desnudo, bebiendo café de una taza gigante de Starbucks y recorriendo con la vista un panel de pantallas parpadeantes. Transacciones financieras. A través de las puertas de cristal que daban a cubierta, veía a Tristan haciendo pesas.

—Hola, nena. —«Nena» estaba bien. Yo aún no sabía exactamente cómo comportarme. No quería quedar relegada a la categoría de puta estonia, pero no cabía duda, por otro lado, de que era la clase de chica que se subía impulsivamente al barco de un desconocido. La clase de chica que se registra dos noches en un hotel de Santa Margherita y luego desaparece, sin dejar un rastro de pasaportes, billetes o fronteras. Posé brevemente las manos en sus hombros, aspirando una fragancia a piel limpia y a colonia, y le planté un beso en el nacimiento del pelo, donde se le empezaban a formar unas ligeras entradas.

—Hola.

—Esta noche amarraremos en Porto Venere.

El plural también estaba bien. Muy bien.

—Fantástico —respondí despreocupadamente, como si me pasara siempre los veranos saltando de un punto exclusivo de la costa italiana a otro. Por dentro, daba saltos de alegría por la cubierta, agitando el puño en el aire. ¿Cuál es la pose adecuada para un *selfie* cuando acabas de librarte de una acusación de homicidio? Pero soy una alumna rápida, extremadamente rápida, y sabía que la única forma de salir airosa era no demostrar en ningún momento que no tenía ni puta idea de lo que estaba haciendo. Así que salí a tomar el sol, no sin observar que él, mientras yo cruzaba las puertas, no echaba un vistazo al panorama de mi trasero ceñido por el bikini.

Después del almuerzo —pescado asado, *salsa verde* y fruta, todo servido en cristal fino y gruesa porcelana de color anaranjado, con el nombre del barco, *Mandarin*, estampado—, Steve

123

me dio un tour completo con entusiasmo. Examiné el helipuerto, escuché una larga explicación sobre el revestimiento ruso de calidad militar del casco, inspeccioné los balcones desplegables de la cubierta superior, las puertas correderas de cristal del camarote principal, la caja integrada de la pasarela extensible —a saber qué sería eso— y volví a contemplar los Picasso. Los miembros de la tripulación se deslizaban en torno a Steve como peces piloto junto a su tiburón, con una especie de telepatía adiestrada que tanto podía proporcionarte una mano solícita para cruzar un umbral como una copa helada de agua mineral Armani sin necesidad de pedirlo siquiera. Steve me presentó al capitán, Jan, un noruego de aire duro que sonrió todo el rato con profesionalidad mientras Steve trataba torpemente de ponerse campechano con él.

—¡Enséñale las luces, Jan!

El bronceado antebrazo del noruego rozó el mío al inclinarse para pulsar el interruptor. Un flash rapidísimo en Morse erótico, pero eso podía esperar. Miré obedientemente por encima de la proa. A pesar de la luz del sol, el margen oscuro de la línea de flotación se inundó de golpe de un resplandor de neón rosado. Jan pulsó otro interruptor y la iluminación fue cambiando de color como en un espectáculo de fuegos artificiales: naranja, cobalto, morado, blanco diamante. Por la noche, aquello habría parecido un burdel de Las Vegas.

—¿Increíble, no? Acabo de instalarlas.

Había algo entrañablemente pueril en el entusiasmo de Steve, a pesar de que la opinión de Jan sobre ese montaje decorativo se veía a la legua. Inspeccionamos los camarotes, que, comparados con el que yo compartía ahora con Steve, eran sorprendentemente diminutos. Cuando terminamos, Steve me enseñó su nuevo juguete, un planetario personal instalado en la cámara del timonel.

—Tiene un sistema láser, así que puedes rastrear las constelaciones frente al cielo real.

Aquí hasta las estrellas podían reorganizarse por puro placer.

—Lástima que no podré verlo en acción —dije, titubeante—. Lo mejor será que me dejes en el puerto esta noche.

—¿Tienes que ir a alguna parte?

Lo miré desde debajo de las pestañas.

—No especialmente.

—¿Por qué no te quedas, pues? Podemos navegar juntos.

No había el menor coqueteo en sus ojos; reajusté los míos.

—Claro. Me encantaría. Gracias. ¿No te importa que deje mis cosas en tu habitación, de todos modos?

—Ningún problema.

No había más que hablar.

SEGUNDA PARTE

Dentro

Capítulo 11

$\mathcal{U}$na vez leí en alguna parte que la gente se preocuparía mucho menos de lo que pensaban los demás de ellos si se dieran cuenta de lo poco que lo hacían. Mientras un día se convertía en tres, luego en una semana, y luego en dos, yo me las arreglé sencillamente a base de no dar ninguna información. Steve carecía esencialmente de curiosidad; no se interesaba en nada, salvo en sus negocios y sus posesiones, aunque se había alejado lo suficiente del sótano de bicho raro del que debía de haber emergido para adquirir al menos una apariencia de sociabilidad. Por lo que pude deducir de sus parcos comentarios, Tristan era su secuaz, el amigo a sueldo, contratado oficialmente por una de las sociedades de Steve, sin otra función que ocuparse de la tripulación, llamar por anticipado a los clubes y conseguir la coca y las chicas, casi verdaderas modelos, porque todo eso resultaba divertido, ¿no? Así era como te divertías cuando habías ganado lo suficiente como para dejar en ridículo al mismísimo Abramovich.

Pero a veces, observándolo en una pista de baile o en la mesa de un restaurante, cuando llegaba el momento de que Steve sacara su American Express y todo el mundo miraba de repente para otro lado, yo lo veía menear la cabeza en silencio, tan perplejo como un pulpo en un garaje. Sexualmente, no lograba entenderle. La primera noche había supuesto que estaba cansado, pero aunque me llamaba «nena» y «cariño», ni siquiera intentaba besarme, aparte de los piquitos rápidos de saludo. Yo dormía con él por defecto, o sea, a falta de otra cosa; nos tendíamos el uno junto al otro como si fuésemos hermanos. Él nunca intentaba nada y yo no era tan idiota como para tomar la iniciativa, aunque tenía la precaución de acostarme cada noche aparentando que no habría preferido ninguna otra cosa. Por supuesto, me preguntaba si no sería gay, si el bueno de Tristan sería algo más que un mayordomo, pero tampoco parecía ser el caso: Tristan se liaba alegremente con todas las chicas que se cruzaban en su camino. Al cabo de un tiempo, llegué a la conclusión de que Steve sencillamente era asexual; su deseo no iba en realidad más allá del gusto de tener cerca a alguna chica guapa, pero él había deducido que ligarse a mujeres era lo que se suponía que debía hacer, igual que poseer un barco enorme, un avión, cuatro casas y Dios sabe cuántos coches. ¿Por qué? Simplemente porque podía. Así era como llevaba uno la cuenta, ¿no? Entonces comprendí que el error que comete la gente sobre las personas como Steve es suponer que están interesados en el dinero, cuando la verdad es que es imposible hacerse tan rico si lo que te interesa es el dinero. Para hacer ese tipo de apuestas con fondos de alto riesgo, los tipos de verdad, los tipos serios (y Steve desdeñaba burlonamente a los colegas cuyos fondos movían solo cinco o seis mil millones por los laberintos de las finanzas), es necesario sentir indiferencia hacia el dinero. El único interés es el juego en sí. Eso me quedó claro.

Cuanto más tiempo llevaba en el barco, más lejos me sentía de aquel cuerpo gélido del Eden Roc, de aquel rostro lívido y acusador. Procuraba no pensar demasiado en Leanne. Nuestro efímero momento de complicidad parecía un episodio de otra vida; y no obstante, en muchos sentidos, era como si hubiera vuelto al Gstaad Club. Había chicas por todas partes: eran una presencia ubicua en la lenta travesía de Saint-Tropez a Sicilia, como el vino rosado y las buganvillas. Nunca he conocido a una chica que no estuviera dispuesta a lanzarse a la carga cuando había a mano un auténtico millonario, y me fui dando cuenta de que mi presencia en cierto modo protegía a Steve. Así pues, me mostraba vagamente posesiva si había más gente, llamándolo «cariño» como hacía él y rodeándole los hombros con el brazo en plan informal, lo cual me convertía en una presencia enojosa y fascinante para las chicas, pero servía para mantenerlas a raya. Sentada junto a Steve durante la cena, las oía hablar desenfadadamente sobre lo caro que estaba todo, igual que amas de casa de clase media, y a veces me preguntaba por qué no les firmaba él un cheque de un millón de libras, simplemente para que se callaran un poco.

Los mensajes de móvil que Tristan no paraba de enviar provocaban un sucedáneo de vida social: de la lancha al bar y al restaurante, y luego al club infaltable o, a veces, a alguna fiesta en una casa particular situada por encima de un centro turístico; pero nunca conocíamos a nadie parecido a los *figli d'oro* que yo había espiado en Portofino. Los hombres trabajaban en fondos financieros, en bancos o en propiedad inmobiliaria. Una vez subimos en coche por las montañas de la Maremma toscana para almorzar en casa de un gurú de la televisión inglesa, un tipo con un espantoso injerto capilar, muy mimado en los años noventa por la prensa, acompañado por toda una corte de famosillos increíblemente satisfechos de sí mismos, que se pasaban el rato tratando de superarse unos a otros con sus chistes y alardeando de la gente importante que conocían. Cada uno de los tipos, por barrigón o calvo o apestoso a puro que llegara a ser, tenía una chica. No era a tu esposa a quien llevabas a la Riviera, ni tampoco era una conversación chispeante lo que se esperaba de esas chicas. Ellas no se apartaban de su hombre; se sentaban a su lado, le cortaban la carne y se la ponían en la boca como a un bebé, y no hablaban a menos que les hablasen, aunque se reían de todo lo que él decía por si resultaba que era gracioso, con lo que creaban un campo de fuerza en torno a la pareja que ninguna otra mujer podía penetrar. En el almuerzo del

gurú, la única excepción era una exitosa humorista de televisión, una mujer alta y desgarbada que había ganado varios pres-
tigiosos premios y que empezó dominando la conversación,
yendo a la par con los hombres en ocurrencias, pero que fue su-
miéndose en un desconcertado y furioso silencio a medida que
fluía el vino rosado y sus colegas dejaban de fingir que la escu-
chaban. Yo la compadecía sinceramente mientras las caras en
torno a la mesa se enrojecían y el alboroto aumentaba: mientras sus antiguos colegas, gente civilizada y valorada en la BBC,
se transformaban en estrepitosos neandertales, y empezaban a
toquetear a su harén, disfrutando del placer salvaje —lo percibí claramente— de poder derrotarla en un juego en el que ella
ni siquiera podía participar.

Nuestra misión, la misión de las chicas, era llevar delicadas
sandalias K-Jacques en torno a nuestros preciosos y bronceados
tobillos; era agitar nuestra preciosa melena y dar sorbos delicados a nuestro vino y jugar con los preciosos Rolex que lucíamos
en nuestras esbeltas y bronceadas muñecas. Éramos trofeos,
oro convertido en carne deliciosa y broncínea, Galateas que se
fundían al contacto con el dinero. Se entendía que la famosa
humorista estuviese furiosa. La habían despojado de su acredi-
tada posición con la misma celeridad con que un carterista na-
politano le habría birlado su insulso bolso Mulberry. Yo debería haber dicho algo, haber hecho algo para cerrarles el pico a
aquellos engreídos hijos de puta, pero me limité a sonreír y agitar la melena sobre el escote, a darle a Steve en la boca trocitos
de suflé de coco helado. Mira y aprende, nena.

La riqueza se te mete bajo la piel como un veneno. Invade tu
actitud corporal, tus gestos, tu forma de moverte. Desde que
había subido a bordo del *Mandarin,* no creo que hubiera abierto una puerta. Desde luego no había cargado una bolsa pesada
ni recogido un plato sucio. Si el precio es intimar con un viejo
patán que te observa en el jacuzzi como si fueses un hipopóta-
mo en celo, la compensación es vivir rodeada de jóvenes unifor-

mados de hombros musculosos y uñas limpias que te ofrecen la silla, te recogen el pañuelo o las gafas de sol, te arreglan los almohadones de la tumbona, recogen tus bragas sucias y te dan las gracias por permitírselo. No te miran a los ojos; tú no eres para ellos. Retiran los ceniceros y limpian los espejos, renuevan la aspirina junto a la cama, y el Xanax y el Viagra en el armario del baño, contribuyen a reparar los desperfectos de tu carne de cien maneras sutiles, con una solícita complicidad, de tal modo que tú resurges entre ellos inmaculada como una diosa, y, al cabo de un tiempo, entre el borde de tus Ray-Ban y la punta de tu barbilla imperiosamente alzada, ya dejas de verlos. Pero no debes dejarte distraer por estos detalles accesorios. Si no consigues rapidito el anillo de compromiso, estás jodida. La verdadera diferencia entre las monadas de la Riviera y la tropa del Gstaad era que estas chicas habían ascendido al siguiente nivel, lo cual no servía sino para volver más espantoso el precipicio que se abría ante ellas.

En Porto-Vecchio se unieron a nosotros Hermann, un colega alemán de Steve, delgado y silencioso, y su prometida Carlotta, que lucía en el anular un diamante tan espectacularmente desproporcionado como sus tetas operadas. Carlotta asumía la rutina de princesa acaramelada siempre que Hermann estaba presente, jugueteando con los lóbulos de sus orejas y llamándolo «cariño» a cada dos palabras. En privado, era implacable.

—Es un cerdo asqueroso —me confió a la ligera mientras permanecíamos tendidas en *topless* sobre una de las inmensas colchonetas de la cubierta superior.

—¿Quién?

—Hermann. O sea, yo estaba en Saint Moritz la temporada pasada y teníamos que encontrarnos en Verbier. Y él va y me manda un coche. O sea, ¡un puto coche para recogerme!

Su acento era vagamente europeo, pero no conseguía situarlo. Me pregunté si ella misma sería capaz.

133

—Por Dios. Qué espanto.

—Ya ves. Tuve que hacerme la cama en el chalet como durante una semana, y él ni tan siquiera se molestó en enviarme el puto helicóptero. Solo hay que volar en jet privado, ¿sabes? —añadió, muy seria—. Para no dejar que se aprovechen.

—¿Vas a casarte con él?

—Claro. Nos prometimos el año pasado cuando me quedé embarazada, pero él ya tiene seis hijos de un matrimonio anterior y me obligó a deshacerme del bebé.

Toqué la piel cálida de su hombro en plan compasivo.

—Qué horror. Lo siento mucho.

Ella se mordió teatralmente el labio inflado a base de cirugía.

—Gracias. Pero conseguí un apartamento en Eaton Place para superarlo, así que tampoco resultó tan mal.

Cuando logré volver a respirar, Carlotta estaba manipulando su móvil.

—¿Te has enterado de lo de la chica sueca en Nikki Beach?

134

Claro que me había enterado de lo de la chica sueca en Nikki Beach. Todo el mundo, desde Antibes hasta Panarea, se había enterado de la historia de la chica sueca en Nikki Beach.

—Estuvo en la piscina, no sé, como un día —otros decían cinco horas, o dos días, las versiones diferían—, antes de que alguien se diera cuenta de que estaba muerta.

—Qué fuerte.

—Sí, qué fuerte. Ya estaba, o sea —Carlotta buscó la palabra— descomponiéndose.

Carlotta compartía conmigo la típica vulnerabilidad de los desclasados, eso me quedaba claro. Pero yo no era como ella; no pretendía pescar a un marido rico y pasarme la vida como un resto de naufragio arrastrado por las fluctuaciones del euro. Otra cosa era que interpretase el papel. Steve tal vez no fuera el pichabrava de Mayfair, cosa que ya me venía bien, pero sus escasas ideas sobre las mujeres incluían por suerte la necesidad femenina de hacer compras. La adquisición de ropa era, al parecer, la máxima vocación de mi sexo, y como yo tenía la sensatez de no pedirle jamás ni un helado siquiera, me iba de maravilla en este terreno.

Mientras nos deslizábamos lentamente hacia el sur a través de las brisas espumeantes, y julio se convertía en agosto, Steve me preguntaba siempre que atracábamos si necesitaba comprar algunas cosas y a continuación me daba con solemnidad un fajo alucinante de billetes. Al principio yo iba con cuidado, y me lo guardaba casi todo, con lo cual podía ofrecerme a pagar mi parte de las bebidas y la cena; pero al cabo de unos días ya no me pareció relevante, y entonces empecé a comprarme cosas caras que nunca podría volver a permitirme: un surtido de cachemira para toda una vida, una exquisita gabardina Vuitton de lino, un bolso de cocodrilo Prada de color castaño. Me echaba un vistazo a mí misma en los escaparates de la boutique o en la superficie lisa y cristalina del agua del puerto, toda bronceada con mi sencilla blusa blanca y unos *shorts* vaqueros, con el pelo recogido informalmente con un pañuelo Dolce & Gabbana y las bolsas de mi botín balanceándose en mis manos, y me preguntaba si debía sorprenderme ante mi metamorfosis. Pero no estaba sorprendida, en realidad. Miraba el agua fijamente y allí, al fondo, acababa viéndome a mí misma.

Philip Larkin escribió en una ocasión melancólicamente sobre un mundo en el que «belleza» era una forma coloquial de decir «sí». Follar puede ser un placer totalmente exento de complicaciones, tan antiguo y elemental como el sabor a sal y tierra de una aceituna, o como un vaso de agua fresca tras una larga y polvorienta caminata. Así pues, ¿por qué decir que no?, ¿por qué negarse a la belleza? La monogamia debe de ser mucho más fácil para los poco agraciados.

Tras unas semanas como seudonovia de Steve, me subía por las paredes. Y si eres como yo, el truco está en aprender a identificar a los que sienten lo mismo que tú. Cuando Jan me había hecho el tour por el *Mandarin* el primer día, con su aire ligeramente desdeñoso, yo me había esforzado en mantener toda mi atención en Steve; pero a los pocos días de viaje, me había cruzado con él en cubierta y había notado que sus ojos me seguían exactamente como no lo hacían los de Steve.

Por el momento había dejado el asunto de lado. No era tan idiota como para estropear la ocasión por un polvo, pero resultaba sorprendente que Tris no se hubiera percatado del aspecto de Jan y no le hubiera dado pasaporte, porque la verdad es que aquel noruego era despiadadamente atractivo. Hombros cuadrados, torso prieto y unos profundos ojos azules como un fiordo, enmarcados por unas espesas pestañas grises de asno de tira cómica. *Caveat emptor*: no podía quejarme. Así pues, una tarde, mientras nos deslizábamos por el archipiélago Maddalena, le pregunté a Steve si quería salir de picnic.

—¡Podríamos coger la lancha y hacer buceo con tubo! —le dije entusiasmada.

—Lo siento, nena; tengo trabajo. Dile a Tris que te lleve.

—Claro. No quería molestarte.

Entré en el camarote de Tristan sin llamar. Estaba en calzoncillos, viendo porno en el portátil, con un aspecto paliducho y resacoso bajo la piel bronceada. Llegué a atisbar un plano subjetivo de Jada Stevens alzando su famoso culo esférico hacia la cámara antes de que Tristan bajase la tapa con irritación.

—Steve dice que si me llevas a hacer buceo. —Puse un tonillo enfurruñado de chica mimada, con lo cual conseguí sacarlo de quicio aún más.

—Perdona, Lauren. No me encuentro muy bien. —Lo que quería decir era «vete a tomar por culo». Aquello era una pequeña y conmovedora lucha de poder.

—Pero me apetece un montón —dije con un puchero.

—Que te lleve uno de los chicos en la lancha.

—¡Buena idea! Gracias —gorjeé—. ¡Que te mejores!

—Sí. Hasta luego.

Me encontré a Jan fregando la cubierta. Era muy escandinavo en este sentido, siempre estaba colaborando en las tareas más duras. Aun así, pareció alegrarse de hallar una excusa para dejar el mocho.

—Tris dice que tú me llevarás a hacer buceo. Porfa, Jan.

Él se irguió lentamente: un metro ochenta suculento.

—¿Buceo?

—Sí, porfa. Dice que nos llevemos la lancha.

—De acuerdo. Los demás pueden arreglárselas. Voy a hablar con ellos y a recoger mis cosas. Estaré listo en diez minutos.

—Perfecto. Gracias.

La espuma me salpicaba en la cara mientras nos alejábamos del *Mandarin* con la lancha para rodear la punta de una de las rocosas y diminutas islas. Jan conducía; yo me arrellané sobre los almohadones, con una mano surcando el agua espumeante. Llevaba unos *shorts* vaqueros, un top de bikini Fernandez y un sombrero flexible de paja envuelto firmemente con un chal Pucci retro de seda. Jan se había cambiado el uniforme por unas bermudas caqui hechas polvo y una camisa azul marino desteñida que armonizaba con sus ojos. Yo había cogido de la cocina una botella de Vermentino, un sacacorchos y un puñado de higos.

—¿Te gustan los erizos de mar? —me preguntó Jan por encima del ruido del motor.

—No lo sé.

Él redujo la velocidad de la lancha hasta dejarla al ralentí y empezó a atisbar por encima de la borda. Nos deslizamos sobre lenguas de arena blanca cuya profundidad resultaba engañosa a causa de la claridad del agua, hasta llegar a un grupo de rocas que sobresalían apenas de la superficie, negras e irisadas por los líquenes y el batir de las olas.

—Aquí está bien.

Me gustaba su voz: seca, precisa, con la inflexión de su acento noruego. Y me gustaba que escatimara las palabras.

—Abre la escotilla del ancla.

Me arrastré con cierta torpeza sobre la tumbona plana y abrí la trampilla que ocultaba el ancla. Jan dio marcha atrás.

—Lánzala cuando yo diga. Espera, espera... ahora.

Observé cómo se hundía el ancla, mientras Jan movía la barca hasta que la cadena quedó bien tensa.

—Bien. Ahora podrás probar un erizo de mar.

Tenía a sus pies una magullada mochila de lona, de la que sacó unas gafas con tubo, una navaja plegable y un guante de malla metálico semejante a una manopla medieval.

—Ponte el tubo. Así podrás mirar. ¿Sabes cuál es la diferencia entre los machos y las hembras?

138

Extrañamente, no lo sabía.

—Solo puedes comerte las hembras. Ellas recogen caparazones y piedrecitas para adornarse. Para embellecerse, como las mujeres. —Me sostuvo la mirada durante un segundo más de la cuenta; luego se quitó la camiseta y se lanzó al agua.

Me quité los *shorts* y me lancé tras él. Por un momento, el agua parecía fría en contraste con el calor concentrado de la lancha. Me moví flotando, meciéndome como una estrella de mar, mientras miraba bucear a Jan, que se impulsaba hacia el fondo con largas brazadas. Vi que sujetaba la base de una roca y que, usando el cuchillo con la mano enguantada, arrancaba una cosa negra y gruesa. Subió, la dejó sobre la borda, tomó aire y volvió a zambullirse. Alcé la cabeza para mirar. El erizo de mar era como una siniestra criatura submarina cubierta de espinas: unas espinas que seguían retorciéndose en el aire. Jan arrancó dos más y luego subimos a la lancha por la corta escalerilla situada junto al motor.

Abrí la botella de vino mientras él raspaba con el cuchillo las espinas de los caparazones.

—Se me han olvidado los vasos.

—No importa.

Jan cogió la botella y se la llevó a la boca. Miré cómo se movía su garganta mientras tragaba.

—Bueno, aquí tienes.

El caparazón limpio, sombreado de rosa y verde, era precioso. Jan metió el cuchillo por la parte inferior y lo partió en dos como si fuera un mango, mostrando la carne de tono anaranjado oscuro con ribetes negros.

—La pulpa está suelta. Cógela con los dedos.

—Enséñame.

Él cogió un trozo y me lo tendió. Abrí la boca y cerré los ojos.

—¿Está bueno?

—Hmmm.

Era fuerte, viscoso, salado, casi como la caza un poco pasada. Tomé un trago de vino y noté cómo se fundían los minerales en mi lengua. Me recosté, con el sol en la cara y el jugo de la carne cruda en los labios.

—Más.

Jan me puso el resto en la boca; luego yo le puse en la boca la pulpa del otro erizo. Hubo entonces un momento delicioso: tenía su cara tan cerca de la mía que veía los cristales de sal reluciendo en sus largas pestañas. Ya estaba mojada antes de que me besara. Él no se apresuró; dejó que su lengua encontrara la mía, retorciéndose, empujando, retorciéndose. Luego volvió a erguirse en el asiento del timón y me miró.

—¿Quieres follar? —preguntó.

—Sí, quiero follar, Jan.

Habían sido muchos los giros del destino que me habían traído hasta este momento. Sabía que tal vez nunca me liberaría, que los brazos de James quizá habrían de envolverme toda-

139

vía, mortíferos como los de una sirena, para arrastrarme hacia las profundidades. Pero ahora, al menos durante un rato, podía liberarme de todo y detener el tiempo.

Mantuve los ojos fijos en los suyos mientras volvía a tenderme sobre los almohadones. Siempre sosteniendo su mirada, me desabroché el top del bikini y lo dejé caer junto a mí. Él ladeó la barbilla en un gesto casi imperceptible de asentimiento. Me desaté las cintas de las bragas del bikini, me las quité y las dejé junto con el top.

—Enséñamelo.

Lenta, muy lentamente, abrí los muslos. Desde la tumbona donde estaba tendida, mi coño quedaba justo a la altura de sus ojos. Me metí el dedo medio de la mano derecha en la boca, lo deslicé entre mis pechos y a lo largo del estómago y lo introduje entre mis piernas. Cuando lo extendí hacia su boca, estaba mojado con mis jugos. Él se levantó, se movió relajadamente sobre las tablas oscilantes de la lancha. Tenía una polla preciosa: gruesa en torno a la base, tersa en la punta, como si fuera de seda irisada.

—Date la vuelta. Quiero verte el culo.

Me vino la imagen fugaz de Jada Stevens antes de darme la vuelta a cuatro patas. Él me puso la mano entre los omoplatos y me empujó hacia abajo para que arquease la columna hacia él, y me deslizó los dedos dentro.

—Muévete. Quiero ver tus caderas.

Empujé hacia su mano rígida y me contoneé lentamente trazando un ocho. Era tan delicioso que pensé que iba a correrme solo con eso. Me di la vuelta, me metí el glande en la boca, lo deslicé hacia el fondo de mi garganta y lo dejé ahí unos instantes. Palpitaba con fuerza. Se lo chupé una y otra vez, mientras recorría con las uñas sus testículos en tensión. Luego me aparté y, alzando la vista, lo miré a los ojos, dejando que contemplara su glande hinchado pegado a mis labios.

—Fóllame. Quiero que me folles.

Él se arrodilló detrás de mí, hundió de nuevo la mano en mi sexo y extendió los dedos por dentro.

—Muévete, mueve el culo. Así. Enséñamelo. Así me la pones dura. Sigue moviéndote así.

—Dame tu polla.

Me puse la punta entre los labios del coño, maniobré hasta meterme dentro el glande y me detuve, tensando los músculos.

—Quieto —dije.

Me eché un poco hacia delante, hasta que se le salió; volví a meterme el glande, con movimientos en espiral, y lo llevé en cada ocasión a mayor profundidad, hasta que sentí sus testículos contra los labios empapados de mi coño.

—Ahora más deprisa.

Él me sujetó de las caderas, me pegó bien contra su cuerpo y empezó a trabajarme.

—Joder. Es perfecto. No pares.

—¿Te gusta así? ¿Fuerte?

—Sí. Me gusta. Tú… no te pares.

La lancha se balanceaba brutalmente; una ola nos salpicó a los dos. Yo notaba el peso de mi pelo mojado sobre la espalda. Él lo agarró, tirándome la cabeza hacia atrás, de tal modo que mi espalda se arqueó aún más y su polla llegó al punto clave. Iba a correrme, le supliqué que me bombeara con más fuerza.

—Ahora. Córrete conmigo. Quiero que me inundes toda.

Jan me dio una palmada en la nalga al llegar al clímax, y eso me remató a mí también: eso y las breves sacudidas de su polla al disparar tres grandes chorros de semen dentro de mí. Grité, apretando mi sexo contra él, y luego los dos caímos hacia delante, con todo su peso sobre mi espalda, mientras la lancha se mecía lentamente hasta quedar inmóvil de nuevo. Entonces empezamos a comernos los higos vorazmente, bebimos más vino y él me preguntó si quería repetir. Y sí, sí quería, esta vez colocándome encima, él sujetándome de la cintura con las manos, atrayéndome hacia abajo una y otra vez, mientras yo me acari-

141

ciaba frenéticamente el clítoris, hasta que me corrí y me derrumbé sobre él. Su polla siguió embistiéndome hacia arriba hasta que estuvo a punto, entonces me apartó, se arrodilló entre mis muslos y eyaculó sobre mi boca. Lamí el semen de mis labios. Salado, viscoso, mineral. Luego nos echamos a dormir un rato bajo el sol, tomados de la mano, y finalmente se hizo hora de volver al barco.

Había sido una fantástica sesión matinal, pero ambos sabíamos sin necesidad de decirlo que no habría sesión de noche. Yo estaba segura de que Jan no contaría nada. Apenas volvimos a hablar durante el resto del tiempo que pasé a bordo del *Mandarin*, lo cual me pareció perfecto.

Capítulo 12

La migración veraniega por el Mediterráneo se mueve a un ritmo tan misterioso como las bandadas de gansos que surcan el cielo. Los rumores de la presencia de algún personaje famoso hacen que los pesados yates de los ricos pongan proa hacia un bar o una playa en particular completamente indistinguible de los demás. El dueño triplica los precios en su pizarra y, durante unos días o una semana, los clientes disfrutan del elusivo polvo mágico de la fama imaginada, del convencimiento de que es en ese sitio, y solo en ese sitio, donde hay que estar esa temporada. Luego el rumor salta de nuevo a través de las ondas, y los yates cambian torpemente de rumbo y emprenden otra persecución inútil, mientras la gente del lugar se queda otra vez sola, dándose un festín con las sobras.

Este año, el sitio era Giacomo's, cerca de Gaeta, un pueblo barroco de la costa sur de Roma. En el siglo xix el papa Pío IX había promulgado la Inmaculada Concepción después de meditar en la Gruta de Oro de la iglesia de la Santísima Annunziata del pueblo; Tris nos anunció nuestra reserva para cenar en Giacomo's con una solemnidad similar. Mientras subíamos por la desigual calleja adoquinada que iba del puerto al restaurante, se percibía sin duda una sensación de misterio en el aire. Antes de que concluyera la noche, alguien acabaría bailando sobre una mesa. Giacomo's gozaba de una vista encantadora de la bahía. La terraza estaba espectacularmente construida sobre un promontorio que se alzaba sobre el pueblo, en lo alto de un acantilado cubierto de cremosos jazmines amarillos, lo cual creaba como una alfombra voladora de pura fragancia.

Después de pasarnos un rato jugueteando con el tartar de atún y la lubina asada con hinojo (como me tropezara otra vez con una lubina me pegaría un tiro), Steve me llevó aparte para contemplar el puerto y la inmensa fortaleza de los antiguos reyes de Aragón.

—¿Te lo pasas bien? —preguntó, obediente.

—Por supuesto, querido. Es precioso. ¿Y tú?

—Claro —respondió de forma poco convincente.

Steve tal vez no sentía en el fondo ningún interés por los demás, pero yo no podía permitirme esa actitud. Debía explotar los escasos recursos con los que contaba, lo cual significaba permanecer alerta ante las variaciones más sutiles de ese extraño nuevo mundo, para averiguar cada vez dónde encontrar un punto de apoyo. Recorrí la panorámica con la vista, buscando algo que pudiera animar a Steve.

—Ese es el barco de Balensky.

No lo habría hecho mejor si le hubiera anunciado que se había desatado una crisis del rublo.

—¿Balensky… está aquí?

—Supongo. Al menos está su barco. Ya lo vi en Cannes.

Yo nunca había visto nervioso a Steve, pero ahora parecía inquieto y empezó a juguetear mecánicamente con ese chupete permanente que era su teléfono móvil.

—Quiero conocerle.

—¿Por qué?

—Aquí no. Después; cuando volvamos al barco.

Me quedé intrigada, toda una novedad con Steve, pero no dije nada hasta que estuvimos solos en su camarote. Mientras me agachaba, en bragas, para desatarme las sandalias con plataforma, me di cuenta de que ya no me detenía a comprobar si Steve me miraba o no. Me tenía sin cuidado. Habríamos podido estar casados. Me puse una kurta bordada Antik Batik y di unas palmadas junto a mí sobre la cama.

—Bueno. ¿De qué va esta historia?

—Necesito cierta información.

—¿Y quieres que yo la consiga?

Claro que quería, y claro que estaba totalmente fuera de lugar. Entonces, con la misma repentina claridad que me había asaltado en el muelle de Portofino, comprendí que hasta ahora me había movido a la deriva, sin rumbo ni propósito, dejando que los días fueran transcurriendo. Tal vez un psicoanalista habría dicho que se trataba de una conmoción retardada, pero yo preferí verlo como el proceso para meterse en el papel. Steve nunca me había pedido nada. Pero este asunto podía volverlo vulnerable, dejarlo en deuda conmigo.

Era un momento crítico, una oportunidad para cambiar de posición. Hasta entonces había sido una simple pasajera en este viaje; ahora me pregunté si no podría empezar a sentirme como una jugadora.

—Joder, Steve. Estás pidiéndome algo completamente ilegal.

—A mí me lo vas contar.

Me incorporé sobre los almohadones.

—No, cuéntamelo tú. Quizá tenga que explicárselo al juez, a fin de cuentas. ¿Para qué necesitas esa información?

Steve parecía cansado.

—Es solo que... él está aquí, en Italia. Y quería comprobar algo, una cosa que he oído, simplemente.

—¿Qué?

—Te lo diré cuando lo sepa.

—Bueno —dije con cautela—. Para empezar, tiene que enterarse de que tú también estás aquí. Ponlo en Twitter si hace falta.

—No tengo Twitter.

—Pues dile a Tris que llame a su asistente personal.

—Pero ¿qué le va a decir?

Ay, Dios. Cogí mi móvil e hice una búsqueda en Google sobre Balensky.

—Colecciona cuadros —dije, mostrándole la pantalla—. Como tú —añadí para animarle—. Que Tris diga que quieres aprovechar sus conocimientos. Se sentirá halagado.

—Genial.

No me digas, pensé. Inspiré hondo y le hice algunas sugerencias para refinar el plan. Si quería aumentar nuestras posibilidades, iba a necesitar información y también un señuelo. Steve pareció verdaderamente impresionado con mi solución.

Era un sencillo ardid, pero funcionó tal como esperaba. A la tarde siguiente, Steve se reunió conmigo en la piscina de inmersión.

—¿Tienes un vestido de noche, Lauren? Un vestido largo, ya me entiendes.

Llevaba un mes metida en el barco, y un vestido de noche era lo único que aún no me había comprado.

—No, ahora mismo, no. ¿Por qué, querido?

—Estamos invitados a una cena. —Como siempre, Steve miraba de reojo el canal Bloomberg en la pantalla plana instalada justo por encima del nivel del agua—. De etiqueta —añadió con tono lúgubre.

—¿Dónde?

—En el barco de Balensky. —Alzó una ceja en un gesto que pretendía ser elegante.

Bingo.

—Nos reuniremos con él mañana, cerca de Ponza.

—Suena magnífico.

Noté que, por encima de nosotros, en la cubierta superior, Carlotta aguzaba el oído. O tal vez las tetas; sus pezones seguramente tenían incorporado un radar de oligarcas. Me di la vuelta y di un par de brazadas para atraerlo hacia mí.

146

—Podría comprarme algo.

—Sí. Necesitas algo elegante. Que se ocupe Tris.

Carlotta asomó la cabeza por encima de la barandilla. «Te odio», me dijo solo con los labios, viéndose ya condenada a una cena romántica para dos con su amado.

—¡Supéralo, Cenicienta! —dije—. Es tu día de suerte. Nos vamos de compras.

Como todos los pueblecitos de pescadores llenos de encanto por los que habíamos pasado mientras bajábamos siguiendo la costa, el puerto de Ponza, una isla diminuta a la que van a divertirse los romanos, ya no era precisamente de pescadores. La mayoría de las desvencijadas casas de color ocre y amarillo que se escalonaban hasta el mar contenían pequeños apartamentos de un millón de euros, aunque unas pocas todavía tenían ropa colgada en las ventanas y viejas apostadas plácidamente en el umbral. Tal vez eran actrices subvencionadas por el gobierno para darle al lugar un poco de colorido. Y hasta en la placita más dormida del pueblo había una boutique o dos, donde las mujeres de la tribu flotante de ricachones europeos podían hacer compras. Me llevé a Carlotta a la tienda más cercana, cuyo escaparate exhibía bikinis La Perla de mil euros.

—Necesitas un vestido. Esta noche serás la novia de Steve.

—¿Quieres decir, o sea, en plan trío?

No me dio la impresión de que fuese una petición especialmente novedosa para ella.

Hube de hacer un esfuerzo para no poner los ojos en blanco.

—Uf. No. Solo para esa fiesta. Tú no has de hacer nada, salvo parecer enamorada. A ver, ¿qué te parece esto?

—¿Y Hermann? A él no va a gustarle.

—Ya se ocupará Tris de resolverlo. Tú no te preocupes, Hermann pasará una velada estupenda.

Carlotta escogió un Marc Jacobs blanco largo hasta los pies,

con unos tirantes tan finos que sus pechos parecían desafiar la
gravedad más increíblemente que nunca. Con el pelo suelto y
unas joyas sencillas parecería una diosa de Fellini. Yo elegí un
vestido de lúrex dorado estilo *vintage*, de manga larga, mucho
más tapado por delante, pero abierto por detrás hasta el coxis.
Encontramos sandalias Giambattista Valli de piel de pitón para
ambas —aunque la cena fuera de etiqueta, di por sentado que
te dispensarían si no llevabas zapatos— y dos bolsos de mano
Fendi también de pitón: esmeralda y plateado para Carlotta y
rosa y dorado para mí. Carlotta me observó admirada mientras
separaba del fajo siete mil euros en billetes de 500.

—Vaya. A Steve le gustas de verdad.

—Tal vez.

—Aun así, nunca se sabe. Mejor comprarte ropa buena que
puedas conservar.

Antes de volver al *Mandarin*, paramos en un café y nos
zampamos dos *pizzette* y un *gelato affogato*, flotando en Bai-
leys y *espresso*. Carlotta se pellizcó pensativamente un pliegue
de carne por encima del codo.

—Siempre estoy muerta de hambre. Hermann no soporta
verme comer, pero un par de gambas y una rodaja de sandía no
es un almuerzo de verdad, ¿no te parece? Cuando me haga vieja, me voy a poner como una puta vaca, te lo digo.

Cuando subimos a la lancha aquella noche, Carlotta ya estaba totalmente metida en su papel, cogiendo del brazo a Steve y
jugueteando con el cuello de su camisa. Él estaba bastante guapo, de hecho, con su chaqueta de esmoquin, aunque en el último momento había decidido atrevidamente prescindir de la
corbata. Le susurré a Carlotta que se quitara el anillo de compromiso y ella lo arrojó al interior del bolsito de mano. Lo habría tirado al mar con gusto, pensé, si hubiera sido factible que
su interpretación teatral se convirtiera en realidad. Tris había

quitado de en medio a Hermann diplomáticamente, llevándoselo a una excursión de submarinismo: una inmersión nocturna hasta unas famosas cavernas inaccesibles, a la que Carlotta había debido renunciar de mala gana, puesto que no tenía el certificado de submarinismo en regla. A lo mejor yo también debería pensar en sacarme ese certificado.

—¿No has oído lo que le sucedió a un padre y a su hijo el año pasado en las cuevas de Capri? Se quedaron, o sea, atascados, y el padre tuvo que decidir si se salvaba y dejaba al hijo, o moría con él, y bueno...

—Joder, Carlotta —dije—. Salir contigo es como irse de vacaciones con Edgar Allan Poe.

Me miró sin comprender.

—No, nada. Estás deslumbrante. Lo pasaremos de miedo.

La travesía por la Riva duró un buen rato, porque el barco de Balensky estaba amarrado lejos del puerto, en aguas profundas. Una mole de cinco cubiertas se alzó al fin ante nosotros. Parecía del tamaño de un centro comercial: algo tan inmenso que nos metimos dentro con la lancha, en un muelle interior, y nos hicieron pasar a un ascensor revestido de cobre para subir a cubierta. Desde que había embarcado en el *Mandarin*, había vivido muchos momentos en los que habría deseado congelar la imagen de lo que me rodeaba para poder mirarla y recordar con incredulidad cómo era mi vida muy poco antes, cuando andaba cargada con mi maletín por los pasillos de la línea Piccadilly. Ese fue sin duda uno de tales momentos.

La cubierta más espaciosa estaba decorada con guirnaldas de orquídeas rosas, entrelazadas en torno a las barandillas y las escaleras. Una sucesión de esferas de rosas rosadas intensamente aromatizadas formaba un pasillo a lo largo del cual aguardaban los camareros con botellas mágnum de Krug también rosado. Carlotta y yo rechazamos las *tartines* de caviar con trufa y *confit* de tomate y los platitos de langosta rosada a la boloñesa. Balensky estaba esperando al fondo del pasillo, con una cha

149

queta de esmoquin de seda azul y amplias hombreras, que trataba de disimular con esfuerzo el hecho de que era prácticamente un enano. Su piel cetrina colgaba en flácidos pliegues de una frente tersa de bótox, coronada por unas hebras cuidadosamente entrelazadas y teñidas con alheña. Quizás era esto lo único que el dinero no podía comprar, pensé. Por mucha pasta que invirtieras, un cuero cabelludo restaurado seguía pareciendo un desastre nuclear. Calculé que debía de andar por los ochenta años, pero su rostro tenía una expresión maliciosa intemporal. Supuestamente tenía esposa e hijos escondidos en alguna parte, pero los cotilleos más osados de la web afirmaban que daba fiestas solo para chicos en su villa romana restaurada de las afueras de Tánger. Balensky le estrechó la mano a Steve, sacudiéndosela con entusiasmo de político; luego se inclinó sobre la muñeca de Carlotta mientras Steve se la presentaba. Yo aguardé detrás, la discreta amiga desparejada, pero me giré un poquito expresamente, cuando nos saludamos, para que pudiera atisbar mi espalda desnuda.

—Gracias por venir. Es un placer tenerla aquí.

—Gracias por invitarme. Qué flores tan preciosas.

Sus ojos ya miraban a otro lado. Me aparté para que recibiera a los siguientes invitados. Detrás de Balensky, bajo las sombras de la escalinata, había dos tipos enormes, con físico de jugadores de fútbol americano y trajes negros mal entallados (¿por qué son tan tacaños los millonarios con los trajes de sus gorilas?, ¿acaso un buen sastre no sería capaz de disimular sus armas escondidas?), ambos con auriculares y con los brazos cruzados. Al verlos, sentí una gélida y deliciosa oleada de adrenalina, como tras el primer sorbo de un martini perfecto.

Retrocedí y volví con los demás, fingiendo saludar de lejos a un conocido, hasta situarme fuera del campo visual de los gorilas; entonces, discretamente, le pregunté a un camarero dónde estaba el baño de mujeres. Él mismo me acompañó ceremoniosamente. Bajamos un tramo de escaleras y recorrimos un pasillo decorado con una réplica del mural de Cocteau que hay en Villefranche y que representa a san Pedro y los pescadores. Finalmente, me abrió la puerta de un baño. Me encerré dentro y aguardé unos instantes para oír cómo se alejaban sus pasos. Pero él no se alejó. Maldita sea. Conté hasta sesenta, pulsé el botón de la cisterna y abrí el grifo; luego salí y dejé que me acompañara de nuevo a la fiesta, contando el número de puertas que íbamos pasando.

Había resultado muy fácil conseguir el plano del barco de Balensky. La oficina de Steve había mandado un e-mail al constructor del yate insinuando que estaba pensando en comprarse otro mejor y solicitando un modelo «similar» al de Balensky; y en un par de horas, los diseñadores habían enviado babeantes un esquema virtual del barco. Como obviamente se trataba de un modelo único construido por encargo, podíamos estar seguros de que el plano sería bastante preciso. El camarote principal estaba en el primer pasillo según se bajaba la escalera: era la tercera puerta a la derecha después del baño de invitados.

En la cubierta, Carlotta se acurrucaba bajo el hombro de Steve, mientras él hablaba con un hombre de aspecto fornido, un tipo que lucía botones de diamante en la pechera de su camisa almidonada y que llevaba de la mano a una desdeñosa adolescente rubia, como si fuera un caniche ornamental. Yo me las arreglé para mantener una conversación con otra de las invitadas, una modelo de trajes de baño sudafricana que habíamos conocido en Marina di Massa: la típica conversación informal sobre nuestra próxima escala y sobre las fiestas a las que habíamos asistido. A mí me gustaban sus pendientes; a ella le encantaban mis zapatos.

La Chica Bikini y yo seguimos hablando hasta que nos hicieron subir a la siguiente cubierta para cenar. No era una fiesta tan nutrida. A pesar de la decoración, digna de una puesta de largo en el hotel Crillon de París, éramos solo unas veinte personas a la mesa. Balensky se encargó personalmente de indi-

151

carnos nuestros sitios y a mí me situó en la tercera silla por su derecha, enfrente de Steve y Carlotta. Yo tenía a la izquierda al tipo con botones de diamante y luego, ocupando el asiento de honor junto al anfitrión, había una actriz y modelo italiana con un vestido de lentejuelas abierto hasta el ombligo, cuya cara había visto en las páginas de *Gente*. Sabía que tenía una línea de lencería propia y que había salido con George Clooney. Di por descontado que cobraba por asistir a la fiesta, pues Balensky y ella se ignoraban por completo el uno al otro.

A mi derecha estaba sentada otra novia de un invitado, pero la conversación se desarrollaba entre los hombres, y más bien a trompicones, mientras nos servían ostras escalfadas rellenas de caviar, codorniz lacada con foie gras y *vitello tonnato* con crema de trufas. Cada plato venía decorado con pensamientos rosas y virutas de pan de oro. En los intervalos, cuando los camareros nos cambiaban ceremoniosamente los platos, había largos silencios interrumpidos con rachas de comentarios de los hombres en respuesta a alguna observación de Balensky. Al menos nosotros teníamos sillas donde sentarnos, no como los desdichados aristócratas franceses en Versalles, que no podían tomar asiento en presencia del rey. El postre era un *parfait* de pétalo de rosa, con una gelatina de violento color cereza, esculpida como una flor con tanta perfección que parecía que nos estuviéramos comiendo los arreglos florales. Tal vez fuera así. Yo me alegraba de que no se esperase nada de mí en el terreno de las réplicas ingeniosas. El roce de mi cucharilla en el plato medía los segundos que me faltaban antes de pasar a la acción; y mucho más que el *parfait*, saboreaba lo que estaba a punto de hacer.

Cuando los camareros recorrieron la mesa con café y pirámides de *macarons* Ladurée, y los hombres empezaron a encender sus puros, me excusé para ir al aseo, y, en cuanto llegué a la escalera, me quité las sandalias de tacón y me recogí la falda con un nudo para andar con más libertad.

Mientras descendía, miraba ansiosamente atrás por si venían los guardaespaldas, a los que había dejado apostados detrás de la silla de Balensky. Pero no me habían seguido. Me detuve a escuchar varias veces, alzándome de puntillas como un saltador de altura tomando carrerilla; luego alargué el paso, agazapada como un lobo, bajé el siguiente tramo de peldaños y entré en el pasillo. Recorriendo las puertas con la vista por anticipado, una, dos, tres, me lancé como un misil hacia el camarote principal, encantada con la agilidad y precisión de mis miembros, impulsada por un instinto depredador a toda potencia. Con el corazón martilleando en el pecho, me detuve ante la puerta correcta. A mi espalda, el pasillo seguía desierto. Giré suavemente el pomo y entré.

El camarote estaba revestido de moqueta blanca, con montones de estolas de zorro sobre la cama. Sin duda, le harían falta al viejo, porque hacía un frío tremendo ahí dentro. Con el aire acondicionado al máximo, aquello parecía una morgue de lujo. Una puerta, junto a la cama, conducía al baño; la otra, daba a un vestidor, donde había una hilera de zapatos de enanito pulcramente alineados, cada uno provisto de plantillas cuidadosamente moldeadas para aumentar la estatura. En la parte trasera del vestidor estaba la segunda puerta que había visto en los planos. O una oficina, o una mazmorra privada. De nuevo, giré el pomo suavemente, casi esperando que saliera disparado un picahielo por la mirilla. Un pequeño estudio, con un sencillo escritorio empotrado y un panel de pantallas como el que tenía Steve en el *Mandarin*. El Nokia desechable estaba preparado, pero las manos me sudaban de tal manera pese al frío que pensé que se me iba a caer. Moví el ratón y las pantallas cobraron vida.

Fútbol. El maldito fútbol. Steve no iba a sentirse muy impresionado. Fotografié las pantallas de todos modos y luego saqué unas cuantas instantáneas de los cachivaches que había sobre el escritorio: una pila de recibos, una caja de puros que

153

cubría parcialmente algunas notas garabateadas, un ejemplar del *Spectator* con la página doblada en la sección de vinos. ¿Debía echar un vistazo a los cajones? Podían estar conectados a una alarma, y seguro que Balensky tenía un tiburón tigre en un acuario para los invitados entrometidos. Algo crujió bajo mi pie descalzo: una hoja de papel vulgar y corriente. La enrollé rápidamente y la sujeté en la cinta elástica de mis bragas Fifi Chachnil. Mientras trataba de volver a ponerme bien mi vestido largo, oí una voz, la voz de un hombre hablando en ruso. Mierda. Pero ¿qué estaba haciendo? ¿Acaso no había aprendido nada jugando a los espías con el cuadro de Stubbs?

Una serie delirante de imágenes desfiló por mi mente: viejas filmaciones de Balensky posando con una ametralladora chapada en oro y recibiendo con su sonrisa malévola un premio de beneficencia, más una secuencia de cadáveres apilados en la cuneta de alguna guerra de la que yo apenas sabía nada. Balensky no era un personaje de cómic, era real. Esto era real. A esos tipos no les costaría ni un minuto partirme el cuello y arrojarme por la borda. Y si una décima parte de los rumores que había leído sobre su jefe eran ciertos, tenían práctica sobrada en estos menesteres. ¿Acaso no había continuamente turistas borrachas que se ahogaban? Me quedé inmóvil, intentando contener la respiración, pero estaba temblando, estremeciéndome de pies a cabeza como si me hubieran dado un puñetazo en el estómago. Me abracé a mí misma y cerré los ojos un instante, intentando ahuyentar el pavor.

«Piensa, rápido.» No había dónde esconderse, salvo en el hueco de debajo del escritorio. Miré alrededor frenéticamente buscando una cámara de seguridad. La moqueta del dormitorio amortiguaba los pasos, pero oí que se abría la puerta del baño. Joder, joder, joder. Mejor que me encontraran en el vestidor que en el estudio. Me arriesgué. Salí corriendo y me metí en el vestidor mientras los guardaespaldas inspeccionaban la bañera.

Iban a aparecer en cuestión de segundos. Me quité las bragas, las guardé en el bolso y, a tientas, escondí el papel dentro de mi paquete medio vacío de cigarrillos.

Cuando el primer guardia abrió la puerta del vestidor, me encontró totalmente desnuda, aparte de las sandalias Valli.

—¡Cariño! —grité, lanzándome sobre la mole negra de su pecho—. Ya creía que no... Ay, Dios, disculpe. Lo siento mucho.

Nos observamos durante un momento interminable. Yo me forcé a sostener su mirada. Si a él le parecía divertido, saldría viva. Si no, estaba más que dispuesta a suplicar. El tipo mascu-lló algo y el otro apareció a su lado. Ambos tenían una expre-sión entre hastiada y amenazadora.

—¿Qué hace en habitación señor Balensky?

—Esperar al señor Balensky —respondí con toda la altivez posible, cosa nada fácil cuando llevas unas sandalias de tacón de quince centímetros y nada más

—¿Él ha dicho que usted viene aquí?

—No exactamente. Yo, hmm, quería darle una sorpresa.

El segundo guardaespaldas se lo tradujo al primero. Ambos se echaron a reír. Volví a respirar. Me pareció que lo hacía por primera vez en muchas horas.

—Por favor, señorita. No se permite entrar en habitación señor Balensky.

Gracias a Dios, se comportaban con educación. Deduje que este tipo de cosas ocurrían continuamente.

—¿Tiene teléfono?

Abrí mi bolso Fendi y le tendí mi iPhone con aire inocente.

—Claro.

Otro diálogo en ruso; luego volvió a hablar el segundo guardaespaldas.

—Voy a revisar teléfono. Usted queda aquí con él. Si teléfo-no OK, no diremos nada a señor Balensky. ¿OK, señorita? Aho-ra abra teléfono.

Introduje mi clave y él cerró la puerta. Estábamos bastante

155

apretados en el vestidor, pero no nos hacía falta mucho espacio para lo que se esperaba de mí.

Después de secarme la boca con la manga almidonada de una de las camisas Turnbull & Asser de Balensky, me volví a poner el vestido, entramos en la habitación y nos sentamos uno junto a otro sobre la cama. Al cabo de unos minutos escuchando el rumor del aire acondicionado, el tipo acertó a decir:

—¿Gusta fiesta?

—Sí, gracias. Una fiesta fantástica.

El número dos reapareció y me lanzó el teléfono y el bolso. Otra frase en ruso, ahora con la palabra «*shylukha*», que significa «puta».

—Teléfono OK.

—Bien. OK.

¿Por qué hablábamos como si estuviéramos en *Los Soprano*?

—Ahora vuelva a fiesta. ¡Chica mala! —dijo agitando un dedo admonitorio.

Al cabo de dos minutos estaba otra vez en la cubierta superior, con el pelo arreglado y el corazón sereno. Le pedí al camarero un brandy Alexander para quitarme el gusto de la boca. Me acodé con la copa en la barandilla y contemplé el oleaje. Tiene muchas ventajas haber sufrido acoso escolar en la infancia. Al fin y al cabo, como corroboran victoriosamente los testimonios del sufrimiento de las víctimas, si se meten contigo es solo porque eres especial. Acabas aislada, pero te endureces. Yo había aprendido a mantener la cabeza alta y la espalda erguida, a ignorar los cuchicheos burlones, a sacar incluso cierto placer de ellos, porque me decía a mí misma que eso me hacía distinta, y luego ya me lo había seguido creyendo. Tal vez un terapeuta me habría arrancado esta confesión, pero yo nunca había tenido el dinero ni el interés necesario, porque esa experiencia dolorosa se había convertido con el tiempo en una fuente de rebeldía, en una fuente (aunque me avergonzara pensarlo en estos términos) de fuerza y resistencia. Yo podía soportar cosas que otros no habrían podido, y eso significaba que podía hacerlas también. Había conseguido hacer esto, y el alivio que sentía era glorioso.

Habría podido ser mucho peor, de todos modos. El gorila podría haberse empeñado en follar. Y aunque su polla fuese tan diminuta como imaginaba que debía de serlo la de su jefe, habría resultado un polvo un poquito, digamos, apretujado, con el segundo teléfono móvil embutido allí dentro.

157

Capítulo 13

*I*gual que la emoción, el humor no era el fuerte de Steve precisamente, pero aun así le encontró la gracia a la historia. No pude contársela, por supuesto, hasta que Carlotta volvió de mala gana a ocupar su lugar y se reencontró con Hermann; entonces Steve y yo nos acurrucamos en la cama y nos reímos hasta que creí que iba a mearme encima.

—Que conste —dije, jadeando— que no se me puede acusar de no estar dispuesta a hacer un sacrificio por el equipo.

—¿Lo has lavado?

—Agh. ¡Claro! —Se lo lancé—. Me debes una. Una bien gorda.

—Eres buena, ¿sabes? Para que se te ocurriera la idea de los dos teléfonos. El tipo ni se enteró.

—No quiero ni pensar lo que Balensky nos habría hecho a todos, si llegan a encontrarme este móvil. Esos tipos no se andan con tonterías.

—Te estoy muy agradecido, créeme.

No, no lo estaba; solo se sentía impaciente.

Fui a darme una ducha mientras Steve conectaba el móvil al portátil. Cuando volví, tenía en la pantalla las notas garabateadas que yo había visto bajo la caja de puros, y las iba ampliando, reduciendo y rotando con gran concentración.

—¿Has encontrado algo?

—No. —Parecía irritado, lo cual me preocupó.

—Lo he fotografiado todo, estoy segura. Las únicas cifras que había en las pantallas eran las de los traspasos de verano de la Premier League.

—No hay nada de nada.

—Tú no has sido el que se ha arriesgado a que le partieran el cuello como a la mujer de Curley.

—¿Quién?

—No importa. —No había leído a Steinbeck, obviamente.

—Como tú digas, Lauren. Joder. Qué mierda. —Cogió su teléfono—. Ahora tengo que hacer unas llamadas.

Había una aspereza en su tono que no le había oído nunca hasta ahora; de hecho, nunca había visto a Steve tan expresivo. Todas aquellas abstractas operaciones financieras tal vez constituían un juego para él, pero era un juego que estaba totalmente decidido a ganar.

—Espera, había algo más. Un trozo de papel. Voy a buscarlo.

Volqué sobre el edredón el contenido del bolsito Fendi. Cigarrillos, mechero, brillo de labios, peine, pastilla de menta, unas bragas de gasa y la hoja de papel estrujada que había embutido precipitadamente en el paquete de cigarrillos.

—Aquí está.

Steve la examinó lentamente y, mientras lo hacía, la tensión de su rostro se disolvió.

—Lauren, eres genial, joder. ¿De dónde lo has sacado?

—Estaba en el suelo, junto al escritorio. He pensado que él no lo echará a faltar. Podría haberlo recogido la doncella perfectamente. ¿Qué es?

Por supuesto, yo ya lo había leído. Un nombre, una fecha de dos días más tarde y un interrogante, todo escrito a bolígrafo.

—Rivoli. El grupo hotelero. Va a pujar por él. Ahora sí que necesito hacer unas llamadas. Gracias, muñeca.

Salió del camarote, llamando a gritos a Tris.

Toda esa intriga absurda por un poco de información confidencial sobre una compra de acciones. Si no hubiera estado in-

159

formada sobre las penas previstas para este tipo de espionaje, no habría podido entender por qué Steve se sentía tan excitado. Pero si no lo metían en la cárcel, ahora él tenía la posibilidad de ganar una cantidad astronómica; y aunque pensé que podría pedirle un porcentaje, se me ocurrió otra cosa que Steve podía hacer por mí. Y no estaba de más saber que hasta los virtuosos de las finanzas planetarias eran muy poco sofisticados en lo tocante a los secretillos sucios que cualquiera oculta.

Otra cosa que descubrí mientras el *Mandarin* seguía amarrado cerca de Ponza fue la noticia de la muerte de James. Estaba en el *Times online*, sin ninguna fotografía, seguramente por respeto a la familia, aunque el obituario sí mencionaba a su esposa, Veronica. James Rhodes era su nombre completo. Yo nunca había reparado en el apellido. JR, como yo. Habría podido interpretar eso como una señal. La noticia mencionaba varias instituciones benéficas a las que había contribuido, el banco para el que trabajaba y algunos otros datos adicionales: que había jugado en su día con el equipo de críquet de Harrow en el estadio Lord's, cosa que me costaba imaginar; que dejaba una hija llamada Flora y que el funeral se celebraría al cabo de un mes. Tenía sesenta y tres años, una vida bastante larga considerando su obesidad. El artículo solo decía que había muerto de un ataque cardíaco durante un viaje de negocios, pero aun así me puso nerviosa. Me encerré en el baño y saqué la arrugada bolsa Loro Piana donde guardaba mis pertenencias. El dinero lo tenía metido a presión en el envoltorio de papel de un sándwich. Me quedaban unos ocho mil euros de James y lo que había ido separando en mis expediciones de compras: unos cuantos miles más. Había retirado algunas cantidades de mi propia cuenta inglesa, siempre pequeñas sumas, para mantener la impresión de que seguía de vacaciones. Pero tampoco podía continuar a bordo del barco eternamente. Era evidente que Steve empezaba a cansarse de aquella vida ociosa y que se moría de ganas de volver a la actividad financiera en serio. Yo podía librarme del acoso del banco unos meses, hasta que encontrara algún trabajo, pero el dinero no me duraría mucho más; no en Londres. También debía pensar que tal vez no me resultara tan fácil encontrar trabajo en el mundo del arte, dado que había llamado «cabronazo corrupto» a uno de los expertos más importantes de Londres.

El problema más inmediato era dónde guardar el dinero. No quería depositar una suma semejante en mi cuenta inglesa; resultaba sospechoso. Por supuesto, podía guardármelo como hasta ahora, pero tampoco parecía aconsejable. Quizá fuese una estupidez, pero quería que ese dinero significara algo. Siempre había pensado que habría que negarle el voto a la gente que creía en los horóscopos, pero, al mismo tiempo, cuando el universo trata de decirte algo parece una idiotez negarse a escuchar. Y no podía soportar la idea de volver a mi apartamento, a los manuales de arte, a la mesa de la cocina llena de migas, a las medias colgadas del barrote de la ducha.

Volver a Londres con un alijo en metálico que iría agotándose en alquileres y facturas se parecía demasiado a una derrota. Era como dar un paso hacia la vulgaridad: la tele por cable, el pub de los viernes, los michelines por exceso de dulces, el viento en la parada del bus, las compras en Tesco, los restos de vómito en el umbral y el olor a grasa fría, curry y cigarrillos Rothman que era mi fórmula particular de la desesperación. Todas esas cosas, en fin, que yo sabía que era indecente despreciar, porque constituían el tejido de la vida para la mayoría de la gente y que, sin embargo, despreciaba con toda mi alma.

Necesitaba pensar, así que salí a pasear por la cubierta. Estábamos anclados frente a la costa, a unas millas del puerto principal; solo había otra embarcación a la vista, un fabuloso yate de regatas de teca de la década de 1930, cuyos dueños probablemente miraban con desprecio los barcos como el *Mandarin*. Estaba todo en calma; solo se oía el sedante crujido del casco mecido por las olas y el zumbido de los grillos que reverberaba desde las laderas de la costa. Carlotta estaba haciendo la siesta con Hermann y seguía enojada; Steve se encorvaba como de costumbre frente a sus pantallas, tan concentrado como un alquimista. El agua tenía el color de un pavo real, dorado, verde y turquesa, y era tan clara que se veían los bancos de pececitos plateados abriéndose en abanico bajo la superficie. Me quité el caftán Heidi Klein, luego el bikini Eres blanco, pasé por encima de la barandilla de proa y me dispuse a saltar. El sol de la tarde palpitaba en mi piel desnuda. Miré hacia abajo. Ahora, de repente, el agua parecía a mucha distancia. Habría resultado fácil saltar sin más, dejarme caer en ese azul delicioso; pero, aunque no hubiese nadie mirando, no podía permitirme actuar con torpeza. Extendí los brazos, abriendo bien el esternón, flexioné las pantorrillas, tensé los abdominales, escondí la cabeza y me lancé en una zambullida perfecta; una vez en el agua, abrí los párpados para sentir la sal recorriendo mis globos oculares, para mirar los cristales en las yemas de mis dedos mientras ascendía hacia la superficie trazando un arco. Me eché el pelo hacia atrás y me impulsé con los pies. El mar mecía mi cuerpo y un remolino de diminutos cristales de sal me enturbiaba la visión, ofreciéndome un panorama de azules, dorados y blancos. Por encima de mí, el *Mandarin* dibujaba una sombra nítida y geométrica sobre el suave oleaje, una tranquilizadora isla de dinero. Este era el lugar que me correspondía, pensé. Tenía que ingeniarme un modo de seguir aquí.

Esa noche fuimos todos al club Billionaire. No importaba que lo hubieran comprado los chinos, íbamos a divertirnos como el mismísimo Briatore. Mientras nos dirigíamos a una mesa VIP, noté que las chicas, con sus tacones de puta y sus tirantes finísimos, nos observaban con atención aunque fingieran bailar. ¿Cuándo habían empezado los *nightclubs* a parecer locales de *striptease*? Había chicas por todas partes: en las banquetas, en las mesas, casi colgadas de las lámparas, como quien dice. El meneo de traseros era de la suficiente magnitud como para causar un terremoto. Carlotta frunció el ceño cuando unas nalgas descaradas estuvieron a punto de arrancarle a Hermann sus gafas Oliver Peoples. Steve se aburría y jugueteaba con su BlackBerry; ni siquiera levantó la vista cuando el camarero trajo el champán. Tris parecía inquieto; en cualquier momento se acabarían las vacaciones y habría que volver al trabajo. Le tocó el hombro a Steve y le señaló dos negras despampanantes, con cintura increíblemente estrecha y unos culos que empezaban después de los omoplatos, que se contoneaban en nuestras inmediaciones. Steve meneó la cabeza con irritación. Era imposible hablar con el estruendo de la música, así que me incliné y le grité al oído: «Cariño, lo siento mucho, pero tengo un dolor de cabeza terrible. ¿Me llevas al barco?».

Steve no solía hacerse el *gentleman*, pero para mí estaba claro que no tenía ningún interés en quedarse, así que cuando se levantó capté una mirada de gratitud de Tris. Salimos de la mano y él no me la soltó hasta que llegamos al coche. No pude dejar de sentir un estremecimiento victorioso mientras me llevaba a mi presa.

Ya en el *Mandarin*, le preparé un *gin-tonic* de Tanqueray, pasando una rodaja de limón por el borde del vaso y se lo llevé al sofá, donde estaba zapeando por los canales de noticias de la enorme televisión de plasma.

—¿Qué tal el dolor de cabeza?

—Bien, en realidad. Había demasiado jaleo en ese local.

—Sí, te entiendo.

Miramos un rato la CNN. No había forma de abordar esa conversación sutilmente, aunque la sutileza tampoco era el fuerte de Steve, por otra parte.

—¿Steve?

—¿Qué?

163

—He estado pensando. Tú te has portado increíblemente conmigo. El viaje, las compras, todo. Quiero darte las gracias.

Lo decía de corazón. Él pareció ponerse nervioso repentinamente. Le puse la mano en el hombro.

—No, así no. Yo creo que... somos amigos, ¿no? O algo así.

—Claro.

—Bueno, pues se me ha ocurrido una idea...

En Londres había aprendido lo bastante acerca de las trampas con los impuestos sobre las ganancias como para poder hablar como si fuese una entendida. Quería abrir mi propia galería de arte, le expliqué, una galería privada. Tenía algo de dinero ahorrado, aunque era simple calderilla. ¿Él podía ayudarme a dar los primeros pasos para arrancar? Si obtenía beneficios, tal vez podría adquirir arte para él. Habíamos hablado lo suficiente sobre su colección como para que Steve creyera que yo compartía su gusto (o lo que él creía que era su gusto). Y yo tenía buen ojo, y sabía cómo hacer las cosas para que a él le resultara beneficioso desde el punto de vista impositivo. Si hay algo que entusiasma a los ricos es la perspectiva de ahorrarse sumas totalmente insignificantes en impuestos.

—¿Dónde quieres poner el dinero?

Titubeé.

—Bueno, es una miseria, en realidad. Unas diez mil libras. He pensado... quizá en Ginebra.

Diez mil libras constituían, de hecho, el depósito mínimo exigido por un pequeño banco privado, no especialmente famoso, llamado Osprey. Lo había averiguado con mi portátil en un café del puerto.

—Yo tengo un apartamento en Ginebra.

—Fantástico. ¿Por qué no vamos?

—Vale.

—¿Así, sin más?

—Claro. Le diré a Tris que se encargue de todo mañana por la mañana. Ya empiezo a hartarme de esto, además.

Me monté en su regazo y restregué mi nariz por su mejilla.

—Steve, te quiero. ¡Será un éxito, te lo prometo!

Él me sujetó de los hombros y me miró a los ojos.

—Claro, Lauren.

Por supuesto, ya le habían dicho otras veces que le querían. Nunca podría estar seguro de si alguna mujer lo decía de verdad. Le sostuve la mirada. Tal vez hubo entonces un instante en el que ambos nos sentimos humanos.

—Ay, perdón, chicos.

Carlotta.

—No importa.

Noté que Steve no lamentaba que ella hubiera malinterpretado la escena. Lo dejé mirando la segunda parte de *Matrix* y me fui a cotorrear con Carlotta sobre los putones del club Billionaire.

El vuelo de Cerdeña a Suiza fue mi primer vuelo en *business*. A decir verdad, era prácticamente la primera vez que me subía a un avión: mis viajes europeos los había hecho casi siempre en tren. Steve iba a seguir después hacia Estados Unidos, mientras que Tris se encargaría de llevar otra vez el barco a la costa de Génova. Si este estaba enfadado conmigo por haber interrumpido en seco su crucero por el Mediterráneo, tuvo la prudencia de no demostrarlo; además, así dispondría de unos días para fingir que el *Mandarin* era suyo. Yo había dejado una nota de agradecimiento y trescientos euros para la tripulación, había metido todo el botín del viaje en mis bolsas y me había despedido de Carlotta y Hermann, que expresaron con educados aspavientos su deseo de verme en su boda. Pedí que mi billete de vuelta fuese para Roma; parecía una pena no volver a visitarla teniendo la oportunidad de hacerlo.

Durante el vuelo, apenas hablamos. Mantener una conversación le exigía a Steve todo un esfuerzo, a menos que estuvie-

ra hablando de las cosas que poseía. Por eso seguía comprándo-
las, me imaginaba. Yo disfruté del espacio extra, de los asientos
de cuero y las exageradas sonrisas de las azafatas de Alitalia,
con sus moños relucientes. Steve no; claro que a él lo recogería
al día siguiente su jet privado. Por lo demás, si el jet se parecía
a su apartamento de Ginebra, no se lo envidiaba. Lo único que
pensé cuando llegamos fue que Dios nunca resiste la ocasión de
demostrar su desprecio por el dinero.

—Compré este sitio el año pasado. Antes tenía una casa en
el lago, pero pensé que un apartamento iba más conmigo. Alberto Pinto se encargó del interiorismo.

Me pregunté si habría quedado mucho mármol en Carrara
cuando Alberto terminó de decorar el piso. Deambulé un poco
por las habitaciones, mirando, admirando. Todo lo que no era
de mármol negro, blanco o dorado era de tafilete lacado. El baño
parecía la pitillera de Oscar Wilde.

166   —Impresionante —dije, arreglándomelas para fingir que lo
decía en serio, pero preguntándome para mis adentros por qué
los nuevos ricos tenían siempre un gusto tan horroroso. Quizá
es una cuestión de tiempo: la espantosa opulencia de este siglo
es el barroco inestimable de los siguientes.

—La mayoría de los cuadros están en el estudio —dijo Steve, pulsando un botón que abría una puerta corredera disimulada como una pantalla de madreperla.

La habitación era más grande que mi apartamento de Londres, con una pared entera de cristal desde la que se dominaban
las vistas más bien lúgubres de Ginebra. Te dabas cuenta de que
aquello era el estudio por los libros, al menos tres: novelas francesas retro de los años sesenta colocadas con descuido sobre un
lavamanos del siglo XIX (el único objeto bonito del lugar, por
cierto). ¿Cuánto habría cobrado Alberto por agrietar los lomos
de los libros, o por encargárselo a uno de sus asistentes? Los
cuadros: Emin, Hirst, talonario, talonario, un Pollock enorme,
talonario, Schnabel, talonario. Totalmente previsible.

—¿Qué te parece esto?

Un molde de hormigón de una lápida funeraria, algo así como una estela de la Edad del Bronce, con la figura grabada de un joven con cuello de gorila y traje de lujo, con un Rolex bien a la vista y un subfusil Uzi colgando de la mano derecha con la desenvoltura con la que un joven de otra época habría sostenido una fusta de montar.

—Ingenioso. La definición de un retrato ostentoso. ¿De quién es?

—Es real. Una lápida de verdad. La familia del tipo se la vendió al artista. Leni Kravchenko... ¿te suena?

No tan ingenioso, entonces; solo triste, burlón y barato.

—Tienes algunas piezas estupendas. Es en este tipo de obras —dije, señalando la lápida— en el que te imagino volcado como coleccionista. Estoy pensando en obras de los países del Este, quizá de China. Tal vez no tan seguras como inversión, pero más interesantes precisamente por eso. Ingeniosas, ambiciosas. Exactamente como tú, Steve.

Los ojos ya se le iban hacia las pantallas de la sala de estar. Ya estaba bien de arte; había que ponerse a trabajar.

—Claro, sería estupendo, cuando tengas en marcha tu historia —respondió vagamente.

Yo dije que suponía que tenía mucho que hacer y que podía pasar a buscarle después del almuerzo. Me apetecía salir a ver la ciudad. Él, agradecido, ya estaba instalándose en la silla de su escritorio y abriendo con unos clics las venas del dinero del planeta. Aunque no olvidó soltarme una fracción de ese dinero: un fajo del clip de plata que llevaba siempre en el bolsillo trasero. Me retiré con elegancia, pues, y tomé un taxi para que me hiciera un tour por la ciudad, durante el cual pude formular algunas preguntas; luego, unas compras y un *croque monsieur* en un café desde el que se dominaba el lago, bajo la sombra verdosa de los Alpes sublimes. Las mesas de alrededor estaban llenas de sigilosas mujeres de Oriente Medio, con sus vástagos y sus maridos barrigones, que no paraban de teclear en los móviles.

Yo no sabía tanto de arte contemporáneo en realidad, reflexioné, pero aun así no creía que eso hubiera de frenarme. Primero, porque no había tanto que saber y, segundo, porque la gente que compra arte contemporáneo tampoco sabe nada. La clave para ser un experto consiste en detectar las tendencias y en averiguar lo que estará de moda cuando tu cliente quiera vender. El concepto del mecenas que compraba por motivos estéticos se extinguió con la época del Grand Tour, y yo había tenido hasta ahora la suerte increíble de convencer a Steve de que sabía cómo comprar; aunque sus gustos tampoco es que resultaran muy difíciles desde el punto de vista comercial. De hecho, después de mis tres años con Rupert ocupándome en la casa de subastas de obras importantes, esta parecía una tarea algo vulgar; pero, en fin, había superado ya cosas peores. Como mi vida entera, por ejemplo. Y quizá, si era capaz de hacerlo, si lo conseguía realmente, tendría la posibilidad de llegar a ser alguien, de convertirme en la persona que siempre había sabido que estaba destinada a ser.

Ya en el apartamento, me cambié de ropa y me puse una de mis nuevas adquisiciones, un vestido camisero beige Stella McCartney y un fular Hermès con estampado rosa y naranja de relojes. Me había comprado un sencillo bolso de mano de cuero para guardar el dinero; no quería andar hurgando en una bolsa de papel a la hora de sacarlo. Steve iba, como siempre, con vaqueros, un polo y unas Nike. Me sostuvo la mano en el taxi que nos llevó al banco, aunque con la otra seguía tecleando frenéticamente en su BlackBerry.

Una vez me habían enviado al Hoare's Bank, en Fleet Street, a cobrar un cheque de Rupert, y supongo que ahora me esperaba algo parecido: columnas imponentes, pinturas al óleo y conserjes con guantes blancos. Pero Osprey parecía una oficina cualquiera, no un hotel de lujo. Simplemente un vestíbulo, un ascensor y una placa discreta junto al timbre, un sofá, un dispensador de agua y un fax antiquísimo. Steve explicó brevemente con un francés sorprendente que necesitaba abrir una cuenta personal para una nueva empleada. En cuanto pronunció su nombre, noté que el gerente empezaba a babear. Nos hicieron pasar a un despacho aún más pequeño, un simple cubículo con una mesa y tres sillas apresuradamente apiñadas. Mostré mi pasaporte y ellos trajeron los documentos.

—Solo tiene que firmar aquí, *mademoiselle* Rashleigh, y aquí y aquí.

Le pasé por encima de la mesa el bolso de cuero y el gerente lo tomó con una sonrisa dolorida, como si le hubiera dado un pañal sucio. El dinero en metálico no era obviamente algo que debiera exhibirse en Ginebra, por mucho que la ciudad estuviera edificada con dinero de origen turbio. El tipo pulsó un botón por debajo de la mesa y apareció una chica delgada con un traje chaqueta negro para llevarse el bolsito, cosa que hizo usando dos dedos como si fuesen unas tenacillas de plata. Noté que miraba a Steve y dejé que mi mano se posara un momento en su muñeca. Transcurrieron unos minutos, durante los cuales el gerente se aventuró a preguntarme qué me parecía Ginebra; luego volvió la chica con el bolsito ahora flácido y una libreta de ahorros en cuya portada aparecía mi nombre milagrosamente impreso.

—¿Y dónde desea *mademoiselle* que se le envíe la correspondencia?

Mierda. No había pensado en eso. No podía permitir que los extractos de mi banco suizo aparecieran en la mesa del desayuno de mis compañeras coreanas.

—Hmm, estoy buscando un local ahora mismo —acerté a decir sin mucha convicción.

—Por supuesto, *mademoiselle*. Pero ¿pasará por Ginebra con frecuencia?

El tipo me estaba echando una mano con la vista puesta en el potencial de Steve.

—Sí, naturalmente. Con la feria Art Basel y demás...

—Nosotros tenemos aquí un sistema. Un buzón numerado, con una sola llave para usted. Simplemente para la correspondencia, ¿entiende? A nuestros clientes les resulta útil mientras están... viajando.

Eso me gustó. «Viajando», como Holly Golightly.

—Sí, sería muy adecuado, gracias.

—Un impreso más, entonces, *mademoiselle*.

Reapareció la chica del traje chaqueta, firmé el documento. Steve apenas se enteraba de nada; seguía tecleando.

Esa tarde, en el vuelo a Roma, tuve la oportunidad de viajar otra vez en *business*. Rechacé la copa de champán con la displicencia de una ejecutiva curtida, cosa que obviamente me encantó hacer. La despedida con Steve había sido algo incómoda, aunque dudaba que él lo hubiera notado. A pesar de que Steve no era muy consciente de lo que había hecho por mí, la verdad era que se había portado de maravilla conmigo; de haber sido cualquier otro hombre, le habría dado un buen repaso de despedida sobre las sábanas Pratesi cuidadosamente seleccionadas por Alberto; pero había tenido la sensatez de no proponérselo. Aun así, decir «muchas gracias» no parecía suficiente, y no había ninguna otra cosa que pudiera darle, o al menos nada que pudiera decirle confiando en que lo entendiera. Saber que alguien te ve como eres no deja de ser un regalo, incluso una forma de amor; pero si existía aún una parte de Steve que recordara lo que era sentirse como un bicho raro, ya hacía mucho que había quedado disimulada bajo el barniz de su riqueza. Decirle que yo lo veía tal como era de verdad y que me caía bien igualmente, lo habría dejado perplejo. Así que opté por un abrazo y una promesa, que él se tomó tan a la ligera como todos los abrazos y promesas que debía de recibir actualmente, y lo dejé de nuevo con los fascinantes altibajos de los mercados.

Pasé un rato fantaseando sobre lo que podía hacer con el dinero, pero no demasiado rato: diez mil libras no era mucho más de lo que costaba una cena para seis en el Billionaire. Con el fondo acumulado de los euros de Steve, podía pasar un par de días agradables en Roma, ver algunos cuadros y comer bien. Cuando volviera a Londres, podría mandarle doscientas libras a mi madre, seguir en el apartamento hasta encontrar trabajo en una galería, comprar con cuidado algunas piezas por mi cuenta, y luego ya se vería. Quizá con el tiempo, una vez que hubiera pagado el crédito al banco, podría permitirme alquilar un pequeño estudio para mí sola. Un principio modesto, tal vez, pero haciendo borrón y cuenta nueva. No estaría en una situación tan desesperada, lo cual me daba ánimos para afrontar la perspectiva de que Rupert me pusiera en la lista negra. Todo saldría bien. De hecho, iba a salir mucho mejor que bien.

Mientras esperábamos en la pista de aterrizaje para situarnos en la puerta de desembarque de Fiumicino, todos y cada uno de los italianos que iban a bordo del avión sacaron su teléfono móvil. Yo hice otro tanto y le mandé un mensaje de texto a Dave. No me había atrevido a contactar con él antes, por si se había armado un escándalo con lo de James, pero ahora sí parecía el momento adecuado.

«Hola, soy Judith. Estaré de vuelta en la ciudad en un par de días. ¿Puedo invitarte a una copa? Siento mucho aquella escenita horrible. Espero que vaya todo bien. J. Besos.»

Él me respondió de inmediato.

«Perdí mi trabajo por tu culpa. Párate a pensarlo. D.»

Me sentí trasladada bruscamente al Gstaad Club, cuando me inclinaba a examinar los mensajes de algunos novios caracterizados por sus dificultades para expresarse por escrito. ¿Qué significaba un solo beso?, ¿o dos? Yo, desde luego, sabía lo que significaba un mensaje sin un beso de despedida. Furia. ¿Por qué habría despedido Rupert a Dave? Él había obedecido mis órdenes; difícilmente podía considerarse un motivo de despido. Pulsé «Llamar al remitente» en el acto.

—Judith. ¿Qué quieres? —Se oía una televisión de fondo, pero eso no ocultaba el tono de hastío e indignación de su voz.

—Dave, lo siento mucho, no tenía ni idea. Llamaré a Rupert, le explicaré que fue todo culpa mía. Yo nunca, nunca en la vida te habría pedido aquello si hubiera pensado que arriesgabas tu puesto. Sabía lo mucho que significaba para ti. Rupert no tenía derecho a despedirte —terminé débilmente.

—Pero me despidió.

—Lo siento muchísimo.

—No te preocupes. Nos las arreglaremos. —Me acordé de la esposa de Dave y me sentí peor, si cabía.

—Dave, te compensaré. De verdad, te lo prometo. ¿Tu amigo Mike no puede echarte una mano? Quizá yo...

—Déjalo, Judith. Sigue con tu vida.

Cortó la llamada. Sentí ganas de vomitar, muchas más ganas que cuando encontré el cadáver de James. Sabía lo que ganaban los mozos y me imaginaba que la pensión del ejército de Dave debía de ser patética. Me tapé la cara con las manos. Había sido yo, con mi estúpido y engreído entrometimiento, la que lo había puesto en esa situación. Le daría la mitad del dinero en cuanto volviera a Londres. Pero entonces pensé en el banco y en el alquiler; pensé en la sensación que había tenido en las aguas de Cerdeña, y en el gusto agrio del semen de James en mi boca, y en lo que acababa de conseguir en Ginebra, y comprendí que no podía hacerlo. No, no podía, sencillamente.

TERCERA PARTE

Fuera

Capítulo 14

*L*a segunda vez ya no fue lo que se dice un accidente. Había pensado en una habitación en el Hassler, con vistas a la escalinata de la Plaza de España, para despedirme de la vida lujosa, pero como era previsible, y pese a mi intento de sobornar al conserje con un billete de cien euros y una sonrisa irresistible, todas las habitaciones con vistas estaban ocupadas. No parecía tener sentido gastarse el dinero para contemplar por la ventana una pared romana; pero mientras el recepcionista examinaba el registro, atisbé de repente un nombre conocido: Cameron Fitzpatrick. La última vez que lo había visto había sido charlando con Rupert en la espantosa fiesta Tentis de la Serpentine Gallery. Fitzpatrick era un marchante con el que había contactado a veces para el departamento; tenía una anticuada y diminuta galería en una de las olvidadas callejas del siglo xviii que quedaban junto a los viejos edificios Adelphi de Londres. Su cabello descuidado y el ligero rubor de sus mejillas causado por el whisky daban en conjunto la impresión de que lo único que se interponía entre él y los cobradores de deudas era su encanto y su labia. Pero su aspecto engañaba: tenía muy buen ojo para las piezas raras de segunda fila. Ahora que lo pensaba, me acordé de un artículo del año pasado sobre el impresionante precio obtenido por un autorretrato de la madre de Oscar Wilde. El reloj de detrás del mostrador de recepción indicaba las 12:05, justo la hora para tomar un *aperitivo*. Quizá valía la pena quedarse merodeando para ver si me tropezaba con él. Yo ardía en deseos de saber si el enfrentamiento con Rupert había generado algún rumor. No es que mi posición en la casa hubiera llegado a ser tan importante para que tal cosa resultara probable, pero Fitzpatrick era, en todo caso, un contacto potencial, ahora que parecía que iba a meterme en el negocio del arte. Quizás incluso tuviera un empleo que ofrecerme. Le pedí al recepcionista que me avisara si llegaba el *signor* Fitzpatrick y me largué a la terraza de la parte trasera del hotel para tomarme una copa de *prosecco* y mirar a la gente que pasaba por la plaza. Media hora después, no daba la impresión de que fuese a aparecer. Ya me dirigía a la puerta principal cuando oí que me llamaban.

—¿Judith Rashleigh? —El acento era un baño sedante de afabilidad irlandesa. Cameron era un hombre alto, con una tupida mata de pelo de color café, bastante atractivo para ser un heterosexual que trabajaba en el mundillo del arte.

176   —¡Cameron... qué grata sorpresa! —No me pareció que tuviera que aclarar que había estado merodeando por el hotel con la esperanza de encontrármelo.

Me acerqué, le ofrecí mi mejilla para el beso obligatorio en la metrópoli romana y luego nos quedamos meneando la cabeza torpemente, tal como siguen haciendo los londinenses.

—Yo acabo de llegar —dijo—. ¿Te alojas aquí?

—No, por desgracia. Pero... ¿Roma en pleno agosto? Debe de ser por negocios, supongo. ¿Cómo va la galería?

Charlamos unos instantes mientras él se ocupaba de entregar el pasaporte y la tarjeta de crédito. Era una cita con un cliente lo que lo había traído a Roma. Me apresuré a deslizar que había dejado British Pictures (no creía que Rupert y compañía pensaran tanto en mí como para molestarse en criticarme, pero era mejor no dar la impresión de que ocultaba nada).

—¿No te alojas aquí, dices?

—No. Estoy con unos amigos. Los De Greci.

Lo dije como si él tuviera que conocerlos. En mi universidad había un tal Francesco de Greci; habíamos follado una vez. Y una calle de Florencia llevaba el nombre de su familia.

—Magnífico. —Parecía habérselo tragado. Hice ademán de irme—. Solo he venido a recoger una cosa. Bueno... ha sido un placer verte por aquí.

Me demoré unos instantes, sabiendo que me propondría que fuéramos a almorzar y, cuando lo hizo, fingí sorpresa, miré el reloj y le dije que me encantaría. Mientras él subía a su habitación, cargué mis bolsas rápidamente en un taxi y pagué al conductor para que las llevara a un hotelito que recordaba en el Trastevere. En cuanto a los De Greci, decidí que tenían una antigua villa encantadora pasado el Borghese.

—¿Conoces bien Roma?

Todavía llevaba su traje azul oscuro, pero ahora se había quitado la corbata y se había puesto una arrugada camisa de lino blanco. Se le veía un poco de barriga, pero por lo demás era un hombre apuesto, si te gustaban los ejemplares de esas dimensiones.

177

—Casi nada. —Siempre es mejor hacerse la novata.

Así pues, mientras me guiaba entre la multitud boquiabierta, hablamos de los demás sitios de Italia que conocíamos. Tras el tupido manto dorado de calor polvoriento que se extendía por los espacios abiertos, las callejuelas estrechas sumidas en la penumbra parecían siniestras y herméticas. Fuimos a dar a un pequeña *piazza* cuyo aspecto sucio y lóbrego indicaba que el restaurante sería bueno. Los grupitos de hombres que comían bajo el toldo hablaban con acento romano: unos cuantos abogados de políticos asediados por la justicia, imaginé, retenidos aquí mientras el resto de los habitantes de la ciudad se dispersaban por las playas de la península. Había un turista solitario, con una gorra de béisbol y la camisa manchada con cercos de sudor, leyendo una guía en francés. Dejé que pidiera Cameron sin decir nada, aparte de un *grazie* educado. Quería cautivarlo, hacer que se sintiera bien. Él se tomó de aperitivo un *negroni sbagliato* y ambos comimos navajas, una delicada pasta fresca con conejo y, de postre, corteza de naranja azucarada. Después de la primera botella de vermentino ligur, Fitzpatrick se apresuró a pedir otra, aunque yo aún estaba terminándome mi primera copa, que había acabado de llenar con agua. A él se le daba bien hablar con las mujeres, eso había que reconocérselo: tenía una reserva inagotable de cumplidos y cotilleos, y se tomaba la molestia de preguntarte tu opinión y de escucharte como si le importara mucho la respuesta. Cuando me pareció que ya había entrado en una vena confidencial, le pregunté quién era su misterioso cliente.

—Bueno —dijo, inclinándose con aire conspirativo—, ¿te creerás que estoy a punto de vender un Stubbs?

—¿Un Stubbs?

Casi me atraganté con el vino. ¿Por qué el bueno de Stubbs me hacía esto? Yo siempre lo había apoyado: el chico del norte ignorado por los esnobs de Londres. ¿Sería él mi quimera personal, una especie de albatros con cabeza de caballo?

Entonces Cameron sacó del bolsillo de la pechera de su chaqueta un catálogo doblado y las navajas que me había comido estuvieron a punto de hacer una reaparición estelar. No me hizo falta mirarlo más para reconocerlo, ni tampoco para deducir en el acto lo que Rupert había estado tramando, y por qué nos había despedido al pobre Dave y a mí cuando nos encontró fisgoneando. Lo único que me sorprendía era lo obtusa que había sido yo —siempre tan empollona, siempre en el papel de empleada ideal—, cuando cualquiera con un poco de experiencia habría caído en la cuenta de que Rupert estaba urdiendo una estafa.

Cameron no se había molestado en preguntarme cuándo había dejado British Pictures exactamente y yo no me había molestado en decírselo, así que pude reaccionar como si estuviera viendo el Stubbs por primera vez. Examiné las páginas del catálogo, haciendo aspavientos de admiración, y observé que Rupert había tenido al menos el detalle de incluir mi investigación sobre la venta de Ursford and Sweet entre los datos de procedencia. Cameron había conseguido el cuadro gracias a un soplo, dijo, aunque no se había sentido del todo seguro hasta que lo habían limpiado y presentado para salir a subasta; entonces se lo había pensado mejor y había encontrado por su propia cuenta un comprador privado. Yo apenas daba crédito a mi propia torpeza. Estaban los dos conchabados; seguramente era de este asunto de lo que habían estado cuchicheando en la fiesta Tentis. Entre ambos habían puesto el dinero para comprar el cuadro a los Tiger; luego lo habían incluido en el catálogo de British Pictures para disipar cualquier duda sobre su autenticidad y, finalmente, lo habían retirado de la subasta y lo habían revendido por otro lado, sin que nadie pudiera ponerle los ojos encima y opinar lo contrario.

Yo había acertado. No era un Stubbs, y Rupert nunca había creído que lo fuese. Él debía de haber llamado al señor y la señora Tiger para confirmarles con pesar que su «Stubbs» era solo una obra «al estilo de», una imitación ejecutada por algún pintor de segunda fila de la época. De ahí las incongruencias y malentendidos de mi conversación telefónica con la señora Tiger. Después, Cameron, fingiendo que actuaba solo, debía de haber adquirido el cuadro. Y una vez que lo había tenido legalmente en su poder, un experto traído de Florencia o Ámsterdam se habría encargado de «limpiarlo» en un taller industrial del East End, y, entonces, oh, maravilla, el cuadro había resultado ser auténtico a fin de cuentas. La venta programada a bombo y platillo había vuelto incuestionable la procedencia de la obra, gracias al sello de la casa de subastas más importante del mundo. Y haría que el comprador tuviera la sensación de haber conseguido una ganga. Rupert y Cameron no habían tenido nunca la intención de que el cuadro llegara a la subasta pública. De ahí que hubieran fijado una reserva tan baja: si un vendedor retira una pieza con muy poca antelación a la subasta, la casa le

179

exige a modo de multa que abone la reserva. Las ochocientas mil libras constituían una cantidad asequible para Cameron, ya que él y Rupert esperaban obtener un precio mucho más elevado del comprador. ¿Cuánto habrían pagado a los Tiger? Ella parecía bastante satisfecha cuando la llamé. Digamos doscientas mil; lo cual, más la multa de la reserva, significaba en total un millón. Una suma considerable que me impulsó a preguntarme cuánto iban a sacar del comprador definitivo.

Era un plan brillante, y perfectamente legal si el cuadro era auténtico. El señor y la señora Tiger podrían haber visto la obra ofrecida a subasta como un Stubbs y haber armado un escándalo; pero como había sido retirada antes de la venta, no había motivo de alarma. Si alguien indagaba, Rupert siempre podía aducir que la habían comprado creyendo que habían tenido un golpe de suerte y que luego, al estudiarla, habían vuelto al dictamen original de que era una imitación. Seguramente habría culpado a la «becaria». E incluso si el cuadro no era auténtico —y yo estaba convencida de ello— el cliente podía guardarlo en una cámara acorazada durante un año y ofrecérselo después a un comprador todavía más ingenuo, tal vez a un nuevo rico de China o del Golfo, con el respaldo del catálogo que yo ahora tenía en mis manos, y sacar un buen beneficio.

Si algo me ha enseñado el hecho de ser una mujer es que, en caso de duda, es mejor hacerse la tonta.

—Qué maravilla, Cameron —exclamé—. Venga, di. ¿Cuánto?

—¡Judith!

—Venga. Yo sé guardar un secreto. ¿A quién se lo iba a contar, además?

Alzó cinco dedos con una sonrisa triunfal. Cinco millones. Todavía un precio bajo. Un Stubbs podía sacar diez fácilmente. El lienzo de 1765 *Gimcrack en Newmarket Heath* había alcanzado los veinte millones hacía dos años en la casa Piers Davies de Nueva York. Pero cinco no estaba mal, realmente. Lo bastante alto para que pareciera auténtico, lo bastante bajo para que el cliente creyera que había hecho una gran jugada. Qué astucia.

Y entonces, por un instante, me sentí como fuera del tiempo. Me vi a mí misma, diez años atrás, en mi primera visita a los Uffizi, parada ante el cuadro de Artemisia *Judith decapitando a Holofernes*. Es un tema clásico, la heroína judía asesinando al general enemigo. Pero Artemisia le imprime una crudeza casi impropia de un pintor. Cuando contemplas la espada delicadamente esmaltada en la garganta de Holofernes, te das cuenta de que no está allí de un modo meramente formal o sugestivo, sino hincada en la carne en un ángulo muy poco elegante; más aún, en un ángulo inadecuado para una composición refinada. Esa imagen procede de la mano de una mujer que ha rebanado el cuello de muchas aves en la cocina, que ha retorcido el pescuezo de muchos conejos para meterlos en la olla. Judith está degollando a Holofernes como es debido, serrando los tendones aplicadamente y con sus musculosos brazos en tensión a causa del esfuerzo. Hay algo doméstico en la escena; la sencillez de la sábana, el torpe chorro de sangre, la curiosa sensación de tranquilidad. Esto es cosa de mujeres, está diciendo Artemisia, impasible. Es lo que hacemos nosotras. Vi mis muñecas apoyadas levemente en el borde de la mesa, junto a la taza de *espresso*, con su corteza de limón, como si las estuviera viendo desde muy lejos, y, sin embargo, en la repentina quietud ambarina de ese instante, me sorprendió que mi pulso acelerado no hiciera tintinear la porcelana. Yo le había hecho muchas promesas a esa joven en el museo. Estaba en deuda con ella. Y así supe sin más que iba a robar ese cuadro.

—¿No serás tan amable de dejarme verlo? Me encantaría.

—Claro. ¿Por qué no ahora mismo?

Puse objeciones. Mis amigos me estaban esperando. Pero quizá esa noche... ¿una copa? Y luego cena y mucho más, le di a entender, si lo que me mostraba valía la pena. Miré aquellos risueños ojos irlandeses y me recordé a mí misma que por cul-

181

pa suya habíamos perdido nuestro empleo Dave y yo. No me
había equivocado. Rupert era un tipo corrupto, y Fitzpatrick
también.

Le dije a Cameron que tenía que irme corriendo, pero aguardé a que él tecleara el número en su flamante móvil con reconocimiento dactilar, me incliné para darle un beso de despedida y dejé que mi boca se demorara un poco más de la cuenta en
la comisura de la suya, de tal manera que mi pelo cayó sobre su
rostro como una cortina moteada de sombra romana.

Yo ya estaba planeándolo todo mientras me alejaba. Podía
hacerlo. Realmente podía hacerlo. Pero ahora debía tranquili-
zarme, pensar en el próximo paso y en nada más. Primero debía asegurarme de la conexión entre Cameron y Rupert. Él me
había dicho que había conseguido el cuadro gracias a un «soplo», pero eso no demostraba que la información hubiera salido
de Rupert. Debía confirmar la identidad del misterioso comprador cuyo nombre no había logrado recordar la señora Tiger. Encontré un taxi que me llevó al insulso hotel moderno del otro
lado del Tíber al que había enviado mis bolsas. Averigüé cuál
era mi habitación y pregunté dónde estaba la sala de ordenado-
res. Mientras aguardaba a que la lenta conexión de Internet
arrancara, garabateé una lista de compras en el dorso de una
servilleta. Hice varias búsquedas en Google; primero Cameron
Fitzpatrick y un par de piezas que él había vendido previamente; luego el falso Stubbs, la imitación del cuadro de los duques
en Goodwood. Si iba a presentarme a una especie de entrevista
de trabajo con Cameron, era razonable que investigara un poco.
La venta del Stubbs, en efecto, ya no iba a llevarse a cabo. Miré
el reloj: eran poco más de las cuatro, hora italiana, así que había posibilidades de que Frankie estuviera aún en el departamento. Todavía tenía su número de móvil.

Respondió a mi llamada e intercambiamos torpemente algunos comentarios sobre nuestros respectivos veranos.

—Escucha, necesito un favor. El Stubbs, el cuadro que fue

retirado de la subasta. ¿Puedes encontrarme el nombre del vendedor, quiero decir, de la persona que se lo compró a los propietarios originales?

—Ay, no sé, Judith. Es que tal como te fuiste... Rupert dijo...

—No quiero ponerte en una posición incómoda, Frankie. Lo entiendo. Ya lo averiguaré por mi cuenta si te resulta complicado.

Un silencio al otro lado de la línea.

—Está bien, de acuerdo —dijo, vacilante. La oí revolver papeles y luego empezó a leer en voz alta de lo que era obviamente el catálogo.

—Aquí solo dice: «Propiedad de un Caballero».

—Sí, eso ya lo sé. Habrás de mirar en las cuentas; ahí debe figurar seguro, porque habrán emitido primero un pagaré por la reserva y luego la tarifa por retirarlo de la subasta. No te costará ni un minuto encontrarlo.

—La verdad, Judith, no debería.

Sentí una terrible punzada de culpa. Ya había hecho que Dave perdiera su puesto. Pero estaba convencida de que eso se lo podría compensar. El temor a las consecuencias puede ser una forma de cobardía. Había sido una cobarde cuando Rupert me había sorprendido e interrogado, pero después de todo lo ocurrido estaba convencida de que yo ya no era así. Mientras Frankie titubeaba, pensé en la trayectoria que me había traído hasta aquí. Solo me hacían falta un par de golpes de suerte y ya estaría en condiciones de desplegar al sol mis nuevas alas iridiscentes. Qué poético.

—Ya, ya lo sé. Pero te lo agradecería muchísimo, de verdad. —Traté de adoptar un tono avergonzado y suplicante a la vez.

—Yo te ayudaría, pero... No quiero hacer nada incorrecto.

La buena de Frankie. Ella no era una corrupta. Claro que, por otro lado, podía permitirse el lujo de no serlo.

—Es que tengo la posibilidad de conseguir un trabajo y he de parecer competente. Y la verdad, Frankie... estoy sin blanca.

Mencionarle la pobreza a una persona como Frankie tenía el mismo efecto que pronunciar la palabra «regla» ante la instructora del patio en el colegio. Percibí cómo cambiaba de idea.

—Está bien. Lo intentaré. Te lo enviaré en un mensaje de texto. Pero no debes contárselo a nadie jamás de los jamases.

—Palabra de honor.

Estudié un plano de Roma y compré en la página de Trenitalia un billete abierto a Como. Eran simples preparativos. Quizá al final no hiciera nada. Sonó un pitido en mi móvil.

«Cameron Fitzpatrick. Un beso.»

«¡Un millón de gracias! Besos», respondí.

O quizá cinco millones.

Capítulo 15

*D*espués tuve mucho tiempo para preguntarme cuándo había tomado la decisión. ¿Había crecido dentro de mí durante todo ese tiempo, aguardando en silencio como un tumor? ¿Fue cuando Rupert me despachó como a una criada sin ninguna referencia, o cuando oí la voz resignada de Dave? ¿Fue cuando accedí a trabajar en el Gstaad Club, cuando acepté el estúpido plan de Leanne para que saliéramos las dos por la noche, o cuando abandoné el cadáver de James en la habitación del hotel y tomé el tren a Ventimiglia? Si me ponía romántica, podía argumentar ante mí misma que la decisión la había tomado mucho antes por mí Artemisia Gentileschi, otra mujer joven que conocía el odio, que había dejado a su insignificante esposo y había venido a estas mismas calles a ganarse el sustento de su familia pintando. Pero ninguna de estas respuestas habría sido cierta. No: ocurrió cuando subí a mi habitación y me cambié mis bamboleantes sandalias con plataforma de corcho por unas zapatillas de suela plana. Las manos me temblaban mientras me abrochaba las hebillas. Me incorporé lentamente y me dirigí a la Via del Corso.

En Zara encontré un sencillo vestido corto con vuelo, provisto de grandes bolsillos. Mirado de cerca, se veía que estaba mal confeccionado, pero era tan sencillo que, con buenos accesorios, podía parecer un vestido caro. Me llevé dos, uno negro y otro azul marino. En una tienda de deportes me compré unos *shorts*, dos tallas más grandes que la mía, y un par de zapatillas blancas achaparradas. Añadí una camiseta «I Love Rome» de un puesto para turistas de una esquina. Entré en otras dos tiendas de recuerdos tremendamente chabacanas; luego, al final de la Via Veneto, encontré una ligera gabardina Kenzo, con un estampado en fucsias y blancos relucientes. Resultaba muy llamativa. En un elegante *tabaccaio*, de ese tipo en el que se venden marcos de plata para fotos y humidificadores, compré un pesado cortapuros y una cigarrera de cuero como las que usaban los chicos en el barco para guardar en el bolsillo sus Cohibas. También me llevé una mochila de nailon negra, lo bastante holgada para meter mi propio bolso de cuero, y luego entré en una farmacia para comprar un paquete gigante de compresas y unas toallitas húmedas. Cuando hube terminado, pasaban de las seis. Sentí un instante de nostalgia por los Pinturicchio del Vaticano. No podría verlos ahora, pero quería bañarme y secarme el pelo con calma para mi cita con Cameron.

Volví a reunirme con él en el Hassler hacia las ocho. Estaba esperándome en el vestíbulo y me propuso que tomáramos una copa, pero le dije que me encantaría hacerlo después. Mientras subíamos en el ascensor a la tercera planta, dejé caer varias insinuaciones nada sutiles sobre las ganas que tenía de trabajar para una galería privada cuando volviera a Londres. Casualmente, los De Greci cenaban esa noche con unos parientes, le dije. En cuanto entramos en su habitación, me quité lentamente mi nueva gabardina Kenzo y la dejé en el respaldo de una silla. Noté cómo sus ojos recorrían mis piernas y dejé que advirtiera que me daba cuenta, lanzándole una sonrisa con la mirada baja. La habitación resultaba demasiado íntima, como ocurre siempre con las habitaciones de hotel. Tras las recargadas cortinas triples, la ventana abierta daba a un conducto de ventilación. Había una maletita de ruedas con la cremallera abierta sobre el soporte para equipajes, y un montón de periódicos y varias llaves en una esquina del escritorio. Encima de la cama reposaba un portafolio negro de plástico de aspecto barato, como los que usan los alumnos de bellas artes; pero cuando Cameron se inclinó para abrirlo, observé que estaba ingeniosamente forrado y acolchado. Con actitud reverente, sacó de su interior el cuadro, que tenía un sencillo marco metálico.

—¿No lo embalaste en un cajón?

—Demasiado llamativo. Para la burocracia italiana, ya me entiendes. —O sea que nadie sabía que lo había traído; nadie, salvo Rupert y el cliente.

Ahí estaba: el duque y la duquesa en su picnic eterno, el trío de caballos galopando por la pista. El cuadro parecía más chillón a la luz azulada del crepúsculo de Roma; a lo mejor a los chinos les gustaba una buena capa de barniz reluciente. Cameron se situó detrás de mí para contemplarlo; pero él no era el coronel Morris. Él aguardaría para comerse su pastelito.

—Bueno —dije—. Por el lado comercial, estoy impresionada. Y ahora, ¿te sientes como Marcello Mastroianni?

—La Dolce Vita a sus órdenes, *signorina*.

Le dije que había encontrado un restaurante en mi guía, aunque en realidad era uno que había conocido mientras estaba estudiando en la ciudad: un local muy anticuado, cerca de la Piazza Cavour, del otro lado del Sant'Angelo, situado en el *piano nobile* y provisto de un pórtico cubierto para comer fuera. Mientras terminábamos las flores de calabacín rellenas y el pescado a la brasa, Cameron pidió una tercera botella. Una comida deliciosa, aunque yo bien podría haber estado masticando heno, porque me resultaba tremendamente difícil pasar cualquier bocado a través del nudo que tenía en la garganta. Cameron no era un hombre fácil de descifrar. Desde luego, él te habría regalado las estrellas del cielo irlandés para que te las prendieras de la chaqueta. Pero por debajo de ese encanto natural, yo estaba buscando qué era lo que deseaba realmente, cuál era el interruptor que habría de ponerlo en mis manos. Está en todos los hombres, y el truco consiste simplemente en encontrarlo y en convertirte, si te apetece, en aquello que ellos desearían que fueses aunque se resistan a reconocerlo. Mientras la luz declinante hacía que los restos del vino de la botella pasaran de un jade apagado a un verde veronés, Cameron me cogió la mano por encima de la mesa y se la llevó a los labios.

—Es extraño, Judith. Tengo la sensación de que somos muy parecidos.

—¿Por qué?

—Los dos somos... solitarios. Nos mantenemos aparte.

Por favor, pensé; traumas infantiles, no. ¿Qué dolor semienterrado nos hacía tan especiales? Puaj. No: la idea de compartir penas no figuraba en el programa de esta noche. Retiré la mano y me pasé pensativamente los nudillos por la barbilla.

—Es verdad, Cameron. Tú y yo nos parecemos. —Inspiré hondo—. Deberías follarme.

—Voy a pedir la cuenta.

188 En cuanto salimos del restaurante, me arrinconó contra la pared y me besó, retorciendo la lengua y entrelazándola con la mía. Era agradable sentirse envuelta de ese modo, presionada por la amplitud de su pecho. Oía palpitar su sangre con fuerza sobre mi oído. Lo sujeté de la mano, me agaché para soltarme las correas de las sandalias y tiré de él, arrastrándolo, de forma que durante unos minutos se encontró corriendo con una chica descalza por las calles veraniegas de Roma. Cruzamos el puente del Castello, descendimos por una de las escalinatas y nos besamos al llegar abajo; luego caminamos de la mano a lo largo del muelle. Un puente, dos. El Tíber no es como el Sena, un río limpio y reluciente para el turismo. Había malas hierbas meciéndose entre los adoquines y montones de desperdicios acumulados en las orillas. Bajo el segundo puente, pasamos junto a un grupo de borrachines. Noté que Cameron se ponía rígido y tensaba los hombros, pero ellos apenas se fijaron en nosotros.

—Tengo frío —musité.

—Toma mi chaqueta, querida.

Me la puso sobre los hombros y yo me eché a reír y empecé a correr otra vez, sintiendo la piedra cálida y lisa bajo mis plantas. Él se movió pesadamente para mantenerse a mi altura. Quería dejarlo sin aliento. Me detuve bajo el tercer puente, lo sujeté y atraje hacia mí, desprendiéndome de la chaqueta, y lo besé ansiosamente, subiendo las manos por sus muslos hasta el bulto de su polla.

—Te deseo, Dios mío, cómo te deseo —susurré—. Quiero que me folles ahora mismo.

Él estaba de espaldas al agua. Me arrodillé y sujeté su cinturón entre los dientes. Empecé a desabrocharlo, deslizándolo por la hebilla, abriendo el pasador con la lengua y apartándolo. Es un truco barato, pero no resulta difícil y tiene la virtud de llamar la atención. Sus manos ya se hundían entre mi pelo.

—Ah, Judith, por Dios.

Liberé la punta de su polla de los calzoncillos con unos lengüetazos rápidos y me la metí en la boca. Casi me entraron ganas de reírme ante la visión repentina de mí misma canturreando en el baño del Eden Roc y del corpachón de James despatarrado expectante sobre la cama. «Bueno, Judith —me susurró una vocecilla sarcástica—, allá vamos de nuevo. No te distraigas, concéntrate.» Cerré los ojos. Solo debía pensar en el paso siguiente, nada más.

Cameron no dijo una palabra cuando abrí la navaja plegable que llevaba en el bolsillo derecho y la hundí en la zona carnosa de su tobillo, justo por encima del tendón de Aquiles. Soltó un gemido y cayó de lado como una marioneta. Tuve que descender a tientas por sus pantalones desde la bragueta abierta para poder arrancarle la navaja. Entonces gritó. Saqué del bolsillo izquierdo del vestido una compresa enrollada, sin la lengüeta adhesiva, y se la metí entre los dientes, empujando contra la lengua y tapándole la boca con la palma para detener la arcada refleja. Hay un truco para evitarla, también, cuando se la estás

189

chupando a un tío: has de abrir la garganta despacio y contraer las amígdalas. Cameron aprendía deprisa.

La concentración de nervios en la zona del tendón de Aquiles hace que una herida ahí deje el cuerpo temporalmente paralizado. Cameron no podría reaccionar durante unos segundos preciosos. Me puse de pie y quité de en medio mi bolso y mis zapatos.

Él permanecía encorvado, tomando aire con grandes jadeos frente al dolor; no existía otra cosa para él ahora mismo. Me monté a horcajadas sobre su cuerpo, agarré un mechón de su espesa mata de pelo y le volví la cabeza del otro lado, pegándosela al hombro. Mientras le buscaba a tientas la oreja, abrió de golpe los ojos. Me di cuenta de que aún creía que estaba intentando ayudarle.

Supongo que esos ojos tendrían un aspecto saltón y desorbitado, pero no me fijé mucho. Empujé la navaja justo por debajo del lóbulo de la oreja y la hundí hasta el mango. No entró exactamente como en una sandía; era más bien la dura consistencia de una calabaza. Pensé en el conejo que habíamos comido en el almuerzo. Todavía ningún sonido, pero al cabo de un segundo vi que se formaba una mancha oscura en su reluciente camisa blanca y noté un cálida humedad en mi muslo. Su cuerpo fornido corcoveó con bruscas sacudidas y entonces se alzó su brazo izquierdo y me propinó un golpe en la mandíbula. El puñetazo me reverberó en la tráquea, derribándome hacia atrás y dejándome sin aliento. Hacía mucho que nadie me golpeaba así. ¿Me saldría un morado? No había tiempo para preocuparse de eso; tenía que hacerlo ahora. Él se revolvió con espantosa agilidad, se incorporó y se lanzó sobre mí, con la cabeza gacha, tratando de agarrarme las piernas con aquellas manos tan recias. Yo aún estaba aturdida por el golpe. Intenté retroceder, internándome aún más en las sombras del puente, pero fui demasiado lenta, y, cuando él se abalanzó con todo su peso sobre mis rodillas, me derrumbó de nuevo. Cameron blandió sus garras hacia mi rostro. Intenté apartarlo a patadas, pero era demasiado pesado e iba ascendiendo a rastras por mi cuerpo, mientras le salían abundantes burbujas de la garganta. Sus manos alcanzaron mi cuello y empezaron a apretar. Se me había olvidado lo fuertes que son los hombres. Clavé las uñas en sus manazas, pero en vano. Empecé a resollar, buscando aire; no podía mover la parte inferior del cuerpo; estaba atrapada bajo el suyo. Me retorcí, tratando de zafarme, pero pesaba mucho, demasiado, y ahora, cuando su tenaza se tensó, empecé a ver bailar unas extrañas lucecitas ante mis ojos. Y de pronto me soltó. Se quedó inmóvil. Aunque todavía respiraba. Resistí el impulso de quitármelo de encima de un empujón; tragué varias veces, jadeando, buscando aire. Él yacía sobre mí, con los brazos caídos sobre mis pechos como ramas quebradas. Volví a inspirar, tensé los músculos, los aflojé; removí las caderas para desplazar su peso y, cuando cayó hacia un lado, me di la vuelta y me puse a gatas.

No era una postura muy decorosa, que digamos. Alcé los ojos y recorrí rápidamente con la vista los dos lados del muelle. Si llegaba a acercarse alguien, tendría que fingir que estábamos haciendo el amor. Pero la orilla estaba desierta. Me aparté de su cuerpo —el vestido alzado y arrugado, el tacto áspero de los adoquines en el estómago— y me tumbé en el suelo lo más lejos posible; solo mis dedos en la navaja nos conectaban a través de mi brazo como un horrible cordón umbilical. Entonces tiré con fuerza del mango. No miré el resultado. Me volví, saqué la mochila de mi bolso y empecé a apartar las cosas que iba a necesitar mientras contaba elefantes entre dientes. Necesitaría unos minutos. Me abracé a mí misma, hundiendo la cara en las rodillas, marcadas por los granos de grava. El silbido de sus narinas se volvió superficial y acelerado. Hipovolemia. Si ahora lo tocaba, notaría que empezaba a enfriarse.

En alguna parte había leído sobre los soldados de la Primera Guerra Mundial que salían de la trinchera, se tumbaban en

191

tierra de nadie y se quedaban enseguida profundamente dormidos. Todo el calor de mi cuerpo se había concentrado en mi pecho; la presión de mi propia respiración me arrullaba. No fue sino al oír el zumbido de un motor cuando volví en mí con un escalofrío. Mierda, mierda, mierda. El blanco de su camisa... Repasé apresuradamente todas las posibilidades. Nos habían atacado, yo había sacado el cuchillo... Me mecí una y otra vez, ensayando la actitud de una persona bajo los efectos de un shock. Pero cuando atisbé entre los dedos solo vi una barquita de proa abultada que navegaba río arriba como un tiburón desgarbado, con una figura agazapada en la popa. Un pescador. Aún había anguilas en el Tíber. Solo cuando hubo pasado de largo y el agua volvió a convertirse en una tersa lámina, advertí que la respiración jadeante se había detenido.

Ahora el pulgar. Yo le había visto usar la mano izquierda para acceder a su móvil. Le abrí la palma sobre los adoquines y extendí los dedos; luego coloqué el cuchillo en el dedo, puse la rodilla encima y apreté. Una vez abierta una profunda incisión, el cortapuros acabó de seccionar el hueso. Arrojé el pesado instrumento por encima del hombro y oí el chapoteo mientras guardaba el pulgar en la cigarrera. Ya me había temido que iba a resultar difícil tirar el cuerpo al río; y eso había sido antes de descubrir lo que pesaba realmente. Tuve que meter los pies descalzos en el charco que lo rodeaba para poder sujetarlo por los hombros, pero la adrenalina me dio fuerzas y conseguí situar su torso sobre el borde del muelle de un solo empujón. El brazo izquierdo se contrajo otra vez, un manotazo de zombi. El cuerpo entero se arqueó hacia atrás, igual que un flexible gimnasta, y la parte posterior de la cabeza crujió contra las losas de la orilla. Eso ya no le podía doler. Le puse la rodilla en el pecho para sacarle la compresa de la boca y luego empujé por la cadera para girarlo hasta que rodó y cayó al agua. Mientras lo empujaba, se le salió uno de los mocasines. Lo cogí y miré la hebilla. Gucci. Con punta. Lo tiré también al agua.

En el silencio que se abrió después del chapoteo, oí un agudo chillido y capté con el rabillo del ojo una forma negra y peluda. Di un grito, me tambaleé y por poco no caí yo también en el agua detrás de Cameron. Era una rata, solo una rata. Pero yo no paraba de jadear y las manos me temblaban violentamente. Casi esperaba que apareciera una figura entre las sombras: tan aguda era la sensación que tenía de estar siendo observada. Solo una rata. Seguramente atraída por el olor a sangre fresca; una idea repulsiva.

Obligándome a respirar regularmente con los dientes apretados, me desnudé y me limpié deprisa con varias toallitas húmedas y media botella de Evian que llevaba en el bolso. Metí las toallitas por el cuello de la botella y la enterré entre las hierbas del vertedero empapado de orines de la parte trasera del puente. El ligero vestido azul marino que había llevado esa noche lo envolví con otra de las enormes compresas y lo metí en una bolsa de plástico bien atada para tirarlo después. Ningún pordiosero que hurgara entre las basuras estaría dispuesto a abrir semejante envoltorio. Saqué del bolso el vestido negro, me lo enrollé alrededor de la cintura para hacer bulto y luego me puse los horribles *shorts* y la camiseta. Me pareció que me costaba una eternidad pasarme la camiseta por la cabeza. Me recogí el pelo, embutí los zapatos en el bolso y lo metí todo en la mochila de nailon, junto con la cigarrera y el móvil de Cameron. Había revisado los bolsillos de su chaqueta antes de lanzarla al agua y me había guardado la llave de su habitación en el sujetador. Sin pasaporte y sin cartera, la identificación llevaría más tiempo. La oscuridad resultaba exasperante, pero al mismo tiempo era una bendición: ni siquiera había unas rústicas farolas que incitaran a los enamorados a pasear por allí. Esperé a que se encendieran los arcos voltaicos del Castello. Examiné el brillo de la navaja mientras deslizaba lentamente la lengua por las dos caras de la hoja, chupando el jugo ferroso entre mis dientes. Era una idea supersticiosa, pero me daba la sen-

193

sación de estar borrando mi reflejo con la lengua. Lancé la navaja con fuerza y miré cómo trazaba un arco en el aire y caía finalmente con un ligero y aceitoso chapoteo.

Cuando los Borgia querían dar un escarmiento, sus esbirros metían a las víctimas en sacos, con la garganta cortada, y las arrojaban al Tíber, cuya corriente las arrastraba hasta el Castello. A veces colocaban barreras de juncos para asegurarse de que los cuerpos eran encontrados. ¿A qué velocidad se movía la corriente? Pensé que disponía al menos de una hora, y con suerte hasta la mañana siguiente, antes de que lo viera alguien. Con los auriculares puestos y el móvil prendido del cuello de la camiseta, regresé a paso vivo por el muelle. AC/DC atronaba en mis oídos su *You Shook Me All Night Long*.

En quince minutos estaba de vuelta en el Hassler, después de subir corriendo la escalinata de la Plaza de España. Cuando entré jadeante en el vestíbulo, casi yo misma creía que era lo que parecía, una turista quemando las calorías del *gelato* con sus prietos muslos americanos. Me dirigí al trote hacia el ascensor. Nadie se fijó en mí. Ya habían preparado la cama, corrido las cortinas y encendido el aire acondicionado, dejando un bombón en la almohada y unas esterillas en el suelo. Una vez en el baño, me salpiqué la cara con agua fresca y comprobé con un vistazo rápido que el puñetazo de Cameron no me había dejado una marca en la mandíbula. Volví a ponerme el vestido negro y los zapatos de tacón, y cogí la vistosa gabardina que seguía esperándome en el respaldo de la silla. Si alguien me había visto subir, ahora vería bajar a una mujer totalmente distinta. Examiné a toda prisa el portafolio que estaba sobre la cama, por si la doncella lo había tocado, pero el cuadro seguía dentro.

Ahora el móvil. Cogí una toalla del baño, la extendí sobre la moqueta y desenrosqué la tapa de la cigarrera. El pulgar, pálido y gris donde no estaba ensangrentado, salió como un orondo gusano. Pasé un dedo por la pantalla y luego sostuve el pulgar sobre el teclado. La imagen vibró y enseguida apareció un mensaje: «Vuelva a intentarlo». Mierda. ¿Y si también era sensible a la temperatura corporal? Abrí el grifo de agua caliente, enjuagué el pulgar y volví a intentarlo. Ahora sí. El pulgar cayó rodando sobre mi regazo. Ay, Dios. Lo coloqué con cuidado en una esquina de la toalla. Quería leer el correo de Cameron y los mensajes de texto, pero no tenía tiempo. Revisé a toda prisa las aplicaciones hasta encontrar el calendario. Confiaba en que Cameron hubiera anotado ahí la cita con su cliente, pero no había nada, salvo los datos de su vuelo de vuelta a Londres desde Fiumicino, previsto para pasado mañana. Muy bien. Entonces la cita debía de haberse fijado para el día siguiente. ¿Qué más? La cartilla del banco. Necesitaba los códigos de la entidad donde planeaba ingresar el dinero. Aplicaciones de British Airways, de Heathrow Express, de Boots; nada interesante; la del HSBC parecía prometedora, pero la cuenta estaba a nombre de Cameron y, además, hacía falta una clave y un código de seguridad. ¿Realmente pensaba meter ahí cinco millones? Piensa, Judith, piensa. El pulgar me observaba, risueño. ¿No tendría Cameron una copia de seguridad? Roma era famosa por sus carteristas y el teléfono era casi nuevo. ¿Por qué iba a guardar en él algo tan delicado?

Al levantarme, fruncí la toalla con la rodilla y el pulgar volvió a rodar.

—Que te jodan —le dije.

Pero entonces me detuve a mirarlo. El cabo mutilado de la articulación apuntaba hacia el equipaje. A lo mejor tenía allí otra cartilla, ¿no?, una de papel. Yo necesitaba esos códigos; todo el esfuerzo no tendría sentido sin ellos. Palpé a toda prisa un par de camisas dobladas, los calcetines, los calzoncillos, un libro de bolsillo. Lo hojeé; quizá había guardado una nota entre las páginas a modo de recordatorio. Nada; aunque se me ocurrió de pasada que una no se siente tan culpable de asesinar a un hombre que lee a Jeffrey Archer por placer. Tenía que haber algo anotado. No quería ni pensar en la posibilidad de que no fuera así. Tenía que haber una cartilla, por fuerza tenía que haberla. Busqué en el bolsillo y la solapa interior de la maleta, por si había ahí algún papel; luego pensé en el estuche de afeitar que había visto en el baño.

En efecto, encontré una pequeña Moleskine roja en el bolsillo del neceser. La toalla tenía solo una manchita de sangre, de su sangre, así que la dejé sobre la pila y le eché un chorro de espuma de afeitar en el borde, por añadidura. El pulgar lo envolví en papel higiénico, lo tiré al váter y pulsé la cisterna. Doblé la mochila y lo metí todo en el bolso; recogí el portafolio y, tras echar un vistazo en el pasillo, puse el cartel de «No Molestar» en la puerta. Un pequeño homenaje al bueno de James.

Siempre he pensado que ocultar cosas a plena vista es una buena táctica. Bajé en ascensor, confiando en no tener la cara demasiado sofocada por la carrera, volví a cruzar el vestíbulo hasta el mostrador de recepción y pregunté si el señor Fitzpatrick había dejado algún mensaje para mí. No, *signora*. ¿Podía llamar a su habitación, por favor? No responden, *signora*. Le di las gracias al conserje y salí lentamente por la puerta trasera. Me quité la gabardina en un portal, la enrollé bien y la metí en el bolso. Caminé tranquilamente hasta la Piazza Navona, tiré el vestido ensangrentado en un cubo de basura y la cigarrera en otro; me agaché para ajustarme la correa del tobillo y dejé caer el pasaporte por la reja de la alcantarilla. Saqué el dinero y las tarjetas de crédito de la cartera; guardé los billetes con los míos y deposité las tarjetas en otro cubo de basura. Había un par de fotos y una carta doblada, con los pliegues gastados; me cuidé muy mucho de examinarlas. Seguro que el Holofernes del cuadro de Artemisia también tenía familia. La cartera y el teléfono podía tirarlos al río en el trayecto de vuelta a mi hotel. Escogí el café más cercano a la fuente de Bernini y pedí un coñac y un *caffè shakerato, amaro*. Luego abrí la libreta Moleskine. Pasé las páginas lentamente. Lista de compras, recordatorio para adquirir una tarjeta, el nombre de un restaurante con un interrogante al lado... Oh, vamos, vamos. En la última página escrita, lo encontré. Un nombre, una dirección y una hora, las 11:00, subrayada. Y en la página opuesta, los dígitos. Qué alegría. Bebí el café helado y me tomé a sorbos el coñac mientras me fumaba tres cigarrillos y observaba a los turistas arrojando monedas a la fuente y sacando fotos. El calor del brandy se extendía poco a poco por mi interior. Me llevé la mano a la mejilla y noté que tenía la piel fría, a pesar de que era una noche muy cálida. Me preocupé de dejar una generosa propina y de decirle adiós educadamente al camarero, con la esperanza de que me recordase si alguien llegaba a preguntar, y volví caminando junto al río.

Ya en mi habitación, me desnudé, apilé la ropa en un pulcro montón, levanté el asiento del lavabo y entonces vomité y vomité hasta que ya solo me salieron hilos de bilis entre toses. Me di una larguísima ducha, tan caliente como pude soportar, me envolví en una toalla y me senté en cuclillas sobre la cama para estudiar la libreta. Accedí a la cuenta en mi portátil, introduciendo los dígitos con todo cuidado. Mi pequeño dúo de estafadores había actuado con bastante astucia. La cuenta estaba localizada en las Islas Cook y obviamente se había abierto hacía poco, pues contenía diez mil dólares, que era el mínimo internacional, igual que mi cuenta suiza. Figuraba el IBAN, el código SWIFT y el nombre del beneficiario. Este último ya no era tan astuto: «Goodwood Holdings Inc.», mientras que la clave, «Caballo1905» resultaba sencillamente idiota. Cerré el portátil. Supuse que Rupert también tendría acceso a la cuenta. Me lo imaginé esperando mañana en tensión a que aparecieran las cifras. Mañana. La cita. El nombre de la persona con la que Cameron iba a reunirse era Moncada. Quizá solo había concertado una cita con una vistosa peluquera romana, pero más bien me costaba creerlo.

La sangre me borboteaba de fatiga; ni siquiera me atrevía a mirar el reloj. Aun así, no sería la primera vez que pasaba una

197

noche en blanco. Me preparé un asqueroso café instantáneo con el hervidor en miniatura del hotel y me tomé un saludable descanso junto a la ventana; después volví al portátil. El apellido Moncada no daba el menor resultado. Probé con galerías de arte, pequeños marchantes, informes de ventas, invitados de fiestas del mundo del arte, conservadores, periodistas. Nada. Luego probé con la dirección de Roma, buscando primero si había cerca algún negocio relacionado con el arte; y a continuación examiné las imágenes de Google-Earth de lo que parecía un barrio de mala muerte de las afueras. ¿Por qué iba Cameron a hacer un negocio tan tremendamente lucrativo en un lugar semejante? O Moncada era un solitario coleccionista privado, o era un tipo turbio. Yo apostaba decididamente a que era un tipo turbio.

Revisé en Google Books el índice de *Lavado de dinero mediante obras de arte. Un análisis desde la perspectiva de la justicia criminal.* Era un libro que había utilizado en mi máster, pero el apellido Moncada no figuraba. Probé unos cuantos términos más al azar, y «arte fraude Italia» me llevó enseguida a la palabra que ya me esperaba. La mafia tenía las zarpas metidas en el mundo del arte, lo cual no significaba gran cosa, porque en Italia la mafia seguía formando parte de la vida cotidiana igual que las azafatas semidesnudas de los concursos televisivos. Una de las cosas que me encantan de los italianos es que se toman la cultura muy en serio. Nadie habría dicho que el arte pudiera ser tan importante para la mafia, dedicada como estaba a corromper al gobierno y a cubrir de asfalto el sur del país, pero los miembros de los grupos del crimen organizado eran auténticos profesionales. Una banda había logrado sustituir treinta obras renacentistas por lienzos falsificados en un pequeño museo vaticano situado aquí mismo, en Roma, y había vendido las pinturas originales en el mercado negro con el fin de comprar armas para una guerra territorial en Calabria. Habían pasado décadas antes de que se descubrieran las falsifica-

ciones y se recuperasen algunos de los lienzos. Más recientemente, se habían practicado una serie de detenciones en un caso
de lavado de dinero relacionado con falsas antigüedades griegas
supuestamente halladas en un diminuto islote frente a la costa
siciliana, Penisola Magnisi, famoso por sus flores silvestres y
por ser el lugar donde la ninfa Calipso retiene a Ulises siete
años, como preso erótico, en la *Odisea* de Homero. Los implica-
dos en la estafa no quedaron demasiado contentos con el tratamiento que recibieron de la policía romana, y reaccionaron volando por los aires a varios de sus miembros mientras tomaban
un *cappuccino* en un café de la playa. La posibilidad de que el
cliente de Cameron estuviera relacionado con esta clase de
asuntos resultaba más bien desalentadora. Seguían apareciendo
más titulares sensacionalistas, con datos precisos sobre el destino de quienes se habían cruzado en el camino de los gánste-
res. El hormigón y los explosivos ocupaban un papel destacado,
lo cual hasta habría resultado gracioso de no haber sido cierto.
Esta era la clase de historias que le habrían encantado a Dave.

Mi búsqueda, y mi visión, empezaban a girar en círculos,
así que me di por vencida. Si el tal Moncada era de esos tipos
que llevaban un aplastapulgares en su maletín, quizá cuanto
menos supiera mejor. El alba empezaba a despuntar bajo la per-
siana acrílica del hotel. Pero incluso tras un día atareado, es vi-
tal pensar en tu cutis, así que me bebí las dos botellas de agua
mineral del minibar y me desplomé en la cama para disfrutar
de un par de horas de dichosa inconsciencia.

Capítulo 16

$\mathcal{A}$ la mañana siguiente, me presenté en el vestíbulo del Hassler a las 9:30. Tomé asiento en el salón, pedí un *cappuccio* y eché un vistazo a *La Repubblica*. Nada en la primera edición. Al cabo de unos diez minutos fingí que hacía una llamada, esperé otros diez e hice lo mismo. Pedí un vaso de agua. Volví al mostrador de recepción y repetí la actuación de la noche anterior. No, el *signor* Fitzpatrick no había dejado ningún mensaje ni tampoco estaba en su habitación. Esperé un poco más, ahora con aire agitado, arreglándome el pelo, alisándome la sobria falda beige por encima de las rodillas. Finalmente, tras cuarenta minutos de espera, pregunté si podía dejar un mensaje. En una cuartilla del hotel escribí: «Querido Cameron, te he esperado esta mañana tal como habíamos quedado, pero supongo que estabas ocupado. Quizá puedas llamarme cuando vuelvas a Londres, ¿te parece? Espero que disfrutes del resto de tu estancia en Roma. Muchas gracias por la cena. Con afecto, JR». Las iniciales habrían podido ser esas, u otras cualquiera: GP o SH. Una táctica dilatoria más.

A las once, me bajé de un tranvía cerca de la dirección que había encontrado en la libreta. Era un poco lejos, una zona deteriorada con bloques de ocho plantas rodeados de islotes de hierba amarilla y cagadas de perro. Encontré la tienda fácilmente con mi mapa, entre una pizzería y un zapatero. Era un taller de marcos, con un par de grandes ejemplares dorados en el escaparate y una sección de fotografías modernas, la mayoría de novias chinas con vestidos alquilados de nailon y cenefas barrocas de imitación. Una mujer china en chándal miraba un pequeño televisor detrás del mostrador. A su espalda, había una puerta que debía de dar al taller. Noté el olor a cola y resina.

—*Buongiorno, signora. Ho un appuntamento con il Signor Moncada. C'è?*

—*Di fronte.*

Volvió a concentrarse en su programa. De política, seguramente, a juzgar por los gritos. Al otro lado de la calle había un pequeño bar con varias mesas de aluminio bajo un toldo de rayas verdes. Solo una estaba ocupada: un hombre con un traje gris claro y con una melena plateada rozándole los hombros. Capté el brillo de su Rolex mientras cogía su taza de expreso.

—*Grazie.*

El sudor me picaba bajo las axilas y entre los omoplatos. Tenía el portafolio sujeto con tanta fuerza que me dolía la mano. No tenía por qué hacerlo, pensé. Podía volver a tomar el tranvía, luego un tren y luego otro, y estar de vuelta en Londres esta noche. Todos mis planes se habían centrado exclusivamente en este momento. Me había negado a pensar siquiera en la enormidad de lo que había hecho. Me quedaban diez metros para darme una razón a mí misma para seguir adelante, y no la encontraba, salvo que me parecía que era posible. Me había demostrado que era capaz de hacerlo, así que ahora me sentía obligada a llegar hasta el final.

—*Signor Moncada?*

—*Sí?*

Llevaba unas gafas de sol Bulgari y una corbata de seda azul claro bellamente anudada. ¿Por qué no pueden llevar la ropa todos los hombres tal como lo hacen los italianos? Le tendí una de las tarjetas que había sacado de la chaqueta de Cameron y mi pasaporte.

—*Sono l'assistente del signor Fitzpatrick.*

Él pasó de inmediato al inglés.

—¿La asistente? ¿Dónde está el *signor* Fitzpatrick?

Fingí nerviosismo.

—No lo he encontrado esta mañana. Me envió un mensaje de texto anoche.

Le enseñé mi teléfono. Me lo había mandado a mí misma la noche anterior, a las 11:30, antes de tirar el pulgar. Había añadido algunas faltas en las instrucciones de que mantuviera la cita en todo caso, aunque fuera sin él. Así parecería un texto redactado por un borracho. Nadie más iba a leerlo nunca: el teléfono, sin la tarjeta SIM, ya estaba convirtiéndose en arqueología entre el lodo del Tíber. Me encogí de hombros como disculpándome.

—Traigo el cuadro, desde luego. Y todo lo necesario.

—Necesito verlo.

—Supongo que tendrá pensado algún lugar para hacerlo, *signor* Moncada.

202

Él me señaló la tienda de marcos y dejó unas monedas sobre la mesa. Pasamos junto a la señora china sin saludarla y entramos en el taller. El techo era muy bajo; debían de haber puesto una fachada moderna a un edificio mucho más antiguo. Moncada tuvo que agachar la cabeza. Yo percibía en la penumbra ese leve olor a fría humedad de la piedra antigua. La mesa de trabajo estaba vacía, como anticipando nuestra llegada. Abrí el portafolio, saqué con delicadeza el cuadro del duque y la duquesa, coloqué al lado el catálogo y los documentos de procedencia y me aparté. Él se lo tomó con calma para mostrarme que sabía lo que hacía.

—Tengo que hablar con el *signor* Fitzpatrick.

—Llámele, por favor.

Moncada salió a hacer la llamada y yo esperé con los ojos cerrados. Sentía todo mi peso en las yemas de los dedos apoyadas sobre el vidrio de la mesa de trabajo.

—No lo localizo.

—Lo lamento. Pero si está satisfecho, tengo su autorización para seguir adelante.

Otra llamada; otra tensa espera con la única compañía del interior de mis párpados.

—*Va bene*. Me lo llevo.

—Por supuesto. Pero no puedo entregárselo hasta que usted haya hecho la transferencia, *signor* Moncada. Me consta que el señor Fitzpatrick no lo aprobaría —dije. No añadí: porque el señor Fitzpatrick sabe que es usted un estafador, y usted sabe que él lo sabe. O lo sabía, vamos.

—¿Cómo?

Erguí los hombros y volví a hablar en italiano.

—¿Tiene un portátil? Bien. Entonces busquemos un sitio donde haya wifi, usted hace la transferencia, yo compruebo que el dinero ha llegado y dejo el cuadro en sus manos. Está muy claro, ¿no? —Antes de que él pudiera responder, me asomé a la tienda agachando la cabeza y le pregunté a la mujer si había conexión de Internet en el restaurante de al lado.

Así pues, fuimos a la pizzería, pedimos dos Coca-Cola Diet y dos pizzas margarita y accedimos a la red. Yo anoté los dígitos de la cuenta en una servilleta y se la pasé a Moncada por encima de la mesa para que efectuara la transferencia. Me sentía como si tuviera una goma elástica estrujándome el corazón. Volví a abrir la cuenta de Cameron en mi propio portátil. La pelotita playera apareció en la pantalla. Mientras giraba, serví un poco de Coca en el vaso para que dejara de temblarme la mano. La página se cargó. Introduje la clave. No había habido cambios desde la noche anterior. Ahora podía mirar cómo llegaba el dinero. Moncada tecleó lentamente en su portátil, con las manos suspendidas unos instantes en el aire antes de pulsar cada tecla. Eso me hizo sentir joven, una novedad agradable.

—*Ecco fatto*.

Nos quedamos callados mientras yo miraba mi pantalla.

Ahí estaban: 6,4 millones de euros.

203

—He de intentar comunicarme con el *signor* Fitzpatrick. ¿No le importa?

—*Certo, signorina. Prego.*

Su cortesía me dio ánimos. Si yo hubiera sido un hombre, él tal vez se habría preguntado quién era el beneficiario; habría pedido alguna prueba de que yo no había hecho lo que, a decir verdad, estaba a punto de hacer. Por suerte, los hombres italianos no tienen una elevada opinión sobre la inteligencia de las mujeres jóvenes. O los hombres en general, ya puestos.

Moncada salió afuera y encendió un cigarrillo. Me puse el teléfono en la oreja, hice una pausa y fingí que dejaba un mensaje, mientras mis dedos seguían deslizándose por el teclado del portátil. Entré en la cuenta que Steve me había abierto, la mantuve en la parte inferior de la pantalla, marqué la opción de transferencia desde la cuenta Goodwood. Enviar. Introduje los datos de mi propia cuenta. IBAN, código SWIFT, clave. Maravillosas noticias en Osprey. Ingresado. Dejé el portafolio sobre la mesa, junto a la pizza de microondas intacta. Era una tragedia, la verdad, lo que estaba pasando con la comida italiana.

—Me ha salido el buzón de voz. He dejado un mensaje y, por supuesto, el *signor* Fitzpatrick le llamará. Siento mucho que no haya podido venir, *signor* Moncada, pero confío en que usted y su cliente queden satisfechos. Es un cuadro precioso.

Volví en un taxi a mi hotel y, con toda deliberación, pregunté si había habido algún mensaje del *signor* Fitzpatrick. Al pagar la cuenta, le di a la recepcionista mi número y le pedí que tuviera la amabilidad de dárselo al *signor* si llamaba. Yo me iba de viaje, dije con locuacidad, a la región de los lagos. Los datos suficientes para que se acordara. Había un restaurante cerca del Campo de' Fiori donde hacían la pizza blanca romana, la auténtica, espolvoreada de romero. Decidí comerme una antes de recoger mis cosas y tomar el tren a Como. Nunca había visto el lago. Podía tomar el sol, pensé, y hacer un viaje en ferry a Bellagio, mientras esperaba a la policía.

Capítulo 17

*N*o podía ser casual que el barroco se hubiera inventado en Italia. Había tanta belleza aquí, tantas vistas perfectas, tantos colores delicadamente fundidos bajo la intensa y deslumbrante luz mediterránea; la abundancia resultaba excesiva, casi embarazosa. Después de dejar atrás la inquietante y refinada caverna de la Stazione Centrale de Milán y deslizarse entre los desolados bloques suburbiales, el tren empezó a cruzar una serie de túneles en las primeras estribaciones de los Alpes, permitiendo fugaces atisbos de laderas verdes y trechos azules de agua, que resultaban tan vívidos y deslumbrantes como si se abriera de golpe ante tus ojos un cofre lleno de joyas. Y con ese runrún de las vías del tren que se te mete en el alma, los vagones me cantaban: «Eres rica, eres rica, eres rica».

Aun así, al llegar a Como me alojé en la *pensione* más modesta que encontré, un establecimiento tan anticuado que me sorprendió que siguiera abierto: suelos de linóleo verde y un baño comunitario compartido con varios holandeses y alemanes campechanos que salían cada mañana a pie o en bicicleta (con panecillos arramblados furtivamente en el bufet del desayuno y escondidos bajo el chándal). Revisé toda mi ropa, puse aparte las prendas caras, compré en el supermercado un bolso a cuadros barato para guardarlas y lo escondí bajo una manta amarilla en el fondo del desvencijado armario.

La primera noche, me senté en un *snack* bar, pedí una Coca-Cola, que no bebí, y un agua mineral, que sí bebí. En un cuaderno escolar cuadriculado, hice una lista de nombres.

Cameron. Asunto arreglado. Obviamente, no iba a volver a hablar con nadie.

Pero ¿cuánto tardaría en aparecer en la prensa la noticia del asesinato? Lo cual me llevaba a Rupert. Estaría enloquecido tratando de contactar con Cameron y muerto de pánico por la posibilidad de que la operación hubiera salido mal.

Me producía cierto placer imaginarme una jornada arruinada en los puñeteros brezales escoceses. Debía suponer que Rupert tenía acceso a la cuenta de las Islas Cook; que vería que el dinero había entrado y salido, y también a dónde había ido. Cuando se enterase de la muerte de Cameron, pues sin duda se enteraría, no podría sino pensar que este se había visto metido en un asunto demasiado turbio, que había enfurecido a alguien o asumido un riesgo excesivo. Rupert difícilmente podía acudir a la policía para intentar recuperar el Stubbs. ¿Y si los periódicos sacaban a colación mi nombre? Era perfectamente posible que Judith Rashleigh hubiera estado en Roma, perfectamente posible que hubiera tratado de sacarle a Cameron un empleo. Rupert sabía que Dave y yo habíamos andado fisgoneando en torno al Stubbs, pero aun suponiendo que me atribuyera la inteligencia suficiente para averiguar el montaje, y a Cameron la estupidez necesaria para habérmelo contado, lo cierto era que el cuadro había desaparecido. No podía hacer nada. O prácticamente nada.

Así pues, quedaban dos nombres: Leanne y Moncada. Leanne no era el tipo de persona que presta mucha atención a los periódicos, pero tampoco era del todo idiota. Si aparecía publicado mi nombre, podía relacionarme con la muerte de dos hombres. No obstante, yo la conocía lo bastante para saber que su único interés en la vida era ella misma. ¿Para qué iba a enredarse cuando no podía sacar nada más que problemas?

Moncada. No me daba la impresión de que ese tipo pudiera tener muy buenas relaciones con la policía. Ninguna ley prohibía ejercer de marchante privado, desde luego, pero él iba demasiado bien vestido, incluso para un italiano, como para ser trigo limpio. Yo no le había estafado; sus clientes se sentirían satisfechos y pagarían. Mi interpretación como asistente de Cameron había resultado lo bastante convincente como para que me entregase el dinero. A él habría de parecerle que por mi parte había actuado correctamente, dado que yo ignoraba que mi jefe no era más que un pingajo sanguinolento en el Tíber mientras nosotros cerrábamos el trato. Si acaso, ¿no sería él más bien quien temería que la pequeña Judith acudiera a la policía? Durante unos segundos sentí un frío increíble. ¿Vendría a por mí? ¿Recordaría mi nombre, el nombre que había visto en mi pasaporte? Yo me había visto obligada a enseñárselo un instante para que todo resultara convincente. Si Moncada estaba relacionado de algún modo con el crimen organizado, tal como intuía, no tendría problemas para localizarme mientras permaneciera en Italia. Tal vez ahora mismo estaba cruzando aquellos túneles de roca como una rata despiadada, siguiendo el rastro apestoso de mi temor. El corazón me palpitaba, empezaron a temblarme las manos. «Basta, basta, respira.» Moncada sabía que él no tenía nada que ver con la muerte de Cameron. Y no podía sospechar que yo sí. Él creía haber pagado a Cameron, no a mí. ¿Cuál era el peor escenario? Que Moncada descubriera en sí mismo una insospechada conciencia cívica y acudiera a la policía. No había ninguna prueba para acusarme, solo indicios circunstanciales. Joder, por el amor de Dios. Empezaba a sonar como uno de esos idiotas que creen que entienden los intríngulis legales porque miran *CSI* en la tele. «Piensa.» En este momento, Judith Rashleigh era una exempleada del mundillo del arte que estaba sin blanca y se había visto lamentablemente relacionada con un espantoso suceso... Bueno, con dos, si revisaban mi historial de vuelos y me relacionaban también con James. Pero existían registros del dinero que Judith había retirado de su cuenta inglesa, lo que demostraba que ella misma se había costeado sus modestos viajes antes de volver a Londres para buscar trabajo.

La única grieta posible, pues, era la conexión entre Rupert, Cameron y Moncada. Si Rupert conseguía localizar a Moncada, descubriría que nos habíamos reunido y que yo le había entregado el cuadro, y entonces podría delatarme. Una llamada anónima a la policía italiana... Pero la única prueba posible para acusarme la obtendrían si conseguían una orden para revisar mis cuentas. Y Rupert, para llevarme a juicio por asesinato, tendría que arruinar su propia carrera, y aun así no recuperaría el dinero. Mi cerebro giraba a cien por hora; me entró un tic en la base de la muñeca derecha. Apenas podía sujetar el bolígrafo. ¿Cuánto tiempo tenía?

«Inspira por la nariz, espira por la boca. Calma.» Yo no podía controlar todas las posibilidades, pero Rupert tampoco. Él esperaría al menos hasta que se enterase del asesinato. Así pues, tenía que sacar el dinero de Suiza, que estaba ahí mismo, justo al otro lado de las montañas. Después podría irme a cualquier parte, ser una persona cualquiera. Lo único que debía hacer ahora era esperar a la policía y darles mi versión. Estrujé el papel que había garabateado, caminé hasta la orilla del lago y lo hundí en el agua con el puño apretado hasta que se lo llevó la corriente en grumos de pulpa empapada. Era la espera, comprendí, lo que iba a resultar más duro.

En los tres días siguientes hubo algo muy parecido a la presión casi insoportable del deseo. Ese zumbido permanente de la falta del amado, que parece susurrarte al oído y vibrar en tus venas sin descanso. Esperé como una mujer enamorada, como una amante escondida a quien solo la liberarán del lánguido tormento de la ausencia los pasos de su amado en el pasillo de un hotel barato. Cada mañana salía a correr, me forzaba a subir por los empinados y vertiginosos senderos hasta que me temblaban los muslos y me ardían las pantorrillas. Pedía el almuerzo y la cena, pero apenas comía. Fumaba hasta que acababa vomitando agua y encendía cigarrillos todavía con el regusto metálico de mis intestinos. Compré una botella de brandy barato y unas pastillas para dormir sin receta, y trataba de dejarme a mí misma sin sentido cada noche, pero me despertaba antes del amanecer con un dolor penetrante en el cráneo y veía las palpitaciones de mi propio corazón bajo la sábana azul iluminada apenas por las primeras luces. Sentía que la piel de mis mejillas se ahuecaba por debajo de los pómulos y que el plano de la cadera se volvía más duro contra mi palma. Intentaba leer —sentada en bancos desde los que se dominaba un panorama de postal, agazapada en el alféizar de la ventana, tumbada en la playita de guijarros—, pero lo único que podía hacer era mirar al vacío y revisar una y otra y otra vez mi móvil. Me planteaba juegos a mí misma, como una adolescente colada por un chico. Si el tipo de la gorra de béisbol azul compra un *gelato* de chocolate, llamarán; si la bocina del ferry suena dos veces, llamarán. Cada vez que zumbaba el móvil, me abalanzaba como si fuera una botella de agua en el desierto y empezaba a manipular torpemente el teclado. Pero aparte de un único mensaje de Steve —«Eh, ¿qué tal?»—, no me llegaba nada, solo anuncios de Telecom Italia. No compraba el periódico; temía que no fuera a ser capaz de reaccionar con naturalidad si estaba sobre aviso, aunque probablemente era una estupidez. Yo había deseado otras veces —deseado intensamente, con verdadera avidez—, pero nunca en mi vida había sentido un anhelo tan apremiante como el que sentí al oír la voz balsámica del inspector Da Silva en el teléfono, después de todos aquellos días transcurridos con la lentitud de las gotas de ámbar rezumando de un pino.

Me habló en inglés, titubeando.

—¿Podría hablar con Judith Rashleigh?

—Sí, yo misma. Yo soy Judith Rashleigh.

—*Signora*, me llamo Da Silva, Romero da Silva.

Descubrí que me entraban unas ganas inexplicables de reír. Al fin había empezado.

—*Signora*, soy miembro de la policía italiana. Estoy trabajando con los *carabinieri* en Roma.

Yo ya lo tenía ensayado.

—¿Qué pasa? ¿Ha ocurrido algo? ¿A mi familia? ¡Dígame, por favor!

No me hizo falta fingir que hablaba entrecortadamente, porque estaba casi al borde del desmayo.

—No, *signora*, no. Pero tengo una noticia dolorosa. Su colega ha sido asesinado.

Tomé aliento agitadamente antes de responder.

—No entiendo.

—Su colega, el señor Cameron Fitzpatrick.

Inspiré hondo.

—Dios mío.

—*Si, signora*.

Debían de estar observando mi reacción, pensé; quizá incluso estaban grabando la llamada. No tenía que exagerar. Dejé que me escuchara —o me escucharan— respirar otra vez.

—Yo le vi en Roma. No lo entiendo.

—Sí, *signora*, dejó usted su número en el hotel.

—Pero ¿qué ha ocurrido? Yo...

—Lamento darle esta terrible noticia, *signora*. Dígame, ¿sigue usted en Italia?

—Sí, sí, estoy en Italia. En Como.

—Entonces, si me lo permite, quiero hacerle unas preguntas. ¿Es posible?

—Sí, claro, desde luego. ¿Debo volver a Roma? Pero ¿qué ha ocurrido?

—No hará falta, *signora*. Si me da usted la dirección donde se encuentra...

—¿Debo llamar al consulado? ¿Y su familia? ¿Ya les han...?

—Ya nos estamos ocupando, *signora*. Solo le robaremos un poco de tiempo. Acepte, por favor, mi más sincero pésame.

Llegaron cinco horas más tarde. Me avisaron un rato antes

y yo los estaba esperando en el estrecho vestíbulo de la *pen-sione*, con la cara lavada y el vestido negro que había compra-do en Roma, ceñido con una correa de cuero. Me asaltaron ideas locas sobre el ADN. Quizá en el vestido había alguna sal-picadura de la sangre del pulgar. Pero si lo llevaba puesto, difí-cilmente podrían arrancármelo. La mujer de la recepción apar-tó la vista con curiosidad de su estrepitoso concurso televisivo al ver el coche de la Guardia di Finanza con su matrícula de Roma. Noté su mirada en mi espalda mientras salía afuera, al calor de la tarde veraniega, para recibirlos. Creía que Da Silva sería el más viejo de los dos, pero en realidad era un hombre de unos treinta años, de pelo corto y oscuro y cuerpo forni-do, sin duda trabajado en un gimnasio. Uñas limpias, alianza de boda. No estaba mal, de hecho. Su compañero, Mosoni, de unos cincuenta, era un tipo encorvado, de hombros caídos. Ambos llevaban ropa ordinaria: vaqueros planchados, polos deportivos. No sabía si esto era buena o mala señal. ¿Habrían venido de uniforme si pensaran detenerme? Les tendí la mano y aguardé.

—¿Podemos hablar en algún sitio, *signora*?

Respondí en italiano y ambos sonrieron, obviamente ali-viados por no tener que luchar con el inglés. Propuse que hablá-ramos en mi habitación; estaríamos más tranquilos y, al mismo tiempo, demostraba que no tenía nada que ocultar. La recepcio-nista parecía a punto de hacer una pregunta mientras nosotros nos dirigíamos a la escalera, pero yo no la miré ni respondí a su titubeante «*Signora?*» y guie a los dos policías al segundo piso. En mi habitación, ocupé la única silla y, con una expresión de disculpa, les indiqué que se sentaran en la combada cama de tres cuartos. Me alisé la falda del vestido sobre las rodillas y pre-gunté, con calma, cómo podía ayudarles.

Da Silva habló primero.

—Bueno, *signora*, como ya le he dicho, su colega...

—Creo que debería aclararle que el señor Fitzpatrick no era

mi colega. Yo antes trabajaba en British Pictures —noté que re-
conocían el nombre de la Casa— y por eso lo conocía un poco,
profesionalmente. Me tropecé con él en Roma por casualidad y
hablamos de la posibilidad de que yo trabajara en su galería de
Londres. Confiaba en que me llamara, pero obviamente...

Me interrumpí. Trataba de parecer conmocionada, pero derramar unas lágrimas habría sido excesivo.

—*Signora*, debo preguntárselo. ¿Tenía usted una relación
con el *signor* Fitzpatrick?

—Lo comprendo. No, no la tenía. Como le he dicho, yo en
realidad no lo conozco mucho.

Esperaba que hubieran registrado el lapsus deliberado en el
tiempo verbal, aunque ellos tal vez lo atribuyeran a un error de
mi italiano.

Me hicieron repasar mi estancia en Italia, mi encuentro con
Cameron en el Hassler. Les expliqué que habíamos almorzado
y cenado juntos; que luego Cameron se había marchado, diciendo que tenía una cita y que nos veríamos en el vestíbulo del
hotel a la mañana siguiente. Yo había esperado una hora, dije,
y dejado una nota, pues pensaba continuar con mis vacaciones,
como podían ver. Bajando las pestañas con modestia, confesé
que, ahora que lo pensaba, quizá Cameron no había pretendido
ofrecerme un empleo, que tal vez solo quería un poco de compañía mientras esperaba a su cliente en Roma. Les dije que yo
había ido sola a Roma, con la idea de estudiar algunos de los
museos. Les di el nombre del hotel donde me había alojado. Evidentemente, mi insistencia en preguntar si Cameron me había
dejado un mensaje había servido, tal como era mi intención,
para que el personal del hotel les proporcionara mi nombre y
mi número. Si no hubiera estado tan aterrorizada en aquel momento, si el esfuerzo que debía hacer para controlar mi corazón
agitado no hubiera sido tan intenso, me habría sentido orgullosa de mí misma.

—¿Su cliente, ha dicho? —Da Silva volvió al punto crucial.

—Sí, me dijo que estaba en Roma para ver a un cliente. Parecía excitado con esa expectativa. Pero no me contó nada más.

—¿Eso es normal?

—Sí. Los marchantes siempre son muy discretos —dije, adoptando un tono profesional.

—¿El *signor* Fitzpatrick parecía preocupado en algún sentido? *Agitato?*

—No, yo diría que no.

—¿Sabe con quién tenía una cita el *signor* Fitzpatrick? ¿Era con el cliente?

—No lo sé. No podría asegurarlo.

—¿Podría haberse tratado de una mujer?

La mujer que había estado en el Hassler con su chillona gabardina Kenzo, ahora depositada dentro de una bolsa de basura en un contenedor de la estación de Milán, esa espléndida y austera muestra de la arquitectura fascista.

—No lo sé, la verdad.

—Un empleado del hotel Hassler ha declarado que una mujer preguntó por el *signor* Fitzpatrick la noche del asesinato.

¿Iban a enseñarme una foto borrosa de mí, en el mostrador de recepción, extraída de la cámara de vigilancia? ¿Era ahora cuando iban a pillarme en falso y a ponerme las esposas? Me vino de golpe a la cabeza el recuerdo salvaje e inoportuno de la escena con Helene y Stanley en Chester Square. Mosoni me miraba fijamente. Sin cuartel, Judith.

—No, no era yo. Nos despedimos en el restaurante. Me temo que ya no recuerdo el nombre. Tenía una galería… Luego fui a la Piazza Navona y me tomé un café, me parece. ¿Necesito una coartada? —Solté una risita y enseguida adopté una expresión avergonzada, como si se me hubiera escapado un chiste de mal gusto.

Da Silva me cortó.

—¿Dijo algo el *signor* Fitzpatrick sobre una mujer?

—No, nada.

213

Mosoni añadió por su parte:

—No, *signora*. No necesita coartada. Pero ¿piensa seguir en Italia? Quizá tengamos que contactar con usted otra vez.

—Solo unos días más. Pensaba seguir viajando. Por supuesto, colaboraré en todo lo que pueda. Pobre Cameron. Todavía no me hago a la idea.

—Claro, es una conmoción terrible —dijo Da Silva gravemente.

—Sí, terrible.

Nos quedamos los tres callados unos momentos, terriblemente conmocionados. Luego ambos se levantaron y nos despedimos. Abrí la puerta, los oí bajar las escaleras y decir adiós educadamente a la entrometida recepcionista. Me mantuve a unos pasos de la ventana, aguzando el oído para escuchar el motor del coche. Cuando se alejó por fin, me quedé completamente inmóvil. ¿Era posible que hubieran dejado una cámara oculta en mi habitación? ¿Quizá Mosoni, mientras Da Silva me distraía? ¿Eso no era ilegal? No podía ponerme a buscar, porque entonces me verían buscando y se demostraría que desconfiaba. Joder. Al menos no habían preguntado por la navaja. Volví a sentarme en la silla con cautela, me fumé un cigarrillo, me levanté y empecé a recoger mis cosas. Aún tenía una cantidad considerable de billetes de Steve enrollados en el neceser. Me quedaría en Italia un par de días como máximo y luego tomaría un tren a Ginebra. Lo pagaría todo en efectivo hasta que encontrara allí otro sistema más conveniente.

Me apoyé en la ventana y dejé que mi mano explorara entre mis piernas. Me producía satisfacción ver lo que era capaz de resistir. Más que satisfacción. Noté cómo se hinchaban los labios de mi sexo contra la tela tensa de las bragas. Había resistido, y me había salido con la mía. Bueno, casi. Mientras tanto, pensé que buscaría un hotel más bonito y haría lo que me moría de ganas de hacer desde hacía semanas. Echar un polvo.

Capítulo 18

No me interesa que me vayan detrás. No me interesa coquetear ni tener citas románticas, ni que me cuenten mentiras, que es a lo que se reduce todo al final. A mí me gusta escoger. Por eso me gusta asistir a fiestas, porque toda esa parte tan aburrida ya no cuenta. Todos saben por qué están allí; nadie anda buscando a su alma gemela para mirarla a los ojos y ver reflejados los suyos. Pero cuando vuelas sola por el mundo, la cosa se complica. Una vez descartados los padres de familia —no porque no estuvieran dispuestos, sino por el trabajo, las molestias, los inconvenientes— y también los adolescentes del lugar —era poco probable que tuvieran talento—, solo me quedaron los empleados del hotel incomparablemente más bonito donde me alojé en Bellagio. Y no es que una sea demasiado orgullosa para follar con el personal subalterno —tenía entrañables recuerdos de Jan—, pero la verdad es que formaban una pandilla deprimente. Me sentía agitada tras el encuentro con la policía; necesitaba aliviar la tensión.

Matteo parecía perfecto. Dejé que se me acercara en un bar cutre de la orilla del lago, un local que yo había escogido por la hilera de motos aparcadas delante. En general, había observado que los motoristas que recorrían Como solían tener una novia convenientemente menudita encaramada entre los baúles de la moto. Pero Matteo estaba solo. Cuando empezamos a hablar, me explicó que era de Milán y que se alojaba en la casa de su abuela. Acababa de terminar la universidad, cosa que en Italia implicaba que tenía algunos años más que yo. De cara no mataba, pero era alto y, bajo su camiseta negra desteñida, se adivinaban unos hombros anchos y robustos. Me invitó a un vaso de *prosecco* repulsivo y luego yo me pagué otro y le ofrecí una cerveza. Me subí al asiento de su Vespa y nos dirigimos a la casa de la abuela (la Nonna, según me explicó, estaba fuera, en la playa). Ahora yo volvía a llamarme Lauren y le conté la misma historia del tour por Italia antes de buscar otro empleo. Durante un momento, mientras la Vespa se alejaba del pueblecito y subía resoplando por la empinada carretera, con la vista del lago, ahora rosado por el crepúsculo, a nuestros pies, apoyé la cara en su chaqueta, con las manos en sus caderas, y me sentí un poco sola. Así era como iba a ser mi vida, pensé. Si seguía adelante con esto, no podría volver a ser yo misma. Y sin embargo, nunca había estado tan cerca de serlo.

216   La idea del chalet de una anciana me había parecido a priori algo desalentadora, pero la casa de Matteo era de hecho bastante bonita, una casa al estilo de los años setenta, pero con esa capacidad de la arquitectura italiana para no resultar horrible aun así: toda paredes blancas y madera oscura, y con una enorme terraza con una vista espectacular del lago. Empezaba a hacer frío, así que Matteo me prestó un suéter de cachemira y nos sentamos con una botella de un extraño vino rosado con burbujas a contemplar las luces de colores del último ferry que se alejaba hacia Como. Él encendió un porro, al cual yo fingí que le daba una calada, y me explicó que aunque había estudiado arquitectura estaba pensando en escribir una novela. Luego me preguntó si me gustaría escucharle tocar la guitarra, y yo, previendo cómo habría de acabar aquello, murmuré, «Quizá después» y le metí la lengua en la boca. Matteo pareció sorprendido, pero teniendo en cuenta que los italianos creen que todas las inglesas son unas putas, enseguida se hizo a la idea. Dejé que el beso se prolongara, acurrucándome sobre su regazo para

que sintiera mis pechos y explorando más a fondo con la lengua el gusto dulce de la hierba que tenía en la boca, hasta que noté que se le ponía dura bajo los vaqueros.

—Vamos a tu habitación.

Vi el cuadro mientras Matteo me guiaba escaleras arriba, y solo entonces comprendí de veras lo que había hecho en Roma. No soporto cuando la vida produce estos efectos baratos de leit-motiv. Una reproducción al óleo del *Campo Vaccino* de Turner, el último cuadro que había pintado de la ciudad. Algunos perciben un sentimiento de pesar en esta pintura, en los delicados vagabundeos de la luz a lo largo del Foro, como en una danza de despedida del gran pintor. Un recuerdo de turista, el tipo de imagen que podrías ver acodada en una barandilla, a orillas del Tíber. Donde yo había estado no hacía tanto.

Matteo hizo una pausa para apretarme contra la pared y besarme ahora con más urgencia. Me quité las botas y los vaqueros y, estrujando las bragas en la mano, me tendí en la cama mientras él se quitaba el suéter y la camiseta; luego lo atraje hacia mí, lo tumbé boca arriba y empecé a recorrer con la lengua las líneas nítidas de su pecho juvenil, lamiendo una y otra vez sus pezones. Después de tanto tiempo, ya solo con el olor de un hombre me estaba mojando. Metí la cara en su axila y aspiré el aroma almizcleño de su sudor como un colibrí buscando néctar. Reseguí con la lengua la estrecha línea de vello de su estómago totalmente liso; me detuve en el primer botón de sus Levi's y le abrí la bragueta para chupársela. Su polla parecía algo tristona: larga, pero demasiado estrecha, con un exceso infantil de pellejo en el prepucio, aunque tremendamente dura. Por su manera de respirar, deduje que esto no sucedía a menudo en las noches tranquilas de Como, y yo quería que me follara antes de correrse.

—¿Tienes un condón?

Se levantó de la cama y entró en el baño, con sus estrechas nalgas vulnerablemente expuestas. Me acaricié los labios del coño, abriéndome, llevándome a la boca unas gotas de mis jugos. Estaba tan excitada que creí que podría correrme así. A él pareció costarle una eternidad ponerse el maldito chisme y colocar las caderas entre mis mulsos desparramados. Lo guie dentro de mí y dejé que apoyase la cabeza en el hueco de mi clavícula, estrechándolo con fuerza para que no se acelerase.

—*Aspetta*. Espera. Con calma.

Él se movió más despacio, con embestidas más profundas y un ritmo regular. Deslicé la mano derecha entre los dos para acariciarme el clítoris.

—Más fuerte. *Vai*. Más fuerte.

Y entonces, por un instante, mientras él me penetraba, en ese primer momento exquisito de apertura, de gozosa acogida, me distraje inesperadamente. Su jadeo en mi oído era una caricia noctámbula, un poema de amor demoníaco. La habitación estaba a oscuras y mi mirada se detuvo en varios objetos del escritorio que había junto a la cama: un libro en rústica, un cenicero, una conmovedora copa deportiva de plata. Podrías cogerla, pensé; sujetarla con fuerza y estrellársela contra la nuca. La sangre le resbalaría alrededor de la oreja, le gotearía por la cara. Él no sabría siquiera de dónde había partido el golpe. Se desmoronaría suavemente sobre tu pecho como un pelele, retorciéndose, agitándose en estertores que se transmitirían a su polla todavía erecta, como en los cadáveres de los ahorcados. Cerré los ojos. Estaba llegando al orgasmo, pero detrás de mis párpados se desarrollaba una película distinta: unos ojos suplicantes, la esquina de latón de un maletín, un amasijo rojo de compresas, una cara abotargada y gris. Temía estar follándome a otro hombre muerto, y descubrí que me gustaban estos pensamientos. Empecé a soltar profundos jadeos, casi gruñidos; oí los gritos de Matteo alzándose, uniéndose a los míos, y luego perdí la conciencia durante unos segundos perfectos, hasta que ambos nos encontramos jadeando, como amantes de verdad, en la playa del naufragio. No podía hablar, no podía mirarlo. Permanecimos un rato en silencio y luego él me restregó la nariz por la cara, besándome el hombro, el cabello.

Hay un recurso pictórico llamado perspectiva anamórfica. Se pinta un objeto en un ángulo sesgado, de tal modo que su verdadera naturaleza solo queda revelada cuando miras el cuadro desde un punto preciso. El ejemplo quizá más famoso está en *Los embajadores* de Holbein, donde una mancha blanca situada en primer término se convierte, desde el ángulo adecuado, en una calavera humana. En la National Gallery, a la derecha del cuadro, hay un trecho gastado en el suelo en el que debes situarte para ver la imagen oculta. Pero yo creo que todas las grandes pinturas crean una suerte de anamorfismo. Tú debes colocarte en el lugar correcto y, entonces, de repente, es como si hubieras caído dentro del cuadro. Durante unos breves instantes, existes en dos estados, dentro y fuera, como en un truco de física cuántica. Allí, pues, estaba en Roma y en la cama de Matteo. Desdoblada.

—*Ciao, cara. Ciao bellissima.*

—*Ciao* —susurré, junto a su garganta.

Intenté imprimir cierta calidez a mi voz, le pasé perezosamente la mano por el pelo. No era culpa de Matteo, él era un chico agradable. Me trajo un vaso de agua, pero yo meneé la cabeza, acurrucándome bajo el edredón y fingiendo que dormitaba. Todavía tenía puesto su suéter, lo cual hizo que me sintiera más desnuda cuando él amoldó su cuerpo en torno a mis muslos. Esperé a que su respiración se apaciguara y entonces mis ojos se abrieron de golpe como en una película de vampiros. Empecé una cuenta atrás desde mil, primero en italiano, luego en francés y luego en inglés; alcé con delicadeza el brazo que me sujetaba y lenta, muy lentamente, me escurrí fuera de la cama. Dejé el suéter, recogí mis vaqueros y mis botas. Tenía planeado taparle la cara con mis bragas cuando se corriera, para que inhalara mis olores mientras descargaba en mi coño, pero luego me había distraído pensando en lo sexy que resultaría asesinarlo y se me había olvidado poner en práctica ese truquito. Bajé medio desnuda por la escalera, poniendo los tacones en el borde de cada peldaño, y acabé de vestirme en el vestíbulo, bajo los colores neblinosos del cuadro de Turner.

Abajo se veían las luces de Bellagio y empecé a descender al trote por la carretera. En el hotel, la llave de mi habitación estaba detrás del mostrador. Matteo no me había preguntado dónde me alojaba. Aunque quisiera encontrarme, ya me habría ido cuando despertara. No era así como iban a ser las cosas, me dije a mí misma; es así como son ahora. Estaba demasiado crispada, y el cerebro me hacía jugarretas, presentándome un espectáculo onírico en tecnicolor de pura tensión. Nada más; nada de que preocuparse.

No había luna esa noche, y no era muy tarde. Sabía que no me iba a dormir. Recogería mis cosas, pagaría la cuenta y pediría un taxi a las cinco para que me llevase alrededor del lago hasta la estación. Ahora debía ser más fuerte que nunca; solo unos días más, simplemente. Matteo había sido un error, pensé con irritación. ¿Qué me ocurría?, ¿era una jodida adicta? Ya habría tiempo de sobra para eso; muchísimo tiempo. Ahora solo debía pensar en el próximo paso, y en el siguiente, y en el siguiente, hasta que hubiera terminado en Ginebra.

Capítulo 19

$\mathcal{H}$acia el año 1612, en Roma, Artemisia Gentileschi realizó un pequeño dibujo de Dánae, la princesa de Argos, a la que Zeus hacía el amor adoptando la forma de una lluvia dorada. Era un tema chocante para una aprendiza que solo salía de la casa de su padre acompañada de una fuerte escolta. La Dánae de Artemisia no se consideraría una gran belleza según los criterios modernos: su piel es demasiado pálida, su vientre demasiado abultado. Incluso reclinada como está, desplegando con osadía toda su desnudez, se insinúa una doble papada en su garganta extendida hacia atrás. A mí me encantaba el cuadro porque, a diferencia de muchas otras versiones de este tema —un motivo popular del porno *soft* del siglo XVII—, es ingenioso. Los ojos de Dánae están cerrados, como en éxtasis, pero no del todo. Bajo la languidez de sus párpados, ella está admirando, observando pícaramente las numerosas pepitas doradas que se precipitan sobre su carne sumisa. Su brazo derecho, entrelazado con el cabello dorado-anaranjado, reposa sobre su poderoso muslo, pero los músculos de su antebrazo están contraídos y su puño cerrado sujeta con fuerza una parte del botín. Dánae se está burlando del dios, que cree haberla deslumbrado. Tras esas pestañas astutamente caídas, se ríe también del espectador, del hombre que encubre su propio deseo de contemplarla desnuda bajo el manto de respetabilidad de un tema clásico. Así somos, está diciendo Dánae; incluso cuando nos hacemos las ninfas vosotros tenéis que llenarnos el coño de oro. Pero la risa de la hija adolescente del pintor no es una risa cruel. Ella comparte la hilaridad de su personaje y nos invita a observar la clase de lisiados eróticos que somos. Si hubiera un bocadillo de tebeo saliendo de los labios carnosos de Dánae, lo que diría el texto sería: «Bueno, grandullón. ¿Cuánto?».

Era un buen motivo para ponerse a pensar, ese cuadro, mientras permanecía sentada en el vestíbulo del Hotel des Bergues. A diferencia de otras ciudades europeas, Ginebra no se había convertido en agosto en una necrópolis. Dentro, el aire acondicionado ronroneaba discretamente, pero fuera, bajo el plomizo cielo suizo, la ciudad seguía palpitando con el brillo oculto del dinero. Recordé haber leído en las memorias de una famosa prostituta que si querías saber quién era la puta en un hotel elegante, debías buscar a la mujer con el traje más formal. Recordé mi propio trajecito de *tweed*, hacía ya una eternidad, cuando estuve en el Ritz con Leanne. Obviamente, pensé con ironía, el destino había estado esperando el momento propicio. Este nuevo conjunto era cortesía de Steve, una inversión que había hecho entre las colecciones de primavera-otoño durante mi anterior visita a Ginebra: un Valentino de ligerísimo algodón azul marino, con un corte exquisito pero severo, y unas sencillas sandalias negras Jimmy Choo. El cabello recogido, ninguna joya, manicura y pedicura en beige perlado. Parecía hasta tal punto una banquera que por fuerza tenía que ser una puta.

Pedí una copa de Chenin blanco y examiné el vestíbulo. Un par de árabes en la mesa vecina echándome miraditas, un anciano con aspecto de dictador exiliado acompañado de una rubia inverosímil, un grupo de mujeres alemanas con portátiles mirándola ceñudas, dos hombres bastante jóvenes con vaqueros y relojes IWC bebiendo vodka con tónica. No me servían. Solo los ejecutivos de medio pelo llevan vaqueros. No, yo necesitaba a alguien vestido como yo, o sea, a un banquero. Así que me llevé a mí misma y a mi ejemplar del *Economist* a cenar al Qui-

rinale, pedí foie gras fresco por puro capricho y ojeé un artículo sobre Corea del Norte mientras aguardaba a que empezara la
música en el bar contiguo: esa música *house* agresiva que los
europijos necesitan para creer que se lo están pasando bomba.
Pedí una *mousse au chocolat* con jarabe de jazmín, otra vez por
puro capricho, y luego pasé al bar, dejando de fingir que leía el
periódico. El local se estaba llenando. Había dos mujeres con
traje negro sentadas en los taburetes siguientes, la típica com-
binación rubia-morena, aunque por el aspecto de las grandes
manos de la morena y la silueta un tanto cuadrada de su maxilar, pensé que quien acabara la noche con «ella» tal vez se llevaría una sorpresa extra. En cuestión de minutos tenían pegados
a un par de tipos trajeados, y poco después llevaban ya media
botella de champán y no paraban de reír, de agitar las mechas
y de actuar como si estuvieran encantadísimas de encontrarse
justamente en ese bar sofocante, con su vulgar DJ y sus velitas
flotantes aún más vulgares, y justamente en compañía de esos
hombres fascinantes y ocurrentes, mientras sus colegas más
afortunadas estaban consumiendo coca rusa en la Riviera. Dejé
pasar diez minutos y le pedí al portero que me buscara un taxi
para ir al Leopard Lounge.

Allí pedí bourbon. Nadie se molestaba en fingir siquiera que
este lugar fuera otra cosa que un mercado de carne. Había un
grupito de modelos adolescentes de tercera, tipo catálogo de lencería, con un mánager gay vestido con vaqueros Dolce, y un par
de seductores avejentados cuyo pelo parecía arrancado de los
asientos de los barcos más bien chungos que debían de tener
amarrados en el puerto. Más rubias con tetas operadas en gra-
dos diversos, más cuellos almidonados de diez centímetros, más
relojes Rolex, más dientes blanqueados con láser y más ojos in-
somnes de zombi. También estaban los dos ejecutivos que había
visto en el Bergues, ahora ruidosos y pendencieros de tanto vodka, con una chica con pantalones de cuero ceñido en cada brazo.
Había chicas por todas partes, como salidas de las páginas de

Grazia y dispuestas a todo. Chicas ardiendo en deseos de que esta noche fuera la gran ocasión, el trampolín, el momento estelar que haría que todos los amaneceres horribles y las penosas mamadas hubieran valido la pena. Chicas como yo misma, en otra época.

Ginebra es una ciudad pequeña, llena de jóvenes solteros con dinero, y un 2,5 por ciento de la población trabaja en el comercio sexual. A mí la rivalidad en sí no me preocupaba demasiado, pero hacia las once y media empecé a sentirme un poquito desesperada. No podía arriesgarme a tomar otro bourbon. La lista que había confeccionado en Como me daba vueltas en la cabeza como una máquina de discos: Rupert, Cameron, Leanne, Moncada. ¿Cuánto tiempo me quedaba? Si no encontraba una solución deprisa, habría de sacar lo que pudiera del banco y escapar. ¿Cuánto dinero en metálico podía llevar encima legalmente? Solo debían de quedarme un par de días; y a este paso, tendría mucha suerte si conseguía sacar algo de dinero de Osprey y largarme de Europa antes de que algún colega de Da Silva viniera a buscarme.

Y entonces —porque a veces, solo a veces, si cierras los ojos y lo deseas con mucha fuerza, la vida puede ser como una película—, entró él. Cincuenta y pico, pelo gris, no muy guapo pero reluciente de dinero, alianza de boda, Savile Row, gemelos Bulgari (excelentes, no aristocráticos y algo sueltos), zapatos y reloj *impeccabili*. Especialmente los zapatos. Si había algo que no quería volver a ver más, suponiendo que este pequeño tour europeo tuviera éxito, eran otros mocasines con borlas. Iba solo, lo cual significaba que las cosas habían salido mal y estaba tomando una copa, o que las cosas habían ido bien y estaba tomando una copa. En todo caso, se la iba a tomar conmigo.

Capítulo 20

$\mathcal{H}$asta que volvimos a la habitación de mi hotel y le hube servido una copa sin pedirle el dinero por adelantado, no empezó Jean-Christophe a comprender que yo no era una puta. E incluso después de pasarse quince minutos con la cara hundida en mi coño y dos o tres bombeándome por detrás con un estímulo orquestal apropiado; incluso después de que yo me hubiera estremecido y agitado entre sus brazos sorprendentemente peludos, él todavía no acababa de creérselo.

—Bueno. No me esperaba esto exactamente —dijo en francés.

—¿Ahora viene cuando yo digo que no suelo ser tan directa, pero que sencillamente no he podido resistirme?

Me zafé de su abrazo y me levanté desnuda para buscar un vaso de agua, procurando que él pudiera echarme por primera vez un buen vistazo.

—Bueno, es verdad que me gustas —proseguí—. Pero además, soy una mujer adulta y me aburren los juegos.

—Ya veo.

—Aunque no soy del tipo pegajoso. Puedes quedarte, si quieres. —Volví a meterme en la cama, envolviéndome con el edredón—. O no, como tú veas.

Él me volvió a rodear con sus brazos desde detrás, sujetando mis pechos y mordisqueándome la nuca. Quizá la cosa no fuera a resultar tan pesada.

—He de ir a la oficina por la mañana.

—¿Qué talla de cuello tienes?

—¿Por qué?

—Voy a llamar al conserje, a ver si puede conseguir una camisa limpia. Le gustará que lo ponga a prueba.

Jean-Christophe se quedó, esa noche y la siguiente. Después me preguntó si quería pasar el fin de semana con él en Courchevel. La estación jugaba a mi favor, pensé. No solo las esposas estaban convenientemente aparcadas en sus lugares de vacaciones (me pregunté si *madame* Jean-Christophe estaría distrayéndose con el entrenador de tenis en Cap d'Antibes o muriéndose de puras ganas en Biarritz), sino también porque, a pesar de mis muchas cualidades, yo no sabía esquiar, lo cual habría resultado difícil de explicar para Lauren, la sofisticada galerista inglesa, si hubiéramos estado en invierno. Lauren era la clase de chica que podía quedarse encantada, pero no excesivamente impresionada, ante los lujos más sofisticados; por ejemplo, cuando el Jaguar de Jean-Christophe entró en el sector de Aviación Privada del aeropuerto de Ginebra. Obviamente yo no había volado nunca en un aparato privado, pero ahora comprendí lo que Carlotta me había dicho. Veinte minutos en el helicóptero Sikorsky, entre exclamaciones ante las vistas sublimes de los Alpes que destellaban a nuestros pies, y aterrizamos en la estación Courchevel 1850. Estas eran las cosas que podían corromperte de por vida, la verdad.

Fuimos a alojarnos al chalet que le había prestado a Jean-Christophe un antiguo compañero de colegio. Él tenía el suyo en Verbier; supuse que aquello era un viejo arreglo que les resultaba conveniente a los dos. Estuve fisgoneando un poco mientras él terminaba sus llamadas de viernes por la tarde a la oficina. No era uno de esos palacios multimillonarios con paredes de cristal que estaban construyendo los rusos en la zona de las pistas, sino más bien una sólida casa familiar de tres dormitorios, toda de madera, decorada con un estilo *chic* alpino tronado y con algunas piezas mediocres pero bonitas de arte oriental. Las camas estaban cubiertas con vistosas telas a rayas del País Vasco francés. El único toque glamouroso era el jacuzzi construido en una terraza de madera desde la que se dominaba el valle. Había libros baratos y fotos familiares: el amigo con su mujer, una castaña con mechas, y sus tres hijos, rubios y lozanos, en las laderas de la montaña o en una playa tropical. La hija parecía tener unos diez años menos que yo. Me pregunté cómo sería su vida, su internado, su ropa, sus vacaciones; crecer rodeada de lujos y seguridad. Seguramente se pasaba el día fumando porros y quejándose a sus amigas en Facebook de que su vida era una puta mierda.

Jean-Christophe me pidió disculpas por no poder llevarme a La Mangeoire, el restaurante que se convertía a partir de las diez y media en el *nightclub* más caro de Courchevel, pero yo le aseguré con tono encantador que prefería algo sencillo. Nos pusimos vaqueros y suéteres de cachemira, caminamos de la mano por el pueblo y paramos en un pequeño bistró cuyo dueño reconoció obviamente a *monsieur*. Jean-Christophe me preguntó cortésmente si una *raclette* me parecía muy pesada, y yo respondí cortésmente que hacía el frío suficiente allí arriba como para que resultase una delicia. Así pues, nos dedicamos a tomar el queso rezumante de una especie de instrumento de tortura medieval y a untarlo en finos trozos de jamón curado y de carne de venado. Todo regado con una botella de borgoña. Me gustaba bastante Jean-Christophe, aunque, desde luego, no tan apasionadamente como simulaba. A diferencia de James, tenía buenos modales, así como una fluida reserva de charla insustancial que giraba básicamente en torno a los viajes. No hacía muchas preguntas, pero yo no dejé de contarle brevemente que estaba haciendo planes para abrir mi propia galería. Hacia el final de la botella, me cogió la mano y la besó.

—*Mais, que tu es belle.*

Me entraron ganas de reírme. En otra vida, esto podría haber colmado todos mis sueños. Un hombre mayor distinguido, un lugar exclusivo. Por Dios. De hecho, estaba contando los minutos hasta que pudiera tenerlo tranquilamente acomodado en el jacuzzi. Mientras volvíamos paseando, me dediqué un rato a ensalzar con admiración la belleza de las estrellas, que eran realmente extraordinarias, de un resplandor casi tangible. Luego me adelanté corriendo hasta la casa para buscar una botella de champán y dos copas y manipular a toda prisa los botones, de modo que cuando él salió a la terraza yo ya estaba desnuda bajo la deliciosa agua humeante, con el pelo mojado por la espalda. Jean-Christophe entró en el jacuzzi, encendió un puro y dejó caer la cabeza hacia atrás. Permanecimos unos minutos en silencio, dando sorbos de champán y contemplando la noche. Sus dedos se deslizaron hacia mí, se pasearon lentamente por mi pezón, pero yo me senté más erguida.

228 —Querido, quiero pedirte una cosa.

Él se puso tenso. Si todo esto era una estrategia para sacarle dinero, Jean-Christophe estaría dispuesto a compensarme y se comportaría con exquisita cortesía, pero se sentiría rabiosamente decepcionado e incluso algo triste. Yo podía permitirme el lujo de dejarlo unos momentos en ascuas.

—Verás, necesito ayuda para un asunto.

—*Oui.*

Su tono era apagado y desalentador. ¿De qué iba a tratarse?, noté que pensaba con suspicacia. ¿De un casero inflexible, de una matrícula universitaria exorbitante? ¿De una madre enferma? Por Dios, no de una madre enferma, ¿verdad?

—Desde luego, estaría dispuesta a pagar. Una tarifa. Tal vez cien mil euros.

—¿Que... pagarías, dices?

—Sí, claro. Verás, estaba pensando... ¿recuerdas lo que te he contado durante la cena sobre la galería?

—Sí.

—Yo estaba en Ginebra porque tengo un inversor. Es un coleccionista serio y está dispuesto a financiarme. Ya había empezado a ocuparme de las cuestiones prácticas. Los fondos se encuentran actualmente en Osprey.

Ahora parecía interesado: empezaba a pensar como un hombre de negocios, no como un primo a punto de ser esquilmado.

—¿Osprey? Sí, conozco a alguien allí.

—Pero quiero mover los fondos. Mi cliente es muy... exigente. Deseo reunir una colección importante y soy consciente de que él se está arriesgando conmigo. Pero también necesita ser muy discreto... ¿entiendes? No le hace falta que todo el mundo se entere de lo que está comprando. Y a mí no me parece que Suiza sea un lugar tan discreto como antes. No desde el escándalo del UBS del año pasado.

—*Alors?*

—Así que quiero mover los fondos. Transferir el dinero. Pero debo hacerlo deprisa, porque me temo que mi cliente tiene un período de concentración bastante corto y, si no empiezo pronto a comprar piezas para él, podría perder la paciencia. La feria Shanghai Contemporary empieza a principios de septiembre y tengo que estar preparada. Y hay varios artistas que van a exponer en el Art Basel Hong Kong en primavera. No puedo perder el tiempo con trámites burocráticos. Así que he pensado que tú podrías ayudarme —concluí sencillamente, mirándolo a los ojos con fijeza, o tanto como lo permitía la luz de las velas flotantes y las nubes de vapor del jacuzzi.

—¿Qué es lo que has pensado?

—Jean-Christophe, no te conozco mucho, pero creo que puedo confiar en ti. Es una cantidad considerable: unos seis millones de euros. Quiero que me lo transfieras a una cuenta corporativa en Panamá tan deprisa como puedas. Quiero que quede todo arreglado para poder extraer fondos y mi propio sueldo de la cuenta como empleada de la empresa. Te pagaré cien mil euros; los ingresaré donde tú me digas. Nada más.

229

—¿Seis millones?

—Un Rothko barato. No es tanto, en realidad.

—Eres una joven llena de sorpresas.

—Cierto —respondí, antes de deslizarme bajo el agua—. Llena de sorpresas.

Me alegraba de haberme sacado el diploma de socorrismo. Era cierto lo que me había dicho el instructor: esas habilidades siempre acaban resultando útiles.

Así que pasé un fin de semana más bien agotador, mientras que Jean-Christophe pasó uno muy relajante. Luego, el lunes por la mañana, tomamos el helicóptero de vuelta a Ginebra y un taxi directo al edificio Osprey. Le dije a Jean-Christophe que yo no quería entrar, pero él me contestó que debía acompañarle o no estarían dispuestos a cerrar la cuenta. Al parecer, de todos modos, la bendición de los millones de Steve todavía planeaba sobre mí como un hada madrina. El conocido de Jean-Christophe estuvo incluso más adulador y servil de lo que lo había estado el gerente. Le di los códigos y al final decidí dejar los diez mil euros iniciales donde estaban. Nunca se sabe. Pensaba enviarle a Steve algo de ese precio en cuanto me hubiera establecido. Así estaríamos en paz. Si el contacto de Jean-Christophe en Osprey estaba sorprendido no lo demostró; aunque claro, esa es la clave en Suiza. Si tienes el dinero, puedes ocultar allí lo que te apetezca. Así que cuando salimos, Jean-Christophe era cien mil euros más rico y yo me había convertido en la orgullosa (y única) empleada de Gentileschi Ltd., registrada en Klein Fenyves, Panamá, con un sueldo de cien mil euros al año y disposición discrecional para efectuar compras de otros fondos adicionales a ingresar en la cuenta de mi elección. Todo sujeto a impuestos, todo accesible, todo seguro y todo a mi nombre. Se acabaron las conexiones con la transferencia Moncada o con la exigua cuenta de las Islas Cook.

Era demasiado temprano para una copa de celebración, así que nos estrechamos la mano torpemente en las escaleras del banco y yo balbucí algunas palabras en el sentido de que me pondría en contacto con él la próxima vez que fuese a Ginebra, aunque ambos sabíamos que no lo haría. Llegó su chófer, subió al coche y desapareció, aunque casi me conmovió que se quedara mirando por la ventanilla y aguardara hasta que empezaron a doblar la esquina para sacar su móvil. Me pregunté si sentiría que lo había utilizado como a un bobo y llegué a la conclusión de que seguramente sí, aunque no muchos bobos estaban tan bien pagados. En todos los sentidos.

Volví a pie al Bergues bajo una hosca llovizna. A juzgar por el abigarrado montón de bolsas que había en el cuarto de equipajes, cualquiera diría que había adquirido una cantidad sorprendente de cosas. Ahora podía darme el gusto de comprarme un conjunto elegante de maletas a juego. En cierto modo, sin embargo, esa perspectiva no me levantó el ánimo como esperaba. Con brusco cansancio, me dirigí al salón, pedí un café y entré en la web del *Corriere della Sera*. Ahí estaba: «Brutal asesinato de un hombre de negocios británico». Me forcé a leerlo todo lentamente tres veces. Ninguna mención de mi nombre. Solo: «La policía ha hablado con una colega de la víctima, quien confirmó que esta iba a reunirse con un cliente desconocido». Si la noticia salía hoy en Italia, seguro que aparecería mañana en la prensa inglesa, sobre todo porque agosto era una época con escasez de noticias. Pero yo estaba fuera de toda sospecha, ¿no? Rupert se habría puesto como loco al ver que el dinero era transferido a una cuenta suiza; pero ahora sencillamente había desaparecido. Osprey no le daría ningún dato sobre el destino de la transferencia, por muchos hilos que moviera el gordo de mierda. Ahora, además, yo había urdido toda una historia. Si Rupert llegaba a saber que me había reunido con Moncada e incluso si me localizaba, siempre podía decir que había descubierto la estafa del Stubbs y convencido a Cameron para que me dejara participar en el golpe por diez mil libras (la patética suma de dinero que una chica como Judith Rashleigh podría necesi-

231

tar). Que viendo que él no aparecía, había acudido sola a la cita y me había encargado de que el dinero se transfiriera a donde Cameron me había indicado. Y que no sabía nada más. Rupert podía culpar a Moncada, podía culpar a Cameron, podía culpar a quien quisiera, pero no tenía ninguna prueba contra mí. Y entonces, ¿por qué me había callado la implicación de Rupert ante la policía italiana? Por un tic residual de lealtad, para jugar limpio y no fallar a los míos. Una vez más, por esa fidelidad perruna a sus valores que había creído en su momento que habría de impresionarles.

Cerré los ojos. ¿Cuánto hacía desde la última vez que había podido respirar tranquilamente? Debía ponerme en marcha; recoger todo el maldito equipaje, tomar un taxi para la estación, dar el paso siguiente, y el siguiente. Pero no lo hice. Me quedé allí sentada, mirando la lluvia.

CUARTA PARTE

Fuera

Capítulo 21

*E*l Stubbs se subastó aquel invierno. Diez millones de libras a través de un marchante de Pekín para un cliente privado. Cinco millones de beneficio para el vendedor invisible de Moncada y una bofetada de proporciones colosales en la jeta de Rupert. El señor y la señora Tiger obviamente no leyeron la noticia de la venta, o si lo hicieron prefirieron mantener la boca cerrada. Yo intenté seguir el rastro del cuadro, solo para averiguar si había alguien de quien debiera cuidarme, pero desapareció del mapa. Estaría guardado en una caja fuerte, quizá con algunos de los Chagall requisados por los nazis, esperando para reaparecer en unas décadas.

He aquí unas cuantas cosas que suceden cuando has asesinado a alguien. Das un respingo al oír una radio. Nunca entras en una habitación vacía. El zumbido de lo que sabes nunca se silencia y, en ocasiones, aparecen monstruos en tus sueños. Con la desaparición del Stubbs, sin embargo, el último vínculo con mi propia vida se había quebrado silenciosamente. Hasta Roma, me daba cuenta ahora, no había hecho más que reaccionar acosada por las circunstancias. Había creído tener un plan, pero en realidad mi plan no pasaba de ser un intento de escapar del peligro a toda costa. Ahora las cosas habían cambiado. El incidente con Cameron había sido lamentable, desde luego, y la sombra del inspector Da Silva no dejaba de ser un incordio, pero a medida que fue pasando el tiempo descubrí que apenas dedicaba un pensamiento a ninguno de los dos. Un centenar de sospechas no constituyen una prueba, a fin de cuentas. Y ahora tenía una nueva vida.

Para cuando el cuadro se vendió, ya lo tenía todo organizado. Al salir de Suiza ya sabía sin asomo de duda a dónde iba a dirigirme. Como no creía que *Sexo en Nueva York* fuera un documental, nunca me había parecido que Nueva York tuviera mucho sentido; y además, Estados Unidos implicaba papeleo y embrollos con tarjetas verdes. Había considerado la clásica alternativa sudamericana, Buenos Aires, pero yo hablaba un español de colegiala; Asia, por lo demás, parecía demasiado remota. No es que vea mucho a mi madre, pero aun así no me gustaba la idea de vivir tan lejos. Le había enviado una postal antes de salir de Como, diciéndole que iba a pasar un tiempo viajando. Me entristecía un poco pensar que ella probablemente no esperaba mucho más de mí. Puesto que mi situación era absolutamente legal, Europa parecía tener mucho más sentido, y solo había una ciudad europea en la que deseara vivir: París. Había pasado allí mi año sabático, aunque el mío no se pareció demasiado a los años sabáticos de los que oí hablar en la universidad. Una serie de empleos de mierda para pagar el alquiler de un horrible estudio situado fuera del *Périphérique*, horas estudiando gramática francesa sin fuerzas, tras un horario nocturno, y visitas dominicales al Louvre cuando habría preferido quedarme durmiendo. Pobre de mí. Pero la ciudad me había impresionado como ninguna otra antes o después, así que en cuanto tuve la libertad de hacer lo que me apeteciera —por primera vez en mi vida— me dirigí allí sin dudarlo.

Mientras lo organizaba todo, pasé una semana y pico en el Holiday Inn del Boulevard Haussmann, la parte de la ciudad que menos me gustaba. Esas calles anchas que siempre parecen insulsas y polvorientas, con bloques de oficinas y turistas desencantados y despeinados por el viento. Abrí dos cuentas bancarias, una personal y otra profesional, y solicité una *carte de*

236

séjour: el permiso de residencia a largo plazo. Todo correcto.
No me hacía falta un plano de la ciudad para saber dónde deseaba vivir. En el distrito V, junto al río, por encima del Pantheón,
en las calles que bajan hacia el Luxembourg. Yo solía ir allí,
después de mis obedientes excursiones a las galerías, para mirar cómo jugaban los ricos al tenis en el jardín Marie de Medi-
ci, o sentarme junto a la fuente donde Sartre y De Beauvoir se
encontraron por primera vez. El barrio me había encantado entonces, y aún conservaba su hechizo en el aroma familiar a cas-
tañas asadas y a los plátanos que flanqueaban las calles. El apartamento que encontré estaba en un edificio de la Rue de l'Abbé
de l'Epée, junto a la Rue Saint-Jacques, en el segundo piso, y
daba a un patio pavimentado. Tenía una auténtica portera, una
mujer de cuerpo achaparrado y andares de pato, con una blusa
de lazo, unos pantalones holgados, una rígida permanente amarilla y un aire invariablemente mortificado. Creo que me acabé
decidiendo por la portera, en realidad, pero el apartamento tenía suelos de parquet dorado, al estilo antiguo, con las tablas
entrecruzadas como en el famoso cuadro de Caillebotte; un
baño inmenso, paredes blancas, vigas pintadas por encima de la
cama y toscas molduras en relieve de color carmesí y turquesa.
Rilke había vivido en esa calle, según descubrí en mi guía.

Lo primero que compré fue un espantoso Ule Anderson del
Paradise Galleries de Nueva York: un insulso lienzo verde con
una mancha fecal en una esquina. Hice que lo mandaran a la
oficina de Steve en Guernsey y le envié un mensaje de texto
con una carita sonriente: «Gracias por ayudarme a arrancar».
Había estado siguiendo a través del *Financial Times* los resul-
tados de mi pequeña incursión por el barco de Balensky y sabía
que a Steve le había salido bien la jugada. Había ocultado la
operación de la manera clásica, aumentando sus inversiones en
la industria hotelera al mismo tiempo que el grupo Rivoli, y
viendo cómo se catapultaban sus acciones cuando el Hombre
del Stan adquirió el consorcio. Una maniobra impecable y com-

237

pletamente legal. Pero Steve no me devolvió el mensaje; se había ido a Nueva York, o Dubái o Sídney, y me sorprendió descubrir que su silencio me dolía un poco. Quería enviarle algo de dinero a Dave, mi única amistad masculina noautista, pero no se me ocurría un modo de hacerlo que no llamase la atención. Además, él estaba cabreado conmigo.

No podía dejar pasar más tiempo sin resolverlo. Le envié un mensaje aprensivamente, preguntándole cómo le iba. Me respondió con la palabra «Bonham's», acompañada de un signo de admiración y una carita sonriente. Ningún beso, pero qué alivio. Bonham's no estaba arriba de todo como las Dos Grandes, pero era una casa de subastas decente y, al menos, Dave volvía a tener trabajo. Cuando respondí, preguntando discretamente si podía ayudarle de algún modo, él me escribió: «Solo tarifas de mercenario. Besos». Él solía bromear diciendo que habría acabado combatiendo como guardia privado en algún lugar tipo Somalia, como muchos de sus antiguos compañeros del ejército, pero que la pérdida de la pierna se lo había impedido. Me sentí encantada, aunque no del todo sorprendida, por el hecho de que me hubiese perdonado. Dave era lo bastante inteligente para comprender que los agravios son un modo absurdo de perder el tiempo.

A continuación, salí a comprar todo lo necesario. Primero en el Hôtel Drouot, un escritorio del siglo XVIII, un auténtico *bonheur du jour* con un compartimento secreto en la parte posterior y un revestimiento de cuero rosa repujado; luego en la Maison du Kilim, en Le Marais, una alfombra cuadrada anatolia en tonos bronce, esmeralda y turquesa; en Artemide, las lámparas; en Thonet, un sofá; en el *marché aux puces*, una *credenza* de palisandro del siglo XIX y una mesa de comedor *art déco*. Gentileschi Ltd. desembolsó por un Lucio Fontana la friolera de medio millón, pero podía permitírmelo. Lo vendería en su momento, y entretanto mi casa sería mi galería de arte. Encontré un *Susana y los viejos* «al estilo de Orazio Gentileschi», que no era nada del otro mundo, un simple trabajo de aprendiz, pero me gustaba: me gustaba el tenso espacio silencioso entre los miembros de la joven aterrorizada, la masa maligna de los dos viejos repulsivos susurrándole por encima del hombro. Lo colgué en la pared blanca de mi apartamento junto al Fontana y a un boceto de Cocteau de un perfil negroide con un pez en lugar de ojo. Incluso los aseguré.

Mi idea era pasar desapercibida un año, acostumbrándome a vivir tal como siempre había soñado. Después, si me parecía que no había peligro, podía empezar a comprar en serio. Cierto, Londres y París estaban muy cerca, pero las chicas guapas con novio complaciente que jugaban a ser galeristas abundaban. Eso sería lo que explicaría si llegaba a saberse en la Casa que Judith Rashleigh se había metido en el mundillo del arte. Y yo estaba decidida a hacerlo en serio. Pensaba reunir algunas piezas menos caras para exhibir junto con el Fontana, visitar las ferias de arte europeas para establecer contactos y luego empezar a hacer tratos. Sabía cómo se hacía, y si era capaz de contenerme y no derrochar el dinero, con el tiempo podría pensar en alquilar un local de verdad para una galería, empezar a viajar y buscar a los artistas por mi propia cuenta. Pero tenía que esperar, darme un tiempo para aprender, para sentirme tan segura como podía estarlo de que los dos viejos siniestros iban a seguir enmarcados en la pared.

No me aburría lo más mínimo. Para empezar, no dejaba de estar encantada con mi apartamento. A veces me pasaba diez extravagantes minutos simplemente... acariciándolo, pasando las palmas de las manos por los contornos de madera, resiguiendo la línea del sol que se colaba entre mis almidonadas persianas por los dibujos geométricos del kilim. Me encantaba cómo olían las habitaciones: una mezcla de cera de abeja, velas Trudon y tabaco. Me encantaba abrir una botella de vino y servirla en una de las pesadas copas *art nouveau* de color jade que había encontrado en un puesto de cachivaches, cerca del mercado

239

de flores. Me encantaba el pesado chasquido de la puerta al cerrarse y el silencio que reinaba en el interior. A veces el apartamento me hacía tan feliz que daba saltos desnuda por el amplio pasillo que iba del baño al dormitorio. No es que me divirtiera allí. Para eso existía lo que los parisinos llaman *la nuit*.

El París real es una ciudad pequeña, delimitada nítidamente por el cinturón protector de la *autoroute*. Los suburbios, atestados de *fonctionnaires* hastiados y chicos árabes marginados y violentos, no cuentan. Como cualquier ciudad, tiene sus tribus, pero están pulcramente ordenadas como muñecas rusas, una dentro de otra, con lo que las revistas llaman «*les happy few*» en el centro. Pero yo no estaba interesada en las fiestas sofisticadas ni en los niños ricos del París *ouest*; yo buscaba algo más especial. Tampoco hice ningún caso de los anuncios de la última página de *Pariscope*. Lo había intentado un par de veces durante mi año sabático: bares en sótanos con una escasa clientela de masturbadores maduros y turistas decididos a probar emociones fuertes. No me oponía por principio a follar con personas feas, soy demócrata en este sentido, pero ahora podía permitirme subir el listón. Así que primero fui a los sitios obvios, Le Baron y La Maison Blanche, incluso el pobre y anticuado Queen, en los Champs, y le Cab, en la Place du Palais Royal. Los frecuenté tan asiduamente que al final los matones de la puerta decían «*Salut, chérie*» y apartaban el cordón nada más verme. Me sentaba, charlaba, bebía; compraba coca para repartir y botellas de vodka malo de cien euros para bebérmelo con DJ lesbianas y *playboys* italianos, concentrándome sobre todo en las mujeres, siempre en las mujeres, hasta que el buzón de mi nuevo teléfono se llenó de besos y textos estúpidos. Cualquier otra habría creído que había hecho amistades.

Conocí a Yvette en una fiesta privada del club Castel, llena de chicos flacos con chaqueta de terciopelo y modelos con la cara ostentosamente desmaquillada. Llevaba un sombrero

Stetson blanco y bailaba sobre una banqueta (porque si estás loquísima no puedes bailar en la pista), bebiendo a morro de una botella de Jack Daniel's, haciendo girar un lazo desdeñosamente sobre una multitud de gays jovencitos y agitando unas rastas de color platino al ritmo de Daft Punk. Me gustó su estilo, tal como me gusta siempre la gente que va a su propio aire. Le ofrecí una raya y hacia las cuatro de la madrugada, la hora blanca, éramos amigas íntimas. Ella me presentó a la gente: Stéphane, un traficante que parecía un estudiante de filosofía; un par de modelos profesionales del Medio Oeste, ambas de metro ochenta, que parecían fuera de su medio natural; y un supuesto *vicomte* con traje de cuero Harley que decía ser productor de cine. Todos eran glamourosos, todos eran guapos.

Todavía más tarde, Yvette me llevó a un *after* en un ático del distrito séptimo: paredes de cobre corrugado *trompe l'oeil* y persianas *blackout* contra la luz del alba, un amasijo de cuerpos apiñados en torno a una mesa cubierta de libros de arte, mandíbulas masticando, narices aspirando, tratando de colocarse con una retrospectiva de Marc Quinn, y el aire sombrío, denso de nicotina e impostura. Una chica se levantó e inició un *striptease* impresionista, agarrando aproximadamente una barra imaginaria y arrancándose un andrajoso vestido Chloé de gasa de color melocotón. Unas cuantas manos, igualmente perezosas, se aferraron a sus pechos planos, manipulando los pezones morenos como botones de un estéreo anticuado.

—Me voy —le susurré a Yvette.

—¿Cuál es el problema, cielo? ¿No te va este rollo?

—A mí esto me gusta —dije, señalando a la chica, que ahora, totalmente ida, con la boca abierta como un bebé vampiro, se lanzaba hacia la entrepierna del tipo más cercano—, pero no así. ¿Entiendes?

Yvette asintió con complicidad.

—Claro, cielo. Nada de amateurs, ¿no?

241

—Nada de amateurs, lo has pillado.

—Llámame mañana, te llevaré a otro sitio mejor.

Ese otro sitio mejor fue una velada organizada por Julien, cuyo club, La Lumière, conocería más adelante. Me encontré con Yvette en el bar del Lutetia. Ella estaba sobria, aunque un tanto agitada. Las rastas del día anterior resultaron ser extensiones; su propio cabello era rubio platino, cortado a lo chico, y contrastaba con su piel oscura y su vestido recto Lanvin de color naranja, que había complementado con unas Louboutin de pitón. Nada de joyas. La examiné de cerca.

—Bonito vestido.

—Mango. Pero no lo digas.

—Tranquila. ¿Estás bien?

—Lo estaré en un minuto. ¿Quieres una de estas? Es solo un betabloqueante. Te desacelera, te quita la resaca.

—Claro.

Mezclé la pequeña píldora marrón con mi *kir framboise*.

Le pregunté desganadamente qué tal le había ido el día. Era estilista, me dijo. Yo le dije que trabajaba con cuadros. Ninguna de las dos tenía demasiado interés, en realidad, ahora que se había diluido el efecto de la coca, pero parecía importante hacer el esfuerzo aunque fuese por inercia.

—Bueno, ¿adónde vamos?

—¿Te he hablado de Julien? Tiene un club en el centro, pero también organiza fiestas. Algo un poco más especial.

—Suena perfecto.

A las diez, tomamos un taxi hasta Montmartre. Noté que ella observaba el taxímetro.

—Es que las noches de Julien —susurró con ansiedad— no son nada baratas, ¿sabes?

—No te preocupes. Yo te invito.

Su expresión se relajó visiblemente. Gorrona.

Julien nos recibió en el portal de una sombría casa adosada del siglo XIX. Un hombre menudo que compensaba su falta de planta con un esbelto traje italiano y unos zapatos Aubercy de costura inglesa, impecablemente lustrados: demasiado pulcro, en conjunto, para ser otra cosa que un tipo turbio. Yvette nos presentó y yo busqué la cartera en el bolso, pero él nos indicó despreocupadamente que pasáramos hacia el patio. «Luego, querida, luego.» En el interior del patio, los fanales de cristales de colores y unas discretas estufas eléctricas volvían templado el ambiente, a pesar del fresco de abril. Se me engancharon los tacones; bajé la vista y advertí que estaba caminando sobre una alfombra persa. Habían sacado sillones y pesadas tumbonas de caoba, maceteros de latón y mesitas de bronce dorado, para improvisar un salón al aire libre. Una joven de aire impasible con un largo vestido negro tocaba un arpa. Aquello habría parecido el escenario de una novela burguesa victoriana, de no ser porque las camareras que deambulaban con bandejas de Sauturnes helados y bocados de foie gras estaban desnudas, dejando aparte las botas negras con botones, los largos guantes de satén negros y los canotiers de paja con gruesas cintas negras de grogrén. Había unas treinta personas fumando y charlando a la luz cálida de unos recargados faroles Fortuny; las mujeres con sencillos y elegantes vestidos de noche, los hombres con traje oscuro.

243

—Uau —le dije a Yvette, y hablaba en serio. Ella sonrió, ahora con una auténtica sonrisa.

—¿Te gusta?

—Mucho. Gracias por traerme.

—Bueno… dentro de un rato cenaremos, y luego…

—Ya. Y luego —dije, devolviéndole la sonrisa.

Yvette saludó a varios conocidos y me fue presentando. Las mujeres empleaban el *vous* de cortesía; los hombres se inclinaban puntillosamente para besarnos la mano. Aquí no se observaba la ansiedad por demostrar estatus que había visto en el barco de Balensky; si la «carrera profesional» de Yvette no era exactamente la que ella pretendía, y yo sospechaba que no lo era, tampoco importaba. Con la belleza bastaba, y, de no ser por las sombras, la belleza se habría disipado. Habríamos podido estar perfectamente en una anticuada recepción nupcial, charlando de naderías y engullendo canapés, si no hubiera sido por las miradas con que nos estudiábamos abiertamente los invitados, por ese zumbido constante del radar del sexo. Una de las camareras tocó un pequeño gong y entonces todos desfilamos obedientes hacia el interior y cruzamos una antesala que daba a una escalera. Julien volvió a aparecer.

—Las damas, arriba, por favor; los caballeros a la derecha, ahí. *Voilà, comme ça.* La cena se servirá en quince minutos.

Seguí a Yvette por la escalera hasta una gran estancia con varios tocadores y con luces intensas, presidida por otra mujer de negro, bajita y seria, con la boca llena de alfileres. «Es una *main* de Chanel», me cuchicheó Yvette, pues así era como se llamaban las costureras que cosían a mano las cuentas y las plumas de los vestidos de alta costura. A nuestro alrededor, las mujeres se desnudaron y doblaron sus ropas, dejando a la vista una cara lencería de encaje color carne o de seda fucsia, y se enfundaron en pesados kimonos delicadamente bordados. El aire estaba cargado con la mezcla de nuestros perfumes. Mientras cada una se ataba su túnica, la pequeña costurera iba de aquí para allá con una cesta. Las mujeres, encaramadas en sus altos tacones y con sus hombreras cuadradas, parecían alongadas y extrañas, como criaturas de otra especie, lo cual, supongo, era como se esperaba que nos sintiéramos. La costurera, entre murmullos y comparaciones, prendía un adorno en un kimono, sujetaba una flor en un moño o en una gargantilla, enrollaba una cadena adornada con rubíes y plumas en torno a una muñeca. Después de examinarme a mí largo rato, hurgó en su cesta y sacó una exquisita gardenia de seda blanca, tan perfecta que me dieron ganas de olerla.

244

—Agáchese.

Incliné la cabeza y noté cómo sus dedos deshacían y volvían a atar mi sencillo moño.

—Nada demasiado recargado para usted, *mademoiselle*. *Très simple*. Sí, eso es.

Retrocedió, probó de añadir otro clip y acabó quitándolo.

—Perfecto.

Mientras ella seguía su recorrido, me senté ante uno de los tocadores. Tenía el pelo enroscado, con la flor sujeta en lo alto. Me habían dado un kimono de tono bronce oscuro, con un bordado blanco y azul cobalto cuyos pálidos pétalos quedaban realzados por el pespunte de seda. El tocador parecía el mostrador de Sephora, con todo tipo de cremas y cosméticos. Cogí un algodón, me quité mi maquillaje, demasiado moderno para ese ambiente, y lo sustituí sencillamente con un toque de pintalabios rojo oscuro. Mi imagen en el espejo me pareció extraña, como si Ingres me hubiera redibujado, y, al echar un vistazo alrededor, vi que las demás mujeres también estaban transfiguradas. Yvette llevaba una toga escarlata con amplias mangas hasta los codos, y tenía ambos brazos envueltos en una filigrana de cadenas doradas, entretejida con cuero y plumas de pavo real, semejante a la correa de un halcón de cetrería. La costurera dio una palmada para llamar la atención, aunque la estancia estaba sumida en un curioso silencio, sin las risitas y las exclamaciones que suelen oírse cuando las mujeres se arreglan juntas.

—*Allez, mesdames* —dijo con tono prosaico, como si fuéramos una pandilla de colegialas recorriendo dignamente las salas de un museo.

Entre un repiqueteo de tacones sobre el parquet, amortiguado por el frufrú de los pesados dobladillos, cruzamos el corredor hasta unas puertas dobles. Un discreto murmullo indicaba que los hombres ya aguardaban dentro. En la habitación, iluminada con velas, habían dispuesto mesitas entre sofás y sillas bajas. Los camareros lucían uniformes de satén negro, con

chaquetas de botonadura cruzada, cuya tela brillante contrarrestaba la rigidez almidonada de las camisas. Aquí y allá relucía un gemelo o un elegante reloj de oro a la luz de las velas, o
se insinuaba un monograma bordado bajo un vistoso pañuelo
de seda. El panorama habría resultado más bien ridículo y teatral si los detalles no hubieran sido tan perfectos; pero yo estaba hipnotizada, sentía que mi pulso se había vuelto lento y profundo. Advertí que Yvette se alejaba escoltada por un hombre
con una pluma de pavo real prendida en la manga; alcé los ojos
y vi que se acercaba hacia mí otro hombre, este con una gardenia como la mía en la solapa.

—¿Es así como funciona?

—Mientras comemos, sí. Luego puede elegir. *Bonsoir.*

—*Bonsoir.*

Era alto y delgado, aunque su cuerpo parecía más joven que
su rostro, algo endurecido y arrugado; tenía el cabello entrecano peinado hacia atrás sobre la frente despejada, y unos ojos de
párpados algo caídos, como un santo bizantino. Me guio hasta
un sofá, aguardó a que tomara asiento y me ofreció una sencilla copa de cristal de vino blanco, un vino limpio y con un toque mineral. Toda la formalidad tenía un punto juguetón, pero
a mí me gustaba esa coreografía. Obviamente, Julien valoraba
el placer de la expectativa. Las camareras semidesnudas reaparecieron con platitos de diminutos pasteles de langosta, luego
con lonchas de pato en salsa de miel y jengibre y, finalmente,
con unas tejas llenas de fresas y frambuesas. Simples simulacros de comida, nada que pudiera saciarnos.

—Los frutos rojos le dan al sexo de una mujer un sabor delicioso —observó mi compañero de mesa.

—Lo sé.

Había algunas conversaciones en voz baja, pero la mayoría
de la gente se limitaba a mirar y beber, deslizando los ojos de
uno a otro comensal, deteniéndose en los veloces movimientos
de las camareras, que tenían cuerpos de bailarina: cuerpos es-

beltos pero musculosos, con pantorrillas poderosas por encima de sus botas ceñidas. ¿Un pluriempleo en sus horas libres del *corps de ballet*? Entreví a Yvette al otro lado del comedor comiendo los higos rellenos de almendras que le daba su compañero con un tenedor de plata de púas afiladas: su cuerpo desplegado perezosamente como una serpiente, un muslo oscuro asomando entre la seda roja. Las camareras circularon solemnemente entre las mesas con unos apagavelas, atenuando las luces entre una nube de cera caliente. Entonces noté la mano de él en mi muslo, acariciándome en lentos círculos, con calma, y enseguida sentí una tensión de respuesta entre las piernas. Las chicas depositaron en las mesitas unas bandejas lacadas que contenían condones, frascos de aceite de monoï y lubricante decantado en cóncavos platillos para dulces. Algunos de los invitados se besaban, contentos con la pareja que les había tocado; otros se levantaban educadamente y cruzaban la habitación para buscar la presa que habían escogido anteriormente. Yvette tenía la túnica totalmente abierta y la cabeza de su compañero entre las piernas. Capté su mirada; ella sonrió con complacencia y luego se dejó caer hacia atrás sobre los almohadones, con la expresión de éxtasis de un drogadicto en trance.

247

Saint, mi compañero de mesa, había llegado en su lenta exploración hasta mi coño. Se detuvo, me desató el kimono y recorrió mi pecho con los dedos, retorciéndome suavemente el pezón. Me acordé de la chica de anoche, ciega de coca, gimiendo en aquel ático.

—¿Te gusta?

—Sí, me gusta.

Era cierto. Me gustaba cómo se movían sus manos sobre mi cuerpo, con toda fluidez. Me gustaba cómo trabajaba su boca, cuando empezó a deslizarme la lengua desde el esternón y siguió por todo el estómago hasta los labios de mi coño, donde el roce delicado se transformó en largas y húmedas pasadas, firmes, penetrantes. Abrí un poco las piernas.

—Más adentro.

Sin dejar de acariciarme con una mano, cambió de posición y se arrodilló en el suelo, de manera que sus ojos quedaron a la altura de los labios abiertos de mi coño. Me metió dentro un dedo, dos, luego tres, abriéndome totalmente, sin que su lengua se moviera de mi clítoris ni un solo instante. Cerré los ojos. Pero no: no bastaba. Quería más.

—¿Tienes algún amigo?

—Desde luego. Ven conmigo.

Nos levantamos, me tomó de la mano y miramos alrededor. Ahora la habitación estaba llena de cuerpos entrelazados y retorcidos, de suspiros de placer y murmullos amortiguados pidiendo más. Me señaló a un hombre que tenía montada encima a una morenita de piel blanquísima; él la apartó suavemente y la chica le buscó la boca a la mujer rubia tendida a su lado. El cabello de ambas se entrelazó mientras se besaban con pasión, a la vez que buscaban a tientas con las manos a otro hombre que se quitó la chaqueta y fue a sentarse entre ellas.

Incluso en esa penumbra favorecedora, el amigo de Saint tenía un aspecto gastado, juvenil pero pálido, y bajo su camisa con iniciales bordadas se adivinaba una barriga incipiente.

—*Mademoiselle* necesita ayuda.

Si no hubiera estado tan excitada, me habría echado a reír en ese momento. ¿Cuándo iban a dejar de lado esos falsos modales *fin de siècle*?

El amigo me tomó de la otra mano y salimos los tres juntos. Procuré caminar con cuidado para que no se me enredasen los tacones con el kimono mientras me llevaban a una reducida alcoba enteramente ocupada por un diván bajo y solo iluminada por un largo candelabro. Un quemador de incienso desprendía un denso aroma a canela y almizcle. Había varias correas de cuero que colgaban del techo como los zarcillos de una parra. Me agarré a una con ambas manos. Sentí la firmeza de mis largas piernas, noté los pechos tersos y erectos contra la seda fresca. Sabía que era bella, que era poderosa. Le hice un gesto a Saint y él se situó detrás de mí, forcejeó un momento con el condón y me penetró sin más, con firmeza y confianza, apoyando las palmas en mis nalgas, empujando enérgicamente.

—¿Te gusta?

Asentí, me llevé la mano al clítoris, cerré los ojos y me abandoné totalmente a sus embestidas. Las manos del otro me acariciaban la espalda, el interior de los muslos. Tensé la musculatura de la vagina, me apreté el clítoris con el pulgar. Me recorrían oscuras oleadas rojas y negras. Más adentro, más fuerte. Me corrí brutalmente, impulsándome con las caderas contra su polla, y sentí la explosión de su propio orgasmo antes de que ellos intercambiaran sus posiciones.

—¿Quieres follar más?

—Claro.

—¿Cómo te llamas?

—No tengo nombre.

—Quiero follarte por el culo. ¿Puedo?

Saint estaba tendido en el sofá, apoyado en un codo. Me pasó un platito de porcelana con lubricante, se incorporó y observó ávidamente.

—Adelante.

Inspiré hondo y me mordí el labio, preparándome para la primera punzada de dolor. Él tenía una polla preciosa y obviamente se sentía orgulloso de su tesoro. La insertó con habilidad, sin retroceder hasta que la tuvo completamente dentro, y, mientras, me introdujo los dedos en el coño hasta apoyarlos en la pared de carne que los separaba de su propio sexo. Gemí, me impulsé hacia atrás y empecé a apretar, oprimiéndole la polla y respondiendo a la presión. Me sentí inundada, llena a reventar. Quería que me llevara al orgasmo antes de correrse él. Me encantaba esto. Me encantaba sentirme taladrada por una polla bien dura; y en el culo lo prefería sin condón, sentir el bálsamo del esperma después del ardiente tirón inicial que te abría por

249

dentro. Ahora me dio una fuerte palmada en las nalgas con el canto de la mano.

—Otra vez. —Sentí el acelerón de la sangre, la exquisita tensión en mis nervios.

Él adivinaba lo que yo deseaba y volvió a hacerlo, esta vez con fuerza, y yo giré y me bamboleé, colgada de la correa.

—¿Así?

—Sí. Sí. Esto es lo que...

La bofetada me llegó de improviso, como el gancho de un boxeador en la mandíbula. Noté la vibración en los párpados.

—¿Y esto?

—Gracias.

—Ábrete más. Así, buena chica.

El cabello me caía por la cara; él lo sujetó en un nudo alrededor de su puño, echándome la cabeza hacia atrás y dándome un tirón al tiempo que me la clavaba, de tal modo que tuve la sensación de que su polla me atravesaba entera hasta la garganta. Era un amante fantástico. Me introduje dos dedos dentro y palpé el glande henchido a través de la delgada pared de carne. Siguió bombeándome hasta que me corrí una, dos, tres veces. Estaba toda sudada, y colgaba de la correa como una marioneta rota. Él me empujó hacia delante y pasó las correas por debajo de mis brazos, como ciñéndome con un arnés, sin dejar de follarme ni un solo instante. Me alzó los muslos, sujetándome con un brazo por las costillas, de manera que quedé suspendida contra él en un ángulo que le permitía penetrarme aún más a fondo. Yo no apartaba los dedos de mi clítoris; ya había dejado de contar. Jadeaba, gruñía, rugía deseando que se corriera, que me inundara, pero entonces noté que me liberaba las manos de las correas y me depositaba, abierta de par en par, sobre el diván, donde Saint estaba esperando boca arriba, otra vez dispuesto. Él me la sacó. Yo estaba empapada, tan mojada que Saint entró en mí al primer empujón con una velocidad y una profundidad que me arrancó un quejido; luego me eché un poco

hacia atrás, encontré el punto ideal y empecé a cabalgarlo con la cabeza gacha, bajo la cortina de mi pelo caído, mientras la voz de su amigo me susurraba rítmicamente al oído, sí, sí, así, cariño, fóllate esa polla, tómala toda, tómala, hasta que me vine otra vez notando que Saint daba una sacudida y explotaba dentro de mí. Rodé junto a él, cubierta de sudor bajo la túnica de seda. El amigo cogió una copa, se llenó la boca de vino y me atrajo hacia sí para que lo fuera sorbiendo de sus labios. El frescor se difundió por mis pulmones. Saqué tres cigarrillos de una caja que había aparecido en la mesita y encendí uno para cada uno. El amigo me tomó la mano y la giró para besarme en la muñeca; luego se alejó hacia el salón. Yo descansé sobre el pecho de Saint mientras fumábamos; él me acariciaba el cuello suavemente. Me sentía de maravilla, como si tuviera oro fundido por dentro. Saint cogió las colillas, me soltó y se echó hacia delante para apagarlas. Yo le di un leve beso en la comisura de los labios, captando el olor a tabaco fresco, me arreglé el pelo y volví a prenderme la flor caída.

—*Ça a été?*

Me volví a agachar, acercándole los labios al oído.

—Gracias. Has estado fantástico. Pero ahora voy a seguir.

—Adelante, querida. Diviértete.

Eso hice. Hasta que me sentí... ¿cuál era la palabra idónea? Aplacada. Cuando Yvette y yo salimos de la mano a la calle, varias horas más tarde y mil euros más pobre, sentí una oleada de cariño hacia ella, de profunda gratitud por haberme dado exactamente lo que necesitaba. Llevaba la tarjeta de Julien en el bolso, junto con la gardenia de seda estrujada.

—Podemos bajar al bulevar y buscar un taxi —dije.

—Creo que yo tomaré el metro. Todavía funciona.

Estábamos sobrias y nos tratábamos con una extraña cortesía, como si lo que cada una había visto hacer a la otra hubiera sucedido en un sueño, muy lejos de nosotras. Yo quería tener un detalle con ella.

—Te presto para el taxi. Mira, no tengo nada más pequeño. Ya me darás el cambio la próxima vez —dije, poniéndole un billete de 500 en la mano. Las campanas del Sacré-Coeur dieron las tres. Estábamos pasando frente a una panadería de la que salía una luz amarillenta y el dulce y espeso aroma de la mantequilla y la harina calentándose en los hornos.

—Quítate los zapatos.

—¿Qué?

Asomé la cabeza por la puerta entornada, agarré un par de *pains au chocolat* calientes y me los metí en el bolso, llenándolo todo de hojaldre desmigajado.

—El desayuno. Rápido.

Corrimos descalzas hacia Rochechouart, al principio impulsadas por la pendiente y luego ya sin poder parar de pura exaltación. Yvette empezó a reírse y yo también, ambas con los vestidos ondeando en torno a las rodillas, y al final la carrera y las risas ya eran lo mismo, y una voz de hombre gritó por encima de nuestras cabezas qué pasaba, lo cual nos hizo reír y correr aún más, hasta que al final de la calle nos detuvimos, agarrándonos la una de la otra, jadeando, secándonos las lágrimas de los ojos. En la alcantarilla se arremolinaba un agua morada; nos sentamos en el bordillo, con los pies doloridos en la maravillosa y sucia corriente y nos llenamos la boca con puñados ardientes de masa y chocolate, farfullando y tragando y chupándonos los dedos.

Capítulo 22

*F*ue unos meses más tarde cuando reparé en él en un café de la esquina de la Place du Panthéon. Desde que le puse la vista encima, presentí algo extraño. No había motivo aparente; era solo otro cliente de otro agradable local parisino. Durante el pegajoso verano de la ciudad, me había habituado a empezar la jornada allí, después de mis vueltas al Luxembourg y de una buena ducha. Quedaba apenas a un paseo de la Rue de l'Abbé de l'Epée y tenía una vista fantástica del severo monumento, a la derecha, y de los jardines, a la izquierda. Estaba siempre lleno de universitarios, envueltos en una densa humareda de Marlboro Lights en la terraza cerrada de fumadores. No eran tipos *hipster*, sino burgueses bohemios del sexto y el séptimo *arrondissement*, cuyo nivel económico se traslucía sutilmente en su tez, en el cuello de sus camisas, en el pelo reluciente de las chicas envuelto en pañuelos Hermès *vintage*. A pesar de no hablar nunca con ellos, siempre tenía la placentera sensación de que yo encajaba en ese ambiente. En un par de ocasiones, uno de los chicos me había saludado con un gesto, y también intercambiaba un «*Salut*» con algunas de las chicas, pero no pasaba de ahí. No podía tener ese tipo de amistades, aun cuando lo deseara.

Si quieres ser alguien anónimo, una persona de ninguna parte, debes conocer tus límites. Los niños ricos pueden hacerse los bohemios, pero la riqueza tiene largos tentáculos: unos tentáculos enlazados con una red de seguridad que puede constituir una trampa para incautos. Los niños ricos tienen familias, antecedentes, conexiones; y hacen preguntas porque su mundo se basa para funcionar en la posibilidad de situar con exactitud a la gente. Yo no podía correr ese riesgo. Aun así, seguía acudiendo al café y pedía mi *grand crème* y una *orange pressé*, y, al cabo de un tiempo, el camarero empezó a traérmelos sin que los pidiera, con esa eficiencia parisina que me hacía sentir de nuevo, agradablemente, que yo encajaba allí. Solía llevar conmigo un par de catálogos de subasta, además del *Pariscope*, para estar al día de los espectáculos y pases privados, y de *Le Monde*, para poder mantener una conversación. Suponiendo que necesitara mantenerla. Por supuesto, cada día revisaba la prensa *online* como medida de seguridad.

El tipo no destacaba de inmediato entre la abundante clientela de primera hora; es posible que hubieran pasado varios días antes de que me percatara de su presencia. Pero cuando lo hice al fin, como digo, mi cuerpo registró una tensión que comprendí que estaba allí desde hacía cierto tiempo. No era un abogado o un banquero impecable, sino uno de esos hombres de negocios franceses torpemente vestidos que pueden verse a veces, con chaquetas demasiado cuadradas y corbatas demasiado estridentes para una nación tan famosa por su *chic*. Un funcionario o un cargo intermedio de algún tipo. Su camisa azul ostentaba un monograma por encima de una barriga poco saludable que parecía adquirida recientemente: la grasa sobrante de un hombre que está demasiado ocupado o demasiado solo para seguir preocupándose. Pero la camisa misma era barata, con mangas abotonadas, y las iniciales en la pechera parecían más bien un simulacro cosido seguramente en una tintorería. A partir de ese día, empecé a observarlo con atención. Ninguna alianza, zapatos de mala calidad, normalmente un ejemplar de *Le Figaro* en la mano. Pedía un expreso doble, servido con un vaso de agua que él nunca probaba. Daba la impresión de que su aliento debía de ser seco y rancio. ¿Cuánto tiempo tardé en darme cuenta de que me estaba observando?

Al principio, supuse simplemente que yo le gustaba. No me di por enterada ni con los ojos ni con una leve inclinación de cortesía; no era para nada mi tipo. Luego pensé que quizá se había enamorado un poco de mí: estaba ahí siempre cuando yo llegaba y permanecía a su mesa hasta que me fumaba con delectación mi cigarrillo tras el desayuno, recogía mis cosas y dejaba en el platillo seis euros cincuenta. Empecé a mirar por encima del hombro mientras me dirigía a la puerta y doblaba a la derecha hacia la plaza. Él siempre tenía los ojos fijos en mí, agazapados tras el horizonte de su periódico doblado. Empecé a asustarme. Le saqué una foto con mi móvil mientras fingía hacer una llamada y la estudié. Aún me decía a mí misma que era solo por simple precaución. No saqué nada en claro. Una cara del todo anodina. No le conocía. Era solo un chiflado sentimental de mediana edad con una secreta pasión por una chica de melena ondeante y gustos refinados en sus lecturas.

Supe que me seguía cuando bajé una tarde a comprar tabaco al súper árabe de la esquina y lo vi en la parada de autobús que quedaba un poco más abajo, hacia el bulevar, leyendo todavía su maldito periódico. Primero me dije que era una coincidencia. Estábamos en París, a fin de cuentas, una ciudad compuesta de barrios donde reconocías a la gente de tu propio *quartier*. Era perfectamente posible que viviera en los alrededores, en un estudio de veinte metros cuadrados con una gran pantalla plana y una librería de Ikea con las fotos de los hijos que había tenido con su exmujer. Pero no: estaba segura. Me bastó reconocerlo en ese instante denso y revelador para que los monstruos emergieran en tropel, riendo y farfullando, pellizcándome la piel helada con sus pulgares mutilados. Él me vio, y yo contemplé en esa mirada cómo se desmoronaban los muros que con tanto cuidado había construido a mi alrededor, como si su aparente solidez se desvaneciera en el aire.

255

Me sentí agredida, acosada. Tuve el impulso demencial de bajar corriendo por la acera y empujarlo bajo las ruedas del tráfico. No lo hice, por supuesto. Entré en el súper y me demoré comprando varias cosas que no necesitaba: productos de limpieza, chicle, un paquete de bayetas; me entretuve buscando las monedas y charlando amablemente con el hijo de la pareja que regentaba el negocio. Cuando al salir eché un vistazo calle abajo, un autobús se alejaba de la parada, pero él seguía allí. Tal vez había quedado con alguien o estaba esperando... No. Únicamente me esperaba a mí. Procuré respirar con calma mientras caminaba, pero no pude evitar volverme cuando introduje el código de la puerta. Le grité «*Bonsoir*» a la portera, aunque normalmente solo lo hacía al salir, para que el tipo supiera que allí había otro ser humano, si es que estaba acechando a mi espalda, entre las sombras del anochecer. Entré en mi apartamento, solté la bolsa de plástico y me apoyé en la pared. No encendí la luz. Qué importaba quién pudiera ser. Podía pedir ahora mismo un taxi para el aeropuerto.

256

Cada día, después de mirar las noticias internacionales en el portátil, revisaba mi bolso de viaje: un sencillo bolso de cuero que le había comprado a un vendedor callejero tunecino. Cinco mil euros en metálico y lo mismo en dólares, todo cambiado en billetes pequeños en el tugurio para turistas del Barrio Latino y metido en calcetines deportivos de felpa. Unas cuantas mudas de ropa, artículos de tocador, un par de libros de bolsillo, un Rolex de acero todavía en su estuche y unos ordinarios pendientes de oro, por si acababa en algún lugar donde el dinero no funcionara, así como fotocopias de mis documentos y de los papeles de los cuadros. No era un equipo profesional para fugarse, pero yo creía que serviría.

Y sin embargo, ahora tenía la morbosa sensación de que fuera cual fuese el vuelo que tomara, me giraría cuando se apagasen las luces de los cinturones y lo vería a él, unas filas más atrás, espiándome. Basta. Todo esto era demencial, absurdo. Si me seguía era porque quería algo. Siempre es lo mismo: el deseo y la falta. «Encuentra el hueco entre ambos, Judith.» Saqué mi móvil y volví a buscar la foto del tipo, al tiempo que revisaba de nuevo mi memoria, mi extraordinaria retentiva para las caras. Todavía nada. Me serví una copa enorme de coñac y encendí un cigarrillo. Mi teléfono parecía enviarme destellos silenciosamente. Era para volverse loca. ¿A quién vas a llamar, cuando estás sola en la noche? A nadie, a nadie.

El timbre de la calle sonó con la misma fuerza que si el cable hubiera estado conectado directamente a mis tendones. Apagué el cigarrillo, dejé la copa con cuidado en el suelo y me deslicé hasta la ventana. Una de las cosas que me encantaban del piso eran los asientos de la ventana empotrados en los gruesos muros del siglo XVIII. Me coloqué de lado sobre el cojín y escudriñé el patio, tratando de atisbar sin mostrar mi silueta. El timbre volvió a sonar. Antes de que pudiera contar hasta diez, sentí, más que oí, el zumbido eléctrico del interfono en la portería. La puerta se abrió con un chasquido y volvió a cerrarse pesadamente. Había entrado. Vi su silueta en el umbral de la portería, recortándose sobre el resplandor de la televisión de la portera. Imposible saber lo que el tipo estaba diciendo. Entonces ella, con el máximo grado de fastidio galo, se levantó de su cómoda butaca, salió de la portería y cruzó el patio hasta la escalera.

Contuve el aliento. La mujer subió trabajosamente las escaleras; la oí rezongar en portugués. Tocó mi timbre. Me mantuve tensa e inmóvil como un gato a punto de saltar. Un timbrazo más y luego los pasos pesados de sus zapatos ortopédicos alejándose, un crujido en la barandilla de madera. Reapareció abajo y volvió hasta donde aguardaba el tipo. La vi agitar la mano, menear la cabeza desdeñosamente. Él retrocedió hacia el patio, cuidando —observé— de situarse justo debajo del foco de seguridad, de manera que su rostro no fuera visible. Pero yo notaba que estaba mirando. Dijo: «*Merci, madame*», pulsó el botón iluminado que había junto a la puerta de la calle, en un estuche de plástico, y luego desapareció.

Me costó un rato levantarme. Me sentía como una anciana. Cerré bien la puerta del baño antes de encender la luz y darme una larga ducha, con el agua tan caliente como pude resistir, siguiendo mecánicamente los pasos habituales: jabón, crema exfoliante corporal, aceite limpiador, gel facial, exfoliador, champú, acondicionador. Me depilé las piernas y las axilas, me apliqué una mascarilla hidratante, pasé varios minutos untándome crema corporal, aceite monoï en ciertas zonas, desodorante, perfume. Me maquillé la cara: prebase, base, corrector, polvos bronceadores, colorete, gel para cejas, lápiz de ojos, rímel; luego puse la cabeza hacia abajo y me sequé el pelo. Todo lo cual no impidió que me siguieran temblando las manos, pero me calmó lo suficiente como para poder pensar. Escogí un vestido APC gris, corto y con vuelo, y unas medias con ligas negras, y añadí al conjunto unas botas hasta los tobillos, un pañuelo, unos pendientes de diamantes y mi gabardina Vuitton. Llamé a Taxis Bleus, me bebí un vaso de agua mientras me ponían en espera, pedí un taxi, cerré la puerta con la llave, vacilé en el descansillo, busqué las llaves en el bolso y volví a revisar la cerradura.

258

La portera todavía estaba concentrada en su telenovela brasileña. Una mujer con unos pechos esculturales inverosímiles y unas nalgas por el estilo ceñidas en un traje chaqueta desternillante le gritaba en portugués a un hombre con bigote de aspecto culpable. Cada vez que gritaba, veías cómo temblaba todo el decorado.

—Disculpe, *madame*. Siento molestarla, pero ¿ha habido algún mensaje para mí?

Había habido una visita, un hombre, pero no había dejado su nombre, para qué servían todos esos móviles, le habría gustado saber a ella, en vez de andar molestando a la gente de noche, no, no, ningún mensaje, pero había preguntado por mí, sí, por *mademoiselle* Rashleigh, como si ella no tuviera nada mejor que hacer que andar subiendo y bajando escaleras toda la noche, no, seguro, ningún mensaje, tampoco había dicho si volvería, y si volvía que hiciera el favor de llamar directamente a *mademoiselle*, caramba, es que hay que ver, ¿no?, la gente ya no tiene modales. Y así siguió y siguió hasta que yo hube asentido las veces suficientes para que se aplacara y coincidido con ella en que la gente era espantosamente desconsiderada, sobre todo en lo relativo a su cadera lisiada, hasta que el taxi tocó la bocina con impaciencia en la calle y yo me marché apresuradamente entre una profusión de «*vous*» de cortesía y expresiones compasivas.

Aún era temprano, apenas acababan de dar las doce, cuando llegué a la Rue Thérèse. Había visitado el club yo sola varias veces desde la fiesta en casa de Julien, y me gustaba mucho cómo funcionaba. La norma de acceso de Julien era democrática aunque voluble, manteniendo el equilibrio entre los dos poderes que importan en el mundo de la noche: el dinero y la belleza. Cuanto más atractiva eras, menos pagabas, aunque la cuenta que entregaban discretamente a los clientes cuando salían del club seguía siendo desorbitada. El coste garantizaba el secreto: el club La Lumière tenía fama de ser frecuentado por algunas figuras muy respetadas, pero a pesar de (o debido a) su notoriedad nunca había reporteros acechando junto a la sencilla puerta negra. El interior del club no tenía nada de sencillo. Mientras me dirigía a la barra y pedía un coñac horrible (el coñac en estos locales siempre es horrible), advertí que las banquetas habían sido retapizadas con piel de cebra y me pregunté, como siempre en estos casos, qué era primero, el decorado o el instinto. ¿Acaso están programados los europeos para asociar las pieles animales, la pintura roja y el cuero negro con el sexo, o es solo cuestión de costumbre? Aunque, bien pensado, resultaba difícil imaginar un club de orgías decorado con colores neutros y elegantes.

No había ni rastro de Julien en la barra, así que me bajé del taburete, crucé la pista de baile y entré en el cuarto oscuro. Ya había varios grupos en los divanes. Una morenita delgada estaba en el centro de una conexión en serie con tres tipos —uno por la boca, otro por detrás y otro por debajo— y los gemidos de placer que emitía regularmente reverberaban como suspiros entre las paredes satinadas. Aunque en general, los murmullos y los gritos solía ser decorosos, sin ánimo de ostentación; la clientela aquí venía en busca de acción, no a dar espectáculo. Un hombre joven, muy joven, me miró con expectación. El pelo castaño le llegaba un poco por debajo de una recia mandíbula. ¿Sudamericano, quizá? No me habría importado, pero no tenía tiempo esta noche. De mala gana, negué con la cabeza y volví a recorrer el pasillo cuyas puertas negras lacadas daban a los cubículos individuales para cambiarse (con ducha, espejo y artículos de tocador Acqua di Parma gentileza de la casa). Ahora sí encontré a Julien en la barra. Me hizo una seña cuando me vio acercarme.

—Hoy no puedo quedarme —le dije—. ¿Tiene un momento? Me gustaría hablar con usted.

Julien pareció desconcertado y un poco ofendido. Esa no era forma de comportarse. Pero noté que tampoco parecía del todo sorprendido. Lo seguí por la escalera hasta el exiguo vestíbulo con cortinas de terciopelo. Me incliné sobre el mostrador, dejando que entreviera los billetes de 500 euros que tenía en mi mano enguantada de negro.

—Lamento molestarle —esta era la noche de las disculpas, no cabía duda—, pero necesito saberlo: ¿ha pasado alguien por aquí buscándome? ¿Un hombre? Es muy importante.

Julien se tomó su tiempo, recreándose en mi expectación.

—Sí, *mademoiselle* Lauren. Vino un hombre preguntando por usted. Tenía una foto.

—¿Una foto?

—Sí, de *mademoiselle* y de otra joven.

—¿Qué aspecto tenía la otra?

—No sabría decirle, *mademoiselle*.

Le pasé un billete.

—Quizás un pelo poco corriente. Rojo tal vez.

Leanne. Mierda. Tenía que ser Leanne.

—Y usted... ¿le dijo al hombre que me conocía?

Julien tenía los ojos en el segundo billete. Cerré ligeramente la mano.

—Naturalmente, *mademoiselle*, le dije que no la había visto en mi vida.

—¿Dijo algo más? ¿Cualquier cosa?

—No. Nada. Estuvo muy correcto.

Le di el otro billete, que él procedió a guardarse en el bolsillo sin dejar de sostenerme la mirada.

—¿Quiere darme un número? Puedo avisarla si vuelve a aparecer por aquí.

Me pregunté a quién quería engañar Julien. También cuánto le habría pagado el tipo. Nos llegó desde abajo una música amortiguada y el ruido de unos tacones cruzando la pista. En ese sótano resultaba muy fácil mostrarle a la gente quién eras de verdad; lo cual le confería al lugar una curiosa dulzura. Eso lo sabíamos los dos, Julien y yo. Él traficaba con la diferencia entre los dos mundos. No podía echarle en cara su codicia.

—No, no, gracias. Ya nos veremos.

—Siempre es un placer, *mademoiselle*.

Caminé despacio hacia el río y pasé a través del Louvre hasta los *quais*. Siempre tan absurdamente hermoso, París. No había cenado, pero no tenía hambre. Llamé a Yvette, que no me atendió, porque ahora ya nadie atiende al teléfono, pero me devolvió la llamada al cabo de unos minutos.

—Eh, *chérie*.

Hacía una eternidad que no hablábamos; desde la fiesta de

Julien, de hecho, pero en el mundo de *la nuit* todos son *chérie*. Sonaba de fondo un gran alboroto de música y conversación. Ella debía de haber salido a una zona de fumadores atestada de gente bajo las luces de colores y la estufa de exterior.

—Necesito un favor. ¿Me puedes mandar un mensaje con el número de Stéphane, por favor?

—¿Stéphane? ¿Vas a montar una fiesta?

—Sí. Algo parecido. Una privada.

—Claro. Que te diviertas. Y llámame, *chérie*!

Aguardé a que me llegara el mensaje y luego mandé uno por mi parte: «Soy una amiga de Yvette. Necesito un pequeño favor. ¿Puedes llamarme a este número? Gracias».

No me atrevía a enfrentarme al apartamento todavía, así que giré a la izquierda y me dirigí a Le Fumoir. Stéphane tardó una hora en responder y para entonces yo ya me había bebido tres Grasshopper y empezaba a sentirme un poco más en paz con el mundo.

—Hola, ¿eres la amiga de Yvette?

—Sí. —Dudaba que me recordara de la noche del club Castel, pero casi mejor ser otra persona, mantener las distancias—. Me llamo Carlotta. Gracias por devolverme la llamada.

—¿Así que necesitas algo?

—Sí, para una amiga. Pero no lo de siempre. Algo... ¿marrón? —Mi francés no estaba a la altura para esta clase de cosas. Me sentí ridícula.

Él titubeó.

—Ya veo. Bueno, te lo puedo conseguir. Pero no esta noche.

—Si lo tienes mañana por la tarde, perfecto.

Quedamos en que él se reuniría con la «amiga de Carlotta» a las ocho, en el café del Panthéon. No me preocupaba que mi amigo, el lector de *Le Figaro*, pudiera estar allí. Él ya habría hecho las maletas y tomado el primer Eurostar a Londres para informar a quienquiera que lo hubiese contratado. Me había visto, había confirmado mi nombre y mi dirección. Si tenía esa foto de mí y de Leanne debía de proceder de Londres. Alguien en Londres estaba intentando localizarme. Ahora me arrepentí de los Grasshoppers. Necesitaba tener la cabeza clara.

Me obligué a levantarme a las seis, nerviosa y soñolienta. Tenía el equipo para correr junto a la cama; nada de excusas. Anoche había comenzado a llover cuando volvía a casa, pero ahora el sol de finales de otoño brillaba en el cielo con un tono amarillo narciso y la ciudad parecía fregada, luminosa. Me sentí mejor a la segunda vuelta al Luxembourg, corrí unos esprints, hice abdominales y estiramientos sobre la hierba húmeda. Regresé con un trote lento a la Rue Abbé de l'Epée, repasando el programa del día. Primero al distrito décimo, donde había locales especializados en peinados africanos femeninos; luego a Belleville, a una farmacia; una parada técnica en un café para investigar un poco, la vinatería Nicolas del barrio para comprar una botella y una cita con el médico que debía concertar. Con eso agotaría casi todo mi tiempo. Me dejaría una hora para bañarme y arreglarme para el encuentro con Stéphane.

El tráfico de drogas había evolucionado desde la última vez que había comprado heroína en Liverpool. Stéphane, para empezar, era blanco. Yo me había instalado en la terraza, a pesar de la densa humedad que había seguido a la mañana perfecta de otoño, incluso amenazando lluvia; pero cuando él llegó con su maqueada Lambretta *vintage*, no lo identifiqué de inmediato entre la multitud intelectualoide. Flaco y formal, con un bonito/horrible corte de pelo años ochenta y unas pesadas gafas de montura negra, se notaba que hacía todo lo posible para no parecer un camello. Vi que escaneaba lentamente a la clientela apretujada bajo el toldo y me incorporé un poco para que el brillo de mi pelo destacara entre la gente. Era un poco horrible, esa peluca, pero había hecho con ella lo que había podido, enros-

263

cándola en un moño desordenado para que pareciese más natural y ciñéndome el cuello con mi gran bufanda Sprouse para que no se me viera la nuca. Iba vestida de modo informal, pero con un exceso deliberado de maquillaje. Empezamos a hablar en inglés. Yo me preguntaba hasta qué punto resultaría convincente mi antiguo acento después de tanto tiempo, pero supuse que Stéphane no sería capaz de captarlo con tal precisión. Tomó asiento, aguardó a que viniera el camarero y pidió un expreso; luego dejó un paquete de Camel Lights sobre la mesa junto a mi Marlboro Gold. Sonrió con aire alentador. ¿En serio le parecía que yo estaba atractiva?

—¿Así que conoces a Yvette? —dijo. Yo me relajé. No había de qué preocuparse, no me había reconocido.

—Un poco. Soy amiga de Carlotta.

Nos quedamos unos momentos callados.

—Bueno, pásatelo bien. ¿Quieres mi número fijo?

—Claro.

Lo introduje en la agenda del teléfono.

—No voy a estar aquí mucho tiempo, pero nunca se sabe.

—Bueno, pues adiós.

—Adiós.

Revisó su móvil mientras arrancaba la moto, sin duda consultando los datos de la siguiente entrega. Seguramente tenía una aplicación especial, pensé. Aguardé a que desapareciera y luego me abrí paso hasta el baño y me quité la peluca. Apretujada en mi bolsa, tenía un aspecto espeluznante, siniestro; pero si existía la posibilidad de encontrarme a Leanne de camino a casa, no podía arriesgarme a perderla.

Si me hubierais preguntado cómo sabía que Leanne iba a aparecer, no habría sido capaz de explicarlo con claridad. De algún modo, intuí que era lo más verosímil que podía suceder. Si Da Silva hubiera querido detenerme, me habría detenido de entrada, sin darme tiempo a desaparecer. Presuponiendo que mi nuevo amiguito tenía un contacto en Londres, y considerando el comentario de Julien sobre el pelo de la otra chica, Londres tenía que significar Leanne.

No apareció hasta pasadas las diez, cuando yo ya había empezado a dudar. Me sentía angustiada; quizá mi despreocupada tranquilidad respecto a Da Silva había sido un error. Me duché y me puse un pijama blanco masculino de Charvet. Me había cuidado de regalarle a la portera un horrible ramo de crisantemos envueltos en celofán para aplacarla por las molestias que pudiera causarle recibiendo a algún invitado tan tarde. Encendí velas, me serví una pensativa copa de vino tinto, puse en el estéreo el concierto para piano número 21 de Mozart y dejé abierta sobre el brazo del sofá la última novela de Philippe Claudel. Una noche deliciosa en casa. El zumbido del interfono, un chasquido, otro zumbido. Voces, pasos de zapatos ortopédicos, un redoble de tacones en las losas del patio. «*Allez-vous par là*», los tacones en la escalera, el timbre.

—¡Ay, por Dios! ¡Leanne, qué sorpresa! Vamos, entra. ¿Cuánto ha pasado ya?, ¡más de un año! Una eternidad. ¡Estás fantástica! Pasa.

En realidad, me alegró observar que no tenía un aspecto tan fantástico. Estaba delgada, pero se le veía la cara pálida e hinchada, con unos puntitos en el maxilar tapados con un montón de corrector blanquecino. El pelo aún lo tenía de un rojo salvaje, pero ya sin las mechas doradas, lo cual le daba a su piel un tono todavía más apagado. Llevaba el bolso de Chanel que habíamos comprado en Cannes, aunque bastante magullado; su abrigo de color canela era sin duda de unos grandes almacenes y las puntas de sus botas se veían muy gastadas.

—¡Pero mira tú qué piso! Es guay.

—Es solo de alquiler.

Seguí su mirada alrededor del salón. Ella no podía saber que el sencillo sofá negro era un Thonet, ni que el dibujo de Coc-

265

teau era auténtico, suponiendo, claro, que hubiera oído hablar de Cocteau, pero mientras la observaba repasarlo todo, sentí con placer que mi apartamento hablaba a las claras de buen gusto. Y del dinero necesario para satisfacerlo.

—Aun así. Parece que te va muy bien.

Bajé la vista.

—¿Te acuerdas del tipo del barco?, ¿Steve? Bueno, pues nos hemos ido viendo desde entonces, de vez en cuando. Él me echa una mano. Y yo tengo un nuevo trabajo, un empleo como marchante de verdad. Así que... todo bien.

Ella me atrajo hacia sí y me estrechó en un abrazo perfumado de Prada Candy.

—Qué bien, Jude. Enhorabuena. —Sonaba como si lo sintiera realmente.

—Vamos a tomar una copa. Habría comprado una botella de Roederer si hubiera sabido que venías —dije sonriendo. Le mostré mi propia copa llena y saqué otra para ella del aparador. Leanne dio un largo trago y hurgó en su bolso buscando el tabaco. Me senté a su lado en el sofá y nos pusimos a fumar.

—¿Y tú cómo estás? ¿Todavía en el club?

—Sí. Pero ya estoy un poco cansada. —Tenía menos acento ahora, sonaba más bien como una londinense, lo cual hacía que pareciese mayor. El tono chispeante había desaparecido.

—¿Cuándo has llegado? ¿Y cómo es que estás en París?

—Un tipo del club. Me propuso un fin de semana, ya sabes.

Yo respondí entusiasmada.

—¡Qué guay! ¿Te has alojado en un sitio bonito?

—Sí, de puta madre. El no-sé-qué de la Reine, ¿sabes cuál digo? En esa plaza. —Perfecto; creía que me lo estaba tragando—. Y bueno, hmm, luego me enteré de que estabas aquí y se me ocurrió hacerte una visita.

—Te enteraste de que estaba aquí. Vale.

Dejé que el silencio se prolongara hasta que ella me miró con aire suplicante, como si hubiera perdido el hilo.

—Me alegro mucho de verte —musitó—. Nos lo pasamos bomba, ¿no?, en Cannes.

—Sí. Bomba.

El concierto número 21 resulta un poco obvio para los gustos exigentes, pero hay una tensión en él, en el prolongado intervalo entre las notas, que me pone los nervios de punta. Caminé descalza sobre el parquet, desenchufé el móvil del cargador y dejé que Leanne viera cómo lo apagaba. Sin una palabra, ella sacó el suyo e hizo otro tanto. Le tendí una mano y ella me lo entregó, como hipnotizada. Los coloqué los dos, uno junto a otro, encima de la mesa. Me senté en el otro extremo del sofá. Di un sorbo de vino, metí las piernas bajo mi cuerpo y me incliné hacia delante.

—Leanne. Dime, por favor, por qué estás aquí. Obviamente, no es una coincidencia. ¿Cómo sabías siquiera que estaba en París, y no digamos dónde vivo? ¿Estás metida en un aprieto? ¿Puedo ayudarte?

Noté que estaba calibrando cuánto podía contarme, y comparándolo con lo que ella suponía que yo sabía. Lo cual no era mucho, ahora mismo.

—Leanne, ¿qué ocurre? No podré ayudarte si no me lo dices.

No pregunté nada más. Permanecimos sentadas en el sofá como un terapeuta y su paciente hasta que la música llegó a su sereno y prolongado final.

—Vino un tipo al club preguntando. Tenía una foto. Era de un pase de seguridad de ese sitio donde antes trabajabas.

Endurecí un poco mi tono.

—¿Y qué le contaste?

—Nada, te lo juro. Yo estaba cagada. Olly te reconoció; dijo que no tenías aspecto de llamarte Judith. Lo único que yo dije fue que te habías largado. Nada más, te lo juro.

—¿Por qué juras tanto? ¿Cuál es el problema?

—No sé. Pensé que era sobre... bueno... ya me entiendes...

267

sobre James. Así que mantuve la boca cerrada. Pero había otra chica que solo llevaba en el club un par de semanas, una chica que empezó después de que tú te fueras. Ashley. Rubia, muy alta, ¿sabes? Ella le dijo al tipo que te conocía.

Ashley. La puta de la fiesta de Chester Square. *Quelle horrible surprise*, joder. Miré a Leanne, que iba por la segunda copa y encendía un cigarrillo detrás de otro. Me arrepentí de mi actitud. La creía; ella no había dicho nada. La que me había delatado era una rusa de mierda a la que había visto por última vez con la polla de un desconocido en la boca.

—¿Qué pasó después?

—Salieron a la calle a hablar. Luego el tipo se marchó. Intenté averiguar de qué habían hablado, pero ella era una zorra engreída. Una jodida rusa. De todos modos, se largó unas noches más tarde. Despedida. La pillaron con un cliente.

—No me extraña. Y el tipo, ¿cómo se llama?

—Cleret. Renaud Cleret. Es francés.

Si lo de Ashley había sido un shock, aquello me noqueó como un puñetazo en el plexo solar. Me eché a reír como una loca.

—¿Dónde está la gracia?

—No, nada. Perdona, Leanne. Es que, bueno, es un nombre tan francés, ¿entiendes? Renaud Cleret. Como de película mala. En fin, no importa.

Y entonces me contó el resto. Que le había entrado pánico, que había creído que lo de James había salido a la luz. Que había tratado de enviarme un mensaje, pero que naturalmente yo había cambiado de número. Así que había ido a British Pictures y sobornado a las recepcionistas hasta que la dejaron pasar y hablar con Rupert.

—Tu antiguo jefe, ¿sabes?, al que siempre estabas imitando. Y lo imitabas de maravilla, me di cuenta al conocerlo.

Y Rupert le había dicho que sospechaba que yo estaba metida en una trama de falsificación, que necesitaban localizarme, en parte por si yo estaba jugando con la reputación de la Casa, y en parte porque se sentían preocupados por mí. Qué conmovedor. Había insinuado de forma amenazante que las cosas se podían poner muy feas, que yo seguramente no sabía que estaba jugando con fuego. Así que había contratado a Cleret, le explicó, para localizarme. ¿Estaría Leanne dispuesta a hablar conmigo? Cleret se ocuparía de comunicarle mi paradero; ella solo debía hacerme una visita. Le pagarían el billete a París, más una cantidad adicional. Rupert subrayó que era urgente, que estaba muy preocupado por mí. En realidad, si accedía, Leanne estaría haciéndole un favor a una amiga.

—¿Cuánto te ofrecieron? Vamos, no pasa nada.

Dos mil libras. Treinta monedas de plata, comenté, pero ella me miró sin comprender.

—Yo no les creí, de todos modos. Pero actué como si les creyese, como si fuera tan idiota como ellos pensaban. El tal Cleret me dio anoche tu dirección y me dijo que debía venir de inmediato.

—¿Dónde está él ahora?

—En Londres. Es francés, pero vive allí.

—Y entonces has venido.

—Sí.

Di otro trago de vino, le serví más a ella. Se había sentado un poco más erguida, como si con su confesión hubiera recobrado la confianza, y me miraba con ojillos astutos.

—Ahora que te lo he contado, ¿qué tienes que contarme tú?

—¿Qué quieres decir?

—Bueno, no soy boba. Ese Rupert dijo que estabas metida en algo. Dijo que habían matado a un tipo en Roma, que por eso estaba tan preocupado.

—¿Qué tipo?

—Cameron Fitzpatrick, dijo. Miré en los periódicos *online*. Un tipo asesinado. Cameron Fitzpatrick, en Roma. Poco después de que tú hubieras salido del sur de Francia. Era un mar-

269

chante, igual que tú, Jude. Y ese tal Cleret dijo que habías estado en Roma. Que estuviste allí. Cuando el tipo fue asesinado.

Mierda, mierda. ¿Cómo podía haberse enterado de eso Cleret? Calma, respira. Mi nombre debía de figurar en el informe de Da Silva, aunque los periódicos hubieran sido discretos. Era un dato de dominio público y, al parecer, ese Cleret era una especie de detective. «Concéntrate ahora en lo que tienes delante.»

Leanne podía ser una ignorante, pero no era corta. En cuanto había pasta en juego, era como una rata en una herida abierta. A mí me tenía realmente impresionada que hubiera sido capaz de juntar tantas piezas sueltas. Pero hablando en serio, ¿qué esperaba ahora? ¿Que yo lo confesara todo y dejara que me hiciese chantaje?

—¿Y qué? Estuve allí, sí. Tuve que hablar con la policía italiana. Fue horrible. Yo esperaba que él me ofreciera un trabajo. Quiero decir, fue horrible para él, pobre tipo. Supongo que Rupert también sabía que estuve allí, aunque él no te lo contara. Quizá fue de ahí de donde sacó sus sospechas. Pero ¿y qué? Habría podido contactar conmigo y preguntármelo directamente. En lugar de montar este juego del gato y el ratón. ¿Adónde quieres ir a parar, pues?

—¿Por qué tiene Rupert tantas ganas de hablar contigo? ¿Por qué se alegró tanto de verme?

—¿Cómo coño voy a saberlo? Quizá le apetecía un polvo barato.

Eso le sentó como una bofetada, pero lo dejó pasar.

—No he venido a discutir, Jude. Estás metida en algo, ¿verdad? Por eso quieren esos tipos que hable contigo. Para averiguarlo. Pero ¿qué les debemos nosotras a esos pijos hijos de puta? En Cannes lo hicimos, ¿no es así? Lo hicimos las dos juntas, ¿eh? Así que he pensado que quizá yo podría ayudarte. Dos siempre es mejor que una, ¿no es cierto?

—¿Qué fue lo que hicimos?, ¿lo que hicimos juntas? No sé de qué me hablas.

—Vamos, Jude...

Procuré que el desprecio no asomara en mi rostro y lo logré en gran parte. Esbocé una sonrisa irónica, como poniendo las cartas sobre la mesa.

—Venga ya, Leanne. Tú no has venido por Rupert, ni tampoco porque tengas ganas de pegársela. ¿Cuánto necesitas, di? ¿Para cerrar el pico sobre James, para volver y decirle a Rupert que no has conseguido encontrarme? Porque tú crees que es eso lo que me da miedo, ¿no? ¿Cuánto, di?

Nunca llegué a saber cuánto quería la pobre idiota porque la media docena de benzodiacepinas que había añadido a la botella de ese excelente Madiran había hecho efecto y la cabeza de Leanne cayó hacia atrás sobre el almohadón, al tiempo que la copa medio vacía se le escapaba de la mano, derramándose en su regazo. Sedantes y píldoras adelgazantes: los médicos franceses son muy complacientes. Por eso las francesas no engordan. Suerte que tenía un sofá de color negro.

Ojalá los taxistas franceses fuesen tan complacientes como los médicos. Me costó una eternidad espabilar a Leanne a bofetones para que pareciera medio consciente y tomara un vaso de agua. Me costó otra eternidad hacer que bajara por las escaleras, medio sonámbula, medio a rastras, y que caminara luego por el bulevar y, finalmente, que nos parase un taxi; y entonces el tipo se negó a llevarnos porque mi amiga estaba a todas luces borracha y temía que vomitase en sus preciosos asientos sintéticos. Yo confiaba en que no se pusiera a arrojar, porque no lo soportaría, y le murmuraba palabras de ánimo, no te preocupes, no pasa nada, solo que has bebido un poquito más de la cuenta, pero ya se te pasará. La subí al segundo taxi, donde volvió a quedarse dormida en el acto, totalmente frita sobre mi hombro. La Place des Vosges, al otro lado del río, no quedaba lejos. Tuve el tiempo justo para buscar la tarjeta de su habitación en su bolso y pasarle un billete de veinte al taxista, porque enseguida llegamos. Arrastrarla a través del vestíbulo fue incluso peor, entre su peso por un lado y nuestros bolsos por el otro, por no hablar del paraguas enorme que había abierto para protegerla de la llovizna; aun así, sujetándola con el brazo izquierdo por detrás, conseguí llevarla dando tumbos hasta el ascensor. Si alguien arqueaba una ceja con severidad, yo me limitaría a decir que mi amiga era inglesa, pero por suerte había un grupo de turistas japoneses recién llegados y la recepcionista y el portero estaban ocupados. La habitación se hallaba en el tercer piso. Tuve que dejar el paraguas para meter la tarjeta en la ranura, y Leanne casi se cayó al suelo, desplegando las piernas en un plié de marioneta.

Le quité el abrigo y la apuntalé en la cama, medio sentada, con un par de almohadones detrás. Cerré la puerta y puse el viejo y entrañable rótulo de «No Molestar», encendí la televisión, zapeé hasta sintonizar la MTV, aunque con el volumen no demasiado alto. Al volverme hacia la cama, Leanne soltó un gemido y parpadeó levemente, dándome un susto, pero volvió a dormirse en cuestión de segundos. Saqué del bolso unos guantes de plástico antisépticos y la jeringa que había comprado en Belleville, además de un cinturón elástico negro con lentejuelas de H&M. Luego, el paquete de Camel que me había llevado del café, donde había birlado también una cucharilla. Rogué al cielo para que Stéphane no me hubiera estafado; no había habido tiempo para darle un tiento a la heroína, ni aunque me hubiera apetecido pasar un par de horas colocada, pero si Yvette recurría a él, debía de ser de fiar. Yo ya había visto hacerlo otras veces, la última a Lawrence en aquella jodida fiesta de Chester Square. Le quité las botas a Leanne, cogí del minibar una botella de Evian y un botellín de Johnnie Walker y le hice tragar un poco de whisky. La mayor parte se le cayó por la mejilla, pero no importaba.

A mí las agujas no me gustan nada, nada. Rihanna cantaba sobre diamantes en el cielo. Yo tenía preparado mi encendedor Cartier y un algodón. La heroína era del color del té fuerte.

Manteniendo tenso el cinturón con los dientes, le inyecté en la cara interior del codo izquierdo la mitad de lo que le había comprado a Stéphane, más que suficiente. Ella se retorció un poco cuando pinché la vena, pero yo me había apoyado sobre su hombro y tenía fuerza de sobra. Transcurren un par de minutos —había leído— hasta que el cuerpo se olvida de respirar. Una de las mejores maneras de irse.

Era la segunda vez que veía morir a una persona. Habría podido proyectar en mi mente un pequeño montaje cinematográfico: Leanne en el colegio con su pelo castaño original y la falda plisada azul marino subida hasta los muslos; Leanne agitando su cóctel en el Ritz; Leanne y yo bailando en un club de la Riviera. Todos esos recuerdos alocados y conmovedores. Lo habría hecho si hubiera sido esa clase de persona. O habría podido recordar el ruido que hace la cabeza de una chica de trece años al chocar contra el ladrillo rojo del pabellón de deportes, y la figura delgada con el pelo cuidadosamente cardado que permanecía mirando sin hacer nada. Pero tampoco era esa clase de persona. Así que esperé hasta que el cuerpo de Leanne se olvidó de todo, y luego todavía esperé un poco más y, mientras esperaba, abrí su teléfono móvil. Me acordaba de la fecha de su cumpleaños; soy buena para estas cosas. Tenía veintisiete años, igual que yo. Llamé con su teléfono a Stéphane y colgué antes de que atendiera. Copié un número francés de móvil de su teléfono al mío. Luego me escurrí con cuidado de la cama, dejándola caer de lado, y revisé minuciosamente todas sus cosas sin quitarme los guantes; el bolso con ruedas del portamaletas, los cosméticos del baño. Había una colección de tarjetas de presentación en el bolsillo de su bolso Chanel, aspirantes del Gstaad Club, probablemente. La tarjeta de Rupert estaba entre ellas. No me pareció que tuviera mucho sentido quedármelas. Su monedero contenía unos centenares de euros y un billete de tren con la vuelta abierta. Me lo metí en el bolsillo, así como su pasaporte, su tarjeta bancaria y todo lo que llevara su nombre;

273

también su cepillo del pelo y una barra de labios: el tipo de cosas que se te podrían caer del bolso si andabas colgada y sin cuidado. Deduje que el tal Cleret se habría encargado él mismo de registrarse en el hotel, ya que era quien pagaba la habitación, y que habría subido con ella más tarde. Al personal de recepción le habría bastado echarle un vistazo a Leanne para abstenerse de hacer preguntas: esto era París, al fin y al cabo, y el Pavillon es un hotel de categoría. Ninguna foto, ningún libro o revista en la mesita; ropas vulgares y arrugadas. Una no-persona, a decir verdad. Yo no sabía dónde vivía Leanne ni qué habría sido de sus padres; ella no significaba nada para mí. Rihanna cantaba esa canción de su paraguas. Cogí el mío y salí. Es tal como os imagináis: se vuelve cada vez más fácil. Quizá no necesitaba matarla. Pero, por otro lado, no la había matado porque lo necesitara. Era la tercera vez, y no había sido en absoluto por accidente.

274

Capítulo 23

Dos semanas. Ese mismo tiempo, en Como, había pasado volando en comparación. Dos semanas deambulando de aquí para allá, fumando, especulando, repasándolo todo una y otra vez. Cuando, finalmente, vi una noche a Cleret merodeando al final de mi calle, tuve que hacer un esfuerzo para no correr a su encuentro entre los coches y darle un beso.

Pero las normas estipulan que una nunca debe recibir con excesivo entusiasmo a un caballero. Volví a casa y me obligué a prestar atención a dos largos artículos del *Art Newspaper*. Al cabo de un rato, eché un vistazo al reloj, un elegante Vacheron Aronde 1954 de oro rosado: las 21:45. Me cepillé el pelo y me cambié el suéter por una blusa con volantes Isabel Marant, y las botas por unos Saint Laurent de charol burdeos, con tacón pero no demasiado altos. Había llegado la hora de salir a jugar. Bajé hacia el bulevar y crucé cerca de la parada de autobús, pasando lo bastante cerca para que él pudiera oler mi perfume (Gantier's Tubéreuse, exquisito y fuerte). Seguí hasta la esquina, consciente de que mis ceñidos vaqueros grises y mis tacones atraían las miradas, doblé a la izquierda por la Rue Vaugirard y crucé hasta la parada de taxis de la Place Saint-Sulpice. Había un bar que me encantaba en la Rue Mazarine, un local decorado como un salón burgués, igual que en la orgía de Julien, que solía estar muy tranquilo entre semana. Preparaban buenos cócteles, pero esa noche pedí un bourbon solo y empecé a beberlo lenta-

mente, contemplando la calle a través de los visillos. A él le costó veinte minutos encontrar un puesto de observación en un
portal de enfrente. Apenas nos separaban unos metros cuando
salí del bar y volví a girar a la izquierda, dirigiéndome hacia el
río. No sonaban los pasos a mi espalda; las suelas de esos zapatos, gruesas como la masa pastelera barata, debían de ser de
goma. No está mal, amiguito.

Aquello casi resultaba divertido. Llegué al *quai* y aguardé
en la intersección entre un grupo de turistas que habían salido
a dar un romántico paseo nocturno. Caminé hasta la Cité, rodeé Notre Dame y crucé a la Île Saint-Louis. Un buen paseo
para él; así quemaría esos kilos de sobra. Hacía una noche ex-
cepcionalmente cálida para el mes de noviembre y los cafés en
el centro de la isla estaban atestados; la cola para comprar helado en Berthillon serpenteaba frente a las terrazas. Me sentía
electrizada, viva, llena de excitación, con la musculatura de los
muslos y las nalgas tensa, pendiente de la mirada de mi perse-
guidor. Tomé por la Rue Saint-Louis en l'Île y crucé una vez
más en Pont Marie a la orilla derecha. Eran las 23:15. Debajo
del puente, una pandilla de vagabundos bebía y armaba jarana.
Yo tenía los sentidos tan alerta como un animal y olía la mugre
de sus andrajos bajo la intensa vaharada a vino barato. Me encaramé en la maciza balaustrada, encendí un cigarrillo y esperé un poco más. No podía haberse quedado tan atrás. Casi la-
menté haberlo despistado con tanta facilidad. Y entonces
apareció: lo vi a lo lejos caminando hacia mí. La sombra de las
recargadas farolas le ocultaba la cara, pero habría jurado que
parecía irritado. Yo ya tenía preparado el número, el que había
copiado del móvil de Leanne. Pulsé «Llamar». Él se detuvo, sin
dejar de mover la cabeza y escudriñar el puente.

—*Allô?*

—*Monsieur* Cleret, soy Judith Rashleigh. Cuánto tiempo
sin vernos.

—*Alors, bonsoir, mademoiselle.*

—Estoy al final del puente —dije, y colgué.

Bajé de un salto de la balaustrada, caminé un poco más allá, hasta el principio de la parada de taxis del Hôtel de Ville y volví a esperar. Noté que él apretaba el paso al ver que yo abría la puerta del taxi y preguntaba al conductor si estaba libre: no podía arriesgarse a perderme entre el tráfico de París; o quizá era que ya no le quedaba dinero para otro taxi. Me aparté, sujetando la puerta abierta, cuando él se acercó.

—He pensado que quizá le apetezca una copa.

Él no dijo nada; se limitó a acomodarse a mi lado en el amplio asiento del Mercedes. Me incliné hacia delante y le pedí al taxista que nos llevara al Ritz.

—Por la Rue Cambon. Siento gran debilidad por el bar Hemingway.

Él había permanecido callado a lo largo de la Rue de Rivoli pero ahora volvió su rostro hacia mí. Parecía cansado, aunque ligeramente divertido.

—Como quiera.

Aguardamos a que el barman desplegara todo su ritual, colocando vasos de agua con rodajas de pepino y grosellas rojas sobre unos posavasos con volantes y sirviéndonos a continuación un rose martini para mí y un *gin-tonic* para él. Mientras se inclinaba para dar un sorbo, su desaliñada chaqueta se abrió dejando a la vista la curva de su barriga y el absurdo monograma. Sentí un extraño espasmo de deseo.

—Bueno. ¿Vamos al grano?

—¿Cómo?

—Puesto que ya me has follado, quizá podamos dejar de lado las cortesías preliminares.

Él arqueó una ceja con bastante estilo.

—El monograma de tu camisa. La fiesta de la casa de Montmartre. Creo que conoces a Julien, ¿no? Al menos, fuiste a su club a preguntar por mí. La Lumiére, en la Rue Thérèse.

Bajó la cabeza con leve galantería.

277

—Desde luego.

Por un momento, permanecimos callados. Yo ya lo había deducido unas semanas atrás. Nos habíamos conocido en la fiesta de Julien, aquella noche en la que ambos nos habíamos portado tan salvajemente en la habitación oscura. Lo que no había averiguado era dónde estaba la trampa. Hasta que no supiera lo que quería exactamente, no podría jugar mis cartas. En todo caso, ya nos conocíamos él y yo. Aquella habitación sumida en la penumbra y perfumada de incienso; las correas de cuero quemándome las palmas, sus dientes en mi cuello...

Me sacudí para regresar al presente y di un largo trago a mi bebida. Por Dios, me apetecía un cigarrillo; quería poder exhalar en sus ojos una lenta bocanada de humo.

—¿Lo recuerdas?

—¿Cómo olvidarlo?

Había algo absurdo e irreal en esa estereotipada conversación al estilo Bogart-Bacall a la que estábamos recurriendo. «No te andes por las ramas, Judith. ¿Y qué importa si el tipo te estuvo follando hace unos meses en un piojoso club de libertinos?» Me senté más erguida y adopté un tono neutro y duro

—¿Ya me seguías entonces? Porque ahora sí me sigues, obviamente.

—No, entonces no. No exactamente. Pero resultó... una agradable coincidencia.

—Dime por qué.

—Yo diría que eso es más que evidente.

—Qué golpe tan bajo. ¿Por qué me estás siguiendo?

—Porque mataste a Cameron Fitzpatrick.

Ahora sí que necesitaba un puto cigarrillo.

—Eso es absurdo.

Él se arrellanó unos instantes, bebió un poco de agua y dijo con familiaridad.

—Sé que mataste a Cameron Fitzpatrick porque vi cómo lo hacías.

Durante unos segundos creí que iba a desmayarme de verdad. Miré fijamente el palillo del cóctel, con una pálida rosa ensartada, que permanecía en equilibrio sobre el borde de mi copa. Me habría gustado desmayarme. El instinto no me había engañado: ese escalofrío de temor, esa sensación de ser observada que me había entrado aquella noche bajo el puente. Una rata, claro. Una rata que había olido la sangre.

—No tengo ni idea de qué estás hablando. Explícame, por favor, por qué me andas siguiendo.

Él se inclinó y me acarició delicadamente la mano.

—No te apures. Termínate tu copa. No hay un escuadrón de policía esperando ahí fuera. Luego tal vez podamos ir a un sitio más tranquilo.

—No tengo por qué escuchar una palabra más. No tienes ningún derecho...

—No, no tienes por qué. Y no: yo no tengo derecho. Pero creo que sí querrás escucharme. Termina tu copa.

Dejé que pagara él la cuenta y que me escoltara por los largos corredores, rosados y relucientes como el interior de una concha. Pasamos junto a las chabacanas vitrinas de joyería y pañuelos, sorteamos a los desdeñosos porteros y salimos a la Place Vendôme. Lo seguí en silencio alrededor de la plaza y luego por las arcadas de la Rue Castiglione hasta la Concorde. Ahora hacía frío, y mis tacones bajos empezaban a rozarse de tanto caminar. Me alegré cuando él tomó asiento en un banco frente a la entrada cerrada de las Tuileries.

—Toma —dijo, ofreciéndome su chaqueta. Yo estaba tiritando, y dejé que me la pusiera sobre los hombros. Noté una vaharada de sudor procedente del forro sintético. Con los ojos fijos en los faros de un autobús que subía renqueante por los Champs, intenté encender un cigarrillo. Inútilmente. «Calma.»

—Bueno, *mademoiselle* Sin-Nombre. A mí me puedes llamar Renaud. Yo te llamaré Judith, a menos que prefieras Lauren...

279

—Lauren es mi segundo nombre. Mi madre era fan de Lauren Bacall. Guay, ¿no?

—Vale. Judith, pues. Ahora voy a hablar yo y tú vas a escuchar. —Tomó el mechero de mis manos trémulas y me encendió el cigarrillo—. ¿De acuerdo?

—Hablas un inglés excelente.

—Gracias. Mira, voy a enseñarte una fotografía. ¿Es él, no? Cameron.

Tuve que entornar un poco los ojos para protegerme de los faros de los coches que cruzaban la intersección. Él me sostuvo el mechero junto a la pantalla. Era él, sí. Captado por el móvil de Renaud mientras bajaba por la escalinata de la Plaza de España, con la cabeza gacha para evitar que le diera el sol en la cara. Yo me las había arreglado durante mucho tiempo para no recordar ese rostro.

—Tú ya sabes que es él.

—Sí, pero lo que tú no sabes es que su nombre no era Cameron Fitzpatrick, sino Tommaso Bianchetti.

Ay, todo aquel encanto irlandés...

—Pues era bastante hábil —fue lo único que se me ocurrió.

—Sí, lo era. Con una madre irlandesa, doncella de un hotel de Roma. Lo que he de explicarte, en todo caso, es que Bianchetti se dedicaba al lavado de dinero para sus... socios italianos. Llevaba años haciéndolo.

—¿Para la mafia?

Renaud me lanzó una mirada compasiva.

—'Ndrangheta, Camorra... Solo los aficionados dicen «mafia».

Mi impresión sobre Moncada, pues, también había sido acertada.

—Disculpa. —Extrañamente, empezaba a sentirme mejor.

—Tu antiguo colega, Rupert, no llamó a Fitzpatrick. Fue Fitzpatrick quien llamó a Rupert. Una pequeña artimaña que había ejecutado cientos de veces. Con cuadros auténticos casi siempre, sin las molestias de una falsificación. Pero las cosas se estaban poniendo difíciles en Italia y los beneficios con una falsificación eran mucho más elevados. Limpias el cuadro y lavas el dinero al mismo tiempo. Así fue como me vi implicado.

—Yo creía que trabajabas para él. Para Rupert.

—Me gustaría saber quién te ha dicho eso. Dejémoslo de lado por el momento, ¿de acuerdo? A mí me contrató un americano tremendamente cabreado. Un banquero de Goldman Sachs. Había descubierto que el Rothko del que tanto alardeaba en su casa de los Hamptons era una falsificación. Quería recuperar su dinero. Lo cual me llevó a Alonso Moncada.

—¿Moncada trafica con falsificaciones, entonces?

—Unas veces sí y otras no.

—¿Por qué recurrió a ti ese banquero?

—¿Qué creías que era?, ¿un detective de la vieja escuela? Yo sigo la pista del dinero para las personas que quieren recuperarlo discretamente.

No pude evitar una mirada a su horrible camisa y sus patéticos zapatos. 281

—No pareces una persona que ande detrás del dinero.

—Ya. Tú sí.

Encajé el golpe estoicamente.

—Bianchetti era uno de los tipos que trabajaban para Moncada. Moncada compra la obra con dinero procedente de un pequeño banco romano controlado por... sus socios. Encubriendo la operación como un préstamo. Después se la venden a un cliente privado con un buen beneficio; y el cliente puede quedársela o subastarla con todas las de la ley. Moncada proporcionaba los fondos; Bianchetti aseguraba la procedencia. Todo el mundo ganaba dinero. Un negocio impecable.

—¿Y?

—Bueno, fui a la galería donde mi cliente había comprado su Rothko, los convencí para que me dijeran quién era el propietario anterior y persuadí al propietario (mejor dicho, a la propietaria, una mujer muy amable con tres hijos) para que me diera el nombre de Moncada. Ella tampoco tenía ni idea de que la habían timado. Me costó mucho tiempo localizar a Moncada y, mientras tanto, me tropecé con el nombre de Bianchetti, bajo el pseudónimo de Fitzpatrick. Fui a Londres para descubrir su paradero, el de Bianchetti, quiero decir, lo seguí a Roma y entonces tú pusiste en práctica tu pequeña estratagema, no me interrumpas, y te seguí hasta Moncada. Era la primera vez que le ponía los ojos encima. Obviamente, también me sentía bastante intrigado por ti. Pero entonces no sabía qué era lo que te habías llevado, más allá de cómo lo hubieras hecho.

—Yo no...

—Cierra el pico. —Buscó un archivo en su móvil y me enseñó otra fotografía, esta de mí y de Moncada saboreando una pizza. Me sorprendió lo tranquila que parecía en la imagen.

—Finalmente el Stubbs se subasta el pasado invierno y el nombre de Fitzpatrick, ahora trágicamente fallecido, aparece en la procedencia del cuadro. Ahí fue cuando supe lo que le habías vendido a Moncada.

—Pero... ¿y Rupert?

—Bueno, para entonces yo estaba mucho más que intrigado contigo. Así que eché un vistazo al informe de la policía y encontré tu nombre. Deduje que tenías algo que ver con el mundo del arte. Sabía que eras inglesa. Empecé por lo más alto. Me bastaron dos llamadas.

Solo había en Londres dos casas de subastas que valiera la pena conocer...

—Las amables chicas de recepción no te conocían. Me dirigí a los directivos del departamento. Y encontré a tu antiguo jefe.

—Sigue.

—Fui a mantener con él una pequeña charla.

Me lanzó una media sonrisa. Yo no me había dado cuenta de que había empezado otra vez a temblar, pero él sí. Solícito, me envolvió más estrechamente con la chaqueta.

—Rupert se quedó de piedra cuando mencioné a Fitzpatrick. Yo le dije que en la procedencia del cuadro había visto el nombre de su departamento junto al de Fitzpatrick. Y luego le pregunté por ti. Cuando supo que habías estado en Italia, prácticamente explotó. Estaba decidido a contratarme, bajo cuerda, *comme on dit*, para localizarte. Así que me mostró tu fotografía. Yo necesitaba comprobar que eras la misma chica que había visto, por supuesto. Y ahí estabas. La chica preciosa de Roma. Tienes una cara inolvidable.

—Gracias. Qué romántico. ¿Y la noche de Montmartre? ¿Qué estabas haciendo en la fiesta de Julien?

—Un golpe de suerte. A Julien lo conoce mucha gente: gente poderosa. Me gusta hacerle una visita cuando estoy por aquí; hay que divertirse de vez en cuando, ¿no? Estamos en París, al fin y al cabo, *chérie*. Había tratado de encontrarte en Londres, pero en vano. Tu madre no sabía dónde parabas.

—¿Mi madre?

—No fue difícil localizarla. A través de los servicios sociales.

Tragué saliva, anonadada.

—¿Estaba…. estaba bien?

—¿Quieres decir si estaba borracha? No. Estaba normal. No le dije nada que pudiera preocuparla. A partir de ahí, me quedé atascado. Tus compañeras de piso me explicaron que habías enviado un cheque, que te habías ido al extranjero. Soo y Pai. Amables y calladas, las dos estudiantes de medicina. Insinuaron que te gustaban las fiestas. Nada que ver con sus gustos. Mucho con los míos, en cambio. Así que vine a ver a algunos amigos durante el fin de semana… y allí estabas de nuevo.

—Vaya coincidencia, como tú has dicho.

—Quizá deberías ser algo más discreta. En tus… diversiones.

—¿Y Leanne?

—Ah, Leanne. Bueno, tu cara es realmente memorable,

283

como te he dicho. Yo había visto tu foto en Londres, había visto a una chica muy parecida a ti en París, pero la iluminación en las fiestas de Julien es siempre muy... considerada.

Ahora cambió al francés.

—*Encore*, tenía que asegurarme de que se trataba de la misma chica. Julien no sabía tu apellido, solo que te llamabas Lauren, pero me proporcionó bastantes datos sobre algunas jóvenes profesionales que comparten tus... inclinaciones. Chicas de reputación internacional, para emplear su anticuada expresión. Una vez más, me pasé bastante tiempo investigando; tuve que localizar a cada una de las chicas y, finalmente, una te reconoció. Encontré a tu vieja amiga Ashley en tu otro centro de trabajo de Londres.

—El Gstaad Club.

—*Précisement*. Rupert había conseguido encontrar a tu amiga Leanne casi en la misma época, y en ese mismo local. A él le convenía utilizarla; no quería que tu relación con British Pictures saliera a la luz más de lo necesario. Así pues, vine aquí con Leanne. Ella me dio una foto tomada en el club para mostrársela a Julien y comprobar tu identidad. No fue realmente una traición por su parte; ambos estábamos buscándote. Ella simplemente no conocía el motivo.

No me atreví a decir ni una palabra más. Estúpidos *selfies* de mierda: Leanne y yo haciendo muecas frente a la cámara de su móvil durante una noche tranquila en el club.

—No has de preocuparte por ellos, Judith. Olvídate de Rupert. Él tiene demasiado que perder; hizo una jugada estúpida en un asunto mucho más grande de lo que él creía. Leanne no era más que una yonqui medio emputecida, ¿no?

—¿Era?

—Por favor, Judith. No fue muy cortés de tu parte dejar un cadáver en una habitación de hotel que pagaba yo. Un toque inteligente, de todos modos, lo de dejar el número del traficante. A la policía le encantó poder atraparlo.

—¿La policía? Creía que habías dicho...

—He dicho que no soy poli. Lo cual no significa que no tenga amigos en la *préfecture*. Me hacen falta en este tipo de trabajo. ¿Cómo crees que conseguí tu dirección?

—Pensaba que me habías seguido.

—No. Es solo cuestión de método. Y de saber qué teclas tocar. ¿No es así como lo decís? —Me miró satisfecho por su dominio del lenguaje coloquial—. Ellos tenían muchas preguntas que hacerle a tu Stéphane. Yo le dije a mi amigo que Leanne era una chica que me había ligado, que no la conocía de nada ni sabía que consumía. Acabarán averiguando sus datos a través del consulado, de todos modos, y enviarán de vuelta el cadáver. No te agobies. —Otra frase coloquial. Aunque se le notaba el acento—. En cuanto a Rupert, creo que solo quería mantenerte vigilada y asegurarse de que no hablabas. Ahora hasta encontrarías algunas puertas abiertas tal vez, si quisieras volver a Londres.

Meneé la cabeza, aturdida. Durante todo este tiempo, me había creído muy lista, y Cleret solo había tenido que esperar a que diera un tropezón ante sus ojos. Tragué saliva.

—¿Qué es lo que quieres?

—Quiero a Moncada. Quiero el dinero de mi cliente y sacarme mi tarifa. Nada más.

—Tú ya sabes quién es y dónde está. ¿Por qué no vas a buscarlo directamente?

—Lo quiero aquí, en París. En Roma es demasiado peligroso.

—¿Y qué puedo hacer yo?

—Venderle un cuadro, por supuesto.

—¿Y después?

—Tú me entregas a Moncada y luego quedas libre y fuera de toda sospecha. Nos podemos repartir los beneficios del trato que cierres con él.

Me lo pensé un rato.

285

—Pero ¿Moncada y sus «socios» no irán a por mí, si lo hago? Ellos se negarán a pagar por el Rothko falsificado de tu banquero. Y dices que es peligroso.

—¿Quién prefieres que te ande buscando: ellos o la policía? Además, yo puedo facilitarte las cosas. Conozco a un tipo en Ámsterdam, un virtuoso de los pasaportes. Tendrás que desaparecer una temporada, salir de París. Pero no creo que tengas demasiadas opciones, ¿no?

Pensé en ese detalle un buen rato. Podía protestar, negar unos hechos que ni siquiera había reconocido; podía huir. Como ya he dicho, no me gustan los juegos, salvo los que puedo ganar. A él parecían tenerle sin cuidado Cameron y Leanne, al menos si yo accedía a hacer lo que me pedía.

—¿Así que quieres a Moncada aquí? ¿Solo eso? ¿Y luego yo desaparezco del mapa?

—Necesito hallar un modo de hablar con él en privado. Esa gente es recelosa. Y tú estás cogiéndole el tranquillo a este tipo de manejos, Judith.

Se incorporó y me quitó la chaqueta de los hombros con un gesto brusco. Ahora lo veía de otra manera. Aplomado, seguro, incluso poderoso.

—Vamos a tu apartamento.

—¿Mi apartamento?

—¿Crees que voy a permitir que te pierdas de vista? Soy capaz de dar toda la vuelta al Luxembourg corriendo, si hace falta. Todo el tiempo que sea necesario.

Renaud tenía sus cosas en un albergue del Barrio Latino. Intentamos parar un par de taxis mientras íbamos a pie, pero como suele suceder en París ninguno quería ganarse un dinero. Cuando llegamos al callejón apestoso a kebab del albergue, tenía la sensación de que mis pies eran dos muñones ensangrentados. Renaud me obligó a subir cuatro pisos por unas escaleras andrajosamente enmoquetadas y aguardar a que hiciera las maletas. Mientras él trajinaba en el baño, contemplé por la ventana la pintoresca escalera de incendios y el panorama interminable de antenas parabólicas.

—Los tejados de París —dije, por decir algo.

Él no me hizo caso, pero en cuanto empezaron a temblarme los hombros noté su mano en mi espalda. Me volví y enterré la cara en la maldita pechera de su camisa, y él me dio unas palmaditas con esa torpe ternura que muestran los hombres cuando las mujeres se ponen a llorar. Lloré mucho rato, a moco tendido, con gran profusión de lágrimas, hasta que oí un sonido extraño. Parecía venir de fuera: una especie de lamento, quizás un bebé, quizás un par de gatos copulando. Y de pronto me di cuenta de que era yo quien soltaba ese aullido. Derramé todas las lágrimas que había reprimido desde aquel día lejano en Londres, cuando Rupert me había enviado a ver al coronel Morris; e incluso mientras sollozaba y gemía, estremecida de pies a cabeza, me produjo curiosidad ese extraño sentimiento que me había permitido por fin soltarme. Era alivio. Por una vez, al menos, era otro quien se hacía cargo de la situación. Incluso pensé durante unos instantes que todo podía terminar ahí, de ese modo: conmigo fundida y agradecida entre sus brazos; y algunas veces, más adelante, habría de desear que hubiera sido así. Pero no fue eso lo que sucedió, por supuesto.

287

Capítulo 24

Casi nunca había despertado con un hombre al lado. Eran muy pocas las cabezas que habían reposado bajo mi brazo infiel hasta el amanecer. A las cinco de la mañana, al abrir los ojos en mi apartamento, experimenté un momento de pánico y confusión al notar el bulto que había junto a mí bajo el edredón. ¿Steve? ¿Jean-Christophe? ¿Jan? No. Matteo, no. Renaud. Percibí el olor a las copas de anoche que desprendía mi piel; pero por una vez no me levanté directamente de la cama. Me puse boca arriba y permanecí tendida, escuchando su honda respiración. Estaba molida y pegajosa, y notaba un leve dolor bajo la oreja derecha, donde él me había abofeteado mientras follábamos. Porque, por supuesto, habíamos follado. Bueno, antes que nada Renaud me había requisado el pasaporte y las tarjetas de crédito para asegurarse de que no iba a largarme a ninguna parte; pero después, apretujados contra la puerta cerrada, él tropezando con sus maletas, yo zafándome torpemente de mis ceñidos vaqueros, nos habíamos enzarzado de inmediato. Renaud, de rodillas, me había hundido la cara en el coño, que ya tenía abierto y rezumante, y me había introducido la mano; luego, ya en el suelo, sus dientes habían explorado el hueco de mi garganta. Finalmente, no sé cómo, nos habíamos arrastrado hasta la cama, ahora ya desnudos, y él había untado su polla preciosa y mi culo en pompa con un poco de aceite corporal y me había penetrado violentamente, sujetándome del cuello con una mano y acariciándome el clítoris con la otra al ritmo de sus embestidas, hasta que mi boca había encontrado la parte blanda de su palma y probado el sabor metálico de su sangre mientras él me partía en dos y me inundaba por dentro. Un buen polvo, aunque las sábanas iban a quedar perdidas.

Ahora se volvió de lado, pegando su barriga a mi cadera. Eso me resultaba raro, dada mi preferencia por los hombres apuestos, pero había algo en la curva de su vientre, en su inesperada firmeza, que me erotizaba. Yo y los hombres gordos. Seguí tendida, escuchando. ¿Dónde estaba mi amiga Rabia? ¿Dónde se había metido esa vocecita? ¿Cómo era que no me provocaba, diciéndome «venga, hazlo, hazlo ahora»? Nada. Estaba todo en calma. Volví los ojos y me encontré con los suyos, rodeados de arruguitas risueñas y soñolientas.

—Abre las piernas.

Tenía el aliento agrio, pero por algún motivo tampoco eso me importaba.

—Estoy hecha un asco.

—Ábrelas. Así. Más.

Desplegué los muslos hasta notar tensos los tendones. Él me separó los labios, se colocó pesadamente sobre mí, con la cara sobre mi hombro, y se abrió paso lentamente. Mi coño emitió un *plop* húmedo, con repentina avidez, pero él no se apresuró; al contrario, fue introduciendo toda la longitud de su polla, centímetro a centímetro, mientras me clavaba el dedo en el culo. Di un gemido, pero noté que mis músculos se relajaban con una sensación de familiaridad. Estaba totalmente pegada a su cuerpo, inmovilizada bajo su peso como una hoja preservada en papel secante, y los músculos de mis miembros se retorcían en arpegios palpitantes. Deslicé la mano entre ambos y le apreté el glande justo allí donde me penetraba una y otra vez. Sentía el clítoris y los labios del coño bajo mi palma, su calor expandiéndose en oleadas por mis entrañas.

—Más fuerte.

—No.

—Por favor.

—No.

Alzó la cabeza cuando lo ceñí con mis músculos, obligándolo a parar.

—Relájate. Voy a hacer que te corras.

Resulta más dulce en francés. *Je vais te faire jouir.*

—Lámeme la cara.

Asomé la lengua suavemente, le lamí la mandíbula y las mejillas, humedeciéndolo con mi saliva.

—Sí, eso es. Así, guarra.

Ahora estaba tan mojada que sentía cómo me resbalaban los jugos por los muslos doloridos. Empezó como una onda que se extiende por el agua: mi cuerpo brilló trémulamente como tocado por una oleada y giró alrededor de la roja incandescencia que ardía entre mis piernas. Yo ya no era nada: solo carne en contacto con su polla. Mis párpados aletearon, cerrándose, abriéndose, volviéndose a cerrar. Veía que su propio orgasmo empezaba a sacudir todo su torso, notaba su mano enredada entre mi pelo. Le salió un ronco gruñido de la garganta, arqueó el cuerpo, las venas de sus brazos palpitaron como neones azules, y yo me dejé hundir más y más profundamente en mi propio éxtasis, ahogándome en los chorros de su esperma.

Se desmoronó junto a mí, estremecido, jadeante. Lo abracé, notando cómo se le enfriaba el sudor bajo el pelo.

—¿Por qué te ríes?

Dejé que mi cabeza se meciera sobre las almohadas.

—Porque... porque... o sea, ¡uau!

—¿Uau?, ¿o sea?

—Vale. Eres un hombre con un talento excepcional. Sorprendentemente.

—Zorra. ¿Qué hora es? Joder, esto es indecente.

—Yo me levanto más temprano —dije.

Pero él ya estaba acurrucándose para volver a dormirse.

Una prueba astuta. Sin decir una palabra, me estaba dando la oportunidad de escapar. Pero ¿adónde iba a huir? Él me encontraría, ambos lo sabíamos. Y si ahora me escabullía, simplemente podía delatarme. Así que me levanté y me duché, desprendiéndome de sus olores, cogí el monedero, bajé corriendo las escaleras y salí bajo la lluvia. La panadería que quedaba un poco más arriba estaba abriendo en ese momento. Compré *croissants au beurre*, un tarro de mermelada de caramelo salado, leche y zumo de naranja. La portera estaba volviendo a la vida entre rezongos y gruñidos; le di los buenos días con una sonrisa cuando levantó la vista. Preparé café, coloqué los cubiertos sobre los platos, lo llevé todo en equilibrio hasta la cama y me acurruqué junto a él. Había algo tan sedante en el subir y bajar de su pecho que debí volver a dormirme yo también; al menos, cuando desperté, el sol ya estaba en el patio y el café se había enfriado.

Esa fue la última vez que nos separamos durante tres semanas. Renaud hablaba en serio cuando decía que no iba a permitir que me alejara de su vista; incluso me hacía dejar el móvil fuera cuando me metía en el baño, y se lo llevaba cuando se metía él. Guardaba cada noche las llaves bajo la almohada, aunque con frecuencia acababan desplazándose. A veces, yo las volvía a meter en su sitio antes de que despertara para que no se sintiera mal. Me daban ganas de preguntarle por qué no se fiaba de mí, pero evidentemente era una pregunta absurda. Durante las primeras mañanas, tuve bastante que hacer. Después de trotar amodorrado conmigo alrededor del Luxembourg, con una camiseta Nike antiquísima y mis pantalones de chándal más holgados, él se ponía a leer los periódicos y yo, por mi parte, revisaba los lotes y los precios *online*. Primero pensé en Urs Fischer y Alan Gussow, pero Renaud creía que debía buscar algo de más categoría. No podía permitirme un Bacon, pero Twombly y Calder tenían piezas dentro de la franja de un millón que Renaud había fijado. Finalmente, encontré un Gerhard

Richter —una pieza menor en realidad: un pequeño lienzo de 1988 en tonos grises y carmesíes— en la exposición de otoño de arte contemporáneo de lo que yo antes llamaba «la otra Casa». Dejando aparte mi Fontana, sería la primera adquisición importante de Gentileschi. Pero me entraron dudas. Tal vez fuese más probable que Moncada optara por una obra estrictamente clásica.

Le expliqué a Renaud que necesitaba consejo y le hablé de Dave y de su pasión por el siglo XVIII.

—¿Puedo pedirle que me envíe unos catálogos con las ventas más recientes?

—¿Por qué?

—Porque quiero pulsar cómo está el ambiente ahora mismo. En teoría, voy a sacar un beneficio de esta operación.

—Vamos a sacar un beneficio. Mitad y mitad.

—Claro. Bueno, solamente quiero echar un vistazo antes de pujar por el Richter.

Me lanzó mi móvil.

—Adelante.

—Frankie, soy Judith.

—¡Dios mío, Judith! Hola. ¿Cómo estás?

—De maravilla, gracias. ¿Y tú?

—Ay, Judith. Qué curioso que hayas llamado hoy. ¡Acabo de prometerme!

—¡Fantástico! Me alegro mucho por ti, Frankie, enhorabuena. ¿Quién es el afortunado?

—Se llama Henry. Es de la guardia real. Vamos a vivir en Kenia. Esposa de militar, ¿puedes creerlo?

—¡Qué maravilla!

—Mamá está encantada.

Vi que Renaud me miraba con aire burlón. Ya era hora de dejarse de noticias estilo Jane Austen.

—Frankie, ¿recuerdas que hace un montón de tiempo te pedí un favor?

—Ay, sí, Dios mío. ¿No fue espantoso lo de Cameron Fitzpatrick? Salió en todos los periódicos.

—Sí, lo sé, espantoso. Después de que tú hubieras sido tan amable, además, de ayudarme a buscar trabajo en su galería. Dios, no quería decir eso...

—No importa, ya te entiendo.

—Oye, Frankie. Me pregunto si podría molestarte con otra cosita...

—Está bien.

—¿Te acuerdas de Dave? El que trabajaba en el almacén.

—Sí. Se fue hace una eternidad.

—¿Todavía tienes una dirección suya?

—Podría buscarla.

—¿Me la podrías enviar en un mensaje, Frankie? Siento molestarte otra vez. No quisiera complicarte la vida, pero...

—No hay problema. Además, me da igual, yo me voy a África. —Bajó la voz—. Aquí todos son unos capullos.

Capullos. Bravo, Frankie.

Mientras esperaba que llegara su mensaje, me pasé un rato ante el ordenador pidiendo en Amazon dos ejemplares de un libro que pensé que a Dave le gustaría. Uno para él y otro para mí. Llegaron al día siguiente, gracias a mi cuenta Premium. Luego Renaud me acompañó al banco y me dio mi tarjeta. Yo tecleé mal el código expresamente.

—Los catálogos costarán unos doscientos, pero el cajero se ha estropeado. ¿Entro un momento a sacar el dinero?

Me esperó fuera, fumando, mientras yo iba al mostrador y me extendía a mí misma un cheque de diez mil euros. Usé mi *carte de séjour* como identificación. Se pusieron algo petulantes al ver la cantidad, pero les recordé que el dinero era mío y lo saqué en billetes de 500 euros, la mayor parte de los cuales los escondí bajo el sujetador. Luego fuimos a pie a la Rue de Sèvres, porque le expliqué a Renaud que quería enviarle un regalo de cumpleaños a la esposa de mi antiguo compañero. Sonaba razonable. No estaba muy segura del tipo de perfume que le gustaría a la mujer de Dave, así que me decidí por un Chanel Nº 5, en un estuche de regalo de Le Bon Marché que contenía el perfume, una loción corporal y un jabón. Entré en el aseo de los almacenes y me escondí en un cubículo mientras sacaba los billetes y los metía bajo el molde de plástico de los frascos. Añadí una nota garabateada a toda prisa, con mi dirección de París y con unas referencias a las páginas de los libros. Al pie de la nota escribí, «La tarifa de mercenario pendiente». Renaud me acompañó a la oficina postal, donde metí el regalo en un sobre acolchado y lo envié por correo urgente a Londres. Resultó que Dave vivía en el barrio de Finsbury. No me quedaba más que rezar para que comprendiera.

Por las noches cenábamos juntos, lo cual era otra novedad. A veces subíamos a pie por la Rue Mouffetard, Renaud cargando muy serio con una cesta de mimbre, y comprábamos los ingredientes para cocinar. Resultó que Renaud sabía hacer un *risotto* fantástico. Le compré un juego de cuchillos japoneses de cerámica para que me preparase un *ossobuco* que se deshacía en la boca. Él me servía una copa de vino mientras cortábamos los ingredientes en pijama y, después de cenar, nos terminábamos la botella escuchando música. A veces salíamos; íbamos a los locales pequeños y poco conocidos que ambos preferíamos. Descubrí que me gustaba tener compañía; quizá también a él le gustaba. Renaud me hablaba un poco de su trabajo, de las llamadas que hacía por las tardes a Nueva York y Los Ángeles mientras yo leía. Al parecer, seguir la pista al dinero era menos espectacular de lo que parecía. En gran parte, consistía en saber esperar. Soy testigo. Con frecuencia, por lo demás, nos limitábamos a charlar sobre los artículos que leíamos en los periódicos —yo estaba intentando que dejara de leer *Le Figaro*— o sobre los últimos escándalos sexuales de los políticos franceses, ahora que los medios del país estaban adoptando la misma celeridad que las revistas de famosos para contar sus cotilleos. Fuimos un par de veces al cine, y él me cogió de la mano en la oscuridad. Una noche, sin embargo, me preguntó si quería ir a La Lumière. Yo me lo quedé pensando.

—O a Regrattier, si no te apetece ver a Julien.

—Veo que conoces bien el tema.

—Pues claro, *mademoiselle* Sin-Nombre.

Sonreí, dejando que el pelo me cayera sobre la mejilla y girando lentamente mi copa de vino.

—¿Sabes?, creo que no. Estoy… bien así. Tal como estamos.

—¿Nosotros, quieres decir?

Di marcha atrás.

—Por el momento, quiero decir. Hasta que hayas hablado con Moncada.

Renaud extendió el brazo y, dulcemente, me recogió el pelo caído detrás de la oreja.

—Está bien, Judith. Quizá me guste ese «nosotros».

En otra ocasión, mientras estábamos engullendo comida vietnamita en un diminuto café de Belleville, me preguntó sobre Roma. No me hizo falta preguntar a qué se refería.

—Creía que habías dicho que lo viste.

—Vi lo suficiente. Te vi meterte bajo el puente. Te vi salir con tu ropa de deporte. El resto lo saqué del informe de la policía. Del inspector Da Silva.

—Eres un auténtico cabrón, Renaud.

Él fingió un enorme encogimiento de hombros.

—Perrrdooón.

—Pero ¿tú hablas italiano?

—*Certo*. Bueno, un poco.

Engullí un bocado de fideos con cerdo asado, pensando.

—¿Por qué no se lo contaste a la policía?

—Tú eras mi único medio de llegar a Moncada. Además, como ya te he dicho, no soy un poli. Y estaba... no sé, interesado. Interesado en ti, en cómo saldría la jugada.

Yo deseaba contárselo todo. Contarle lo de James, lo de Leanne, toda la historia. Quería hablarle de Dave, explicarle que lo había hecho porque él había perdido su trabajo; aunque eso no habría sido cierto, lo cual tenía su importancia. Quería hablarle de la sensación de vivir al margen, de estar atrapada, porque por inteligente o guapa que fueras no había sitio en el mundo para alguien como tú. Pero tampoco eso era cierto.

—No fue por el dinero —dije—. El dinero era secundario.

—¿Por venganza? —dijo, sonriendo.

—No, demasiado simple. No, no por venganza. Eso no sería interesante.

—Interesante. Creo que, bueno, yo mismo...

Se interrumpió. ¿Pretendía engatusarme ofreciéndome una confesión sobre su propia vida? Parecía poco probable que intentara un truco tan obvio. Ahora fue él quien tomó un bocado pensativo.

—Entonces, ¿qué? —volvió a preguntar.

Porque podía, supongo. Porque necesitaba comprobar si podía. ¿Por qué debería haber una explicación lógica? Es como con el sexo: la gente siempre quiere saber los porqués, averiguar lo jodidamente bien que te sientes.

—¿Te lo puedo explicar en otra ocasión?

—Claro. Cuando quieras.

Dave me mandó los catálogos, un ladrillo satinado que debía de haberle costado una fortuna remitir por correo. Tuvo la gentileza de incluir una caja de puros con tres barritas Wispa de chocolate, sin duda recordando que me pirraban las grasas vegetales hidrogenadas. Sentí una oleada de cariño al abrir el paquete. Al final, no obstante, pensando en los gustos de Steve, le dije a Renaud que me había decidido por el Richter: el arte contemporáneo era una apuesta más segura cuando tratabas con nuevos ricos. Me sentía tentada de ir a Londres para asistir a la venta e invitar, de paso, a Frankie a una copa de celebración —y que le dieran al capullo de Rupert—, pero Renaud pensaba que sería poco prudente usar mi propio pasaporte.

—Tendrás uno nuevo muy pronto. Me estoy encargando de ello. En cuanto haya visto a Moncada.

Compré un ejemplar de *Condé Nast Traveler* y reflexioné sobre mi futuro. Montenegro parecía prometedor. O Noruega. Un clima frío… adecuado para asesinos.

—¿Por qué no puedo quedarme aquí?

—No seas tonta, Judith.

—¿Y mis cuentas bancarias?

—Gentileschi tendrá que contratar a una nueva empleada.

Decidí hacer la puja por teléfono, utilizando el nombre de la empresa. Fuimos a la FNAC a comprar unos auriculares y Renaud, una vez en casa, preparó mi portátil para que él también pudiera escuchar. Si conseguía el cuadro, me lo podían enviar en un par de semanas. A modo de compensación, ya que no podía asistir a la subasta, me vestí con el mismo esmero que si hubiera asistido en persona. Mi Chanel negro de dos piezas, con una ingeniosa camelia de cuero en el bolsillo de la cadera, unas medias, unos Pigalle 120 clásicos de charol, el pelo recogido con formalidad y un pintalabios rojo que, en realidad, no me sentaba bien. Debajo, unas braguitas sin entrepierna Bensimon años setenta. Me sentía un poco idiota: todo eso para sentarme a la mesa de mi propio comedor. Pero valió la pena solo por la mirada que me lanzó Renaud al verme salir del baño.

Hice la solicitud *online* para pujar, en nombre de Gentileschi, y recibí un número, el 38, para la subasta por teléfono. Compramos un móvil desechable de prepago para la ocasión;

los únicos datos que importarían si conseguía el Richter serían los de la cuenta bancaria. A las 11:00, la Casa llamó para anunciar que la venta había dado comienzo. Yo tenía un cuaderno y un bolígrafo delante, no sabía bien por qué; quizá para darle a la cosa un aire más profesional. Cuando trabajaba en British Pictures me habían dejado asistir a varias subastas y había disfrutado enormemente con la teatralidad de los expertos y del subastador principal, el vicepresidente de la Casa. Ahora intenté imaginarme la sala revestida de madera y la tensa inmovilidad de los postores. A las 11:42 volvió a sonar el móvil; el Richter salía a la venta. Renaud se encorvó sobre el ordenador, con una cresta de papagayo en el pelo bajo la cinta de los auriculares. Me pregunté cuál de las chicas presumidas que había visto en el pasillo de la otra Casa se encargaría de las ofertas de Gentileschi. Sentí el impulso infantil de gritar a través del móvil que era yo, Judith Rashleigh, pero por supuesto no lo hice. Incluso le imprimí un deje francés a mi acento.

298

El precio de salida era 400.000, pero el Richter enseguida subió a cuatrocientos cincuenta, quinientos, quinientos cincuenta, luego seiscientos. Yo me mantuve dentro de la subasta. Las ofertas siguieron subiendo con incrementos de cincuenta mil.

—Tengo 750.000 contra usted, número 38. ¿Quiere pujar?

Renaud asintió con energía.

—800.

Él me cogió la mano.

—Muy bien.

No podía evitarlo, me sentía excitada.

—¿Número 38? Tengo 850.000 libras. ¿Quiere pujar?

—900.

Renaud estaba sudando; tenía la camisa pegada a la espalda y su palma resbalaba en la mía a causa de la tensión. Me erguí en la silla, aplomada y serena con mi impecable vestido. Al otro lado de la línea, oía débilmente la voz del subastador preguntando si no había más ofertas. Una pausa.

—Tenemos 950.000 contra su oferta, señora. ¿Quiere pujar?
Joder.

—Un millón. Un millón de libras.

Ahora estábamos en la recta final; los jinetes oscilando como monos sobre las monturas, blandiendo las fustas para recorrer el último tramo. Yo estaba totalmente acelerada.

«Voy a correrme», le dije solo con los labios a Renaud.

Imaginé a la operadora alzando un dedo, asintiendo hacia el atril.

—Un millón cincuenta mil, número 38. ¿Quiere pujar?

—Uno punto uno.

Renaud me miró ceñudo, haciendo como si se cortara el cuello con un dedo. No le presté atención; estaba enloquecida.

—Muy bien.

La operadora estaba sujetando el teléfono en alto, de manera que pude oír perfectamente al subastador

—Damas y caballeros, tengo un millón cien mil libras. Un millón cien a la una… —Apreté los párpados, contuve el aliento. Me temblaban los dedos con los que sujetaba el móvil—. Felicidades, señora.

Pulsé con mucho cuidado el botoncito rojo, dejé caer la cabeza hacia atrás y me desaté el pelo.

—Ya es nuestro.

—Buena chica.

Encendí un cigarrillo y casi me lo fumé de una calada. Luego fui a sentarme sobre sus rodillas y apoyé la frente en la suya.

—No puedo creérmelo. No puedo creer lo que acabo de hacer —susurré.

—¿Por qué no?

Eso me gustaba de Renaud: que a diferencia de todos los demás hombres que había conocido, estaba verdaderamente interesado cuando yo decía sentir algo.

—Acabo de comprar un cuadro de un millón de libras. Yo. Me parece algo imposible, una locura.

—Y sin embargo, has hecho cosas mucho más difíciles.

Mi exaltación se disipó tan repentinamente como había llegado. Deambulé irritada por el salón.

—¿Por qué has de seguir insistiendo en eso? ¿No puedes dejarlo de una vez? Estoy haciendo lo que querías, ¿no?

Él se acercó y se arrodilló a mis pies, todavía con los absurdos auriculares despeinándolo, y me atrajo hacia sí.

—No era eso lo que pretendía decir. Olvidas que yo sé mucho sobre ti. He visto cómo crecías; he visto lo que debes haber tenido que hacer para salir adelante. Lo que quiero decir, supongo, es que te admiro, Judith.

—¿De veras? ¿Me admiras?

—Ya te lo he dicho, no me obligues a halagarte. Bueno, ahora creo que deberíamos salir a celebrar tu primera gran adquisición. ¿Qué es lo que más te gusta comer en París?

—Ensalada de langosta en Laurent.

—Entonces voy a cambiarme. Incluso me pondré ropa decente. Tengo una corbata, aunque te cueste creerlo. Y *mademoiselle* se comerá su langosta.

Pero yo ya me había despojado de la falda. Los labios de mi coño estaban inflamados de deseo y palpitaban por la ranura de la malla negra de las braguitas. Me encaramé sobre la mesa y abrí las piernas.

—O bien podríamos cenar en casa...

Él me metió un dedo dentro tan bruscamente que di un grito; luego lo retiró muy despacio, con un hilo de jugo que se fue extendiendo entre ambos y que se llevó a la boca.

—Sí, podríamos cenar en casa.

Capítulo 25

𝓗abía estado dudando sobre si debía hacer que me mandaran el Richter a mi propia dirección, y finalmente decidí que sí. Gentileschi era una empresa registrada, mi dinero estaba libre de sospecha, y lo que yo hiciese con el cuadro una vez que lo recibiera era asunto mío. Se trataba de una venta estándar; no había ningún motivo para que Rupert quisiera saber quién era el comprador de una obra que ni siquiera se había encargado él de vender. El nombre de la empresa figuraría en la información de subastas y en el registro de la venta, pero él no tenía por qué relacionar Gentileschi Ltd. conmigo, aunque ese nombre pudiera despertarle algún recuerdo. Además, Rupert tenía otras cosas en que pensar, puesto que había perdido la friolera de medio millón desde el fracaso de su jugada con Cameron. Renaud estuvo de acuerdo conmigo. Una vez que llegaron los documentos, enviados de inmediato desde Londres, ya estuve en condiciones de contactar con Moncada. Otro móvil desechable, una lista de números de la agenda de Renaud.

—¿Cómo sabes que estos números servirán para llegar a él?

—Uno de ellos servirá. Ya te lo dije, tengo buenos contactos.

—Sí, ya. Tú y tus famosos contactos. Pero él no me devolverá la llamada a este chisme. Habrá que buscar un teléfono público.

—Bien pensado.

—He descubierto que, si te concentras, puedes aprenderlo casi todo sobre la marcha.

Fuimos en metro al distrito XVIII y encontramos un garito en la Rue de la Goutte d'Or donde los inmigrantes podían comprar tarjetas telefónicas y hablar con sus parientes entre cajones de bananos y limas y montones de ropa africana barata. Renaud compró una tarjeta y se puso en la cola del teléfono mientras yo empezaba a probar los números de la lista con el móvil. En los dos primeros no contestaban; en el tercero descolgaron y volvieron a colgar; en el cuarto dijeron «*Pronto*», pero colgaron en cuando empecé a hablar. Probé otros dos. Nada.

—¿Qué hacemos si no responde? ¿No tienes nada más?

Renaud había llegado al final de la cola. Una dama con un complicado tocado de algodón estampado meneó su enorme trasero hacia él como sacudiéndose una garrapata y continuó su conversación a gritos en un *patois* caribeño ininteligible. El garito olía a melaza y a sudor revenido. Una pantalla montada por encima del mostrador emitía a todo volumen un concurso televisivo que miraban sin muchas ganas las cinco o seis personas que esperaban detrás de Renaud.

—Podemos pasarnos así la vida. Y aunque consigamos contactar con él, este teléfono estará ocupado hasta Navidades.

—Tú sigue intentándolo.

Aquello era patético. Me pregunté si Renaud quería realmente que lo consiguiéramos. Seguí haciendo llamadas hasta que se agotó el crédito del móvil. Salimos a tomar un café y fumar un cigarrillo, compramos otro móvil y volvimos a la carga. Más café, más cigarrillos. Entre la polución y la nicotina, me dolía la cabeza. Seguí marcando los números hasta que ya no necesité mirar más el papel.

—Renaud, esto es inútil.

Con su chaqueta horrible y sus gastados zapatos, él encajaba de maravilla en la Goutte d'Or. Debíamos de ofrecer una estampa ridícula: un par de timadores de poca monta sacados de una película de aficionados. Dieron las cinco y ya llevábamos allí tres horas. Renaud había cedido su sitio en la cola tantas veces que incluso el cajero, absorto en su concurso televisivo, había empezado a mirarnos de reojo.

—Quiero volver a casa. Quiero una ducha.

Por primera vez desde que había subido a mi taxi en el Hôtel de Ville, Renaud parecía alterado, fuera de sí.

—Espera aquí. Voy a hacer una llamada.

—De acuerdo —dije, cansada.

Mientras hacía la llamada en la calle, intenté descifrar el movimiento de sus labios a través de un escaparate lleno de fundas de móvil de Hello Kitty, pero él me dio la espalda.

—Prueba estos.

Otros dos números. El primero estaba muerto. El segundo sonó y sonó.

—*Pronto.* —Una voz femenina.

—Quiero hablar con el *signor* Moncada. Judith Rashleigh. Trabajaba para Cameron Fitzpatrick.

Tono de llamada. Inspiré hondo varias veces, volví a marcar.

—Por favor, dele al *signor* Moncada este número. Estaré esperando. —Le hice una seña rápida a Renaud—. Quizás ahora.

Renaud se adelantó, le arrancó el auricular de la mano a un lívido somalí que iba con una túnica de nailon y colgó.

—¿Qué coño...?

Renaud se abrió la chaqueta y sacó del bolsillo una placa.

—Policía.

Por un instante, fue como si todo el oxígeno del garito hubiera sido aspirado bruscamente. Luego la clientela se abalanzó hacia la puerta, derribando a su paso un saco de arroz y una caja de Ray-Ban de imitación. El cajero se incorporó, apoyando en el mostrador dos puños enormes llenos de anillos.

—Escuche, *monsieur*, usted no puede entrar aquí...

—Tú siéntate y cierra el pico. O mejor, vete a la trastienda a hincharte esa panza de pollo frito hasta que yo te lo diga; o también tendré que pedirte a ti los putos papeles, ¿estamos? Y entonces te mandaré al agujero de mierda de donde hayas venido más deprisa de lo que se tarda en decir «discriminación racial», gordo de los cojones. Eso suponiendo que aún te funcione la boca machacada para hablar. ¿Está claro?

Nos quedamos solos. El arroz crujió bajo los pies de Renaud cuando fue a la puerta a poner el rótulo de «Cerrado».

—No hacía falta hablarle así. ¿Y qué era esa placa? —susurré en inglés.

—Ahórrate las monsergas. Esto es importante. Y la placa...

—Ya, sí. Tú famoso amigo de la *préfecture*.

—Tú espera junto al teléfono.

Renaud encendió un pitillo.

—¡Está prohibido fumar aquí dentro! —gritó el cajero, desafiante, desde detrás de la cortina de ducha que separaba el garito de la trastienda.

—¿Quieres uno? —me dijo Renaud sin hacerle caso.

—No, gracias. Y deja de portarte como un capullo, ¿quieres? Estás actuando como un puto poli.

—Perdona, es que estoy nervioso. Me juego un montón de dinero en este asunto. Luego le pediré disculpas. De veras.

—Ya, como quieras. ¿No puedes sentarte un rato? Lee una revista, déjame concentrarme.

De mala gana, Renaud recogió el arroz en el saco y volvió a colocar las gafas en el expositor; luego se sentó en la silla del cajero, detrás del mostrador, y apagó la televisión. Aguardamos en silencio unos veinte minutos. Yo ya estaba pensando dónde iba a colgar el Richter, cuando sonó el teléfono.

—¿*Signor* Moncada? Judith Rashleigh.

—*Vi sento.*

No iba a darme más facilidades, así que empecé a soltar mi discursito en italiano, y Dios sabía que había tenido tiempo para ensayarlo.

Dije que tenía una pieza que creía que podía interesarle, especifiqué los datos de la subasta para que pudiera comprobarlo y propuse que nos viéramos en París si le parecía oportuno.

Todo muy profesional. Ni una palabra de dinero; ninguna alusión a Fitzpatrick.

—Deme su número. La volveré a llamar.

Transcurrió una hora antes de que llamase de nuevo. En realidad, ya no nos hacía falta esperar en el garito, pero para entonces yo había enviado a Renaud a McDonald's y él y el cajero habían resuelto sus diferencias y estaban charlando como viejos amigos en la trastienda, sorbiendo cada uno su Coca Diet gigante y viendo un partido de fútbol. El móvil vibró en mi mano. La tenía sudada de tanta tensión, y poco faltó para que se me cayera al suelo. Le hice señas frenéticamente al cajero a través de la cortina, poniéndome la mano detrás de la oreja para indicarle a Renaud que podía escuchar la conversación.

—No hace falta —me cuchicheó él en inglés—. Mi italiano no es demasiado bueno.

—¿Tiene pensado un precio, *signorina* Rashleigh?

—Como habrá visto, he adquirido la pieza por un millón cien mil libras. Que es aproximadamente un millón y medio de euros. El precio que pido es un millón ochocientos mil euros.

Si él aceptaba, mi mitad de los trescientos mil euros de diferencia ascendería a unas cien mil libras. Un precio justo.

Silencio al otro lado.

—Según mis cálculos, esa obra valdrá más de dos millones de euros dentro de seis meses. Más aún dentro de un año.

Me pregunté cuánto sabría Moncada sobre el funcionamiento del mercado del arte legal. Si estaba informado, sabría que se trataba realmente de un buen negocio, teniendo en cuenta la cotización de Richter y el aumento sistemático de los precios del arte contemporáneo de posguerra.

—Muy bien.

Me tenía impresionada aquel tipo.

—¿Cómo la otra vez, entonces?

—Como la otra vez.

Le expliqué mi propuesta sobre cómo debíamos reunirnos,

305

pero él no dijo nada más. Cuando hube terminado, dejé que el silencio se prolongara un instante y luego me despedí, empleando el *lei* de cortesía. Recordé el miedo a Moncada que me había entrado mientras estaba en Como, pero ese temor parecía irracional ahora. Moncada pronto sería solo un problema de Renaud. Yo me sacaría una buena tajada por el Richter, si la cosa funcionaba, y, además, Renaud se encargaría de protegerme durante el encuentro. Si no por afecto, al menos querría hacerlo para recuperar el Rothko y cobrar su tarifa.

Lo único que debía hacer era esperar a que llegara el cuadro de Londres, llevar a cabo la entrega y cerrar la operación con los códigos del banco. Luego todo habría terminado. Renaud desaparecería y yo volvería a ser libre. No iba a permitirme el lujo de ponerme sentimental ante la idea de no tenerlo a mi lado, aunque había una parte de mí, tal vez, que confiaba en que la entrega no fuese demasiado rápida. No había nada malo en querer todavía unos cuantos días más.

En la práctica, mientras esperábamos la llegada del Richter, estuve bastante atareada desmantelando mi vida en París como en una película rebobinada. Encontré una compañía de mudanzas especializada en obras de arte para que trasladaran mis cuadros y antigüedades. Las conservarían a la temperatura adecuada, bajo el nombre de Gentileschi Ltd., en un depósito de las afueras de Bruselas. A regañadientes, di aviso de que iba a dejar el apartamento y llamé a otra empresa de mudanzas, que vendría a recoger el resto de mis pertenencias cuando estuviera lista para llevarlas a un guardamuebles de alquiler situado cerca de la Porte de Vincennes. Cuando el tipo se presentó con las cajas de embalaje y el envoltorio de burbuja, la portera me preguntó a dónde me marchaba. A mí me parecía que el concepto que la mujer tenía de mí había descendido radicalmente desde que había empezado a vivir en pecado con un tipo tan desaliñado como Renaud, que contribuía a rebajar el tono *bon chic, bon genre* del edificio, pero aun así no pudo resistirse a la tentación de cotillear. Yo le expliqué que me iba a Japón a causa de mi trabajo. Parecía un lugar tan bueno como cualquier otro.

—¿Y *monsieur?*

Me encogí de hombros.

—Ya sabe cómo son los hombres.

—¿No echará de menos París, *mademoiselle?*

—Sí, lo echaré mucho de menos.

Quizá porque ella me hizo esa pregunta, convencí a Renaud para que nos convirtiéramos en turistas unos días. Como cualquier persona que vive en una ciudad, yo nunca la había visto con los ojos de un extranjero. Así que subimos a la Torre Eiffel, nos abrimos paso en el Père Lachaise entre la multitud de fantasmas emo agolpada ante la tumba de Jim Morrison, fuimos a la Conciergerie a ver la celda de María Antonieta, contemplamos los murales de Chagall en la Ópera Garnier, asistimos a un concierto de Vivaldi en la Sainte-Chapelle. También entramos en el Louvre para decirle *au revoir* a *La Gioconda* y paseamos por los jardines del Museo Rodin. En mi época de estudiante, miraba con desdén y condescendencia a los turistas japoneses que no veían nada de las obras de arte más allá del objetivo de sus Nikon; ahora sujetaban en alto sus iPad para filmar los tesoros de la ciudad, con lo cual lo único que veían con sus propios ojos era el dorso gris de su tableta Apple. Los zombis andantes no merecen ver las cosas bellas. Nos comimos unos kebab repugnantes en Saint-Michel, sentados sobre la fuente, embadurnándonos de grasa, y nos sacamos fotos haciendo muecas en el fotomatón del metro. Incluso tomamos un *bateau mouche* y degustamos una cena sorprendentemente buena a base de sopa de cebolla y turnedós Rossini mientras nos deslizábamos bajo los puentes iluminados y escuchábamos canturrear canciones de Edith Piaf a una delgada argelina ataviada con un vestido rojo de noche. Renaud me tomó de la mano y se

307

acurrucó junto a mí, rozándome el cuello con la nariz, y a mí, aunque me daba cuenta de que debíamos de parecer una pareja tan extraña como cualquiera de las que había visto durante mi estancia a bordo del *Mandarin*, no me importó.

Un día se me ocurrió preguntarle por el afectado monograma que seguía decorando tercamente sus flácidas camisas.

—Me los hago yo mismo, de hecho. Coso muy bien.

—¿Y eso? ¿Estuviste en la cárcel cosiendo sacas de correos?

—Muy graciosa. Mi padre era, es, sastre. Todavía trabaja, a pesar de que ya pasa de los ochenta.

—¿Dónde?

—¿Dónde... qué?

—¿Dónde te criaste?

Estábamos comiendo un *plateau de fruits de mer* en el Bar à Huîtres de la Rue de Rennes. Renaud aventó con la mano el vapor del hielo seco que se alzaba del plato y se tragó una ostra Oléron con vinagreta de chalotas antes de responder.

—En un pueblo diminuto del que no habrás oído hablar en tu vida. Lo que nosotros llamamos un agujero en el culo del mundo. *La France profonde*.

Pelé un langostino.

—¿Y cómo llegaste a dedicarte a lo que te dedicas? No es un tipo de trabajo para el que puedas formarte previamente. Y tú no tienes ni idea de pintura, de todas formas.

—No solo trabajo con cuadros. Ya te lo dije, yo localizo el dinero que ha desaparecido. Asuntos de empresa, sobre todo; directivos que han metido la mano en la caja. Estudié empresariales en la universidad y pasé un par de años en una firma de contabilidad de Londres.

—Agh.

—Exacto. Supongo que acabé en este trabajo porque quería ser otra cosa. Como tú, Judith.

—¿Qué te hace creer que somos tan parecidos? —le dije provocativamente, buscando un cumplido, supongo, pero él ex-

tendió el brazo por encima de los caparazones vacíos de las ostras y puso la mano sobre la mía.

—Dime, Judith, ¿por qué motivo lo haces?

—¿Hacer... el qué?

—El rollo sexual. La fiesta de Julien, los clubes. Todo eso.

Me tragué el último bocado con sabor a zinc y niebla marina y me puse de pie.

—Pide la cuenta y te lo explico.

No dije una palabra mientras caminábamos por el bulevar.
Al llegar a la Rue de Sèvres encontré un banco, encendí un cigarrillo y le cogí la mano.

—Tú has visto a mi madre, ¿no? Quiero decir, viste cómo es.

—Sí.

—Pues, bueno. Lo típico. A mí la mitad del tiempo me dejaba en casa de mi abuela. Bebida, hombres que iban y venían.
«Tíos» que duraban una semana o un mes. Por lo visto, es un
clásico lo de esos hombres. Se juntan con la madre, una mujer
débil, vulnerable, sin dinero, para poder perseguir a la hija. En
fin, esas historias que lees en los periódicos todos los días.

—O como Nabokov, ¿no?

—Nada tan sofisticado. Así que, bueno, hubo uno que parecía bastante decente al principio; tenía un trabajo, era camione-
ro y trataba bien a mi madre. Pero luego empezó a esperarme a
la salida del colegio; se ofrecía a llevarme a casa en su formida-
ble camión. Era mejor que ir en autobús, porque a mí siempre
acababan zurrándome en el autobús y, además, él tenía caramelos. Unos caramelos duros, con sabor a frutas. Aún ahora no
puedo ni verlos. Y luego, bueno, me propuso que fuéramos a
dar una vuelta. Nosotras llevábamos esos uniformes azules,
con corbata y falda corta plisada, y con bragas deportivas azul
marino debajo. Él me pedía que me deshiciera las trenzas y me
levantara la falda. Yo pensaba que si no lo hacía, abandonaría a
mi madre y ella me echaría a mí la culpa y empezaría otra vez
a beber. Así que le dejaba.

—Dios mío. Lo siento muchísimo. Pobrecita.

Hundí la cara en su pecho y, al cabo de unos instantes, mis hombros empezaron a temblar. Él me acarició el pelo, me dio un beso en una ceja.

—¿Y qué pasó?

Yo seguía con la cara pegada a la tela barata de su chaqueta. Había algo tranquilizador en cierto modo en el olor de su transpiración acumulada.

—No pude soportarlo más. Una mañana, cogí un cuchillo de cocina y… yo…

Me derrumbé sobre él, incapaz de seguir. Ya no pude contenerme por más tiempo. A él le costó un par de minutos darse cuenta de que me estaba riendo.

—¡Judith!

—Joder, Renaud, por el amor de Dios. ¿Te lo has tragado? ¿Sus manos mugrientas y callosas en mis delicados muslos preadolescentes? ¡Por favor!

Me sequé las lágrimas de la cara y lo miré de frente.

—Mira, mi madre es una borracha y a mí me gusta follar, ¿vale? Me gusta follar. Y punto. Ahora llévame a casa, a la cama.

Trató de sonreír, aunque no lo logró del todo. Pero cuando llegamos al apartamento y me puse unas bragas de algodón blancas y nos pusimos a jugar a un juego especial, a él le gustó. Le gusto un montón. Después, me metió un dedo en el culo y se lo acercó a la nariz.

—Hueles a ostras. ¿Quieres olerlo?

Aspiré el aroma de su dedo. Era cierto.

—No sabía que pasaba esto.

De verdad, no lo sabía. Le lamí el dedo para saborear el límpido aroma a mar que tenía dentro de mí.

Capítulo 26

$\mathcal{Y}$ luego llegó el día Richter. Renaud estaba retraído e irritable, se paseaba por la casa, tamborileaba con los dedos interminablemente. Me estaba sacando de quicio, así que le propuse que saliéramos a dar un paseo. Nos pateamos las tiendas elegantes de Saint Germain. Yo le dije que pronto podría permitirse algunas prendas decentes, pero él no sonrió.

Cuando le pregunté cuál era el problema, me dijo que simplemente estaba nervioso por el encuentro.

—No eres tú quien va a acabar durmiendo con los peces en el fondo del río —le señalé.

—Cierra la boca, Judith. No sabes de lo que hablas.

—¿Qué quieres decir? Estoy haciendo lo que tú quieres, ¿no? Eres tú quien dice que no hay peligro. Para ti, al menos.

—Tú siempre tienes que creerte que lo sabes todo. Que puedes arreglártelas a base de saber cosas, como te enseñaron en esa universidad para esnobs.

—Perdona —respondí con humildad.

Habría podido añadir que hace falta algo más que inteligencia para actuar de forma inteligente, pero no había tiempo para un debate filosófico. Su rostro se ablandó y me pasó el brazo por los hombros.

—No te va a pasar nada —me aseguró.

Yo podría haber señalado que no habríamos llegado tan lejos si las consecuencias hubieran constituido para mí un problema; pero tampoco parecía el momento de hacer esa observación. Noté que él se sentía mejor al tratar de calmarme, así que le pregunté si a Moncada le tenía realmente sin cuidado la muerte de Cameron.

—Mira, la Cosa Nostra funciona distribuyendo únicamente la información imprescindible. Es mucho más seguro que uno de sus miembros cumpla órdenes comunicándose solo con quienes están directamente por encima o por debajo de él en la cadena de mando.

—¿O sea que Moncada solo querrá cerrar el trato?

—Exacto. Su cometido es comprar cuadros con fondos criminales y venderlos después para que el dinero quede lavado.

—Supongo que la muerte es solo un riesgo laboral, ¿no?

Él me besó suavemente en los labios.

—Sí, podría decirse así, *chérie*.

Habíamos quedado con Moncada en vernos a las siete en la terraza del Flore. Llegué algo más temprano por si había que esperar para conseguir una de las mesas siempre atestadas. De forma retrospectiva, me asombraba lo increíblemente ingenua —amateur, en palabras de Renaud— que había sido cuando había ido a verle con el Stubbs. Pese a las sospechas que me habían despertado mis investigaciones en el hotel de Roma, yo había acudido al encuentro con el aplomo que solo presta la ignorancia. Ahora sabía con seguridad quién era Moncada; sabía que estaría vigilándome, alerta ante una posible trampa. Entonces no se me había ocurrido que debía temerle; ahora, pese a la calma que había simulado ante Renaud, estaba aterrorizada. Me decía a mí misma que los negocios son los negocios, que aunque Moncada supiera que había estado implicada en la desaparición de Cameron, el producto que iba a ofrecerle seguía siendo bueno. Pero ¿y si creía que pretendía engañarlo? Apuñalarte y seccionarte los miembros era el tratamiento para los chicos; seguro que tenían algo especialmente refinado para las mujeres.

Me había vestido de modo informal: zapatos planos, suéter negro, chaquetón marinero Chloé, vaqueros, un pañuelo de seda y un bolso Miu Miu en el que llevaba mi portátil, mis tarjetas Gentileschi recién impresas y los documentos del Richter. Dejé el móvil sobre la mesa, para que él viera que no lo tocaba, pedí un Kir Royal y hojeé un número de *Elle*. Moncada se retrasaba. Yo no podía dejar de mirar el reloj mientras trataba de concentrarme en otro artículo sobre cómo librarte de esos últimos cinco kilos de más. La única vez que había querido bajar de peso, simplemente había dejado de comer una semana. En apariencia, había funcionado. Las siete y media. ¿Dónde se había metido? ¿Por qué no publicaba *Elle* un artículo sobre el motivo de que las mujeres se pasaran media vida esperando a los hombres? A pesar de las estufas, me estaba entrando frío. Acababa de encender otro cigarrillo cuando lo vi cruzar Saint Germain frente a la Brasserie Lipp. Solo lo reconocí por las enormes gafas de sol, totalmente absurdas a esa hora de la tarde. Apartó la silla opuesta a mí, depositó un maletín de cuero negro y luego se inclinó hacia delante, rozándome la mejilla torpemente, aunque lo bastante cerca como para que yo pudiera oler su colonia de vetiver.

—*Buona sera.*

—*Buona sera.*

Apareció el camarero; pedí otro Kir y Moncada aceptó la sugerencia de un *gin-tonic*. Hablé obcecadamente del tiempo hasta que él se quitó las gafas de sol. A veces es una ventaja ser inglesa.

—Bueno, ¿lo tiene? —dijo.

Eché un vistazo a mi bolso crema de cuero acolchado.

—Aquí no, evidentemente. En mi hotel, que queda muy cerca. ¿Todo según lo acordado?

—*Certo.*

Dejó unos billetes en el platillo y caminamos hacia la Place de l'Odéon. Renaud había reservado una habitación, pagando por adelantado, en un bonito hotel rosa de la plaza con el portal rodeado de bombillas de colorines. Resultaba encantador a la luz del crepúsculo. Se me había olvidado que casi estábamos en Navidad. El ascensor era incómodamente pequeño, y tampoco ayudaba el hecho de que gran parte del espacio estuviera ocupado por la sombra de Cameron Fitzpatrick. Moncada no era obviamente un tipo dicharachero, pero yo me sentí obligada a seguir soltando una serie ininterrumpida de comentarios y exclamaciones sobre la muestra de arquitectura del Trocadéro y la remodelación del Palais de Tokio.

—¡Ya estamos! —gorjeé cuado llegamos a la cuarta planta.

Él me dejó pasar primera a la habitación, pero se coló de inmediato por mi espalda para inspeccionar el baño y luego se asomó de nuevo al estrecho pasillo, mirando a uno y otro lado, antes de darse por satisfecho. Yo había dejado el Richter sobre la cama, en un portafolios barato de estudiante de arte como el que Cameron había usado para el Stubbs. Dejé los documentos al lado y me senté en la única silla de la habitación, una Eames blanca.

—¿Le apetece una copa? ¿Un poco de agua?

—*No, grazie.*

Antes de prestar atención al cuadro, revisó meticulosamente los certificados, estudiando con un cuidado no exento de ostentación los datos de procedencia. Me pregunté si le gustaría Richter (suponiendo que le gustara a alguien, la verdad).

—¿Todo en orden?

—Sí. Parece que es usted una buena negociante, *signorina*.

—Igual que usted, *signor* Moncada. He visto que el Stubbs alcanzó un precio impresionante en Pekín.

—El Stubbs, sí. Qué lamentable lo que le sucedió a su pobre colega.

—Espantoso. Un shock espantoso.

Me vino a la cabeza la escena con Da Silva, en la habitación del hotel de Como. No debía exagerar mi aflicción.

—Aun así, quizá podamos volver a hacer negocios, ¿no?

—*Si. Vediamo.*

Mientras él recogía los documentos y cerraba la cremallera del portafolio, hurgué en mi bolso y, al mismo tiempo que sacaba el portátil y lo colocaba sobre el escritorio, pulsé el botón de «Enviar» del teléfono con el mensaje que tenía preparado.

—Bueno. —Le tendí una hoja con los códigos escritos a bolígrafo—. ¿Uno punto ocho euros, tal como acordamos?

—Exacto. Tal como acordamos.

Seguimos el mismo proceso que en la horrible pizzería romana, solo que esta vez yo no tuve que transferir el dinero. Me había convertido en toda una mujer de negocios. Mi móvil sonó, justo en el momento previsto.

—Disculpe, tengo que responder. Salgo un momento...

Ni siquiera vi cómo se movía su brazo antes de que me sujetara férreamente de la muñeca. Meneó la cabeza. Asentí, indicándole mi conformidad con la otra mano.

—*Allô?* —Confiaba en que no notara el temblor de mi voz.

—Sal ahora mismo.

Moncada seguía agarrándome del brazo. Retrocedí un paso; cualquiera habría dicho que estábamos bailando.

—Sí, claro. ¿Puedo llamarte en dos minutos? —Colgué.

—Perdone. —Él aflojó la tenaza, pero sostuvo mi mirada unos segundos más.

—*Niente.*

Se volvió hacia la cama para coger el cuadro, y, en los pocos segundos que estuvo de espaldas, Renaud entró en la habitación, apartándome con brusquedad, y pasó las manos sobre la cabeza inclinada de Moncada con la velocidad de un mago al despojarse de su capa. Moncada era más alto, pero Renaud le metió la rodilla entre las piernas y el italiano cayó hacia delante, hurgando con la mano derecha bajo su chaqueta mien-

315

tras se llevaba la izquierda al cuello. Yo no comprendí lo que estaba viendo hasta que Moncada se revolvió y arrojó todo su peso contra Renaud. Mientras rodaban torpemente, capté algo que solo había registrado a medias cuando estábamos en la cama, pero nunca me había detenido a pensar. Renaud podía ser un poco fofo, pero tenía una fuerza increíble. Miré absorta cómo abultaban bajo la chaqueta holgada los músculos de aquellos hombros repentinamente poderosos, e incluso percibí la forma de ambos tríceps mientras se esforzaba para sujetar a Moncada por la espalda. La habitación se había llenado con los jadeos entrecortados de ambos, pero por encima de ese fragor me llegó el sonido de la sirena de una ambulancia, como un contrapunto onírico y, al mismo tiempo, vislumbré el cordón blanco alrededor de la garganta de Moncada y una especie de torno metálico que Renaud retorcía bajo su oreja. A Renaud se le puso la cara tan morada con el esfuerzo que por un momento creí que era Moncada quien estaba haciéndole daño, y a punto estuve de lanzarme sobre ellos; pero luego, al alzar la vista, vi que el italiano se iba doblando lentamente hacia el suelo. Renaud alzó los codos como en una danza cosaca y los globos oculares de Moncada su pusieron rojos y sus labios abiertos se hincharon. Entonces, mientras comprendía al fin lo que ocurría, el tiempo echó a andar de nuevo y ya solo me quedó observar hasta el final. La tercera vez que veía morir a alguien.

Durante un rato, lo único que se oyó en la habitación fueron los jadeos de Renaud. Yo no podía hablar. Él se encorvó hacia delante, se agarró las rodillas como un atleta tras una carrera, y espiró lentamente un par de veces. Luego se arrodilló sobre el cadáver y empezó a registrarle los bolsillos. Sacó una cartera Vuitton y un pasaporte. Ahogué un grito al ver la pistola enfundada que Moncada llevaba en la cintura.

—Mete las cosas en tu bolso. Deprisa. Todo. Coge el ordenador también. Y el cuadro. Vamos.

Obedecí en silencio. Metí el portátil y los documentos en el bolso, cerré la cremallera del portafolio. Renaud estaba guardándose el cordón en el bolsillo. Cuando recuperé el habla, me salió una voz de pito, como de muñeca de cuerda.

—¡Renaud! —dije tosiendo, jadeando, susurrando—. Renaud, esto es una locura. No lo entiendo.

—La policía llegará en diez minutos. Haz lo que te digo. Te lo explicaré más tarde.

—Pero ¿y las huellas dactilares? —Se me escapó un gallo al decirlo que era el principio de un grito de histeria.

—Eso está controlado, ya te lo he dicho. ¡Muévete!

Tenía el bolso a rebosar, no podía cerrarlo. Me quité el pañuelo del cuello e hice lo posible para disimular el contenido.

—Coge el cuadro. Rápido. Vete al apartamento en taxi; yo iré enseguida. Vamos.

—Él... llevaba un maletín. —Lo señalé. Mi cuerpo era como un fluido; me parecía como si no encontrara asidero en el suelo.

—Llévatelo también. Vamos. Lárgate-de-una-puta-vez.

317

Capítulo 27

*O*tra vez esperando. El sofá y mi *escritoire* estaban embalados con envoltorio plástico, así que me senté en el suelo, entre las cajas de cartón, con la espalda apoyada en la pared. Puse las rodillas bajo el mentón y cerré los ojos. Una parte de mi cerebro se hacía la reflexión de que presenciar un asesinato resultaba curiosamente más impresionante que cometerlo. Ni siquiera tenía ganas de fumar. Sonó de nuevo el zumbido de la puerta de la calle y luego sus pasos en la escalera. Alcé la cabeza con cansancio, con la sensación de que debía de tener los ojos negros y desolados de un tiburón. Solo cuando Renaud encendió la luz me di cuenta de que había permanecido sentada a oscuras. Él parecía alegre, animado, aunque quizás esa sea la reacción normal de una persona que acaba de estrangular a un conocido mafioso.

—Será mejor que tengas una buena explicación.

Él vino y se sentó a mi lado, rodeándome con un brazo. No me zafé de él; no soporto esos gestos teatrales femeninos.

—Lo siento, Judith. Era la única manera. O él o yo.

—Pero ¿y tu cliente? ¿Cómo se supone que vas a recuperar ahora el dinero de tu Rothko?

—Moncada sabía quién era yo. Me estaba buscando. Venía dispuesto a matar; ya has visto la pistola.

—Pero él no tenía ni idea de que estabas en París.

—Exacto. Era solo cuestión de tiempo, como te digo. Solo se trataba de ver quién de los dos localizaba al otro primero. No debes preocuparte por la policía. Tengo a mi amigo en la *préfecture* ¿recuerdas?

No sonreí.

—Yo les he dado el soplo —prosiguió—. Ellos saben en qué estaba metido Moncada. Verán que iba armado y harán limpieza. Les has hecho un favor, piénsalo así.

—¿Y tu cliente?

—Me pondré en contacto con los socios de Moncada. Ellos lo entenderán como una advertencia, que es lo que es. Y yo conseguiré mi dinero.

—Hurra por Renaud.

—No seas así. Mira.

Se sacó del bolsillo interior de la chaqueta un sobre marrón doblado y me lo pasó. Lo sujeté antes de recordar que había estado junto al cordón y al torno. En su interior, había un flamante pasaporte y un permiso de conducir con las fotos que me había tomado en la parada de metro de Saint-Michel. Incluso había una *carte de séjour*.

—¿Leanne? Esto es un golpe bajo, Renaud.

—¿Una inglesa de veintisiete años recientemente fallecida? Parecía una ocasión demasiado buena para dejarla escapar. Además, te servirá para recordar que no debes meterte en líos.

—¿Cómo lo has conseguido?

—La *préfecture* contactó con tu consulado. Una infortunada joven que había sido asaltada y desvalijada, y estaba recuperándose en el hospital. Sus padres estaban deseando llevársela a casa. Tú puedes pasar por ella. Es perfecto.

—Un contacto impresionante el que tienes ahí. Los *gendarmes* parecen extraordinariamente complacientes.

—Bueno, es un toma y daca.

Lo miré largamente.

—No te sientas mal.

—Me siento fatal, joder. ¿De verdad crees que me parezco a Leanne?

Permanecimos sentados en silencio, con la cabeza apoyada en la pared. Al cabo de un rato, le pregunté:

—Oye, ¿y ese Rothko… cuál era? Quiero decir, qué cuadro.

—No sé. O sea, son todos iguales ¿no? Unos grandes cuadrados rojizos, creo.

Si algo he aprendido es que convencerte a ti misma para que rebajes tus expectativas nunca funciona. Te dices y te repites que no debes esperar nada, pero cuando no obtienes nada, aún sientes una pequeñísima dosis de decepción irracional. Yo habría deseado darle otra oportunidad a Renaud. De veras lo habría deseado. Él habría podido contarme la verdad y darme al menos un poco de ventaja. Apoyé la mejilla en su hombro.

—Bueno —dije—. Misión cumplida.

—*Oui*. He traído una cosa. En la bolsa junto a la puerta.

Me la acerqué de un tirón.

—Una botella de Cristal. Mi champán preferido. Voy a abrirla.

Nuestros ojos giraron al unísono hacia mi bolso, que estaba en el suelo, junto al maletín de Moncada y al cuadro de un millón de libras. Contenía todas sus cosas, incluida la pistola.

—No, ya la abro yo —se apresuró a decir Renaud.

Captó mi mirada y los dos soltamos una carcajada —una auténtica— de complicidad.

—¿Qué te parece si yo sujeto la botella y tú vas a traer las copas? —dije—. Están en una de esas cajas.

Mientras él iba a buscarlas, me puse de pie para que pudiera verme.

—¿Lo ves? Nada de movimientos bruscos.

Un fugaz momento anamórfico. Vistos desde otra perspectiva, pareció como si nos duplicáramos por un instante, él y yo, y entonces vislumbré cómo podrían haber sido las cosas tal vez. Me acerqué a la ventana. Por Dios, cómo iba a echar de menos este apartamento. También el cielo nocturno sobre París.

—No las encuentro.

—¿Quizás en la otra? Tendrás que quitar la cinta adhesiva. Todavía sujetando la botella en alto con la mano derecha, levanté con la otra el cierre del cajón secreto que había en la parte trasera de mi escritorio. El silenciador ya estaba adosado al cañón de la Glock 26.

—Aquí están.

Renaud se incorporó con una copa en cada mano. Tuvo solo el tiempo de poner cara de sorpresa antes de que yo apretara el gatillo.

Según el libro *Asesinas en serie de América*, la 26 es la pistola ideal para una dama. Las películas falsean la realidad: ni es cierto que los crímenes solo pueda resolverlos un detective suspendido en sus funciones, ni es verídica la imagen que suele darse de los silenciadores. El único que funciona realmente es el Ruger Mark II, pero mide más de treinta centímetros y pesa un kilo: un chisme poco práctico para llevarlo en el bolso. Y luego está la solución intermedia. Cuanto más silencioso el disparo, menos potente es la bala que puede utilizarse; y cuanto menos potente la bala, más corto es su alcance y menos daño causa. La Glock pesa la mitad que la Ruger, y es realmente sexy, una auténtica monada, si te gustan este tipo de cosas. Es asombroso lo que puede llegar a caber en un catálogo hueco, poniendo el empeño suficiente.

Una bala supersónica produce un sonoro estampido que ningún silenciador puede amortiguar demasiado; una bala subsónica, en cambio, es silenciosa, pero el disparo debe hacerse en la cabeza; de lo contrario, no está garantizado que tumbe al objetivo. Los contactos de Dave en el ejército me habían suministrado amablemente seis balas subsónicas en envoltorios de chocolate Wispa; y como lo más cerca que yo había estado de un arma de fuego, dejando aparte el parque de atracciones de Southport, había sido un viernes por la tarde, cuando había ayudado a Rupert a cargar las escopetas de caza en su Range Rover, Dave había incluido también una postal de la *Madame de Pompadour* de Boucher con solo dos palabras al dorso: «Cinco metros». Por suerte, mi salón no era muy grande.

Sorteé las cajas de embalaje y le metí a Renaud, para asegurarme, dos balas más en la cabeza a bocajarro. El silenciador emitía un agradable sonido de succión, pero las ventanas estaban todas cerradas y lo único que me llegó del exterior fue el murmullo de la bendita e interminable telenovela de la portera. En las ciudades, además, al menos en los barrios respetables, la gente no oye los disparos. O más bien, los oyen y piensan: «Qué curioso. Ha sonado como una pistola», y continúan mirando *Factor X*. Abrí la botella de Cristal y le di un buen trago a morro. Estaba un poco caliente. Metí la botella en la nevera, que estaba cubierta de salpicaduras del cerebro de Renaud, como un Pollock rabioso.

Sonó un golpe en la puerta.

—*Mademoiselle? Tout se passe bien?*

Mierda. El vecino de abajo. Esos putos intelectuales de la Rive Gauche, ¿por qué no podían dedicarse a ver la tele? Era abogado, según había visto en el buzón; un tipo mayor, tal vez viudo. Nos habíamos saludado a veces en el patio.

—Un minuto.

Saqué la botella, me la llevé a la puerta, abrí solo una rendija y salí al descansillo.

—*Bonsoir, mademoiselle.* ¿Va todo bien? He oído un ruido…

Agité la botella alegremente.

—Es solo una pequeña celebración. Voy a mudarme, ¿sabe?

Llevaba gafas y una chaqueta de punto de cachemira sobre una camisa sport con corbata. Tenía una servilleta en la mano. Todo un *gentleman*: usaba servilleta incluso cenando solo.

—Perdone si le hemos molestado. —Yo mantenía la mano detrás, sujetando el pomo de la puerta para evitar que se abriera del todo—. ¿Le apetece sumarse a la fiesta?

—Gracias, pero estaba a media cena. Si usted me asegura que va todo bien...

—Perfectamente. Le pido disculpas.

Una parte de mí disfrutaba con la idea de invitarlo a pasar; sin ningún motivo: así porque sí. Bueno, resultaba sexy.

—*Alors, bonsoir, mademoiselle.*

—*Bonsoir, monsieur.*

Renaud me habría mirado con aire de reproche mientras me apoyaba contra la puerta y me fumaba ansiosamente un pitillo; pero ahora ya no tenía cara. Tiré la colilla en el champán; luego busqué la caja con la etiqueta «*Cuisine*» y revolví entre los cachivaches hasta encontrar el cuchillo de carnicero japonés y un juego de herramientas que había comprado en el súper árabe. Retiré la lámina de plástico del sofá, la extendí en el suelo e hice rodar el cuerpo sobre ella, sacando el teléfono móvil y la cartera de la espantosa chaqueta. Antes de ponerme los guantes, pensé un momento en un acompañamiento musical adecuado. Mozart de nuevo, esta vez el *Réquiem*. Un golpe bajo, sí, pero él, por su parte, bien que había estado dispuesto a endilgarme el nombre de Leanne para los restos. Atenué las luces y encendí una vela que encontré bajo el fregadero para dar atmósfera a la escena. Luego me puse manos a la obra.

Después de su revolucionario *Judith decapitando a Holofernes*, Artemisia Gentileschi dejó Roma por Florencia, donde pintó una versión más convencional del mismo tema. *Giuditta con la sua ancella (Judith y su doncella)* está colgado en el Palacio Pitti. En principio, no hay nada violento en él. Es una imagen de dos mujeres haciendo limpieza. La doncella está en primer plano, de espaldas al espectador, con su vestido amarillo protegido por un delantal y el pelo recogido con un trapo enrollado. Su señora está de perfil, tras el brazo extendido de la doncella, y echa la vista atrás para ver si las han seguido, confiando en que puedan terminar la tarea a tiempo. Tiene el pelo cuidadosamente recogido y lleva un vestido oscuro de aspecto aterciopelado y ricos brocados. Apoyada sobre el hombro una espada; por debajo de su empuñadura, el ojo del espectador se ve atraído por la cesta que sostiene el brazo de la doncella. Que contiene la cabeza de Holofernes, envuelta en muselina como un pudín de Navidad. Las dos mujeres mantienen la calma en un momento de tensión mortal, pero el cuadro resalta especialmente su silencio. Están inquietas, pero serenas, y hacen una pausa para ver si las están siguiendo antes de acometer la tarea que les espera. Hay una sensación de peso gravitando en el cuadro: la presión de la recia empuñadura de la espada en el hombro de Judith, la carga de la cabeza cercenada en la cesta que la doncella apoya sobre su cadera. Esto, para ellas, es el siguiente paso.

Tirando de la lámina de plástico, fui arrastrando el cuerpo por el parquet hasta el baño. Me dolían los hombros y los músculos abdominales y tuve que detenerme varias veces, pero conseguí llevarlo hasta allí. Siempre me han gustado las duchas a pie plano. Me desnudé, quedándome en bragas, metí los vaqueros y el suéter dentro de la bañera y luego fui a la cocina y llené el fregadero. Lo rocié todo con chorros de Monsieur Propre y empecé a fregar a fondo, escurriendo el trapo una y otra vez hasta que pasó del carmesí a un gris rosado, y echando agua y más agua caliente. La rejilla del fregadero se llenó de grumos viscosos. Recogí un puñado con una mueca y lo tiré por el lavabo. Cuando el salón estuvo bien limpio, me puse a fregar con agua y lejía el suelo hasta el baño para que el siguiente inquilino lo encontrara inmaculado.

Temía acobardarme al primer corte, pero resultó que había visto cosas peores cuando trabajaba en el restaurante chino. Con el grifo de la ducha abierto, los cuatro litros de sangre que contiene el cuerpo humano fluyeron pulcramente por el sumidero en unos minutos. El cuello soltó un eructo como de rana cuando alcancé la arteria carótida, pero no hubo sangre a borbotones, solo algunos charcos y líquido rezumando, y una capa sorprendentemente limpia de grasa blancuzca, como en un sándwich de jamón. Dejé la cabeza bajo el chorro de la ducha mientras traía a rastras el cajón de madera de tamaño extra que había pedido. Corté las ropas empapadas de sangre con otro de los cuchillos japoneses y las tiré dentro de la bañera. Desplegué una toalla y empujé el cuerpo sobre ella. Me pasé un buen rato secándolo con mi secador del pelo. No quería que saliera agua del cajón. Dos bolsas de basura, una por arriba y otra por abajo, y luego una percha acolchada, de tamaño gigante, de la tintorería; de las que se usan para guardar trajes de novia. Volví de puntillas a la puerta, recogí la cartera y el maletín de Moncada, los coloqué al fondo del cajón, que tenía acostado de lado en el suelo; hice rodar el cuerpo hasta meterlo dentro y acto seguido, apalancándome contra la pila del lavabo, metí las manos bajo la tapa y lo icé hasta ponerlo derecho. Subí el volumen de Mozart mientras clavaba la tapa con el martillo. Finalmente, envolví todas las junturas varias veces con cinta adhesiva y pegué algunas de las etiquetas que me había proporcionado la empresa de mudanzas: «Pesado», «Este lado hacia arriba». Renaud ya estaba listo para viajar a Vincennes. Bueno, lo que quedaba de él.

En cuanto a la cabeza, primero la envolví en film plástico y luego la metí en una bolsa de súper de la cadena Casino; hice un nudo con las asas y lo metí todo en una bolsa de Decathlon con cierre de plástico, junto con la pistola de Moncada y las mugrientas Nike que Renaud había utilizado para seguirme alrededor del Luxembourg. Le di al bulto una patada especulativa; ningún goteo delator. Volví a limpiar mi rastro por todo el apartamento, empleando un cepillo de dientes empapado de lejía para restregar los grifos y el tapón de la bañera; enrollé la lámina de plástico con nuestras ropas, lo embutí todo en otra bolsa y luego fui retrocediendo hasta la ducha para lavarme yo a fondo. Finalmente, me senté en el suelo húmedo y encendí un pitillo. Tenía ante mí una bolsa de basura llena de restos ensan-

325

grentados, mi bolso de viaje de cuero, la bolsa de Decathlon y el portafolio con el Richter. La ropa y las herramientas podía tirarlas al incinerador que había junto al patio, detrás del armario de las escobas de la portera. La bolsa que contenía la cabeza la metí, como en un espantoso picnic, en la cesta de mimbre que Renaud y yo solíamos llevar al mercado. Saqué del bolso de cuero unos pantalones de chándal, un top de deporte, unas zapatillas y una sudadera; me puse además un gorro de cachemira y salí trotando a la noche. Llegué al río en menos de diez minutos —no estaba mal—, siguiendo la misma ruta que la noche en la que había jugado al gato y al ratón con Renaud.

Como en los momentos más portentosos de mi vida, nuestra despedida acabó descendiendo a las aguas de lo trivial. Había pensado un poco en nuestro último adiós: tal vez el Pont Neuf, el puente de los amantes que llevaba a la Île de la Cité; pero incluso a esta hora había parejas enlazadas en los miradores, contemplando las corrientes irisadas del Sena. Empecé a bajar por la escalera de piedra hacia el raquítico jardín de la punta de la isla y me quedé helada al ver a una patrulla de dos *gendarmes* que se detenían al pie de los escalones para dejarme paso. Dijeron «*Bonsoir*» educadamente, pero yo noté que me observaban mientras caminaba hacía la estatua de Enrique IV con la cesta de mimbre bajo el brazo. No quise arriesgarme a que se oyera un chapoteo; así que al cabo de un rato volví a pasar junto a los *gendarmes* y crucé al *quai*, manteniéndome alerta por si había vagabundos durmiendo. Me senté en el borde, con los pies sobre el agua helada, y bajé lentamente la bolsa por las asas hasta que quedó sumergida. Noté en los dedos el empuje de la corriente y la solté con delicadeza.

Cuando hube terminado por fin, ya amanecía. Pensé que esta era la hora que más recordaría de París con el tiempo: estos momentos limítrofes entre la noche y el día, cuando la ciudad gira sobre su eje, cuando los crudos vestigios del fin de la juerga se mezclan con el alegre bullicio de la mañana. La hora blanca, el espacio negativo, el hueco entre el deseo y la falta. Renaud siempre dormía profundamente durante el amanecer; con una pequeña ayuda, desde luego. Todas esas cenas íntimas, a las que nunca les había faltado mi ingrediente secreto especial. Nada demasiado fuerte; solo algo para relajarlo, para asegurarme de que se quedaba inconsciente durante una hora o una hora y pico después de hacer el amor, momento que yo aprovechaba para sacar el portátil que tenía oculto detrás de la librería y ponerme a investigar.

Una actuación impecable puede resultar a veces tan delatora como un desliz. Yo me había dejado engañar, lo reconozco, por la labia de Cameron Fitzpatrick; con Renaud, en cambio, una sola palabra me había mostrado que no era lo que decía ser. *Certo*. Claro. El deje de la «r» resultaba demasiado preciso —también la leve inflexión al final de la palabra— como para no ser auténtico. Ese detalle, y el *ossobuco*.

También la mención informal del nombre de Da Silva. El coche con el cual había aparecido el inspector el pasado verano en Como era de la Guardia di Finanza. La policía italiana está segmentada en numerosas divisiones y, curiosamente, las investigaciones sobre la mafia no se hallan a cargo de los *carabinieri*, esos chicos de póster sexy con sus uniformes ceñidos que arrebatan el corazón de las chicas en año sabático, sino por los miembros de la prosaica Guardia Financiera. Yo había supuesto en Roma que Moncada era de la mafia; y lo había sabido con certeza al ver aquel coche.

Da Silva. Lo de hacer amigos en Facebook nunca había formado parte de mi estilo, pero era una auténtica pasión para la *signora* Da Silva. Franci, apodo de Francesca, no parecía capaz de poner al fuego una olla de spaghetti sin subir a la red hasta el último detalle. Con más de ochocientos amigos, supuse que no le importaría uno más, y con una foto sacada al azar de un

327

periódico local y un nombre plausible confeccionado a partir de la guía de teléfonos de Roma, me convertí en su nueva amiga. Colgué con entusiasmo una foto de mi nuevo sofá, y un monísimo Kinder Hippo con escarchado de coco —«¡Traviesa!»—, y luego me senté a examinar tranquilamente todos los intríngulis de la existencia de Francis en un barrio residencial romano. Navidades, Pascua, el bolso de Prada que su marido le había regalado por su cumpleaños, unas vacaciones familiares en Cerdeña, el nuevo lavaplatos. Franci llevaba una vida de ensueño, no cabía duda. Tenían dos hijos: Giulia, de cuatro años, y el bebé Giovanni, al que debían de haber fotografiado más veces que a los mocosos de Beckham. Y ahí, en la esquina de una foto, junto a la orgullosa mamá, que trataba de disimular el peso de su bebé con un lamentable trajecito rojo con peto, y junto al *papà*, impecablemente vestido con traje y corbata, distinguí una ligera barriga incipiente, y sobre la barriga, cuando la amplié y la giré, y la miré una y otra vez, un monograma. RC. ¿Renato? ¿Ronaldo? No importaba. Bastó una simple búsqueda *online* para encontrar a un tal Chiotasso, *Sarto*, en la sección profesional de la guía telefónica italiana, con una dirección situada en el mismo barrio residencial donde Franci da Silva filmaba el documental permanente de su vida. *Sarto*, sastre. Él me había contado que su padre era sastre, que aún seguía en activo, con esa típica energía italiana; las iniciales encajaban. Así que se habían criado juntos, Renaud y Da Silva, y se habían mantenido fieles al viejo barrio. Eran amigos, no compañeros profesionales. Un par de auténticos compinches.

Saqué del bolso de cuero el último regalo que Dave me había enviado y lo coloqué en el suelo. El último *catalogue raisonné* de Rothko, compilado para la exposición de la Tate Modern de 2009. Habían sido necesarios un montón de e-mails a los galeristas de Nueva York por parte de Gentileschi Ltd., que oficialmente andaba buscando un Rothko para un cliente privado, pero al final había conseguido rastrear las ventas de casi to-

das las obras del pintor que habían pasado por manos privadas
en los últimos tres años, y ninguna encajaba con los datos que
me había dado Renaud. Había sido demasiado confiado al darme el nombre del banco, Goldman Sachs.

Eso no bastaba para confirmar mis sospechas. Que Renaud
hubiera mentido sobre quién era no lo convertía necesariamente en un poli. Pero ¿y la facilidad con la que se había deshecho
de Leanne?, ¿y las sirenas que habían sonado en cuanto Moncada había sucumbido? No creo que Renaud comprendiera ca-
balmente el poder de Google. En un programa de una convención de la universidad de Reggio Calabria titulada «Métodos
culturales de lavado de dinero», descubrí que habían incluido
una charla de un *ispettore* Chiotasso, R., sobre el uso de las
obras de arte como «tapadera financiera» de fondos ilegales. Así
que él y Da Silva eran colegas, a fin de cuentas. Renaud había
hablado en la convención a las tres de la tarde. Podía imaginár-
melo, con la camisa manchada de sudor en las axilas, en un aula
polvorienta, mientras los asistentes daban cabezadas tras un co-
pioso almuerzo. Era cierto, pues, que se dedicaba aproximadamente a seguir el rastro del dinero. Solo al leer el resumen de
su charla empecé a hacerme una idea de lo que había planeado
para Moncada. Quería venganza.

A principios de la década de 1990, un magistrado llamado
Borsellino fue asesinado por la mafia en Sicilia. Era un nombre
fácil de recordar porque casualmente era el mismo que el de mi
sombrerero preferido de Milán. El asesinato causó conmoción
en Italia, y desde entonces se empezaron a reclutar brigadas de
policía para Sicilia en otras regiones del país, con el objetivo
de eliminar las connivencias entre las fuerzas del orden y la
mafia. La Direzione Investigativa Antimafia estaba compuesta
por equipos procedentes de toda Italia, incluyendo varias divisiones de la Guardia Financiera de Roma, entre las cuales figuraba un tal Chiotasso, R. Cabía deducir, pues, que el caso ocurrido en Sicilia recientemente, cuando los agentes que investigaban

un asunto de falsas antigüedades griegas habían volado por los aires mientras tomaban un capuchino, había afectado a varios compañeros de Renaud. Los culpables nunca habían sido detenidos, pero se creía que tenían conexiones con el mundo del arte internacional.

Renaud debía de haber averiguado que Moncada estaba implicado en la colocación de la bomba que había acabado con sus compañeros. Sin duda, él y Da Silva investigaban los fraudes de la mafia con obras de arte, pero, según había descubierto en mis indagaciones, los casos relacionados con la mafia podían prolongarse incluso durante décadas, con victorias y derrotas siempre parciales. El auténtico motivo de Renaud no había sido romper el circuito de lavado de dinero, sino tomarse la revancha y lanzar una advertencia al estilo siciliano a los jefes de Moncada. Por eso yo no me lo había cargado antes; me gustaba lo suficiente como para desear que gozara de su momento de triunfo. La historia que me había contado a mí era muy buena, en conjunto. Y yo tenía que reconocer que me había divertido con el juego.

Había muchas cosas, aun así, que nunca podría saber. La convicción aparente que Da Silva había mostrado en Como de que yo era inocente, ¿era también una comedia? En todo caso, Renaud debía de haberlo convencido en algún momento para que no me encarcelase, porque le convenía para la larga partida que estaba jugando con Moncada. Debían de haber dado por supuesto que me atraparían al fin. Yo era el anzuelo para hacer justicia a la vieja usanza.

Hasta qué punto sabía Da Silva cómo se había trabajado Renaud el tema no era asunto mío, aunque más bien suponía que siendo el inspector padre de familia, no querría saber más de lo necesario. La verdad quizás habría incomodado a Franci. Y Da Silva no parecía el tipo de individuo que se folla alegremente a sus sospechosas. Renaud era el poli rebelde, el que aborda el caso según sus propios principios y pone, no sin pesar, a la *fem-*

me fatale en manos de la justicia. Sus ropas espantosas habían constituido un toque astuto, no obstante. Todo un sacrificio, cabía suponer, para un italiano. En suma, Renaud pensaba lanzar su advertencia a los jefes de Moncada; Da Silva se habría encargado de presentar el crimen como un acto en defensa propia y a mí me habrían detenido en el aeropuerto con el pasaporte de una joven asesinada.

Consideré la idea de dormir un poco, pero quería estar en la oficina de correos en cuanto abrieran, así que salí a dar un paseo y recorrí el perímetro del Luxembourg para mantenerme despejada hasta las siete, cuando encontré un *café-tabac* abierto y me compré un café *noisette* y una postal antigua de un panorama de París. Le pedí un bolígrafo al camarero, que ya tenía puesta la expresión ceñuda del día, y escribí la dirección de mi caballero blanco de Finsbury; luego añadí:

> D.,
> Esto no es un regalo. Me debes 1 libra. Estoy segura de que Rupert se encargará con gusto de hacer la venta.
> Besos,
> J.

Todo se reducía al impuesto sobre las ganancias de capital, al fin y al cabo. El dinero que me había embolsado gracias a Moncada no era oficial: al venderle el Richter a Dave por una libra, había recuperado la inversión original, más el beneficio, y me quedaban por pagar 28 peniques de impuestos. Al menos había aprendido algo en el departamento.

Enseguida dieron las ocho, y el Richter y yo fuimos los primeros en la cola de *la poste*.

331

Capítulo 28

*L*e regalé a la portera un clavel en una maceta bastante horte-
ra y un pañuelo estampado Rykiel que nunca me había gustado
demasiado. La noche en vela y los numerosos cigarrillos me habían dejado un leve dolor en los oídos y una crispación nerviosa
en las manos, pero, por lo demás, mi mente seguía tan impecable como el baño del apartamento. Los cercos morados de mis
ojos me resultaron útiles también cuando le di a la mujer una
caja de cartón que contenía algunas prendas de Renaud (salvo la
cartera de plástico en la que había conservado mi pasaporte y
mis tarjetas de crédito) y le pedí, como un gran favor, que las
guardase en la portería por si *monsieur* volvía algún día a buscar sus cosas. Los amantes irresponsables que se largaban por las
buenas constituían un elemento habitual de la *telenovela*, y,
pese a sus locuaces muestras de compasión, yo me las arreglé
para dar a entender que era demasiado doloroso y que no podía
hablar. Le recordé que los empleados de mudanzas se presenta-
rían unas horas más tarde, le expliqué que una amiga iba a llevarme al aeropuerto y le di las gracias, asintiendo todo el rato
ante su reiterada afirmación de que Los Hombres No Son de
Fiar. Luego cargué con el bolso de cuero hasta el final de la calle
y aguardé en la parada de autobús donde en su día había visto a
Renaud vigilándome. El autobús estaba atestado de gente que iba
al trabajo; tuve que quedarme de pie, aferrada a la barra y con el
bolso entre las rodillas, mientras avanzábamos bamboleantes

por la ciudad. ¿Cuánto hacía que no me subía a un autobús? ¿Cuánto tiempo transcurriría hasta que el misterioso contacto de la *préfecture* comprendiera que «Leanne» no iba a presentarse en el aeropuerto? Tenía un día o dos, calculaba, antes que fueran a interrogar a la portera. Eso sí que lo disfrutaría la mujer. Yo echaría de menos mis cosas, pero siempre podía comprarme más. Ya era hora de probar otro look, de todas formas.

Cuando el autobús hubo cruzado dando tumbos el tráfico de la mañana hasta la terminal situada detrás de Sacré-Coeur, yo era la única ocupante que quedaba. Me deslicé por detrás de un autocar turístico que subía renqueando hacia la iglesia y bajé las escaleras entre los mochileros madrugadores. Alguien tocaba los bongos; noté el olor de la hierba. Hurgué en el bolso de cuero y saqué la cartera de Renaud. Estaba casi vacía, como había supuesto, dejando aparte un par de billetes, la «falsa» placa de policía que había usado en la Goutte d'Or y un volante de correos: el recibo de un envío especial desde Ámsterdam. Había sido un toque convincente lo del pasaporte falsificado. Y la dirección de Ámsterdam me resultaría útil, porque iba a necesitar otro nuevo de inmediato. Luego estaba el cutre y anticuado Nokia de Renaud, el mismo modelo que yo había empleado en el barco de Balensky. Di por supuesto que debía de haber tenido un modelo más moderno en alguna parte, pero que no se había arriesgado a que yo pudiera verlo. No esperaba encontrar gran cosa en el móvil, habría resultado demasiado genial para ser cierto; y en efecto, la lista de llamadas y los mensajes del buzón estaban borrados. Solo había una oferta de France Telecom recibida esa misma mañana; y la única llamada registrada era la que Renaud me había hecho cuando yo estaba en la habitación del hotel con Moncada.

Lo que sí encontré fueron fotos, empezando por la secuencia de mis andanzas por Roma, que ya me había mostrado; luego otras de cuando me había estado espiando en París: yo comprando el periódico, fumando en un café del Panthéon, corrien-

333

do por el parque. Y también otras que no sabía que me hubiera sacado: dormida, un primer plano de mi pelo en la almohada, desnuda y despatarrada sobre la cama deshecha como un Hogarth pornográfico. Agh. Pero también otras más oblicuas: el tacón de mi zapato mientras él me seguía por la escalera; yo, agachada sobre la pila al lavarme los dientes; un medio perfil captado desde el dormitorio donde se me veía hurgando en una bolsa de la compra. Había un montón. Las estuve mirando largo rato y, cuanto más las miraba, menos me parecían de un voyeur o un espía. Había algo íntimo y delicado en esas imágenes, incluso una cierta ternura en la manera que había tenido de registrar tantos momentos fugaces de mi vida.

—Disculpe. ¿Nos saca una foto, por favor?

Una pareja de españoles, ambos corpulentos y con la cara marcada de acné, me tendieron un móvil. Otro puto móvil. Sonreí y los fotografié enlazados, con la fachada de mármol detrás. Que aproveche.

Eché un vistazo alrededor, buscando un cubo de basura para tirar el Nokia, pero justo entonces zumbó en mis manos. El número empezaba con 06: un móvil francés. El texto solo decía: «Ni rastro aún». Qué considerados por recordármelo. El único detalle que me había estado inquietando era que cuando Renaud desapareciera, Da Silva me culparía a mí, y no a los hombres de Moncada. Pero ahora Renaud seguía vivo y enviaba un mensaje de texto desde Montmartre (donde nosotros dos nos habíamos visto por primera vez). Bueno, Judith, prueba suerte. Respondí: «Va de camino. ¿El nombre Gentileschi te dice algo?». Tenía que saber si Renaud les había explicado dónde guardaba mi dinero. El cubo de basura olía a vómito podrido de comida rápida. Se me acercó un vendedor ambulante con una bandeja plástica de pulseras de la amistad.

Otro zumbido. «*Bien. Non.*»

O sea que no les había explicado esa parte, lo cual significaba que no solicitarían una orden judicial para registrar el guardamuebles de Vincennes, lo cual significaba que si llegaban a pescar su cabeza en el Sena, atribuirían su muerte a la *omertà* mafiosa. Desde luego, no era tan tonta como para creer que este móvil contuviera la única prueba de mi encuentro con Fitzpatrick y de mi vinculación con Renaud. Seguro que Da Silva tenía las fotos a estas alturas; además, estaba el pequeño detalle de la yonqui muerta, pero Gentileschi podía contratar mañana a otra persona. Había llegado el momento de cambiar de *look*, no cabía duda.

Respondí: «*Merci. A plus*». Hasta luego. Aun así, por alguna razón no quería deshacerme del móvil. Nunca hasta entonces había recibido una carta de amor.

Me pasé la tarde deambulando por el oeste de la ciudad. Podría haberme metido en un museo para pasar el rato, pero no había ningún cuadro que deseara contemplar. Caminé perezosamente hasta el Parc Monceau, y, a pesar del frío, conseguí dormir una hora con la cabeza apoyada en el bolso. Al despertar, me encontré con la mirada ofendida de una joven madre muy chic cuyo hijito se había puesto a juguetear con los cordones de mis zapatillas. Seguramente pensaba que era una borracha o una fugitiva; en todo caso, no la clase de persona que deseas tropezarte en esos jardines parisinos tan elegantes y tan desprovistos de vida. Me compré un café y una botella de agua para espabilarme y eché una ojeada a los periódicos para distraerme, más por hábito que por ansiedad. Era llamativa la cantidad de gente que podías matar sin salir en las noticias.

Hacia las siete de la tarde, le mandé un mensaje a Yvette: «¿Estás en casa? Necesito pasar a verte». Nos habíamos ido enviando mensajes de vez en cuando. Justifiqué mi desaparición durante aquellas semanas con Renaud diciendo que me había enrollado con un tipo nuevo fantástico. Cuando me respondió, aguardé en una parada de taxis. Me puse a pensar que la vida de la ciudad estaba regresando a la época en la que todo el mundo se alojaba en pensiones y desarrollaba su existencia en espa-

335

cios públicos. Hacía casi un año que conocía a Yvette y nunca se me había ocurrido averiguar dónde vivía. Resultó que era en el distrito XV, en uno de los escasos edificios modernos que desfiguraban las fachadas de París como un chapucero arreglo dental. Tardó un rato en abrirme la puerta del portal, como si se lo hubiera pensado mejor, pero finalmente la oí decir «*Allô*» por el interfono y subí trabajosamente cinco tramos de escalones de hormigón.

Era evidente que Yvette acababa de levantarse. Su pelo parecía un estropajo; su piel, sin base de maquillaje, se veía manchada; y sus brazos y sus piernas, o la parte que asomaba bajo la sudadera arrugada que se había puesto sobre las bragas, tenían un color bilioso. Pensé que debía de ponerse maquillaje también en los miembros. El angosto estudio estaba cargado, y la barrita de pachulí barato no disimulaba el pesado hedor a perfume, humo y hierba. Las ropas de Yvette estaban amontonadas por todas partes, formando pirámides de cuero y encaje que oscurecían buena parte del futón que constituía casi su único mobiliario. Me miró desafiante, como habría hecho yo si hubiera tenido que mostrar un hogar tan miserable.

—Bueno. Esta soy yo. ¿Quieres un té?

—Gracias. Me encantaría.

Tenía un hornillo eléctrico, un hervidor y un microondas en un armario. Mientras sacaba dos tazas y dos bolsitas de té de menta, le pregunté dónde estaba el baño.

—Ahí.

Otro armario, una ducha minúscula, un retrete y un lavabo, con manchas de mugre y pasta de dientes pegada en el grifo. La toalla del suelo apestaba a moho, pero yo abrí el grifo del agua caliente y me lavé a fondo, me cepillé los dientes y luego me hidraté y maquillé rápidamente. La Glock asomaba entre el batiburrillo de la bolsa de cuero. Había considerado la idea de matar a Yvette para quedarme su tarjeta de identidad, pero el color de la piel jamás me permitiría hacerme pasar por ella.

—Bueno —dije alegremente, emergiendo del baño—. ¿Te apetece salir? Invito yo.

—Claro —dijo con suspicacia—. Pero es temprano.

—Podemos tomarnos primero una copa; y luego he pensado en el local de Julien, ¿te parece?

—De acuerdo.

Nos tomamos el té y yo me zampé un par de cucharadas de Nutella del solitario tarro que había en la diminuta nevera del estudio. Mientras ella iniciaba el largo proceso de reconstruirse a sí misma para la noche, yo me tumbé en el futón y zapeé por los noticieros. Ahora Yvette parecía centrada; había algo disciplinado en sus movimientos, casi propio de un ejercicio de ballet, y también una actitud profesional en su modo de examinarse la espalda con un vestido de tubo vintage esmeralda, en las muecas con las que se aplicaba rímel y lápiz de ojos, en la destreza con que se ataba la correa de una arriesgada sandalia Tribute. Cuando estuvo lista, la miré con asombro; resultaba del todo imposible creer que alguien como ella pudiera salir de este piso de mierda. A mí solo me llevó dos minutos arreglarme: un minivestido tipo jersey negro Alexander Wang y unos sencillos zapatos de tacón; nada exagerado.

—¿Compramos un poco de coca? —preguntó.

—Yo estoy bien ahora; quizá más tarde. ¿Lista?

Meneó la cabeza, jugueteando con su teléfono móvil. Sin duda notaba que allí había algo raro, pero la perspectiva de una noche de juerga gratis le resultaba irresistible.

—Puedes dejar el bolso ahí. Quiero decir que puedes quedarte, si quieres.

—No. Quizá necesite mis cosas.

—¿Vamos a quedar con tu nuevo hombre?

—Tal vez más tarde.

Me eché el bolso de cuero al hombro, tambaleándome sobre los tacones.

—Vamos, pues.

337

Fuera de su cuchitril, Yvette era más ella misma. Empezó a hablarme de una velada espectacular que alguien estaba organizando en un almacén cerca de Saint-Martin, un evento de arte y moda que iba a dar mucho que hablar. Yvette se encargaba del «estilismo», aunque por el botín que yo había visto en el estudio, su labor de estilismo consistía exclusivamente en birlar las muestras que las oficinas de prensa tenían la candidez de proporcionarle. Solo eran las nueve todavía, así que tomamos una copa en un local del barrio antes de dirigirnos a la Rue Thérèse. Aparte de las cucharadas de Nutella, ya no recordaba la última vez que había comido, así que agarré un puñado de cacahuetes con olor a orín de la barra. No podía permitir que me temblasen las manos.

Llegamos a lo de Julien hacia las diez, justo cuando abrían. Yo tenía la esperanza de que Julien se abstuviera de hacerme preguntas al verme con Yvette, pero era el barman quien estaba en recepción. Nos indicó que pasáramos con una seña y nos adentramos en el local desierto. Él se apresuró detrás de nosotras para servirnos un coñac.

338

—Esto es patético —dijo Yvette, golpeando el taburete con el pie.

—Ya se animará. Mira.

Estaban entrando dos tipos: altos, rubios, musculosos.

—Fíjate, las juventudes hitlerianas.

Se nos acercaron directamente y nos ofrecieron una copa. La música había empezado a sonar y, al cabo de media hora de charla, el lugar empezó a llenarse. Yvette estaba un poco borracha con el coñac; se fue a los cubículos, volvió con un tanga de encaje negro y un corpiño, y empezó a ronronear alrededor de su machote ario, quien no necesitó más para arrastrarla al cuarto oscuro.

—¿Vienes?

—Dentro de un rato.

Cuando se escabulleron, observé con atención a las chicas.

No había muchas, y yo necesitaba alguna con mi color de pelo aproximado, al menos. El último tren para Ámsterdam salía de la Gare du Nord a las 12:20, pero ya eran las 11:20 cuando entraron. Una mujer bastante joven con un hombre mucho mayor; él la sujetaba de la mano posesivamente; ella parecía más serena, con más experiencia. Le dio a su acompañante un ligero beso en los labios y se dirigió a los cubículos mientras él se acercaba a la barra. Reapareció al cabo de unos minutos con un leotardo de corte alto de encaje rosa, sobre cuya tela se traslucían sus pezones oscuros. Perfecto. Le hice una seña a mi rubio, que ya estaba observando aquellos apetitosos bombones, me bajé del taburete y me fui por donde ella había venido, todavía sujetando mi abultado bolso de cuero. Solo uno de los cubículos estaba cerrado. Yo no tenía ni idea de cómo forzar un cerrojo, pero no hizo falta: me limité a arrastrarme bajo el hueco de la puerta de tablilla y me lancé sobre el bolso directamente: un bolsito de mano Prada de color negro. Lo volqué, hurgué entre los chismes habituales hasta encontrar la cartera, esparcí varias tarjetas de crédito y algunos recibos hasta apoderarme de su documento de identidad. No se veía gran cosa en la penumbra, pero Marie-Hélène Baudry era mi doble de la suerte para esta noche. Estaba casada, y yo más bien dudaba de que fuese con su viejo acompañante. Chica mala. Consideré la idea de dejarle el pasaporte de Leanne, pero mi foto figuraba en él; así que guardé las cosas en la cartera, volví a meter todos los chismes en el bolsito Prada y deslicé el documento de identidad en el bolso de cuero. Eran las 11:32. Un poco justo, pero todavía posible.

Eché un vistazo rápido al cuarto oscuro antes de largarme. Yvette estaba debajo de su chico rubio, con los afilados tacones sobre su espalda. Se iba a encontrar sin blanca cuando llegara la cuenta, pero por otro lado nunca había hecho siquiera el gesto de devolverme los 500 que le había prestado; yo no los habría aceptado, pero, en fin, era cuestión de modales. Ya estaba en el vestíbulo —las 11:35—, con la cortina entreabierta y la mano en el pomo, cuando Julien surgió entre las sombras.

—¿*Mademoiselle* Lauren?

—Lo siento, Julien, pero he de marcharme ahora mismo.

Se acercó y cerró suavemente la puerta.

—Todavía no. Tengo que hablar con usted.

—Está bien, está bien. Pero rápido.

—*Bien sûr, mademoiselle.*

Levantó la tapa del mostrador y me hizo pasar a la oficina de la parte trasera. Allí no había pretensiones de lujo libertino, solo una mesa con un ordenador, una silla barata de oficina y un pincho para recibos bajo el resplandor de un foco. Dejé el bolso sobre la mesa.

—Recibí otra visita, *mademoiselle* Lauren. Esta vez de la policía. Haciendo preguntas. De nuevo.

—¿Cuándo?

—Hoy, ayer. No lo recuerdo bien.

Yo no tenía tiempo para este elegante juego del gato y el ratón.

—¿Cuánto quiere?

Él echó un vistazo al bolso.

—¿Está planeando un viaje?

—No es asunto suyo. Solo dígame cuánto quiere.

—Cinco mil.

—¿Y por qué? ¿Qué cree que he estado haciendo?

—¿Por qué no me lo cuenta usted?

—No llevo tanto dinero encima.

—Lo que tenga. Y sepa que ya no es bien recibida aquí.

Me gustaría poder decir que no tenía intención de hacerlo. Que estaba buscando el dinero en el bolso y fue como si la pistola se acoplara a mi mano, señor juez. La cuestión, en realidad, es que no tenía tiempo. Habría podido soltarle una parrafada, decirle que aquel no era realmente su día de la suerte, que no debería haberme cabreado, porque yo no iba a gustarle nada cabreada, pero ese no era tampoco el momento para hacer las cosas con estilo. Así que me incliné sobre el escritorio, le disparé dos veces en el pecho, me quité los zapatos y salí corriendo por la Rue Thérèse.

Una vez, mientras tomaba una copa con Renaud en el bar del hotel Crillon, una pareja se enzarzó en una pelea en la mesita de mármol contigua. Eran muy jóvenes, más jóvenes que yo: él lo bastante desaliñado y sin afeitar para ser un actor famoso, ella hermosa, verdaderamente hermosa, al estilo de la Uma Thurman antes del bótox, con el pelo rubio ceniza severamente recogido y una cara que parecía concebida por Picasso. Su abrigo era de una exquisita cachemira crema, tal vez un poco pesado para la estación. Ella había pedido dos martinis; él llegó tarde a la cita con un ramo andrajoso de la floristería de la esquina. Estuvieron un rato hablando en voz baja; después, cuando apuraron las copas, ella empezó a llorar, a derramar bellamente unas lágrimas de finísimo cristal de sus ojos de un alarmante color turquesa. Entonces se levantó y, por su forma de hacerlo, comprendí que sabía que las miradas de todos los hombres del bar estaban pendientes de ella. Se arregló el cuello mullido sobre su larga garganta y se inclinó hacia delante.

—Lo siento, ya no aguanto más. Ya he tenido bastante.

Entonces cogió las flores mustias y le golpeó en toda la cara con el ramo; acto seguido, lo tiró al suelo y se alejó enfurecida hacia el vestíbulo. Él se puso de pie lentamente, se quitó un pétalo de clavel de la mandíbula y miró en derredor, desconcertado y herido. Los camareros, como un grupo de animadoras vitoreando a su equipo, gritaron todos a una: «¡Se ha ido por allí! ¡Por allí, *monsieur*, por allí!», y el chico salió corriendo tras ella. Volvimos a verlos más tarde, junto al río, besándose y soltando risitas en el *quai*. Ella tenía el abrigo abierto y, debajo, llevaba una falda vaquera barata y un top de pijama masculino. Era una forma estupenda de gorrear una copa. Quizá eran estudiantes de cine, o actores. Lo que quiero decir con todo esto

341

es que los parisinos son conscientes por naturaleza de que la suya es una ciudad que ama las peleas de enamorados; así que las chicas descalzas con expresión desesperada corriendo a medianoche por la calle difícilmente llaman la atención. Mientras corría, me acordé de otra chica corriendo descalza por las calles nocturnas, pero incluso aquella noche de verano parecía ahora tremendamente inocente. Hay dos kilómetros y medio desde la Rue Thérèse a la Gare du Nord, y los recorrí en dieciséis minutos. No estaba mal, con un bolso tan pesado.

Me deslicé jadeante entre el grupo habitual de borrachos y gitanos de la entrada de la estación y corrí a comprar un ticket sencillo a Ámsterdam en una máquina expendedora. Cómo no, la máquina se negaba a aceptar mi billete de cincuenta euros. Pero yo no podía usar una tarjeta de crédito. Alisé el billete sobre el muslo, sin apartar la vista del reloj. No podía ser, no podía acabar en la cárcel por un ticket de tren. Como Al Capone con su declaración de impuestos. Sonaba una especie de burbujeo extraño; tardé unos momentos en comprender que era yo, riendo con una risita loca. Dos, tres veces, la máquina escupió el billete groseramente. Me incorporé, respiré hondo, lo alisé con infinito cuidado y volví a meterlo en la ranura. Durante veinte segundos estuve a punto de creer en Dios. *Aller simple, 1 adulte.* Gracias, Dios mío. Hasta me dio tiempo de introducir el ticket en la máquina del extremo del andén antes de subir el bolso y encaramarme con mis plantas mugrientas en el tren.

EPÍLOGO

Dentro

*E*ra la primera gran noche de la Biennale, casi un año después de dejar París. El cielo por encima de San Giorgio Maggiore era de un improbable rosa y azul; todo el mundo decía que parecía un techo de Tiepolo, como siempre dicen en Venecia. Una hilera de lanchas de lujo cabeceaba junto al embarcadero de la isla, aguardando para trasladar a una *troupe* estridente de marchantes y putillas del mundo del arte a la otra orilla de la laguna. Junto al Zattere, divisé el *Mandarin* encajado entre dos colosos de reluciente carbono. Sus moles se agazapaban junto a la blanca iglesia de Massari: parecían una instalación surrealista por sí mismos. Steve tendría que comprarse un barco más grande si no quería quedarse atrás. Iba a cenar con él más tarde. No le permitiría que me llevara a Harry's; tomaríamos una copa en la maravillosa terraza flotante frente al Gritti y luego, tanto si quería como si no, iríamos a La Madonna, en San Polo, a comer *risotto* de erizos de mar. Yo ya tenía en mente tres piezas de Marc Quinn para el jardín de su nueva casa de Londres: versiones gigantescas de embriones de bebé, acurrucadas en granito como misteriosas criaturas marinas. Por una vez, de hecho, bastante bonitas. Pero primero tenía que asistir a la fiesta Johnson Chang en el Bauer, para los galeristas de Hong Kong; y creía que me daría tiempo también de pasarme por la Prada Foundation antes de reunirme con Steve. Extendí la mano para sujetar la del piloto del taxi acuático y subí limpiamente a bordo, seguida de un pelotón de estilistas y fotógrafos que cubrían las muestras para *Vanity Fair*. Mantuve una vaga conversación con el comprador de Mario Testino durante la corta travesía, aunque lo que deseaba realmente era abarcar la vista a grandes tragos embriagadores.

La fiesta Chang era estrictamente con invitación; yo llevaba mi exquisito rollo de pergamino chino antiguo en mi bolso de mano flexible Saint Laurent. Había un par de paparazzi y algunos turistas merodeando para curiosear. Los esquivé y caminé hasta la recepcionista. Mientras me tachaba en su tablilla, observé más allá el largo vestíbulo de bronce y mármol del hotel, que se abría al fondo a la delicada balaustrada bizantina de la terraza. Había dos filas de camareros, con bandejas llenas de los inevitables bellini, entre incongruentes paneles de arte urbano de Shanghái.

—¿Vas a la fiesta?

—¡Lorenzo! *Ciao, bello.* Me preguntaba dónde andabas.

Lorenzo representaba a la otra casa de subastas en Milán. Era veneciano, tenía el pelo rubio oscuro y los ojos claros de las lagunas. Una de sus bisabuelas, según la leyenda, le había pasado la sífilis a Byron, o eso me había contado él mientras me lo follaba en Kiev.

—Ya conoces a Rupert, ¿no?

Rupert. Más gordo y más colorado que nunca, el eterno inglés en el extranjero, con un traje de lino arrugado y un alegre panamá Lock. Lo miré directamente a la cara.

—No —dijo él—. No creo que hayamos coincidido.

—Elisabeth Teerlinc.

Lorenzo se había visto arrastrado hacia el interior y nosotros dos permanecíamos en el centro de un repentino hueco abierto entre la multitud.

Rupert me tendió la mano; sudada, cómo no. Escruté sus ojos, buscando algún destello que indicara que me había reconocido; pero no había nada parecido. ¿Cómo iba a haberlo? Esta mujer, con su vestido Céline recto de ante, con sus impecables zapatos de tacón, existía en otra dimensión que Judith Rashleigh. Uno no debía fijarse en los criados. Al final, ni siquiera me había molestado en cambiarme el pelo.

Mi mano seguía en la suya. La dejé reposar ahí.

—¿Y usted representa a...?

—Yo tengo mi propia galería. Gentileschi. Dispongo de un espacio en Dorsoduro.

—Ah. Gentileschi. Claro.

Retiré la mano y saqué una tarjeta del bolso.

—Debería venir mañana a nuestra inauguración. Estoy exponiendo a un grupo de pintores balcánicos. Muy interesantes.

—Me encantaría.

Me lanzó una mirada lasciva. Rupert. Como si tuviera la menor posibilidad.

—¿No viene? Lorenzo está esperando.

Su piel adquirió un tono más colorado por debajo de la rubicundez del Borgoña.

—No, hmm. NPI, en realidad.

Ni puta invitación. Ay, Rupert.

—Qué lástima.

—Demasiada gente.

—Sí, una auténtica aglomeración. Bueno, Rupert, nos vemos mañana.

Le ofrecí la mejilla; luego me giré y la recepcionista alzó el cordón de terciopelo. Sentí sus ojos clavados en mi espalda mientras caminaba erguida entre la gente y salía al crepúsculo de Venecia. El agua lapislázuli brillaba a mis pies. Tomé una copa, me acodé sola en el pretil; contemplé las olas, sintiendo que me llenaban el corazón de alegría.

Este libro utiliza el tipo Aldus, que toma su nombre
del vanguardista impresor del Renacimiento
italiano, Aldus Manutius. Hermann Zapf
diseñó el tipo Aldus para la imprenta
Stempel en 1954, como una réplica
más ligera y elegante del
popular tipo
Palatino

Maestra se acabó de imprimir
en un día de invierno de 2016, en los
talleres gráficos de Liberdúplex, s.l.
Crta. BV 2241, km 7,4
Polígono Torrentfondo
08791 Sant Llorenç d'Hortons
(Barcelona)